Martín Solanes
Mallorquinisches Blut

PIPER

Zu diesem Buch

Ein seltsames Paket verstopft die Kanalisation Palmas. Das Bündel aus alten mallorquinischen Stofffetzen birgt einen schrecklichen Fund: eine abgetrennte Hand. Es ist nicht die letzte makabre Entdeckung, die die Tatort-Fotografin Pilar Más mit ihrer Kamera festhalten muss. Die junge Polizistin ist gerade erst in ihre Heimat zurückgekehrt, die sie sechs Jahre zuvor nach dem mysteriösen Tod ihres geliebten Cousins verlassen hatte. Nun muss sie immer neue Leichenteile dokumentieren – ohne dem Täter dabei wirklich näher zu kommen. Bis eine Spur zu La Dragonera führt, der einsamen Dracheninsel vor Mallorca, einst Zufluchtsort für Schmuggler und Piraten. Doch als erneut Menschen aus Pilars Umfeld verschwinden, beginnt diese zu ahnen, dass die Vergangenheit ihrer Familie der Schlüssel zur Lösung des grausamen Rätsels ist.

Martín Solanes ist das Pseudonym der französischen Schriftstellerin Martine Mairal. Die Autorin, nebenbei auch Gastronomie-Expertin, lebt in Paris und verbringt den Sommer stets auf Mallorca, wo die Wurzeln ihrer Familie sind. »Mallorquinisches Blut« ist ihr erster Kriminalroman.

Martín Solanes

Mallorquinisches Blut

Kriminalroman

Aus dem Französischen von
Ute Bechberger und Cornelia Weinkauf

Piper München Zürich

Mehr über unsere Autoren und Bücher:
www.piper.de

Für meinen Großvater Joseph Solanes

Ungekürzte Taschenbuchausgabe
März 2010
© 2008 Flammarion, Paris
Titel der französischen Originalausgabe:
»Quand la lune sera bleue«
© der deutschsprachigen Ausgabe:
2009 Piper Verlag GmbH, München
Umschlaggestaltung: semper smile, München
Umschlagfoto: Briljans / plainpicture
Autorenfoto: Arnaud Février / Flammarion
Zeichnung im Innenteil: Studio de création Flammarion
Satz: psb, Berlin
Papier: Munken Print von Arctic Paper Munkedals AB, Schweden
Druck und Bindung: CPI – Clausen & Bosse, Leck
Printed in Germany   ISBN 978-3-492-25887-6

1   Seine Schritte hallten über das Pflaster der Carrer Monti-Sion in der Altstadt von Palma. Er mochte das Gefühl, als Erster in der Stadt auf den Beinen zu sein. Jovi war in seinem Leben viel herumgekommen. Vom Fieber geschüttelt war er, der Aushilfs-matrose, vor zwei Jahren auf Mallorca gestrandet. Eine Insel ähnelte noch am ehesten einem Schiff. Er hatte Arbeit bei den Fischern der Gegend gefunden. An einem Unglückstag, einem die-ser schwarzen Tage, die es in seinem Leben so regelmäßig gab, als ob seine Mutter ihn verflucht hätte, hatte sich sein linker Arm in einem Tau verfangen. Er handelte ohne zu zögern. Drei Sekunden später, und er wäre über Bord gegangen, was seinen sicheren Tod bedeutet hätte. Er zog sein Messer, mit dem er sonst die Flut von Thunfischen zerlegte, die das Schleppnetz auf Deck ausschüttete – jene roten Thunfische, die den Reichtum der spanischen Fischer bedeuteten –, und schnitt in der Höhe des Ellbogens in sein eigenes Fleisch.

Nach seiner Entlassung aus dem Krankenhaus war er auf sei-nen Posten zurückgekehrt, wild entschlossen, zu beweisen, dass er auch als Einarmiger seinen Platz in der Mannschaft hatte. Schließ-lich war er es, der von allen die Fische am schnellsten zerlegte und der stets auf den ersten Blick das seltene Stück erkannte, für das die Japaner Höchstpreise bezahlen würden. Aber das Fieber hatte ihm einen Strich durch die Rechnung gemacht. Einmal und dann noch einmal war er auf seinem Posten ohnmächtig geworden. Zweimal zuviel. Als er, begleitet vom Spott der anderen, wieder zu sich gekommen war, hatte der Chef den Kopf geschüttelt, und Jovi verstand, dass es aus war. Er würde an Land bleiben, endgültig.

Zu seiner großen Überraschung hatte sich die kleine Gemeinschaft der Fischer zusammengetan, um ihm zu helfen. Hier funktionierte die Solidargemeinschaft noch. Man hatte ihm eine Ersatzbeschäftigung angeboten. Nichts Besonderes, aber immerhin ein festes Einkommen. So war er in den Straßen von Palma gelandet, ausgestattet mit der schönen Uniform der städtischen Angestellten, einem Besen, mit dem er mehr schlecht als recht hantierte, und einem spärlich möblierten Zimmer in der verlassenen Remise des ehemaligen Templerklosters. Trotz seines verkrüppelten Arms hatte er noch Glück gehabt. Er bedauerte nur, nicht in die Hände klatschen zu können, wie der *sereno*, der Nachtwächter im Madrid seiner Kindheit, der rief: »Schlaft ruhig, ihr braven Leute, ich wache über euren Schlaf!«

Für gewöhnlich begann seine Runde um sieben Uhr morgens, aber er ging gern schon vor seinem Dienstbeginn durch das Viertel, um die Menge des einzusammelnden Abfalls und die Anzahl der dafür notwendigen Müllwagen abzuschätzen. Seitdem die Stadtverwaltung von Palma ein revolutionäres System zur unterirdischen Entsorgung von Abfällen eingeführt hatte, leisteten die Bewohner der Stadt Widerstand. Sie fühlten sich durch die Vibrationen der Druckluft, die mit siebzig Stundenkilometern durch die stählerne Rohrleitung jagte, gestört. Und was noch schlimmer war, die Erschütterungen setzten den Fundamenten der alten Renaissancepaläste zu. Die dicken Müllsäulen aus Metall, die *buzóns* verunstalteten die Straßen und Plätze. Seitdem die Bewohner verpflichtet waren, ihre Abfälle zu sortieren und darauf zu achten, dass der Durchmesser ihrer Müllsäcke nicht mehr als fünfzig Zentimeter betrug, ließen sie systematisch alles, was nicht in den Müllschlucker passte, auf dem Boden liegen.

Joví staunte immer wieder über die Menge an Abfällen, die von seinen Zeitgenossen produziert wurde. Das war ein Ozean für sich, mit eigenen Gesetzen, Strömungen, Gattungen und Klippen. Das »urbane Müllentsorgungssystem«, wie es in den Zeitungen genannt wurde, war computergesteuert und arbeitete rund um die Uhr. Eine technologische Meisterleistung. Sobald der Container unter dem Müllschlucker voll war, wurde automatisch Druckluft ausgelöst und sein Inhalt in das Röhrensystem gerissen. Wenn ein zu großer Gegenstand die Leitung verstopfte, ertönte in der Kontrollstation ein Alarmsignal. Wenige Sekunden später empfing Joví auf seinem Beeper die Nummer der Metallsäule, an der der Stau aufgetreten war. Seine Aufgabe war es, zur nächstgelegenen Bodenklappe zu gehen und den Gegenstand, der die Leitung blockierte, mit seinem Haken herauszuziehen. Joví war in der Lage, einen Stau anhand der Aussetzer des dumpfen Brummens zu orten, das in der Stadt den ganzen Tag von sechs Uhr morgens bis zwei immer wieder zu hören war. Er konnte gar nicht anders, als ständig darauf zu achten, auch sonntags oder wenn er keinen Dienst hatte.

Wie jeden Morgen ging er von der Plaça Sant Francesc aus in Richtung Meer, um zuzusehen, wie die Sonne aufging. Es war Sonntag, der dritte Juni, um sechs Uhr morgens. Nicht mehr lange bis zur Sommersonnenwende. Unter seinen Füßen spürte er die Erschütterung, die von der ersten Abfallfuhre des Tages ausgelöst wurde, und dachte an die Anwohner, die sich vermutlich in ihren Betten auf die andere Seite drehten und dabei die Stadtverwaltung verfluchten. Plötzlich war ein Schlag zu hören. Leise, aber deutlich vernehmbar. Irgendwo war mal wieder etwas stecken geblieben. Joví tippte auf La Portella. Als er an dem Platz gegenüber dem riesigen, in den alten Festungswall eingelassenen Tor angekommen war, schlüpfte er hinter die Oleanderbüsche, die die hässliche Reihe *buzóns* verbargen. Mit ihrem dicken Kopf und dem niedrigen, gedrungenen Rumpf glichen sie schlecht konstruierten Robotern.

Er betrachtete den Himmel, wo der Vollmond nur noch als blasser Schatten zu erkennen war. Langsam wurde es hell. Er stellte seinen Besen ab, öffnete die nächstgelegene Klappe und leuchtete mit seiner Taschenlampe hinein. Nichts. Er würde mit der Hand hineinfassen müssen. Der Länge nach auf dem Pflaster ausgestreckt, steckte er seinen gesunden Arm in die Rohrleitung und tastete sie ächzend von innen ab. Seine Finger stießen auf ein Päckchen aus Stoff. Wieder einmal hatte jemand versucht, die Leitung zu verstopfen, um der Stadtverwaltung zu nerven. Das Paket war dick und blockierte alles, er musste es sofort herausholen. Joví versuchte, mit seinem Haken daran zu ziehen, aber es hing fest. Er setzte erneut an, zog stärker, hörte ein Krachen und konnte das Paket schließlich an die Oberfläche befördern. Es stank so bestialisch, dass er es auf den Boden fallen ließ. Mit der Fußspitze drehte er es um und stieß einen Schrei aus. Seine Lampe beleuchtete eine Hand, die auf ein grob zusammengeschnürtes Stoffpaket gebunden war. Ohne sie wirklich wahrzunehmen, starrte er auf den unter einer roten Schnur ausgestreckten Daumen und Zeigefinger und auf eine klaffende Wunde an der Stelle des Ringfingers. Aus dem aufgedunsenen, bläulichen, ekelhaft weichen Fleisch ragte der abgebrochene Armknochen heraus. Die Hand einer Leiche. Einen Moment lang glaubte er zu halluzinieren. Er dachte, er hätte seinen eigenen Unterarm und seine Hand vor sich, die er an das Meer verloren hatte. Von Panik gepackt, stieß er seinen grausigen Fund mit dem Fuß hinter den Müllschlucker und setzte sich völlig verstört auf den Boden. Dem intensiven Duft der Oleanderblüten war es zu verdanken, dass er nicht das Bewusstsein verlor. Keuchend versuchte er, die Kontrolle über sich selbst wiederzuerlangen, aber das Bild der an ihr Kissen aus Stoffen gefesselten Hand und des auf den Mond deutenden Fingers ließ ihn nicht los.

Das vertraute Geräusch des Reinigungswagens auf seiner morgendlichen Runde drang durch den Nebel seiner Angst. Er hob den Blick. Im Gegenlicht nahm die gotische Silhouette von La Seu, der Kathedrale von Palma, mit ihren vielen Glockentürmchen und Strebepfeilern, die über dem Durchgang aufragte, plötzlich eine barbarische Gestalt an – mittelalterliches Dementi einer mehrere Jahrhunderte währenden friedensstiftenden Kultur.

So sehr war Joví an Unglück gewöhnt, dass ihm war, als schwele ein unterirdischer Krieg, dessen erstes Opfer er nun an die Oberfläche gebracht hatte. Zitternd wählte er die Notrufnummer der Polizei und schloss in sein Schicksal ergeben die Augen.

2 Um in der Uniform der Staatspolizei nach Mallorca zurückzukehren, hatte Pilar Más alles auf sich genommen. Das Exil
in Madrid, den Drill der Polizeischule, die Aufnahmerituale der
Einheiten, für die weibliche Kollegen noch immer ein Novum waren, die unangenehmsten Aufgaben, den Einsatz in den problema-
tischsten Gegenden, in den Vorstädten rund um die Straße von
Gibraltar, und den Dienst an Sonn- und Feiertagen. All das, um eines Tages der kriminaltechnischen Abteilung der Staatspolizei auf
ihrer Heimatinsel anzugehören. Und nun, da sie am Ziel angekommen war, war sie sich nicht mehr sicher, ob es richtig gewesen war,
unbedingt zurückkehren zu wollen.

Seit ihrer Landung am Freitagmittag wurde sie von wider-
sprüchlichen Gefühlen bestürmt. Das Gefühl, das von ihr Besitz
ergriffen hatte, als sie im winzigen Fenster des Flugzeugs die felsige
Küste und den gezackten Kamm der Serra de Tramuntana auftauchen sah, war eindeutig gewesen. Die Freude darüber, ihre Insel
wiederzusehen, hatte sie selbst überrascht, war größer gewesen,
als sie sich vorgestellt hatte. Das Flugzeug hatte eine Schleife über
der Ebene im Zentrum der Insel gezogen, über ihrer blutroten
Erde, ihren Oliven- und Mandelbäumen und ihren Stauseen, über
denen zerborstene Windmühlen aufragten. In ihre Ungeduld, endlich anzukommen, hatte sich plötzlich Furcht gemischt. Die Pilar,
die zurückkehrte, war nicht mehr die, die vor sechs Jahren weggegangen war. Die Insel war in ihrer Vorstellung unverändert geblieben. Durch das Fenster erkannte sie ihre Heimaterde wieder.
Eine optische Täuschung. Die Dimensionen verändern sich mit
wachsendem Abstand. Das gilt für Menschen und Landschaften
gleichermaßen. Und zwar ausnahmslos. Aus dem Flughafen-
gebäude war ein gigantischer Terminal geworden, in dem ganz
Europa, das in vollgestopften Chartermaschinen anreiste, abgefer-
tigt wurde. Kilometer von Landebahnen und Gängen, gigantische,
mit weißem Marmor gefliese Abfertigungshallen. Doch am Ausgang war die stickig heiße Luft dieselbe, der Duft der Oleanderbüsche immer noch genauso süß, würzig, berauschend, unver-
kennbar. Und ihre Panik bei der Vorstellung, früher oder später

9

den Zeugen ihrer Vergangenheit gegenüberzustehen, war auch noch immer da.

Gebückt unter dem Gewicht eines riesigen Rucksacks und einer grünen Segeltuchtasche, die beide schon bessere Tage gesehen hatten, rannte Pilar zum Taxistand, während ihr der Tragegurt des Koffers mit ihrer Fotoausrüstung in die Schulter schnitt. Wie so oft, war das Flugzeug in Barcelona mit Verspätung gestartet. Sie ließ sich direkt zum Sitz der Staatspolizei in der Carrer Ruiz de Alda fahren, um pünktlich zu ihrem Vorstellungstermin zu erscheinen. Sie hatte die Scheibe heruntergelassen und sog mit Genuss die sengende Mittagshitze ein. Ungehalten schaltete der Fahrer die Klimaanlage aus. Das Taxi fuhr zu schnell, aber bevor sie den Fahrer bat, langsamer zu fahren, wartete sie, bis die Kathedrale mit ihren vertikalen, zum Himmel strebenden Linien in Sicht kam, und ihre imposanten Strebebögen, die in der bleiernen Hitze der Schwerkraft trotzten. Die riesige Arche, die im glühenden Dunst über der Bucht von Palma zu schweben schien, war ihre Akropolis, ihre geistige Uhr, ihr mentaler Eckpfeiler. Unter ihr prallten die Zeit und ihre Moden gegen die enormen Bruchsteine der Kaimauer. Die zeitgenössischen Skulpturen, die man in dem öffentlichen Park am Fuße der Festungsanlage aufgestellt hatte, ähnelten Spielzeug, das ein Riesenkind liegen gelassen hatte. Aus dem Augenwinkel vergewisserte sie sich, dass das Standbild des mittelalterlichen Mönchs und Philosophen Ramon Llull, eingehüllt in sein Gewand aus Bronze, immer noch am Eingang seiner Stadt, am Fuße des Almudaina-Palastes, stand. Auf große Männer und alte Steine war Verlass, wenn es darum ging, dem Vorbeiziehen der Jahrhunderte zu trotzen. Sie hatte kaum Zeit, den anmutigen gotischen Bau der Seehandelsbörse Sa Llotja und die Loggia des Consolat de Mar zu betrachten, denn schon beschleunigte das Taxi wieder und bog ab.

Pilar erregte einiges Aufsehen, als sie das Gebäude der Staatspolizei betrat. Ihr Gepäck löste den Alarm der Sicherheitsschleuse aus. Sie musste Erklärungen abgeben und ihr Dienstantrittsschreiben vorzeigen. Man befreite sie von ihrem Gepäck und bat sie, sich zu beeilen. Hauptkommissar Fernando Olazabal erwartete sie.

Ihre erste Begegnung verlief katastrophal. Während ihrer Ausbildung hatte man sie vor den Rivalitäten zwischen den Experten der Spurensicherung und den mit den Ermittlungen betrauten Kommissaren gewarnt. Pilar war schon mit dem Misstrauen der Ermittler konfrontiert gewesen, aber noch nie war ihr eine so unverhüllte Feindseligkeit entgegengebracht worden.

Olazabal raubte ihr gleich zu Beginn jegliche Illusion über die Grenzen ihrer Zuständigkeit und machte keinen Hehl ihr gegenüber aus seiner Herablassung.

»Ordnung und Methode. Mehr verlange ich nicht von Ihnen. Keinerlei Initiative. In Ihren Unterlagen steht, dass Sie eine begabte Fotografin sind. Das interessiert mich nicht im Geringsten. Scharfe, präzise Abzüge, gerade und an der richtigen Stelle in den Bericht eingeklebt, das ist alles, was ich will. Künstler können wir hier nicht gebrauchen. Was zählt, ist das Resultat, und ich bin derjenige, der es beurteilt. Sie unterstehen dem Befehl von Offizier Gerónimo Diaz. Der wird sich freuen. Es ist schon eine Weile her, dass er eine zweite Putzfrau bei mir angefordert hat!«

Pilars Entrüstung amüsierte ihn und zufrieden mit der Wirkung seiner Worte, beendete er seine Ansprache:

»Ich weiß ja, dass man euch an der Akademie jede Menge Unfug über Experten und Spurensicherung erzählt, so wie man es aus dem Fernsehen kennt. Hier werden die Ermittlungen jedenfalls von meinen Ermittlern geführt und nicht von denen, die die Fotos knipsen. Lassen Sie sich das gesagt sein. Geben Sie Ihre Handynummer Ihrem Chef, sodass Sie erreichbar sind, wenn Sie gebraucht werden. Sie haben bis Montag frei. Das wär's!«

Offizier Gerónimo Diaz und seine Mitarbeiterin Carmen Ferrara waren im Einsatz bei einer Tatrekonstruktion und telefonisch nicht erreichbar. Pilar hinterließ ihre Nummer auf der Mailbox und ging mit gesenktem Kopf ihr Gepäck holen. Sie hatte ihren eigenen Rekord gebrochen. Exakt fünf Minuten hatte sie dieses Mal gebraucht, um sich ihren Chef zum Feind zu machen.

Überall, wo sie bisher gewesen war, war sie aufgefallen. Durch ihre Größe, ihre Waghalsigkeit, aber auch durch ihre Beharrlichkeit und ihren unzähmbaren Willen, alles zu lernen. Auch das, was man nicht für nötig hielt, ihr beizubringen. Ihre Wissbegier kannte keine Grenzen, ebenso wenig ihre Dickköpfigkeit. Bisher hatte sie es jedoch immer geschafft, sich halbwegs an die Spielregeln ihrer jeweiligen Arbeitsstelle anzupassen. Dieses Mal war schon der Anfang schlecht gelaufen. Sie fragte sich, ob es ihr gelingen würde, den katastrophalen Eindruck, den diese erste Begegnung hinterlassen hatte, zu korrigieren.

Gerónimo Diaz war ein Freund ihres Cousins Bruno Montaner, Teniente der Guardia Civil von Mallorca. Als Bruno sie vor sechs Jahren überredet hatte, zur Polizei zu gehen und ihre Begabung für das Fotografieren in den Dienst der Spurensicherung zu stellen, hatte er versprochen, ihr dabei zu helfen, nach Palma zurückzukehren. Sie musste sich im Gegenzug seiner Empfehlung würdig erweisen. Ihren Teil der Abmachung hatte sie erfüllt, ebenso wie er den seinen. Hatte er Druck auf Olazabal ausgeübt, damit der sie einstellte? War das der Grund für dessen Aggressivität? Pilar befürchtete eher, dass Olazabal einer von jenen Chefs war, die, eingezwängt in ihren Anzug, ihre Krawatte und ihre Überzeugungen, ihrer Autorität nur dadurch Geltung verschaffen konnten, dass sie ihre Untergebenen schikanierten. Die Mitarbeiter der Spurensicherung gering zu schätzen war ein Fehler und ein Zeichen von Schwäche. Das würde sie ihm früher beweisen, als er es sich vorstellen konnte.

Ihre Vorgesetzten schätzten ihre Ruhe und Disziplin, beides unverzichtbare Eigenschaften am Tatort. Methodisch, gewissenhaft und mit einem instinktiven Blick für das Wesentliche, war aus ihr eine gute Kriminaltechnikerin geworden. Auf die Mitarbeiter der Spurensicherung wirkten sich die hierarchischen Strukturen weniger stark aus als auf die anderen Polizeibediensteten. Sie bildeten kleine eingeschworene Teams, deren einzelne Mitglieder weitgehend selbstständig arbeiteten. Pilar kam das sehr entgegen. Der Kodex innerhalb der einzelnen Teams war unterschiedlich. Jedes hatte seine eigene Vorgehensweise am Einsatzort. Ein Kriminaltechniker musste alles können: fotografieren, Spuren sichern, Zeichnungen vom Tatort anfertigen, Notizen machen und Berichte verfassen. Doch alle ihre Vorgesetzten hatten Pilar darin bestärkt, sich auf die Fertigkeit zu spezialisieren, in der sie wirklich glänzte, das Fotografieren. Vor Ort bewegte sie ihren schlanken, etwas eckigen Körper langsam und präzise, stets darauf bedacht, ihre Arbeit auf die ihrer Kollegen abzustimmen. Ihre Gesten waren bedacht, ihr Blick ruhig.

»Versuche nicht zu verstehen, sondern konzentriere dich darauf, alles zu sehen«, hatte ihr erster Ausbilder ihr beigebracht.

Pilars Blick grenzte an Hellsichtigkeit, und auch die größten Zweifler mussten anerkennen, dass es ihr mit ihren Aufnahmen gelang, aus einem Tatort genau die Details herauszulösen, die den Tathergang in einem neuen Licht erscheinen ließen. Den versteckten Sinn hinter den verkrampften Fingern einer Hand, einem abgerissenen Knopf oder einem vor Anstrengung verzerrten Gesicht. Den Widerspruch zwischen den entspannten Zügen und den verzweifelt in Kleidungsstücke gekrallten Händen. Einzelheiten, die übersehen worden wären oder die sich niemand die Mühe gemacht hätte, zu interpretieren, wären sie nicht von ihren Fotos in den Vordergrund gezerrt worden. Die Toten kommunizierten mit ihr durch das Objektiv. Sie hatten ihren Mörder gesehen. Oft wussten sie, wer er war, und hatten damit einen großen Vorsprung gegenüber den Ermittlern. Bis zu ihrem letzten Atemzug hatten sie versucht, ihm zu entkommen oder wenigstens ihr trauriges Geheimnis zu offenbaren. Die erstarrte Haltung, die ihnen sein verbrecherischer Wille aufgezwungen hatte, war eine einzige Anklage. In einer allerletzten Anstrengung, über den Tod hinaus etwas mitzuteilen, gelang es einigen sogar, den Täter zu benennen, eine Spur seiner Gegenwart zu bewahren, Hinweise zu geben. Die Aufgabe der Spurensicherung war es, diese zu enträtseln. Pilar war sich dieser Verantwortung bewusst. Wenn sie die Botschaft übersah, die die Leiche bei ihrem Auffinden, trotz des bejammernswerten Zustands, in dem sie sich befand, aussandte, würden sich die Chancen, den Schuldigen ausfindig zu machen, auf ein Minimum reduzieren. Ihre Wahrnehmung ähnelte der eines Tieres. Hinter ihrer scheinbaren Gleichgültigkeit befand sie sich in einem Zustand instinktiver Wachsamkeit und außergewöhnlicher Konzentration, die alle ihre Kräfte mobilisierte und ihren Blick lenkte. Sie schien permanent unter Spannung zu stehen. Niemand wusste, warum.

In ihrem Schutzanzug wurde sie mit ihren kurz geschnittenen schwarzen Locken, den langen Beinen, dem breiten Kreuz einer Schwimmerin und ihrem schweren Gürtel auf den Hüften von hinten oft für einen Mann gehalten. Man musste ihr ein Lächeln entlocken, damit in ihrem dreieckigen, etwas eigensinnigen Gesicht weibliche Züge zum Vorschein kamen. Die tiefschwarzen Augen unter der gerunzelten Stirn, das starke Kinn und die gebogene Nase luden nicht gerade zum Scherzen ein. Mit ihrer muskulösen, lang gestreckten Gestalt und ihrem kämpferischen Auftreten kultivierte sie den eigenwilligen Stil der Heldinnen aus den japanischen Mangas, die sie in ihrer Freizeit verschlang. Niemand konnte sich rühmen, sie jemals in einem Rock gesehen zu haben. An der Polizeischule kursierten wilde Gerüchte über ihre sexuelle Orientierung. Die besser Informierten wussten von einem kanadischen Freund zu berichten, einem Fotojournalisten, der um die Welt reiste und ihr seine Bilder per E-Mail zuschickte. Das setzte den Gerüchten ein Ende.

Ihre extreme Zurückhaltung konnte nur schlecht ihr aufbrausendes Temperament verbergen. Pilar stand entschieden auf der Seite der Opfer und machte keinen Hehl daraus. Wenn nötig, schreckte sie auch nicht davor zurück, handgreiflich zu werden. Sie war ein gefürchteter Gegner. Diejenigen, die sich mit ihr schon beim Schwimmen, Laufen oder an der Kletterwand gemessen hatten, hatten es so schnell nicht vergessen. Sie hatte ihre ganz eigene Art, die Muskeln anzuspannen und sich über ein Hindernis zu schwingen und, auf der anderen Seite angekommen, mit einem geschmeidigen Sprung wieder loszuschnellen, sie konnte das Wasser mit einer unglaublichen Kraft teilen, an einer Wand kleben, als ob ihr Leben davon abhinge. Was dahintersteckte, wusste niemand.

Pilar wusste es, aber sie sprach nie darüber. Der Tod von Sergí Vives, ihrem anderen Cousin und Freund aus Kindertagen, war vor sechs Jahren der Auslöser gewesen, diesen Beruf zu ergreifen. Sergí war auch ihre erste Liebe gewesen. Nur Miguel, sein Bruder, wusste davon. Damals waren sie ein unzertrennliches Trio gewesen und verdienten den Sommer über ihr Geld damit, Touristen zu den Tauchgründen zu bringen, die sie in- und auswendig kannten. An jenem Morgen war Sergí mit einem Kunden unterwegs, der das Seeaal-Wrack in der Meerenge zwischen Sant Elm und der Insel La Dragonera erkunden wollte. Es war eine klassische Tour, die inzwischen gefährlicher geworden war, weil sich die Seeaale daran gewöhnt hatten, von den Tauchern gefüttert zu werden. Die Perversion eines natürlichen Verhaltens, die Pilars Zorn erregte. Denn nun attackierten die Seeaale mit ihrem scharfen Gebiss gnadenlos jeden, der die Unvorsichtigkeit beging, sich in ihr Revier zu begeben, ohne etwas dabeizuhaben, womit er ihre Gefräßigkeit befriedigen konnte. Ihre Bisse konnten gefährlich werden. Pilar hasste sie und schickte Sergí an ihrer Stelle hin.

Als im Radio die Meldung kam, dass am Seeaal-Wrack jemand ertrunken war, befanden sich Pilar und Miguel mit einer Gruppe von Tauchern am Fuß von La Mola. Sie wussten sofort, dass es sich nur um Sergí oder seinen Kunden handeln konnte. Sie eilten zu dem Wrack. Zu spät. Pilars geschultes Auge hatte seither den schrecklichen Anblick tausend anderer Leichen, Unfallopfer und blutiger Tatorte ertragen. Doch dieses eine Bild verfolgte sie: Sergí in seinem Taucheranzug, mit heruntergerissener Maske, hervorquellenden Augen, weit aufgerissenem Mund und eingedrücktem Oberkörper, den das Gewicht der Sauerstoffflaschen auf den Meeresgrund drückte, das Gesicht blau angelaufen, erstickt, ertrunken, gefangen in einem Wirrwarr aus Seilen. Und die Seeaale, die ihn umzingelten, schlimmer als Haie.

Die Rettungstaucher der Guardia Civil hatten Pilar schonungslos abgedrängt. Doch bevor sie sich geschlagen gab und wieder zur Wasseroberfläche aufstieg, machte sie, einer spontanen Eingebung folgend, Bilder mit ihrer Unterwasserkamera, die sie um den Hals trug, um ihre Kunden und die Meeresfauna zu fotografieren. Als sie einige Tage nach dem Unfall zum Kommissariat ging, um ihre Aufnahmen abzugeben, weigerten sich die Kommissare, sie bei ihren Ermittlungen zu berücksichtigen. Sie hatten nicht sehen wollen, was die Großaufnahmen deutlich zeigten: einen Palstekknoten, aus dem unter Zug eine tödliche Schlinge geworden war. Das Tau, das Sergí erdrosselt hatte und somit die These von einem Unfall entkräftete. Die Verletzungen an seinen Händen, die bewiesen, dass unter Wasser ein Kampf stattgefunden hatte. Die Puzzleteile eines nahezu perfekten Verbrechens. Der geheimnisvolle Kunde, der sich vor dem Eintreffen der Rettungstaucher aus dem Staub gemacht hatte, konnte nicht identifiziert werden. Die Ermittlungen hatten nichts ergeben. Die Anfangsbuchstaben, die Sergí in das Register des Tauchklubs gekritzelt hatte, waren unleserlich. In seinen Sachen hatte man die Gebühr für die Tauchtour gefunden, die bar bezahlt worden war. Niemand hatte sich gemeldet. Ein Zeichen von Feigheit eines verschreckten Zeugen, unterlassene Hilfeleistung oder die Flucht eines Verbrechers? Wie sollte man das jemals herausfinden? Die Hochsaison war in vollem Gange. Es war ein Ding der Unmöglichkeit, jeden einzelnen der unzähligen Touristen, die an dieser beliebten Küste kamen und gingen, zu überprüfen. Man hatte die Suche eingestellt. Die Ermittler hatten den Fall als Tauchunfall abgeschlossen, verursacht durch die starke Strömung zwischen der Küste von Sant Elm und der Insel La Dragonera. Ihretwegen war Pilar zur Spurensicherung gegangen. Während sie noch zwischen ihren Schuldgefühlen und ihrer Wut auf die Ermittler schwankte, hatte Bruno Montaner ihr erklärt, wie sie ihr fotografisches Talent in den Dienst der Gerechtigkeit stellen konnte. Nur indem sie in die kriminaltechnische Abteilung der Staatspolizei eintrat, würde sie lernen, wie auf der Grundlage dessen, was sie mit ihrer Kamera besser als viele andere zu enthüllen verstand, eine tragfähige Anklageschrift verfasst werden konnte. Pilar Más hatte sich selbst zu einem sechsjährigen Exil verurteilt. In dieser Zeit absolvierte sie ihre Ausbildung an der Polizeischule und danach an Einsatzorten in den heruntergekommensten Ecken Spaniens. Sie hatte gelernt, was zu tun war und wohin es den Blick zu richten galt. Doch würde das ausreichen, um ihr irgendwann darüber hinwegzuhelfen, dass sie Sergís Mörder nicht hatte stellen können?

Ihr Fotografenauge ließ ihr keine andere Wahl. Sehen war ihr Beruf. Die Suche nach der Wahrheit im unüberschaubaren Faktengewimmel, den Teufel zu finden, der in den Details steckte.

3   Das Klingeln ihres Handys schreckte Pilar aus dem Schlaf. Es war Gerónimo Diaz, der sich nicht mit langen Vorreden aufhielt.

»Ich weiß, es ist sehr früh und es ist Sonntag, aber wir haben einen Notfall. Wir treffen uns in einer halben Stunde in La Portella. Findest du das? Bring deine Kameras mit. Ferrara und ich haben die restliche Ausrüstung dabei.«

Auch am Treffpunkt verschwendete Gerónimo, ein großer, kräftig gebauter Typ mit halblangen weißen, etwas fettigen Haaren, die ein Gummiband im Nacken zusammenhielt, nicht viel Zeit damit, sie einander vorzustellen. Carmen Ferrara, eingezwängt in ihren Schutzanzug, war eine kleine, rundliche, lebhafte Frau mit roten Haaren, dunklen Ringen unter den Augen und einem schelmischen Lächeln. Die drei maßen sich mit Blicken. Was sie sahen, schien ihnen zuzusagen, denn ohne weitere Fragen zu stellen, machten sie sich an die Arbeit. Diaz, der sichtlich schlecht gelaunt war, fasste knapp die Vorgehensweise zusammen. Er würde während der Spurensicherung nach und nach per Zuruf alle weiteren Schritte festlegen. So lautete die Regel, die manche gewissenhafter befolgten als andere. Bevor sie den mit Absperrbändern begrenzten Bereich betraten, legte Diaz fest, wer welche Aufgaben übernehmen würde. Pilar gefiel seine Arbeitsweise. Kein Tatort glich dem anderen. Das Team hatte nur diese eine Chance, alles musste auf Anhieb richtig gemacht werden. Sie mochte es, wenn die Rollen klar verteilt und die einzelnen Schritte der Spurenerfassung eindeutig definiert waren. Sie wurde nicht enttäuscht. Diaz legte eine fast schon zwanghafte Präzision an den Tag, die verriet, dass er unter enormem Stress stand.

»Dies ist ein ziemlich außergewöhnlicher Einsatzort«, erklärte er. »Wir haben lediglich ein Leichenteil. Einen Unterarm und die dazugehörende Hand. Ein städtischer Angestellter hat sie in der Rohrleitung der Müllentsorgung gefunden. Diese verdammte Anlage, so etwas musste ja irgendwann passieren. Niemand hat mir gesagt, wie wir da drin Indizien sichern sollen. Wenn jemand eine Idee hat, nur heraus damit. Es wäre mir lieber, wir wären fertig, bevor Olazabal hier auftaucht. Wenn er uns erst im Nacken sitzt, wird alles noch komplizierter. Pilar, du fängst an und machst eine komplette Dokumentation des Tatorts. Dann folgt ihr mir beide Schritt für Schritt, haltet die Augen offen und stellt in chronologischer Reihenfolge Nummern auf, wenn ich auf etwas zeige. Ich will, dass von jedem einzelnen Indiz ein Foto gemacht wird, bevor ich es anfasse, Großaufnahmen oder Makros, falls nötig. Danach ein weiteres Foto, sobald ich es entfernt habe, für den Fall, dass sich darunter ein weiteres Indiz verbirgt. Vergiss nicht, dir einen festen Bezugspunkt zu suchen und ein Lineal neben die Gegenstände zu legen, damit wir einen Maßstab haben. Achte auf Schatten und die Perspektive. Ja, ich weiß, du kennst deinen Job. Aber wenn du irgendwelche Zweifel hast, will ich, dass du mit mir darüber sprichst. Carmen kümmert sich um Notizen, Markierungen und die Tatortskizze. Okay, wir prüfen die Ausrüstung, machen die Augen auf und los geht's.«

»Sieht fast so aus, als hätte Olazabal heute schon in aller Frühe seine Berserkernummer abgezogen. Nur er schafft es, Gerónimo in diesen Zustand zu versetzen«, raunte Carmen Pilar zu.

Seite an Seite kramten sie in den Koffern und suchten die Sachen heraus, die sie brauchen würden.

»Ich brauche so viel Licht wie möglich«, sagte Pilar. »Wo sind die Scheinwerfer?«

»Sieh in dem Koffer nach, auf dem *Foto* steht, aber bring ihn nicht durcheinander. Gerónimo hasst es, wenn die Sachen nicht aufgeräumt sind«, antwortete Carmen. »Warte einen Moment, ich muss dir noch etwas sagen. Das musst du natürlich erst noch beweisen, aber es sieht so aus, als wärst du in Ordnung. Diaz hat mit deinen ehemaligen Kollegen telefoniert. Nicht einmal aus Freundschaft zu Montaner hätte er zugelassen, dass er jemanden aufgedrückt bekommt, der unfähig ist. Du kannst auf ihn zählen. Was Olazabals Meinung betrifft – auf die pfeifen wir. Okay? Und jetzt an die Arbeit. Zeig uns, was du drauf hast!«

Nun zahlte sich ihre Ausbildung aus. Pilar wusste, was von ihr erwartet wurde. Den Tatort dokumentieren. Zunächst im Weitwinkel. Dann nach und nach den Verbrechensgegenstand heranzoomen. Gerónimo und Carmen vertrieben alle, die sich im Umkreis des Tatorts aufhielten. Konzentriert, das Auge an den Sucher geheftet, schritt Pilar systematisch das Gelände ab. Die kleine mit fluoreszierenden Bändern abgegrenzte Fläche. Die Carrer de la Portella. Auf der einen Seite die gewaltige schmucklose Festungsmauer. Auf der anderen der Eingang zur Werkstatt der Glasbläsermeister Gordiola mit ihrem Tonnengewölbe. In der Biegung das kleine über Eck gebaute, ockerfarbene Palais. Schließlich drehte sie sich um. Der Passeig d'alt Murada und die Kathedrale von Palma tauchten wie eine malerische Postkartenszene in ihrem Sucher auf, nur dass der Vordergrund der Idylle ins Grauenhafte abgeglitten war.

Ihr Blitzlicht zuckte über die Kreuzung, die von der aufgehenden Sonne noch nicht beleuchtet wurde. Pilar wusste aus Erfahrung, dass das alles war, was von ihr im Gedächtnis bleiben würde, die Blitzlichter und das Klicken des Auslösers. Am Tatort ist der Fotograf ein schwarzer Schatten. Eine gesichtslose Gestalt, die mit dem Klicken ihrer Kamera verschmilzt und schweigend verschwindet. Ihre Aufnahmen sind der einzige Beweis für ihre Existenz. Doch für die Ermittlungen sind sie unverzichtbar. Momentaufnahmen, die die Fakten festhalten und die am Tatort verborgene Wahrheit enthüllen, nachdem man den Täter nicht auf frischer Tat ertappen konnte.

Pilar war es nur recht, dass sie nicht wahrgenommen wurde. So konnte sie nebenbei einige Schwarz-Weiß-Aufnahmen mit ihrer alten Leica machen. Der Mechanismus funktionierte völlig lautlos. Eine Eigenschaft, die es den großen Fotografen ermöglicht hatte, Bilder zu machen, die es eigentlich gar nicht geben konnte. Eine unhörbare Salve von Aufnahmen und die Sache war erledigt. Keiner merkte etwas. Gewohnheitsmäßig beendete Pilar die Serie mit einigen Aufnahmen der kleinen Ansammlung Schaulustiger, die sich trotz der frühen Stunde um den Platz herum eingefunden hatten. Man stieß in solchen Gruppen immer auf interessante Gesichter. Potenzielle Zeugen. Sie nahm wieder die Digitalkamera zur Hand und bemühte sich, in einer sinnvollen Reihenfolge zu fotografieren.

Bei ihrer Ankunft in Palma war ihr das neue System zur Müllentsorgung sofort ins Auge gesprungen. An allen Straßenecken standen in Dreiergruppen Müllschlucker wie diejenigen, die sie nun vor sich hatte. Und nun war einer davon des Kannibalismus überführt worden. Das war nicht weiter erstaunlich, denn die *buzóns* hatten wirklich eine fiese Visage. Pilar umrundete sie und wählte kleine Bildausschnitte, um sie im Detail zu fotografieren. Der große zylindrische Kopf saß auf einem eckigen Kasten, der breiter war als sie selbst. Auf der Vorderseite war eine Gebrauchsanweisung angebracht. Die gepanzerte Öffnung klappte auf wie eine Safetür. Der Müllschlucker, der sie interessierte, war mit einem Hebel versehen und der erste in der Reihe. Eine Palme und die Oleanderhecke standen genau richtig, um als Schutz vor neugierigen Blicken zu dienen. Der dahinter liegende Palast wurde gerade renoviert und die Fassade war mit blauen Plastikplanen verkleidet. Der Irre, der den Arm entsorgt hatte wie ein gewöhnliches Stück Abfall, hatte Zeit und Ort dafür sorgfältig gewählt.

Durch ihren Sucher sah sie ihn. Den mit einer dünnen roten Schnur festgebundenen Unterarm. Die offene Hand ragte über den Stoffballen hinaus. Es war eine rechte Hand, eher feingliedrig, wenn auch durch die fortgeschrittene Verwesung aufgequollen. Die schmale Handfläche, die langen Finger, die regelmäßigen Fingernägel. Das war keine Arbeiterhand. Das Teleobjektiv vergrößerte die Lücke, die der sauber abgetrennte Ringfinger hinterlassen hatte, den zweiten Schnitt auf der Höhe des Ellbogens, den Knochen, der aus der widerlichen Wunde in dem schwärzlichen Fleisch, das in den Müll geworfen worden war, hervorstand. Ein Stück verdorbenes Fleisch. Nur, dass diese Hand und dieser Arm einem ihrer Mitmenschen gehört hatten. Umarmt hatten, gestreichelt, ein Lenkrad gehalten, ein Glas, eine Zigarette. Die Aufnahmen sprachen zu ihr. Sprachen von einem Mann, der gequält worden war, verstümmelt. Aber von wem? Womit? Warum? Was hatte die kranke Inszenierung mit den Lumpen und der Schnur zu bedeuten? Pilar machte eine Nahaufnahme nach der anderen. Eine Art stummer, heftiger Dialog entspann sich zwischen ihr und dem Mörder, während sie mit ihrer Kamera versuchte, das einzufangen, was von seinen Gesten in dem grausigen Anblick, der sich ihr bot, noch übrig war. Ihr Wille, diesen Dialog weiterzuführen, den Mörder zu zwingen, sich zu verraten, und dem Opfer dabei zu helfen, zu erzählen, was es hatte erleiden müssen, trieb sie an, nichts zu übersehen und ihre Suche nach dem entscheidenden Indiz bis zum Ende fortzusetzen. Die Suche nach dem Detail, das sie, ohne es zu bemerken, zusammen mit vielen anderen Indizien an diesem Morgen erfasst hatten und das den Schuldigen verraten und seiner gerechten Strafe zuführen würde.

Die fotografische Dokumentation des Tatorts war beendet.

Gerónimo löste sie ab. Pilar heftete sich an seine Fersen und gehorchte den präzisen Zeichen, die er ihr machte. Ausgestreckter Zeigefinger. Fotos. Sicherstellung. Fotos. Sie sammelten drei Zigarettenstummel auf, eine zerbeulte Bierdose, eine leere Wasserflasche und ein schmutziges weißes Papiertaschentuch, bevor sie den Boden um den Müllschlucker peinlich genau untersuchten. Nichts wurde aussortiert. Stück für Stück musste alles gesammelt werden. Die von Carmen nummerierten Indizienbeutel aus Packpapier stapelten sich bereits. Sie ließen den Straßenkehrer kommen, der das Paket aus der geöffneten Klappe gezogen hatte. Er zeigte mit zitternden Fingern auf die Öffnung und beschrieb stockend, wie er vorgegangen war.

»Sie hätten nichts anfassen dürfen«, ereiferte sich der Polizist, der ihn mit festem Griff gepackt hielt.

»Das wäre mir auch lieber gewesen, aber wenn ich die Sauerei nicht aus dem Loch geholt hätte, wäre alles verschwunden und Sie würden mich hier jetzt nicht schikanieren«, jammerte Joví.

»Er hat recht. Lassen Sie ihn in Frieden und uns auch. Ich will keinen Ermittler innerhalb der Absperrung sehen, bevor wir die Spurensicherung abgeschlossen haben!«, ordnete Gerónimo an. Olazabals Mann zog sich murrend mit der Bemerkung zurück, welche Art von Indizien sie hier wohl zu finden hofften.

»Das ist mein Problem. Und du bleibst hier bei mir«, sagte Gerónimo schon freundlicher zu dem städtischen Bediensteten. »Wie heißt du?«

»Alberto Jover. Aber man nennt mich einfach Joví. Noch nie im

Leben habe ich so eine Angst gehabt, das können Sie mir glauben. Lieber hätte ich meinen zweiten Arm auch noch hergegeben, als so etwas sehen zu müssen.«

Pilar zuckte zusammen. Entweder ließ ihre Aufmerksamkeit nach, oder sie war zu sehr auf das Fundstück konzentriert. Sie hatte gar nicht bemerkt, dass er einarmig war. Er erklärte ihnen, was er über den Mechanismus der Müllschlucker wusste. Gerónimo bat Pilar, Großaufnahmen zu machen, bevor er Fingerabdrücke von Hebel und Metallkasten abnahm. Der Mann beteuerte, dass er keines von beidem angefasst hatte. Für alle Fälle nahmen sie Proben von den Verschmutzungen auf der Innenseite des *buzón*. Es sah jedoch so aus, als hätte der Arm nicht mehr geblutet, als er hineingeworfen worden war. Pilar schaltete einen Scheinwerfer an und machte eine weitere Fotoserie von der Öffnung des Metallschachts. Danach wandten sie sich der offen stehenden Bodenklappe zu. Gerónimo verwünschte die Planer der Anlage. Wie sollte man da hineinschauen? Pilar holte einen Spiegel aus ihrer Ausrüstungstasche, schaltete den Scheinwerfer wieder ein und benutzte den Spiegel als Reflektor, mit dem sie die Rohrleitung beleuchtete. Ein Fotografentrick, den sie während ihrer Ausbildung gelernt hatte.

»Clever, die Kleine«, lobte Carmen.

»Sehr viel wird man nicht sehen, aber ich kann es mal damit versuchen«, sagte Pilar und zog aus ihrer Tasche einen Fotoapparat von der Größe einer Zigarettenschachtel.

Nach einigem Herumtasten und Korrekturen der Einstellungen gelang ihr mit ausgestrecktem Arm eine akzeptable Aufnahme der Leitung. Die schmutzige, schwarze Schleifspur, die der Knochen im Innern des Rohres hinterlassen hatte, als Joví das Paket mit Gewalt herauszog, war deutlich darauf zu erkennen.

»Jedenfalls reicht das, um seine Aussagen zu bestätigen«, schloss Gerónimo mit gerunzelter Stirn, als sie ihm das Ergebnis auf dem Display zeigte.

Es war längst hell geworden, aber ihr Einsatz war noch lange nicht beendet. Sie besprachen gerade das weitere Vorgehen, als plötzlich Olazabal auftauchte. »Ich habe gehört, dass ihr versucht, diesen Kerl da zu entlasten. In seinen Taschen wurde ein gezahntes

Fischermesser gefunden, das scharf wie eine Rasierklinge ist. Eine wahre Faustwaffe. Er ist ein Herumtreiber, ein Fremder. Für mich sieht es ganz so aus, als wäre er derjenige, der das gedreht hat.«

»Joví war früher Matrose auf einem Trawler«, entgegnete Gerónimo. »Es ist nicht ungewöhnlich, dass er sein Messer bei sich trägt. Ich halte ihn nicht für schuldig. Er steht noch unter Schock.«

»Wenn Sie damit fertig sind, hier Ihre Zeit zu vertrödeln, machen Sie mir Ihren Bericht fertig, dann lassen wir ihn vielleicht laufen. Bis dahin nehme ich ihn mit«, unterbrach ihn Olazabal. »Bis Sie mit der Spurensicherung fertig sind, knöpfen wir ihn uns vor. Wenn er schuldig ist, brauche ich ein Geständnis: Wer ist der Tote, wann ist er gestorben, und wo hat er den Rest der Leiche versteckt? Wir müssen handeln, bevor die Presse Wind von der Sache bekommt und den Ruf unserer Anlage ruiniert. Wenn plötzlich überall in Palma Leichenteile auftauchen, will ich ihnen einen Schuldigen präsentieren können. Und bis wir einen anderen haben, kommt mir dieser Joví gerade recht.«

Sie sahen dem Polizeiwagen voll Mitleid für den armen Kerl nach.

»Da steht ihm was bevor, aber der hat im Leben schon Schlimmeres durchgemacht«, sagte Gerónimo. »Er hat eindeutig nichts mit der Sache zu tun. Es liegt an uns, das anhand der Indizien zu beweisen, die wir in diesem Stoffballen finden. Wir fahren ins Labor, nehmen ihn auseinander und untersuchen ihn genau. Achtung, Pilar! Verpatz mir keins von den Bildern. Ich brauche wieder eine komplette Vor-Ort-Dokumentation. Mach Aufnahmen, während ich ihn aufhebe.«

»Es steckt so viel Gewalt in allem. Wie diese Hand abgeschnitten, festgebunden und in den Müll geworfen wurde …«, gab Pilar zu bedenken.

»Vielleicht nur ein geschmackloser Streich?«, wandte Carmen ein. »Oder eine ausgeartete Sauftour? Eine Abrechnung zwischen Dealern? Du hast noch lange nicht alles gesehen. Das letzte Mal, als ich ein Stück Mensch aus dem Abfall gezogen habe, war es ein Neugeborenes. Europa schickt uns seine Kriminellen, seine Verbrechen und seine übelsten Albträume mit dem Flugzeug herüber, Porto zahlt Empfänger. Und wir dürfen uns damit herumschlagen. Und mit Olazabal, der mal wieder ausrastet. Da, wo wir anderen, blöd wie wir sind, die Wahrheit suchen, denkt der Herr Hauptkommissar nur an Politik und seine Karriere. Wenn du meine Meinung hören willst, Mädchen, dann war diese Untersuchung von Anfang an verkorkst. Er wird unsere Arbeit sabotieren. Los geht's, wir packen zusammen. Willkommen im Paradies!«

4   Bruno Montaner liebte die *abuelas*, und sie hatten ihm seine Liebe großzügig vergolten. Besonders die von Port d'Andratx, einem kleinen Jachthafen fünfundzwanzig Kilometer vor Palma. Ihnen hatte er es zu verdanken, dass er vor einigen Monaten befördert worden war.

Durch das Netzwerk der *abuelas* war er auf ein ungewöhnliches Hin und Her von Paketen zwischen den kleineren Jachten aufmerksam geworden. Wer sonst außer Bruno hätte dem Gerede der geschwätzigen Großmütterchen Gehör geschenkt? Abends, wenn es kühler wurde, saßen sie vor ihrer Tür, strichen mit zerstreuter Hand ihre geblümten Schürzen glatt und sahen zu, wie sich ihre Straßen belebten, als sähen sie sich einen Film im Kino an. Die Jungen arbeiteten bis spätabends, die Männer hatten sich schon schlafen gelegt oder waren tot und begraben. Der Abwasch war erledigt, das Häuschen aufgeräumt, die Ruhe wohlverdient – das war die Stunde der *abuelas*. Ihnen entging nichts. Die große Touristengala auf den Terrassen der Cafés und Restaurants – wer hatte an diesem Abend weniger Gäste und weshalb? Oder das Eintreffen der Boote im Hafen, das Kommen und Gehen der Dingis, die Klasse und die Garderobe ihrer Passagiere. Die neuesten Geburten, Hochzeiten, Haus- und Grundstücksverkäufe auf der Insel. Jeder glaubte, sie hätten sich seit Langem aus dem aktiven Leben zurückgezogen und seien als Zuschauerinnen am Rande des Geschehens ausnahmslos damit beschäftigt, wieder und wieder über ihre Kinder und Enkel zu schwatzen und der Vergangenheit ihre Seufzer hinterherzuschicken. Doch ihrem hellwachen Blick blieb nichts verborgen. Die kleinste Unregelmäßigkeit, die kleinste Veränderung während der Saison, welcher Art und wie winzig sie auch war, wurde sofort entdeckt und mit sanfter und singender Stimme kommentiert und ausgebreitet bis es an der Zeit war, den Stuhl über die Schwelle ins Haus zu ziehen und zu Bett zu gehen.

Das Ballett der weißen Styroporwürfel, die von einer Jacht zur anderen transportiert wurden, für Partys, deren Widerhall nie zu vernehmen war und für die niemals Bestellungen aufgegeben wurden, hatte sie in Aufruhr versetzt. Kein Überwachungssystem konnte es mit den weit verzweigten Familienbanden auf der Insel aufnehmen, und so war schnell entdeckt, dass der geheimnisvolle Partyservice nicht nur in Port d'Andratx, sondern auch in anderen Jachthäfen der Insel sein Unwesen trieb. Die Neugier der *abuelas* musste befriedigt, der Name des Lieferanten, der es wagte, die Hafenrestaurants um die betuchte Kundschaft auf den Jachten zu bringen, gefunden werden. Sie wandten sich an Montaner und baten ihn, genauer hinzusehen, und dieser enthüllte beinahe unabsichtlich einen gut organisierten Ring von Kokainhändlern. Unter den Petits Fours und Tiefkühlgerichten verbargen sich zwischen Eisblöcken Barren aus gepresstem, weißem Pulver. Nachdem er eine Woche ermittelt hatte, konnte er der Justiz die Namen aller Mitglieder der Organisation nennen. Es folgten die Festnahmen, dann der übliche internationale Justizwirrwarr. Die *abuelas* und Montaners Vorgesetzte applaudierten und belohnten ihn jeweils auf ihre Weise.

Die Zerschlagung des Dealerrings, der seine Vorgesetzten monatelang um den Schlaf gebracht hatte, katapultierte Montaner in den Rang eines Teniente und Spezialisten. Bruno fand diese Manie, einen nach dem ersten Erfolg zu beurteilen und wie ein Insekt nach Art und Varietät zu klassifizieren, fürchterlich. Gewöhnlich war er misstrauisch und hielt sich im Hintergrund. Er machte sich seine eigenen Gedanken, erkundete das Terrain, lauschte Gesprächen, aß hier zu Mittag, dort zu Abend und pflegte seinen Ruf als mürrischer Dilettant. Er ermittelte, ohne dass man den Eindruck hatte, dass er sich überhaupt mit dem Fall beschäftigte. Oft fand er, wonach er gesucht hatte, doch die großen Umwege, die er dabei machte, ermüdeten seine Vorgesetzten und wirkten sich auch auf die Würdigung seiner Ergebnisse aus. Wenn er eine Spur hatte, warf er seine Angelschnüre aus, ließ sie im Strom treiben, holte sie wieder ein und machte den Schuldigen dingfest. Meistens, jedenfalls. Wenn man ihm gratulierte, gab er den Teamplayer und widmete sich dem nächsten Fall.

Es lag ihm nichts daran, der Anführer einer Meute zu sein. Zu gefährlich. Noch ein herausragender Erfolg, und er würde wieder darum kämpfen müssen, seinen Posten zu behalten und Mallorca nicht verlassen zu müssen. Dagegen wehrte er sich hartnäckig. Weder die Guardia Civil noch seine Frau würden ihn dazu bringen, seine Meinung zu ändern. Mit zwanzig hatte er sich in die Falle locken lassen und acht Jahre im Exil in Barcelona verbracht, wo er die Militärakademie besuchte. Danach war er nach Madrid gegangen und hatte geheiratet. Eine harte Schule. Er war für das Festland einfach nicht geschaffen und hatte einen hohen Preis dafür bezahlt. Um sich komplizierte Erklärungen zu ersparen, hatte er sich auf die lächerliche Ausrede verlegt, er habe panische Flugangst und außerdem eine Reisephobie. Die Wirkung hatte seine kühnsten Erwartungen übertroffen. Seine Frau hatte ihn verlassen, und seine Aufstiegschancen waren gleich null. Die Jahre waren vergangen. Seine beiden Kinder waren weit entfernt von ihm in Madrid aufgewachsen. Die Insel war für sie, wie für Millionen von Touristen, zum Synonym für Ferien in der Sonne geworden. Bruno lebte allein, ohne Aussicht auf Veränderung, und war zufrieden.

Nirgendwo anders hätte er die im Mondschein durchwachten Nächte erleben wollen. Indem er seinen Beruf hier ausübte, konnte er seine Insel vor den gefährlichsten Veränderungen, die das neue Jahrtausend mit sich brachte, schützen und zugleich dort bleiben, wo seine Wurzeln waren. Mallorca war die Erde, die ihn nährte, der Hort seiner Gewissheiten, der bescheidene, aber sichere Mittelpunkt seiner Existenz. Seine *querencia* – seine geliebte Insel. Ob Licht oder Schatten, Bruno gehörte ihr ganz und gar. Ihr Rauschen, ihre Wasser, Landschaften, Winde und Menschen wusste er zu deuten wie kein Zweiter.

In Port d'Andratx fühlte er sich zu Hause. Der kleine Hafen war sein erster Posten zu Beginn seiner Karriere gewesen, lange bevor die Stadt zu einem angesagten Badeort geworden war. Bruno kannte jeden hier. Es war sein alter Freund Ocho, der ihm von den verdächtigen Feuern auf La Dragonera erzählt hatte, die die Fischer beobachtet hatten. Er hatte bei seinen Vorgesetzten darauf gedrängt, dass die Guardia Civil in dieser seltsamen Geschichte ermittelte. Das Problem war, dass La Dragonera Naturschutzgebiet war.

Alles hatte am Freitag begonnen, als es wieder einmal zu einer jener absurden Diskussionen zwischen ihm und seinem Chef gekommen war.

»Nein, mein Lieber, nichts zu machen. Du wirst erst auf La Dragonera ermitteln, wenn du grünes Licht vom Umweltschutz hast.«

Comandante Juan Bauza hatte kategorisch abgelehnt, die Ausrufungszeichen hinter seinem Verbot waren deutlich zu hören gewesen. Es kam nicht in Frage, dass einer seiner Leute die Vorschriften missachtete, mochte es noch so gute Gründe dafür geben. Und schon gar nicht Bruno. Er war ein guter Polizist – kein Wunder, der Familie Montaner lag es im Blut. Der Beruf war vom Vater an den Sohn weitervererbt worden. Aber sein Dickschädel und seine Hauruckaktionen schadeten seiner Karriere. Juan Bauza hatte darauf bestanden, dass Montaner sich an seine Anordnungen hielt. Offiziell hatte er ihm eine Absage erteilt. Inoffiziell jedoch ließ er ihm freie Hand und war sich sicher, dass Bruno bis zum Wochenende einen Weg gefunden haben würde, auf eigene Faust einen kleinen, diskreten Ausflug auf die Insel zu unternehmen. Sie hatten diese Diskussion schon Hunderte Male geführt. Bruno argumentierte, Juan erteilte Verbote. Ihre stillschweigende Übereinkunft sah vor, dass Bruno tun und lassen konnte, was er wollte, solange er die Guardia Civil aus dem Spiel ließ. In der Zwischenzeit würden sie ihr Scheingefecht fortsetzen, damit das Team bestätigen konnte, dass die entsprechenden Anordnungen erteilt worden waren. Jeder auf dem Polizeiboot hatte es mitangehört und würde bei Bedarf bezeugen, wie Bruno gewettert hatte:

»Aber es ist unmöglich, heute jemanden zu erreichen, es ist Freitag! Nicht einmal die Ökos sind so blöd wie wir und arbeiten am Wochenende! Und schon gar nicht im Juni, die sind am Strand!«

»Gesetz ist Gesetz. Wenn du es mit der Verwaltung des Naturparks zu tun bekommst, werde ich keinen Finger rühren, um dir zu helfen. Setzt die Überwachung fort, vielleicht habt ihr ja Glück.«

»Das soll wohl ein Witz sein! Wir brauchen kein Glück, sondern ein Wunder!«

»Du kannst ja ein Gelübde ablegen«, riet ihm Juan Bauza, bevor er den Hörer auflegte.

Mit dem Patrouillenboot die Insel zu umrunden ohne die Erlaubnis, sie zu betreten und vor Ort nach den mysteriösen Feuerstellen zu suchen, war lächerlich! Bruno Montaner war immer noch wütend. Die Erschöpfung stand ihm in sein hart gewordenes Gesicht geschrieben.

»Achtung, er hat wieder sein Indianergesicht«, hätten seine Leute gesagt, wenn sie dabei gewesen wären.

In den Räumen der Guardia Civil gaben sie untereinander heimlich den aktuellen Wetterbericht seiner Launen weiter. Amüsiert und beinahe geschmeichelt, tat er so, als würde er nichts davon merken. Sein Ruf als Misanthrop, seine Alleingänge und seine Wutausbrüche rechtfertigten ihre Vorsicht. Sorgfältig pflegte er sein Image, das durch sein kantiges, wie in Stein gemeißeltes Äußeres noch unterstrichen wurde. Ein Montaner durch und durch, mit schwarzem Haar und tiefbrauner Haut. Das Erbgut der Insulaner mit seinen maurischen Einflüssen hatte diesen großen, eckigen und energiegeladenen Körper geformt. Seine Bewegungen waren sparsam und geschmeidig zugleich, sein Appetit gewaltig, und wenn es um regelmäßige Mahlzeiten ging, verstand er keinen Spaß. Die breite, nachdenkliche Stirn war meist gerunzelt, wie auch in diesem Augenblick, in dem der Starrsinn zwei tiefe Falten hineingrub. Dem, der sie zu lesen wusste, verriet die Biegung der Adlernase seine aktuelle Stimmung. Die schwarzen, für gewöhnlich undurchdringlichen Augen über den hohen Wangenknochen schleuderten gelegentlich Blitze. Bruno hatte ein stürmisches Temperament, und zwei Tage vergeblichen Wartens hatten es nicht gerade besänftigt.

Jede Insel hat eine menschenleere Gegend, dachte Bruno. Wie La Dragonera, das letzte Fragment eines idealen Mallorca, ein unbewohntes Eiland. Wenige Kabellängen von der Küste entfernt hielt sie als Vorposten im äußersten Südwesten der größten Baleareninsel Wache. Mit ihrer auffälligen Form war sie ein guter Orientierungspunkt. Sie glich einem schlafenden Drachen aus dem Märchen, dessen Maul gerade noch aus den Fluten ragt und dessen Nase zum offenen Meer zeigt. Die Rückenlinie war ein felsiger Grat, der lange Schweif peitschte das Blau zwischen Himmel und Meer. In der brennenden Sonne verbarg zerklüftetes Kalkgestein wie eine Narbe den letzten Rest der Seele ihrer großen Nachbarin.

Einst hatten die Mallorquiner sie in einem geheimen Kult verehrt. La Dragonera. Beschützerin und Bedrohung zugleich. Bollwerk gegen Unwetter, Nistplatz für Zugvögel, beliebter Tauchspot, Landmarke für Seefahrer, Refugium seltener oder bedrohter Tierarten wie der Baleareneidechse, Miniaturdrache und Wächter von La Dragonera, oder der blinden Krustentiere, die in den schwer zugänglichen, tückischen Höhlen unter der Wasseroberfläche überlebt hatten. Ein winziges steinzeitliches Paradies unter Naturschutz. Nur streng kontingentierte und geführte Besuchergruppen durften es betreten.

Ein Lanzenstich – woher er gekommen war, blieb noch zu klären – hatte den Schlaf des Drachen gestört und ihn Feuer spucken lassen. Die Flamme war groß genug gewesen, um von Weitem gesehen zu werden.

Das Verbrechen scheut die Menschen, vertreibt sie notfalls. Verbreitet Leere um sich. Der Ermittler hat diese Leere zu füllen, ihre Konturen festzulegen, ihre Spuren zu lesen und die von ihr ausgehende Bedrohung in Worte zu fassen. Das Beunruhigende an La Dragonera war, dass sie Geheimnisse anzuziehen schien – eine Herausforderung für Bruno.

Was ging seit einigen Nächten dort vor? Früher oder später

würde er es herausfinden. Das war sein Beruf. Wachsam sein, Spuren verfolgen, den Ursprung des Chaos suchen, das seine Insel bedrohte. Mallorca.

Den ganzen Freitag und Samstag patrouillierten sie und schoben Nachtwachen. Keine besonderen Vorkommnisse. Das Aufklärungsboot der Zollbehörden, ein kleines Wunder der Technik, geschaffen für die Jagd auf Schmuggler, war mit einem starken Motor und Radar ausgerüstet. Sein schwarzer Rumpf verlieh ihm das Aussehen eines Raubtiers. Bei langsamer Fahrt lag es schräg wie ein Korken im Wasser. Selbst dem erfahrensten Mitglied der Besatzung wurde es dabei übel. Bruno machte keine Ausnahme. Die Männer erschienen in Tarnanzügen auf der Brücke, bestens gerüstet für viele Stunden Wache. Radar, Optronik, Bewegungsmelder und -analysatoren, Infrarotkameras, die neueste Generation von Systemen zur Datenübermittlung an die Einsatzzentrale. Die Guardia Civil hatte in den vergangenen zehn Jahren gewaltig aufgerüstet. Europa verpflichtet. Ihr oblag auch die Küstenwache, und das war kein Zuckerschlecken. Der Schmuggel von Waren, Drogen und Menschen war sprunghaft angestiegen. Ebenso wie die Flut von Vorschriften und die unzähligen Genehmigungen, die vor jedem Einsatz einzuholen waren.

Die Abschottung richtete sich auch gegen Gewaltverbrecher. Doch sie zeigte den Raubtieren erst an, wo sich die Beute befand, weckte Begehrlichkeiten, provozierte. Montaner gab sich keinen großen Illusionen über ihre Effizienz hin. Jemand wollte die Aufmerksamkeit auf die Insel ziehen und uralte Ängste wecken, dabei aber selbst unentdeckt bleiben. Warum? Die Gemüter erhitzten sich, es wurde geredet, Gerüchte in die Welt gesetzt. Bald würde es die ersten Beschuldigungen geben. Dieser Aufruhr war eine Spur, die er nicht einfach ignorieren durfte. Auch wenn er nicht die leiseste Ahnung hatte, wohin sie führte. Er war alarmiert, die Warnsignale in seinem Kopf leuchteten rot.

In der Nacht zum Sonntag lag er wach, ein dumpfes Trommeln in der Dunkelheit, das den Pulsschlag des Sommers beschleunigte, brachte ihn um den Schlaf. Die Bässe eines Festes dröhnten in der Schwärze wie ein nicht enden wollendes Gewitter. Techno. Metal.

Die bedrohlichen Tamtams des barbarischen Stammes, der seine Insel jeden Sommer heimsuchte. Der Widerhall der Bedrohung, die sich im Schatten von La Dragonera verbarg. Die Feuer waren ein Hinweis, dem er nachgehen musste. Warum, konnte er nicht sagen, und das ärgerte ihn. Die Geschichte nahm ungewöhnliche Ausmaße an. Die Fischer aus Port d'Andratx hätten ihn nicht geholt, wenn es nur um ein Lagerfeuer einiger betrunkener Touristen gegangen wäre. Auch sie hatten etwas Beunruhigendes wahrgenommen, ein unheilvolles Zeichen.

Bruno Montaner bat man nicht umsonst um Hilfe: Er war entschlossen, die Ermittlungen auf seine Weise fortzusetzen.

5

Die Fackeln rauchten noch im Garten der Villa, die das »Haus des Deutschen« genannt wurde. Ideal gelegen, auf einer felsigen Kuppe von La Mola, dem gewaltigen Kap am Ortsausgang von Port d'Andratx, überragte sie die Einfahrt zur Bucht von Andratx. In den Sechzigerjahren hatte eine fröhliche Clique von Milliardären das Kap zu ihrem Lieblingsspielplatz erkoren. Der felsige Grund war nach wie vor unerschwinglich und in internationalem Besitz, doch die Erben hatten aus den weitläufigen Villen maximalen Profit geschlagen, indem sie sie aufgeteilt und in Luxusappartements umgewandelt hatten. Das riesige ockerfarbene Gebäude, das wie ein Adlerhorst am Fels hing, würde in Kürze dasselbe Schicksal ereilen. Jahrzehntelang hatte eine endlose Karawane von Tanklastwagen den Zufahrtsweg, den Camí des Murte, ausgehöhlt, um die immensen Zisternen, das Schwimmbecken, die unzähligen Badezimmer und das ausgeklügelte Bewässerungssystem mit Unmengen von Süßwasser zu versorgen. Das verschwenderische und dekadente Fest, das hier stattgefunden hatte, war nur noch das Totengeläut einer längst vergangenen Epoche.

Endlich fiel die unterhalb gelegene stille Bucht in Schlummer. Das Hämmern der riesigen Lautsprecherboxen war verstummt. Man hatte die Fertigstellung eines Videoclips einer bayrischen

Gothic-Band gefeiert. Der Höhepunkt des Drehs war die vergangene Vollmondnacht gewesen. Die Gäste – Hexen, Vampire, Teufelinnen und Teufel mit falschen Tattoos und echten Piercings, Teenager mit schwarz umrandeten Augen und schwarz gefärbten, zu Berge stehenden Haaren, Dandys in Frack und T-Shirt, durchbohrt von Sicherheitsnadeln, hatten die Statisten abgegeben und die ganze Nacht über den Mond angeheult. Ein Teil der Jeunesse dorée von Palma und Port d'Andratx hatte sich mit der von La Mola vermischt, die zum größten Teil aus jungen Deutschen bestand, und das Wummern der Bässe, das vom Fels zurückgeworfen wurde und weit über das Meer trug, hatte den Nachbarn bis in die frühen Morgenstunden den letzten Nerv geraubt. Die Guardia Civil und die örtliche Polizei waren über die Produktion informiert gewesen und hatten sich gehütet, einzugreifen.

In der allgemeinen Trance hatte niemand die beiden sturzbetrunkenen jungen Mädchen beachtet, die sich an einen durchtrainierten Typen gehängt hatten, der lauter brüllte als die anderen und sich mit einer gewissen Brutalität durch die Menge bewegte. Erst viel später würden sich einige daran erinnern, dass sie ihn hysterisch kreischend den Finsteren oder Prinz der Finsternis genannt hatten. Die Beschreibung, die später von ihm abgegeben wurde, war vage und beschränkte sich auf wenig präzise Äußerlichkeiten: ein Deutscher, blond, muskulös, mit einem schlimmen Sonnenbrand und ganz in Schwarz gekleidet, mit Rangers an den Füßen und ziemlich übler Laune. Mürrisch schüttete er einen Whisky nach dem anderen auf ex in sich hinein, Bier verachtete er. Die Erinnerung an ihn löste bei den Zeugen so großes Unbehagen aus, dass sie sein Gesicht anscheinend umgehend aus ihrem Gedächtnis gelöscht hatten. So etwas kam vor.

Es gab einen Zwischenfall, der beinahe im Partytrubel unterging. Die Hand des Finsteren krampfte sich plötzlich um sein Whiskyglas und zerbrach es, die Scherben schnitten in seinen Daumen und seine Handfläche. Die kleine Sonja, die ihn nicht mehr loslassen wollte, stürzte sich darauf, leckte sein Blut ab und beschmierte damit wollüstig ihre Wangen. Das war die Farbe, die dem schwarz-weißen Fest bisher gefehlt hatte. Sie bestürmte ihn mit Fragen, und er stieß sie brutal zurück. Unruhe entstand. Sonja war oft in La Mola. Ihre Freunde hatten etwas dagegen, dass ein Unbekannter sie misshandelte. Es drohte eine Schlägerei. Sonja weinte in ihrer Ecke und schrie dem Finsteren etwas hinterher: Wer sie war, diese Pilar Más, deren Name ihn so sehr aufwühlte, dass er sein Glas zerbrach? Der Finstere kehrte zu ihr zurück, drohend, sichtlich wütend und bereit, sie zum Schweigen zu bringen. Dann überlegte er es sich anders und küsste sie auf den Mund. Einen Augenblick später lachte sie laut. Die Angelegenheit war erledigt, die Party ging weiter.

»Wetten, dass du dich nicht traust, von dem Turm da unten in der Bucht ins Wasser zu springen«, forderte Sonja den Finsteren heraus, um die Stimmung aufzulockern.

Ein mitternächtliches Bad – warum nicht? Die ganze Meute folgte ihnen lachend und fluchend, als sie den Pfad, der sich an der Felswand entlangschlängelte, hinunterstolperten. Als sie unten angekommen waren, versperrte ihnen ein Gitter den Weg, das der Besitzer eigens hatte anbringen lassen, um junge Draufgänger daran zu hindern, den Wachturm – die wackelige *atalaya*, die noch aus den Zeiten stammte, da die Piraten ihr Unwesen trieben und die Durchfahrt bewacht werden musste – zu besteigen und von seiner Spitze aus ins Wasser zu springen. Sonja und Inge, die den Ort schon seit Jahren kannten, waren enttäuscht, dass ihnen die Gelegenheit entging, ihren Helden zu beeindrucken und ihnen der Kitzel dieser schon oft bestandenen Mutprobe verwehrt blieb. Sie versuchten vergebens, das Hindernis zu überwinden, und begnügten sich dann mit dem Felsen am Fuße des Turmes. Sie sprangen in die schwarzen Fluten, in denen sich der noch volle Mond spiegelte, und forderten die anderen heraus, es ihnen gleichzutun. Im kalten Wasser wurden sie schnell wieder nüchtern.

Als sie sich auf den Rückweg nach oben machten, war der Finstere verschwunden.

6   »Habe ich dir erzählt, dass mein Großvater seinerzeit Leuchtturmwärter auf La Dragonera war?«, fragte Ocho Bruno, während er den Motor anwarf.

Auch er wollte wissen, was die Ursache für die geheimnisvollen Feuer war, und hatte sich nicht zweimal bitten lassen, mit seinem *llaud*, dem Boot der mallorquinischen Fischer, hinauszufahren. Für Bruno kam es nicht in Frage, am Montagmorgen zur Guardia Civil zurückkehren, ohne wenigstens den Ansatz einer Antwort gefunden zu haben. Den ganzen Vormittag über schlief er bei Ocho, und nach dem gemeinsamen Sonntagsmahl legten sie ab. Mit dem runden kahlen Kopf auf seinem massigen Körper erinnerte Ocho an eine chinesische Porzellanfigur. Ruhige Hände und erstaunlich geschmeidige Bewegungen – in ihm vereinigte sich die Gelassenheit des Fischers mit der Geduld des Gärtners. Nachdem er die Bougainvilleen geschnitten und die Blumen der reichen Villen von La Mola gegossen hatte, verwandelte sich der Gärtner wieder in einen Fischer, der aufs Meer hinausfuhr, um seine Netze auszuwerfen. Der Klang seiner Stimme war so beruhigend wie das Plätschern der Wellen.

»Um diese kleine Insel haben sich schon immer Geschichten gerankt. Erzählungen von Schmugglern, Piraten, Stürmen und Schiffbrüchigen, genauso rau wie dieser Felsbrocken selbst. Der Alte sagte immer, es wäre besser, wenn sie endlich in Vergessenheit gerieten. Aber ich konnte nie genug davon bekommen. Ich erinnere mich noch genau an den Geruch, der in seinen Kleidern hing. Er war Wärter auf dem Leuchtturm von Llebeig. Damals wurde die Lampe noch mit Olivenöl betrieben, das im Laufe einer Nacht mehrmals nachgefüllt werden musste. Ständig saß einem die Angst im Nacken, sie könnte ausgehen und ein Boot an den Felsen zerschellen, weil der Leuchtturmwärter eingeschlafen war.«

Während sie auf dem spiegelglatten Wasser gemächlich die Bucht von Andratx querten, machte Ocho eine lange Pause und Bruno hütete sich, sie zu unterbrechen. Sie hatten eben ihre eigene Art, sich zu unterhalten.

»Wegen deiner Geschichte mit den Feuern«, fuhr Ocho eine

Weile später fort, »die Fischer haben mir gesagt, dass sie in der ersten Nacht gesehen haben, wie ein Licht rasch die Steilküste auf der Westseite hinaufgewandert ist.«

»Dahin werden wir auch fahren, zu der dem offenen Meer zugewandten Seite.«

»In der zweiten Nacht sind Irrlichter in der Nähe des alten verlassenen Leuchtturms, auf dem Gipfel der Insel herumgetanzt, und in der dritten Nacht hat jemand ein Stück weiter unten ein Feuer angezündet.«

Ocho bereitete seine Reusen vor, denn er würde tatsächlich fischen, während Bruno so diskret wie möglich die Insel erkundete. Sie entrollten das weiße Segel entlang des karminrot gestrichenen Mastbaumes, um sich vor der Sonne und vor neugierigen Blicken zu schützen.

»Es ist nicht gut, den schlafenden Drachen zu wecken. In Port d'Andratx sprechen die Leute von bösen Geistern«, fügte Ocho nachdenklich hinzu.

»Glaubst du, deine Ammenmärchen interessieren meine Chefs? Ich muss eine andere Erklärung finden. Wie sähe das denn aus, wenn ich Geistern hinterherjagen würde?«

»Wie einer, der Bescheid weiß.«

Ein paar Meilen vor ihnen erhob sich La Dragonera. Hoch, gewaltig, von der Sonne verbrannt. Ocho bewegte das Ruder, um das Cap Llebeig zu umrunden und an der dem Meer zugewandten Küste entlangzufahren. Dort, wo die Feuer entzündet worden waren. Wegen der Dünung war das Manöver nicht ungefährlich, und Bruno dachte, dass die unbekannten Besucher sich die schwierigste Landestelle ausgesucht und die markierten Wege gemieden hatten. Sie waren nun direkt unterhalb des Puig del Far Vell, wo sich La Dragonera bis auf dreihundertzweiundfünfzig Meter Höhe erhob. Wenn die Eindringlinge hier aufgestiegen waren, dann nur mit Kletterschuhen und einer gehörigen Portion Mumm. Ein Stück weiter warf Ocho in einer winzigen Bucht den Anker. Man musste schon von hier sein, um das Geheimnis dieser felsigen Nische, ein Versteck aus der Zeit der Mauren, am Fuße des Més Alt zu kennen, der trotz seines Namens die niedrigste Erhebung auf der Insel war.

35

Montaner warf seinen Rucksack auf die Kieselsteine und sprang vom Boot, während Ocho seine Leinen ordnete und dann wieder hinausfuhr, um zu fischen. Auf dem winzigen Strand sah Montaner sofort die doppelte Spur eines Bootes, das an Land und später wieder ins Wasser gezogen worden war. Ein Zodiac. Im Dickicht war außerdem deutlich der Beginn eines Trampelpfades zu erkennen. Bruno begann mit dem Aufstieg. Es war sechs Uhr abends. Noch vier Stunden, bis es dunkel wurde. Die Sonne brannte herunter. Der vom Salz ausgebleichte Strohhut, den er auf Ochos Geheiß trug, schützte ihn zwar nicht unbedingt vor der Lächerlichkeit, aber immerhin vor einem Sonnenstich.

Schnell bemerkte er die abgeknickten Zweige und die zur Seite gebogenen Büsche links und rechts des Pfades. Ein schweres Bündel war mühsam den alten Schmugglerweg entlanggezogen worden. Er fragte sich, was wohl darin gewesen war. Drogen? Geschmuggelte Zigaretten? Oben, auf dem höchsten Punkt der Steilküste, fand er eine Feuerstelle. Die Fischer hatten nicht geträumt, jemand war tatsächlich hier heraufgestiegen, um ein weithin sichtbares Feuer zu entzünden. Er ließ die Stelle unberührt und schritt die Umgebung ab, um herauszufinden, warum der Sack, der auf dem schmalen Pfad eine deutliche Schleifspur hinterlassen hatte, hier heraufgebracht worden war. Hinter der viereckigen Ruine, auf der Ostseite, stieg er ein Stück ab, fand aber keinen Hinweis darauf, dass dort vor Kurzem jemand entlanggegangen war.

Der Frieden von La Dragonera war gestört worden. Etwas Ungewöhnliches hatte sich hier abgespielt. Aber was? Die zertrampelten Büsche entlang des Pfades bescherten ihm eine Vorahnung von Hass und Gewalt. Er ging zu der Feuerstelle zurück. Das war kein gewöhnliches Lagerfeuer. Ihm fiel auf, dass die Steine in einem Dreieck angeordnet waren. Es lag ein Widerspruch zwischen der sorgfältigen, fast schon rituellen Art, wie dieses Feuer aufgeschichtet worden war, und der Verwüstung des Pfades. Zwei unterschiedliche Persönlichkeiten. Bruno hielt inne und wischte sich den Schweiß von der Stirn. Die Fischer aus Port d'Andratx hatten richtig gesehen – böse Geister waren hier gewesen. Aber er glaubte nicht, dass es nur Geister gewesen waren. Umso weniger, als er auf zwei verschiedene, sehr menschliche Fußspuren stieß. Ein tiefer Abdruck eisenverstärkter Schuhe im Stil von Doc Martens und die kaum sichtbaren Abdrücke von Espadrilles. Zufrieden, dass er mit seiner Intuition recht gehabt hatte, wandte sich Montaner wieder dem Aschehaufen zu. Auf einem flachen Felsen in der Nähe fand er schwärzliche Flecken – Blut? Er bedauerte, dass er nichts zur Spurensicherung mitgebracht hatte, und behalf sich mit einem Papiertaschentuch und der dazugehörenden Plastikhülle, die als Indizienbeutel herhalten musste.

Mit einem Stock stocherte er in der Asche, beugte sich darüber und betrachtete einen seltsamen, fünf, sechs Zentimeter langen verkohlten Überrest aus der Nähe. Er hatte das Gefühl, eine unangenehme Entdeckung zu machen. Er zog sein Handy aus der wasserdichten Hülle und machte mehrere Fotos: Von den Fußabdrücken, der Feuerstelle, dem Dreieck aus Steinen, dessen Spitze in Richtung Sant Elm zeigte. Von dem verkohlten Überrest, den er in ein weiteres Papiertaschentuch wickelte und einsteckte. Von den Spuren auf dem Felsen, den abgebrochenen Zweigen, der breiten Furche, verursacht von einem Sack, der zu schwer war, um ihn auf dem Rücken zu tragen. Von der Schleifspur des Zodiac. Und Aufnahmen für sein ganz persönliches Archiv.

Ocho hatte ihn von Weitem beobachtet und erwartete ihn unten in der kleinen Bucht. Montaner knotete die Indizien in sein Hemd und hielt es mit ausgestrecktem Arm über den Kopf, als er zurück zum Boot watete.

»Und?«, fragte Ocho.

Bruno sah in die Ferne, sein Adlerprofil wirkte rätselhafter denn je. Er antwortete nicht. Ocho frage nicht weiter und startete den Motor des *llaud*. Als das Boot das Kap umfahren hatte und wieder in ruhigeren Gewässern schwamm, bat Bruno ihn anzuhalten. Er wollte schwimmen, um sich zu erfrischen und um nachzudenken, während er alleine zwischen Himmel und Meer auf dem Wasser lag. Die Junisonne stand noch am Horizont und es war immer noch sehr warm. Als er wieder an Bord kletterte, lächelte er unmerklich.

»Auf geht's«, sagte er, »ich lade dich zum Essen ein. Die Kletterei hat mich fertiggemacht.«

Einige Minuten später warfen sie den Anker vor dem Restaurant der Cala Conills. Noch eine Stunde, dann würden sie das zarte Fleisch eines in der Salzkruste gegarten Seebarschs genießen und dazu ein Glas trockenen Weißwein trinken.

»Hast du gewusst, dass Pilar wieder in Palma ist?«, fragte Ocho nach langem Schweigen.

»Ich weiß nur, dass die Rede davon war, dass sie zurückkommen wird. Als Gerónimo Diaz mir erzählt hat, dass er eine neue Mitarbeiterin für sein Team sucht, habe ich ihm Pilar empfohlen. Sie hat ausgezeichnete Referenzen. Ich wusste allerdings nicht, dass es so schnell gehen würde.«

»Und was wird Horacio dazu sagen, ihr verbohrter Großvater?«

»Das ist mir egal. Von mir wird er es bestimmt nicht erfahren.«

»In La Mola wurde gestern Abend kräftig gefeiert.«

»Ja, ich habe die Bässe gehört, als ich mit dem Patrouillenboot unterwegs war.«

»Eine Gothic-Party, alle jungen Leute aus Port d'Andratx waren dort. Anscheinend war Pilars Rückkehr die Neuigkeit des Abends. Miguel und seine Kumpel vom Tauchklub haben von nichts anderem gesprochen. Erinnerst du dich, sie haben sie immer La Dragonera genannt? Das passte zu ihr. Sie war ein richtiger Drachen, immer bereit, verlorene Schlachten zu schlagen. Mal war es der Umweltschutz, dann wieder misshandelte Frauen. Horacio war nicht der Einzige, den sie damit verrückt gemacht hat. Ihre jungen Cousins genauso, weißt du noch? Miguel und Sergí Vives. Unzertrennlich waren die drei, bis zum Tod des armen Sergí.«

»Er ist am Seeaal-Wrack ertrunken, genau dort drüben. Eine schreckliche Geschichte.«

Sie wurden von der Besitzerin des Restaurants unterbrochen, die Bruno ebenfalls von den Feuern auf La Dragonera berichten wollte.

»Die waren deutlich zu sehen, die Feuer. Fast wie Leuchtsignale. Vielleicht sind das ja Schmuggler oder Leute, die die Boote auf die Felsen locken wollen? Oder Jugendliche, die sich für Robinson Crusoe halten. Ich hab kein gutes Gefühl dabei. Du musst sie erwischen, Bruno, beeil dich, bevor es noch ein Unglück gibt.«

Montaner nickte. Er wusste, wenn er sich mit ihr auf ein Gespräch einließ, würden sie eine ganze Litanei über sich ergehen lassen müssen, über die Invasion der Fremden, die die friedliche Bucht am Rand des bescheidenen Örtchens Sant Elm innerhalb von drei, vier Jahren in einen Rückzugsort für Millionäre verwandelt hatte. Auch ihn hatte es empört, zu sehen, wie der unbewohnte Hügel, auf dem die Hasen, die ihm seinen Namen gegeben hatten, umhersprangen, zubetoniert worden war mit Terrassen, Balustraden und Privattreppen, die zu klimatisierten Villen führten. Festungen des schlechten Geschmacks hinter doppelt verglasten Panoramafenstern. Beim ersten Einbruch würden sie ihn rufen, doch das eigentliche Verbrechen lag bereits Jahre zurück.

Sie hatten zu Ende gegessen. Endlich brach die Nacht herein und ließ die beeindruckende Silhouette von La Dragonera schwarz in schwarz verschwimmen. Die beiden automatischen Leuchttürme an ihren Enden blendeten auf. Montaner dachte einen Augenblick nach.

»Gehst du gerne nachts fischen?«

»Das sind die besten Fänge – erst recht die ohne Laterne!«

»Gut, dann wirst du deine Leinen wieder auslegen, während ich meine Überwachung fortsetze. Nur für den Fall, dass diese Typen zurückkommen. Es wäre doch zu dumm, sie entwischen zu lassen.«

Es war Vollmond, die Nacht war warm, und die Fische bissen an. Die Stunden verstrichen, aber nichts geschah. Das Schaukeln wiegte Montaner, der von seinen durchwachten Nächten und der Klettertour am Nachmittag erschöpft war, in den Schlaf. Um fünf Uhr morgens ließ ihn das Brummen der Motoren der großen Fischtrawler im Hafen Port d'Andratx hochschrecken. Er war wütend, dass er umsonst aufgeblieben war, und fror trotz der Fleecedecke, mit der sein Freund ihn zugedeckt hatte. Ocho reichte ihm einen Becher heißen Kaffee aus seiner alten Thermoskanne.

»Weißt du, was meine Großmutter immer gesagt hat, wenn ich wegen der Geschichten des Leuchtturmwärters über La Dragonera Albträume hatte? ›Schlaf, mein Junge. Die Geister wirst du noch früh genug zu sehen bekommen – wenn der Mond blau sein wird.‹«

7   Im Nachhinein würde jener Montag, der vierte Juni, für Bruno Montaner der Tag sein, an dem der Sommer außer Kontrolle geraten war. Hundemüde von seiner dritten Nacht auf dem Meer hatte er Ocho geholfen, seine Reusen in den rostigen Subaru zu laden, den er als Lieferwagen nutzte. Der nächtliche Fischzug war erfolgreich gewesen. Wenigstens das. Ocho würde ihn nach Palma mitnehmen und auf dem Fischmarkt von Sa Llotja seinen Fang verkaufen. Der Motorlärm und das Brausen des Fahrtwindes in dem nach allen Seiten offenen Auto luden nicht gerade dazu ein, sich zu unterhalten. Im Gegenlicht des anbrechenden Tages zeichneten die Grate von Esclop und Galatzó eine violette Linie in den Himmel. Über die nagelneue Autobahn war die Hauptstadt von Port d'Andratx aus in zwanzig Minuten zu erreichen. Beim Anblick der langen Einschnitte in die rote Erde, die sich durch die bukolische Landschaft zogen, schnürte es Bruno unwillkürlich das Herz zusammen. Noch weideten nur fünfzig Meter von den Leitplanken entfernt Schafe unter den Olivenbäumen. Das würde bald vorbei sein. Einige wenige Fincas hatten dem unstillbaren Appetit der Grundstücksspekulanten, die sich seit zwanzig Jahren die Küste Hügel für Hügel einverleibten, noch standgehalten. Doch nun waren sie von Autobahntrassen umgeben. Der Fortschritt walzte die Landschaft nieder.

Das Auto verschwand in dem langen Tunnel von Son Vich, der die Grenze markierte zwischen dem unwegsamsten und wildesten Teil der Insel, wo die Serra de Tramuntana steil ins Meer abfiel, und der Bucht von Palma, deren niedrige Felsen und feine Sandstrände sich von der Touristikindustrie hatten domestizieren lassen.

Manteniu la distancia!, mahnte ein Schild in Leuchtschrift. Abstand halten. Genau darum geht es, dachte Bruno, obwohl er überzeugt war, dass es dafür bereits zu spät war – sowohl was seine Ermittlungen, als auch was seine Insel betraf. Im besten Falle würde er retten, was noch zu retten war. Die Tradition. Die Ehre. Veraltete Werte. Die Schlacht hatte kaum begonnen, und er hatte schon das Gefühl, ins Hintertreffen geraten zu sein.

Der Frage, wer La Dragonera entweiht hatte, würde er sich allenfalls noch am Wochenende widmen können. Ihm fehlte einfach die Zeit. Der Ansturm der Touristen ab Mitte Juni würde neue Probleme und neue ausgefallene Verbrechen mit sich bringen. Jeden Sommer wurden die überlaufenen Küstenorte von Peguera bis Portals Nous zu Sammelbecken von Kriminellen aus ganz Europa. Auch die Verbrecher machten Ferien in der Sonne. Am liebsten all inclusive genau wie die harmlosen Touristen, die die Reiseveranstalter mit der Illusion von Luxus in die Falle lockten. Wer drei, fünf oder acht Tage nichts anderes tat, als Bier trinkend in der Sonne zu verblöden, ließ alle Hemmungen fallen. Die Sicherungen brannten durch. Besäufnisse, Unfälle und Gewalttaten aller Art würden bis Ende September bei Brunos Patrouillen an der Tagesordnung sein.

Die Müdigkeit der letzten Tage wog schwer auf seinen Schultern. Sein Handy klingelte und schien weitere Unannehmlichkeiten anzukündigen. Comandante Juan Bauza war aus dem Bett gefallen oder genau wie er erst gar nicht schlafen gegangen.

»Bist du unterwegs nach Palma? Nicht zu kaputt? Gut.«

Der Comandante war kurz angebunden. Ja. Nein. Bruno antwortete einsilbig. Es war nicht die Uhrzeit für große Reden. Die Anspannung seines Vorgesetzten war deutlich zu spüren.

»Wir haben da eine üble Sache aufzuklären«, fuhr Bauza mit seiner schleppenden Baritonstimme fort. »Gestern Morgen hat ein städtischer Angestellter in La Portella den rechten Arm einer Leiche in einem Müllschlucker gefunden. Gegen sechs Uhr ging der Notruf ein. Im Moment kümmert sich die Staatspolizei darum. Gerónimo Diaz' Kriminaltechniker arbeiten seit gestern an dem Fall. Es ist noch unklar, ob es sich um ein Verbrechen handelt oder um einen geschmacklosen Scherz. Wir müssen die Lage besprechen, aber du hast noch Zeit, nach Hause zu gehen und ein paar

Stunden Schlaf nachzuholen. Ich erwarte dich um zwölf im Büro. Bis dahin kannst du noch davon träumen, dass der Rest der Leiche gefunden und das Opfer identifiziert ist. Wenn nicht, musst du dich an die Sache hängen. Warum, erkläre ich dir nachher. Diesen Sommer fangen die Scherereien besonders früh an«, seufzte er, bevor er auflegte.

Ocho hatte beschlossen, die Stadt auf der Via de Cintura zu umfahren. Der Anblick der ewigen Baustelle in den Vorstädten von Palma deprimierte Montaner. In den Himmel ragende Kräne zeigten an, wie weit sich der Beton in die Landschaft gefressen hatte und wie weit der drohende Niedergang seiner Welt schon vorangeschritten war. Er war nicht aufzuhalten, denn ein Leben reichte nicht mehr aus, um genügend Geld zu verdienen, dass man sich davon ein Haus im Dorf seiner Vorfahren kaufen konnte. Die junge Generation der Mallorquiner drängte sich in den Vorstädten, die ins freie Feld wucherten. Hier zeigte sich überdeutlich die rasante Ausdehnung der Stadt, die Brunos Furcht noch ein wenig steigerte.

»Kannst du nicht etwas schneller fahren?« fragte er Ocho, plötzlich von Nervosität ergriffen.

»Und mich gleich wegen Geschwindigkeitsüberschreitung festnehmen lassen, wo du doch schon da bist?«, fragte sein alter Freund und machte eine beschwichtigende Geste, als hätte er Brunos Gedanken erraten.

Im zweiten Stock des Hauses mit der Nummer sieben an der Plaça Villalonga erwartete Placida Más Montaner die Rückkehr ihres Sohnes. Als Witwe und Mutter von Beamten der Guardia Civil war sie das Warten gewöhnt, trotzdem machte sie sich Sorgen. Durch die schräg gestellten Jalousien ihrer Holzloggia sah sie auf die Alleen des Parc de la Mar hinunter und konnte die gesamte Bucht von Palma überblicken. Die Loggia war ihr Beobachtungsposten und ihr Hauptquartier. Hier verbrachte die alte Dame ihre Tage. Das Laub der Ombubäume, herrlicher Exemplare der Gattung *Phytolacca dioica* mit elefantenartigen Wurzeln, diente ihr als grüne Festung. Im Vorjahr waren die exotischen, einst aus Südamerika eingeführten Bäume zu ihrer Bestürzung radikal zurückgeschnitten worden. Placida, die nicht gerade die Schweigsamste war, hatte den ganzen Sommer über die Stümpfe unter ihren Fenstern gejammert.

»Seht euch das an! Jetzt sitze ich hier im Schaufenster wie die Huren in Amsterdam!«, empörte sie sich zehnmal am Tag und löste damit bei ihren Besucherinnen schockiertes Geschnatter aus.

Die Üppigkeit der mallorquinischen Natur und der subtropischen Vegetation hatte aber schnell wieder die Oberhand gewonnen, und nach einem Jahr war der Sichtschutz aus Blättern, der es ihr erlaubte, zu sehen, ohne selbst gesehen zu werden, wieder dichter als je zuvor.

Es war kurz vor sieben Uhr morgens, als sie den Schlüssel im Schloss der Haustür hörte. In den letzten Jahren hatte sich das Viertel so sehr verändert, dass sie nun immer verschlossen war. Eine Vorsichtsmaßnahme, die früher undenkbar gewesen wäre. Die Häuser ihrer Freundinnen rund um den Platz waren eines nach dem anderen verkauft worden. Die Undankbarkeit mancher Kinder überschritt alle Grenzen. Placidas neue Nachbarn waren Fremde für sie. Die meisten kamen aus dem Ausland. Sie selbst hatten die Immobilienmakler mit ihren Angeboten auch schon ins Visier genommen. Zum Glück war ihr Bruno bis jetzt standhaft geblieben.

»Wieso schläfst du nicht?«, schimpfte er sanft und nahm sie in die Arme, um sie auf beide Wangen zu küssen.

»Was ist schon dabei, so, wie ich meine Tage verbringe? Außerdem bin ich nicht die Einzige, die früh aufsteht. Gestern Morgen, um Punkt sechs Uhr, waren in La Portella jede Menge Polizeiautos unterwegs. Warum, weiß ich nicht. Und heute – sieh selbst: Da unten sitzt jemand und schaut aufs Meer. Sieht aus wie ein Kind. Ich frage mich, was es dort so alleine macht.«

Die kleine Gestalt, die auf einer Bank am Wasser saß, erregte flüchtig Brunos Aufmerksamkeit, aber die Müdigkeit war stärker als seine Neugier. Er war sich nicht einmal sicher, ob er noch die Kraft haben würde, sein Handy auszuschalten und die Schale Milchkaffee zu trinken, die ihm seine Mutter hinhielt, beunruhigt, ihn so erschöpft zu sehen.

»Ich lege mich ins Wohnzimmer und schlafe ein wenig. Ich schaffe es nicht einmal mehr, zu mir nach oben zu gehen. Wenn ich um elf Uhr noch nicht wach bin, ruf mich. Um zwölf bin ich mit Bauza wegen dieser Geschichte in La Portella verabredet. Bis dahin bin ich für niemanden zu erreichen.«

In seinem Geist tauchte verschwommen eine Idee auf. Irgendetwas war ihm bei seinem Ausflug auf La Dragonera aufgefallen.

»*Manteniu la distancia!*«, murmelte er, als er in tiefen Schlaf sank, wie ein Stein, der in einen Brunnen fällt.

8   Als Bruno Montaner gegen Mittag das Haus verließ, saß die kleine Gestalt immer noch an derselben Stelle und schaute aufs Meer. Wenn er jetzt noch die Schnellstraße überquerte, würde er zu viel Zeit verlieren. Er würde sich der Sache bei seiner Rückkehr annehmen, falls das Kind bis dahin nicht verschwunden war. Mit schnellen Schritten durchquerte er das alte Stadtviertel Santa Fe und erreichte den Sitz der Guardia Civil, ein modernes Gebäude an einer Ecke der Avinguda Villalonga. Dort herrschte eine für Montagvormittag ungewöhnliche Betriebsamkeit.

Sein Büro, das er mit seinen Mitarbeitern teilte, war ein großer, etwas niedriger Raum im ersten Stock. Die Fenster in Form von Bullaugen lagen direkt unterhalb der Decke, was der Grund dafür war, dass keiner seiner Kollegen den Raum gewollt hatte. Für sie war das eine Frage des Status, Montaner konnte darüber nur lachen.

»Ich weiß nicht, was Bauza von dir will, aber er hat schon dreimal nach dir gefragt«, empfing ihn Sergeant Joaquim Torrent. »Gestern Früh ist in La Portella irgendetwas Schlimmes passiert, aber wie üblich bekommen wir nichts gesagt, bevor du nicht da bist.«

Wenn Torrent sich ärgerte, sah er mit seinem langen hageren Gesicht noch mehr wie eine Gestalt El Grecos aus als sonst schon. Er spielte gerne den Märtyrer, ein Eindruck, der durch seine dröhnenden Niesanfälle und die ewig laufende Nase noch unterstrichen wurde. Er war ein starker Allergiker, dessen Nerven von Montaners launischer Art oft auf eine harte Probe gestellt wurden. Was den Dienst betraf, war er übergenau und fühlte sich berufen, diesen seltsamen Chef, den er trotz seiner zahlreichen Schwächen mochte, immer wieder an die Verpflichtungen seines Amtes zu erinnern. Bruno machte es Spaß, sich mit ihm zu streiten. Sein chronischer Mangel an Pünktlichkeit war für Joaquim die reinste Folter.

»Ich weiß, wir haben einen Termin, ich bin auf dem Weg zu ihm. Drei Stündchen Verspätung sind doch nicht so schlimm«, fügte er hinzu und gönnte sich das Vergnügen, zuzusehen, wie der andere vor Entrüstung fast erstickte.

»Reg dich nicht auf«, sagte Brunos zweiter Mitarbeiter, Eusebio Canal, mit seiner ruhigen Stimme. »Montaner hat vergessen zu erwähnen, dass Bauza ihm den Vormittag freigegeben hat, damit er sich von seinem Wochenende erholen kann.«

Canal war ein kleiner Schnurrbärtiger mit friedfertigem Charakter, der Konflikte hasste und zwischen Montaner und Torrent oft als Schlichter fungierte. Hinter seiner väterlichen Art verbarg sich die Beharrlichkeit einer Bulldogge – einmal auf einen Fall angesetzt, ermittelte er, ohne lockerzulassen. Erst vor Kurzem hatte Bruno erfahren, dass er eine Beförderung ausgeschlagen hatte, um in seinem Team bleiben zu können.

Das vierte Mitglied der Mannschaft, ein nicht ganz so beständiger Charakter wie die anderen, fehlte.

»Wo ist Virus?«, fragte Bruno.

»Sag bloß, er fehlt dir!«, rief Joaquim.

»Wenn uns einmal ein friedlicher Vormittag vergönnt ist, haben wir es nicht gerade eilig, ihn wiederzusehen. Ich glaube, er ist bei einer Schulung«, sagte Eusebio.

Virus war eine Plage und so etwas wie ihr Hofnarr zugleich. Ein Mutant. Der Informatiker vom Dienst. *Erase*, *No limit*, *Too much* oder *Ground Zero* verkündeten die Slogans auf seinen labberigen T-Shirts.

Warnungen, die sie besser ernst genommen hätten, bevor sie ihn auf ihre Computer losließen. Kein Rechner war vor ihm sicher.

45

Seine bloße Anwesenheit ließ sie durchdrehen. Abstürze, System-
fehler und Datenverluste waren an der Tagesordnung, seit er seinen Dienst angetreten hatte. So war er zu seinem Spitznamen gekommen, der wie eine zweite Haut an ihm haftete. Beauftragt mit
der Wartung und Aktualisierung der Computersysteme, hatte er
sich mit zerstörerischem Enthusiasmus an die Arbeit gemacht und
dabei so viel guten Willen gezeigt, dass man ihm für das kata-
strophale Ergebnis seiner Bemühungen einfach nicht böse sein
konnte.

»Uups!«, war zu hören, wenn wieder einmal einer seiner Eingriffe fehlgeschlagen war und sich der Virus, dessen Überträger er
zu sein schien, auf dem Bildschirm ausbreitete.

Bestürzt schüttelte er den Kopf, bat sein entsetztes Opfer mit
wissender Miene, doch leise zu sein, fuhr sich durch die von Gel
glänzenden Haare und machte sich verbissen daran, den Fehler zu
korrigieren, wobei er eine klebrige Spur auf der Tastatur hinterließ.

Die Beschwerden hatten sich gehäuft. In den oberen Etagen
hatte Virus Wutschreie und Mordgelüste ausgelöst. Aber er war
unkündbar. Der aus der Art geschlagene Nachkomme eines hohen
Tiers der Guardia Civil auf dem Festland war im vergangenen
Sommer auf Mallorca hängen geblieben, wo es ihm ausnehmend
gut gefiel. Klapperdürr, blass und am ganzen Körper gepierct,
schien er in einer Schwarz-Weiß-Welt zu leben, zu der nur die Farben auf den Bildschirmen durchdrangen. Da er mit einem außer-
ordentlich effektiven Stoffwechsel gesegnet war, futterte er pausen-
los und hinterließ eine unangenehme Spur von Krümeln, leeren
Getränkedosen und fettigen Papieren, was sein Verhältnis zu den
Kollegen, deren Arbeitsplatz er vorübergehend in Beschlag nahm,
nicht gerade verbesserte.

Sehr zum Verdruss von Torrent und Canal war er schließlich bei
Bruno gelandet, den sein ansteckender Hang zur Anarchie amüsierte. Er war der Einzige, der fand, dass Virus' zerstörerische Energie das Leben interessanter machte.

»Beobachtet ihn doch einmal«, riet er seinen Mitarbeitern. »Ihr
werdet sehen, dass Virus eine Metapher für die heutige Welt ist. Er

drückt die *Control*-Taste, und schon gerät ihm alles Weitere außer Kontrolle. Bei ihm gibt es kein *Backspace* und auch die *Escape*-Taste funktioniert nicht. Das Einzige, was funktioniert, ist das Zufallsprinzip. Wenn er auf *Enter* drückt, kann alles Mögliche passieren. Sein Informatik-Roulette ist der eindeutige Beweis dafür, dass der Homo sapiens nicht existiert. Er lebt gefährlich, von Augenblick zu Augenblick – und wir mit ihm. Virus beweist uns, dass aus dem Chaos eine ganz neue Ordnung entstehen kann. Er verkörpert unsere Unvollkommenheit und dient ihr gleichzeitig als Alibi, indem er unsere Notizen, Akten, Berichte – alles was wir vernachlässigen oder aus Zeitmangel nicht richtig zu Ende gebracht haben – in seiner virtuellen Welt verschwinden lässt. Ihr solltet euch bei ihm bedanken!«

Seine beiden Untergebenen waren über diese Rede nicht gerade erfreut gewesen, hatten sie sich dann aber doch noch einmal durch den Kopf gehen lassen und Virus schließlich akzeptiert, auch wenn sie das nicht offen zugeben wollten.

Montaner zögerte noch eine Weile und tat so, als beschäftige er sich mit dem Stapel von Papieren und Berichten, die sich auf seinem Tisch angesammelt hatten. Er hatte mittlerweile ein Gespür für diesen besonderen Augenblick zu Anfang eines jeden Sommers entwickelt. Ein abscheuliches Schwindelgefühl ergriff von ihm Besitz, die Situation begann ihm zu entgleiten und alles beschleunigte sich. Er wurde mit einem schwierigen Fall betraut, und am Ende selbst das Opfer der Kriminellen, die ihm seine Lieblingsjahreszeit auf der Insel gründlich verdarben. Es hatte schon begonnen. Zuerst die verbotenen Feuer auf La Dragonera. Und jetzt dieses Leichenteil in La Portella. Für ihn bestand ein Zusammenhang zwischen den beiden Vorfällen, den er nicht in Worte fassen konnte. Es war nur eine Intuition, ohne logische Erklärung, die ihm aber trotzdem ein ungutes Gefühl bereitete. Etwas Fremdes hatte seine Routine gestört, und bevor er nicht die Auflösung dieser scheinbar unzusammenhängenden Rätsel gefunden hatte, würde nichts mehr seinen gewohnten Gang gehen. Das Einzige, was er von seinem Ausflug nach La Dragonera mitgebracht hatte, war eine unbestimmte

Ahnung, eine abergläubische Furcht vor einer Bedrohung, deren Wesen er nicht näher bestimmen konnte. Er beschloss, die Indizien, die er gesammelt hatte, seinem Chef gegenüber nicht zu erwähnen. Für einen zufriedenstellenden Bericht reichten sie ohnehin nicht aus.

»Fakten, Montaner, Fakten«, würde Bauza verlangen.

Montaners Vater war einst der Vorgesetzte des jungen Bauza gewesen, weshalb diesem seine Karriere sehr am Herzen lag. Bruno würde sich einen weiteren Vortrag darüber anhören müssen, wie man im Leben weiterkam. Irgendetwas sagte ihm, dass ihm der Himmel nach seinem Gespräch mit Bauza nicht mehr ganz so blau vorkommen würde.

Das Telefon klingelte. Eusebio nahm den Hörer ab:

»Montaner ist auf dem Weg. Um genau zu sein, ist er schon eine Weile da, aber wir haben eine Computerpanne. Ich weiß nicht, was Virus heute Morgen wieder fabriziert hat. Alle unsere Aktennotizen sind verschwunden und er auch«, erklärte er in aller Ruhe dem ungeduldig gewordenen Bauza.

»Du hast Recht. Der Junge ist wirklich das perfekte Alibi«, sagte er nachdenklich und legte sachte den Hörer auf.

9 In schwierigen Situationen zitierte Montaner die Klassiker, ihre scharfzüngigen Sentenzen, mit denen sie über die Welt spotteten und den Menschen noch Jahrhunderte später angesichts ihrer Dummheit Trost spendeten. Seneca zum Beispiel: »Manche werden für große Männer gehalten, weil das Podest mitgemessen wird.«

Er verwahrte sich dagegen, für einen großen Mann gehalten zu werden, mit oder ohne Podest. Er stand selbst auf dem Kriegsfuß mit dem Gehorsam und tat sich schwer mit der Vorstellung, das Kommando über dieses aus der Not geborene Team zu übernehmen, das sein Chef Spezialeinheit nannte, erst recht in einem derart verkorksten Fall. Was er Juan Bauza ohne Umschweife erklärte. Aber dieser kannte ihn gut genug und hatte sein kategorisches Nein vorhergesehen. Um ihn dazu zu bringen, die zweifelhafte Ehre dennoch anzunehmen, legte er ihm die schwierige Lage dar, in der sie sich befanden, und seine Befürchtung, dass weitere Teile der nach wie vor unbekannten Leiche auftauchen würden, von der man bisher nur den rechten Arm gefunden hatte.

»So etwas musste ja passieren. Dieses System ist eine Qual«, stellte Montaner lakonisch fest. »Jetzt müssen selbst die Mörder Kleinholz aus ihren Leichen machen, bevor sie sie in den Müll werfen. Wahrscheinlich hat mal wieder niemand irgendetwas gesehen oder gehört. Zum Glück müssen nicht wir uns damit herumschlagen, sondern die Staatspolizei. Mit deiner Spezialeinheit wirst du nicht weit kommen, die Jungs lassen sich nicht gerne ins Handwerk pfuschen. Sie werden nicht mit uns zusammenarbeiten. Palma ist ihr Revier. Wir von der Guardia Civil kümmern uns ums Hinterland, die kleinen Badeorte und die Küstenwache. Für die großen Städte sind sie zuständig. Jedem seine eigene Scheiße.«

»Eben nicht! Genau das muss sich ändern. In einem so heiklen Fall kommen wir nur weiter, wenn wir zusammenarbeiten. Richterin Bernat ist ebenfalls dieser Ansicht. Das werden wir ausnutzen, um hier bei uns eine dieser Sondereinheiten zu bilden, wie sie der Gesetzgeber seit 1986 für die Kriminalpolizei vorsieht. In ihr werden Mitglieder der Guardia Civil und der Staatspolizei zusammenarbeiten. Natürlich werden alle, abgesehen von Sondereinsätzen, die Arbeit in ihren jeweiligen Stammabteilungen fortsetzen. Wir werden also diese Einheit bilden, und du bist optimal qualifiziert, um sie zu leiten. Du kennst dich hier besser aus als jeder andere. Ich habe dich vorgeschlagen, und Julia Bernat ist einverstanden.«

»Und mich stellst du vor vollendete Tatsachen.«

»Natürlich kann dich niemand zwingen, aber mir wäre wohler, wenn du die Leitung übernimmst«, brummte Bauza wohlwollend.

Sein Wohlwollen durfte allerdings nicht überstrapaziert werden. Niemand zweifelte daran, dass Juan Bauza zum Befehlen geboren war. Sein Schreibtisch war eine Maßanfertigung, angepasst an seine enorme Körpergröße. Seine breiten, in die Uniform gezwängten Schultern, sein massiger Schädel, der Bürstenhaarschnitt und sein kräftiges, energisches Kinn verliehen seinen Befehlen Nachdruck und ermutigten einen nicht gerade, diese mit ihm zu diskutieren. Bruno war einer der wenigen, die es wagten. Die beiden Männer schätzten einander, und Bauza ließ Bruno in vielen Dingen freie Hand. Aber dieses Mal war er entschlossen, seinen Willen durchzusetzen. Ohne Bruno eine Atempause zu gönnen, setzte er seine Attacke fort:

»Du wirst mich in dieser Lage doch nicht im Stich lassen? Hauptkommissar Olazabal war wieder einmal nicht zimperlich und hat den armen Straßenreiniger, der das Paket entdeckt hat, auf der Stelle festgenommen. So macht man das anscheinend in Madrid. Erst wird festgenommen und dann ermittelt. Das Schlimmste ist, dass er schon die Presse informiert hat. Die Richterin war gezwungen, umgehend zu reagieren, indem sie die Bildung der Spezialeinheit verkündete. Und ich musste sofort eine Entscheidung treffen. Nach deinen Erfolgen in der letzten Zeit hat sich deine Nominierung förmlich aufgedrängt. So gesehen hast du keine Wahl. Ich habe schon für dich zugesagt. Das ist ein Befehl.«

»Willst du mir damit allen Ernstes mitteilen, dass ich als Krönung des Ganzen mit diesem Idioten Olazabal zusammenarbeiten muss?«

»Nein, nicht wirklich. Er wird allerdings untröstlich sein, denn er wird die Verantwortung für einen Fall an dich abgeben müssen, den er momentan nur unter dem Aspekt der Medienwirksamkeit sieht. Bei dir besteht diese Gefahr ja nicht! Seine Kriminaltechniker werden dich unterstützen. Das gehört zur Aufgabenteilung zwischen Staatspolizei und Guardia Civil. Unsere Spurensicherungsteams sind überall auf der Insel im Einsatz, deshalb wird dir hier in Palma das der Staatspolizei zur Verfügung stehen. Gerónimo Diaz ist einverstanden. Und seine frisch gebackene Assistentin Pilar Más wird auch nichts dagegen haben.

»Pilar? In Port d'Andratx habe ich erfahren, dass sie am Freitag angekommen ist. Wie hat sie es nur geschafft, so schnell in diesen Fall verwickelt zu werden?«

»La Portella war ihr erster Tatort in Palma, und laut Gerónimo hat sie keine schlechte Figur gemacht. Er ist zufrieden mit seiner neuen Mitarbeiterin. Olazabal hat sie, arrogant wie immer, mit

Pauken und Trompeten empfangen. Es heißt, das erste Gespräch sei nicht gerade herzlich verlaufen. Daher glaube ich nicht, dass es sie stört, wenn sie von seiner Einheit abgezogen wird. Zudem ist sie Absolventin der Polizeiakademie und hat damit die nötige Qualifikation.«

»Und meine Leute? Ohne mein Team arbeite ich nicht.«

»Sie bekommen eine Schulung, das ist schon geklärt. Virus wird übrigens mit von der Partie sein. Ich verlasse mich darauf, dass du ein Auge auf ihn hast.«

Bruno musste lachen. Er stellte sich Joaquims Gesicht vor, wenn er ihm die Neuigkeit verkünden würde.

»Virus hat eine Neigung zur angewandten Anarchie. Ich bin gespannt, wie sich das auf die Ermittlungen auswirkt.«

»Das musst du mir erklären«, meinte Bauza misstrauisch.

»Ganz einfach. Der Junge sieht, was er sieht und nicht was er sehen soll. Ein wenig wie Pilar übrigens. Das ist auch der Grund, warum seine kleinen Eingriffe regelmäßig ein Chaos bei unseren Computern auslösen. Er bringt die Riesenpanne ans Licht, die sich hinter der kleinsten Störung verbirgt. Für einen Ermittler ist eine solche Schwäche sehr nützlich. Wenn er erst mal gelernt hat, sie bewusst einzusetzen, wird er uns noch zum Staunen bringen.«

»Sieh zu, dass sich der Schaden in Grenzen hält. Sein berühmter Vater wird es uns danken. Und halte mich auf dem Laufenden. Richterin Bernat und ich setzen die allergrößten Hoffnungen in diese neue Einheit. Du berichtest an uns, enttäusche uns also nicht. Rein äußerlich bleibt alles beim Alten, du behältst dein Büro, deine Mitarbeiter und du bist weiterhin für die Überwachung der Küste zuständig.«

»Schon gut, ich habe verstanden. Ich darf den Mund halten, auf deinen Befehl hin das Kommando übernehmen, dein blödes Papier unterschreiben und für das gleiche Geld doppelt so viel arbeiten. Und dafür soll ich mich dann auch noch bedanken.«

»Was hast du bloß für einen miesen Charakter! Richterin Bernat hat von einer Erfolgsprämie gesprochen. Das kannst du auch deinen Leuten sagen, um ihnen die Neuigkeit schmackhaft zu machen. Du siehst übrigens fix und fertig aus. Geh nach Hause, ruh dich aus und denk schon mal darüber nach, wie du deine Einheit zusammenstellen wirst. Vorher könntest du mir aber noch erzählen, was du dieses Wochenende auf La Dragonera beobachtet hast.«

»Nichts Aussagekräftiges, du hast mir ja nicht erlaubt, die Insel zu betreten«, murmelte Bruno ausweichend und tastete nach der Tasche, in der sich seine Indizien befanden.

Er durfte nicht vergessen, sie seinem Freund Antonio Cirer zu bringen, einem erstklassigen Chirurgen, der gelegentlich als Rechtsmediziner arbeitete, wenn die Arbeit in der Privatklinik seines Schwiegervaters es erlaubte. Er hätte sich gerne ganz der Rechtsmedizin gewidmet, aber seine Frau, die schöne Inès, wollte davon nichts hören. Auch Cirer hatte sich dem Willen gewisser Autoritäten zu beugen, in der Ehe und beim Militär war unbedingter Gehorsam der einzige Weg.

Befehle erteilen kann jeder, hing Bruno seinen Gedanken nach, während Bauza seine Unterschrift unter die Befehle setzte und sie mit lautem Getöse abstempelte. Zu gehorchen war die Kunst. Nichts war besser geeignet, um Kritikfähigkeit, Improvisationstalent und die Fertigkeit der Notlüge zu perfektionieren. Befehle mussten ausgeführt werden, natürlich, aber doch nach eigenem Ermessen. Zu gehorchen erforderte Kreativität, eröffnete Perspektiven und ließ Freiräume. Wer jedoch Befehle erteilte, war gezwungen, einer starren Linie zu folgen, denn er verkörperte die höchste Gewalt. Der Befehlende führt einen kollektiven Willen aus und ist dabei allein. Der, der gehorcht, entscheidet individuell und ist trotzdem Teil einer Gemeinschaft. Jeder gehorcht nach seinen eigenen Regeln und kann auf vielen Wegen zum Ziel gelangen. Der Befehlende dagegen steht ohne jede Deckung auf seinem Sockel.

Halten wir uns bedeckt, dachte er bei sich.

Er salutierte und marschierte ohne ein weiteres Wort hinaus.

Die kleine Gestalt war immer noch da, saß auf einer Bank und schaute unverwandt aufs Meer. Neugierig überquerte Bruno den Rasen und die breite Uferstraße. Als er näher kam, sah er, dass Placida mit ihren Befürchtungen recht gehabt hatte.

»Ich beobachte ihn schon seit Stunden. Ich sage dir, das ist ein Kind. Geh hin und sieh nach, es liegt doch auf deinem Weg. Ich habe zu große Angst vor den Autos«, hatte sie ihn am Telefon beschworen.

Er trug eine rote Mütze, passend zum Blouson mit der Aufschrift *Ferrari*. Für einen Formel-Eins-Fan war er sehr jung.

Bruno ging neben ihm in die Hocke.

»Was machst du hier ganz allein, kleiner Mann?«

Ein Blondschopf mit blauen Augen sah ihn unter der Mütze hervor aufmerksam und schweigend an. Er musste fünf oder sechs Jahre alt sein.

Bruno holte seine Polizeimarke hervor. Der Junge nahm sie in die Hand, nickte und gab sie ihm zurück. Bruno fuhr fort, leise mit ihm zu reden, um sein Vertrauen zu gewinnen. In allen Sprachen, die er kannte, fragte er ihn, wo seine Mutter sei. Seine Sprachkenntnisse waren dürftig, aber er glaubte, dass der Junge ihn verstanden hatte, denn plötzlich füllten sich seine Augen mit Tränen.

»Komm, Kleiner, gehen wir nach Hause. Du hast sicher Hunger und Durst«, sagte er und legte ihm die Hand auf die Schulter.

Als sie an der Schnellstraße standen und die Autos an ihnen vorbeirasten, spürte er, wie sich eine kleine warme Hand vertrauensvoll in die seine schob. Der Gedanke, dass der Junge genauso naiv mit jedem x-beliebigen Verrückten mitgegangen wäre, machte Bruno wütend. Doch er beruhigte sich wieder. Das Kind war wohlbehalten und in Sicherheit, das war das Wichtigste. Placida, die sie von ihrem Fenster aus beobachtete, war sicher erleichtert.

10 Pilar nahm die *siurell*, die alte, schon etwas abgeblätterte Pfeife aus gebranntem und bemaltem Ton, in den Mund. Sie hatte sie auf einem Regal in ihrer neuen Wohnung gefunden. War das ein Zeichen? Die Pfeife hatte die Gestalt eines kleinen gehörnten Teufels. Endlich war die Zeit gekommen, den Dämonen der Vergangenheit gegenüberzutreten. Sich ihnen zu stellen, nun da sie besser gewappnet war. Sie im Sucher ihrer Kamera einzufangen und sämtlichen Olazabals der Schöpfung die Stirn zu bieten. Der hohe Ton ließ sie zusammenzucken. Wenn sie sich richtig erinnerte, rief man mit den hohen Tönen die günstigen Winde, während man die schlechten, Unwetter bringenden mit den tiefen Tönen vertrieb.

»Was treibst du da?«, fragte ihr Cousin, Miguel Vives, der in einem Wandschrank in der Küche kramte.

»Ich pfeife, rufe den Wind.«

Wie alle mallorquinischen Kinder hatte auch Pilar früher mit diesen einfachen Pfeifen aus alter Zeit gespielt. Es gab verschiedene Figuren: den Dämon, die Dame, den Kavalier, den Stier, das Pferd, den Hahn. Manche hatten Flügel, andere nicht. Sie waren mit den Fingern aus Ton geformt, weiß gekalkt und mit Mustern aus roten und grünen Pinselstrichen verziert. Ihre naiven Formen waren zu Wahrzeichen der Insel geworden. Einen Moment lang fragte sich Pilar, ob sie ihre Zauberkräfte, die sie nach der Überzeugung der Alten besaßen, verloren hatten, seit sie in den Touristenläden als Souvenirs verkauft wurden. Diese hier musste schon ziemlich alt sein. Ob sie ihr für ihre Rückkehr nach Mallorca Glück bringen würde?

Der hohe Pfeifton hallte leise über das blaue Wasser von Can Barbara. Kein Lüftchen regte sich. Die mehrspurige Straße des Passeig Marítim riegelte die den Fischerbooten und Außenbordern vorbehaltene Hafenbucht zum Meer hin ab. Nur Boote mit geringem Tiefgang konnten unter der Brücke hindurchfahren. Das Viertel war eine Oase der Ruhe im Herzen der Stadt. Wie überall in der mallorquinischen Hauptstadt waren auch rund um das malerische Hafenviertel die geometrischen Formen moderner Gebäude aus dem Boden geschossen, doch sie hatten seiner Schönheit nichts anhaben können. Nachts vermischten sich die Lichter des Grandhotels *Majórica* und die der riesigen Kreuzfahrtschiffe, die jenseits der Mole vor Anker lagen.

Eine letzte Reihe der niedrigen, höhlenartigen Fischerhäuschen mit ihren weißen Fassaden und grünen Fensterläden, die sich auf halber Höhe an die Felswand krallten, hatte den Immobilienhaien getrotzt. In einigen der verlassenen Häuschen hatten sich Katzen und Rucksacktouristen eingenistet. Andere waren sorgfältig renoviert worden. Die Siedlung gehörte zu Pilars Lieblingsplätzen. Miguel hatte ihr angeboten, in das Häuschen in Can Barbarà zu ziehen, das seiner Mutter gehörte. Serena, die schlechte Erfahrungen gemacht hatte, vermietete ihre Wohnung nicht mehr an Fremde. Aber Pilar, die kleine Tochter ihrer verstorbenen Schwester Julia und die große Liebe ihres armen Sergí, gehörte zur Familie. Sie war ein seltsames Mädchen. Ein besonderes Band aus stummem Groll und geteiltem Leid einte die beiden. Vielleicht war es der Neid der Lebenden auf die Toten.

Die Miete, die Pilar ihr zahlen wollte, schlug Serena aus. »In meinem Alter braucht man kein Geld mehr. Sieh zu, dass du dich mit Miguel einigst. Ich bin froh, dass du dort wohnen willst, dort bist du sicher. Das Haus hat eine gute Aura. Der Geist der Alten wird dich beschützen, und du wirst Schutz brauchen«, fügte sie vielsagend hinzu.

Das einzige, von dicken, mit Kalk getünchten Wänden umgebene Zimmer war dunkel, aber gemütlich. Rechts von der Tür gab es ein kleines Fenster mit Blick auf den Hafen. Das schmale Bett stand in einer Nische und war mit großen Kissen bedeckt, die mit der *tela de llenguas*, dem traditionellen, mit hellblauen geometrischen Formen gemusterten Stoff, bezogen waren. Verborgen hinter einem Vorhang aus demselben Stoff öffnete sich an der Rückwand der Nische ein schmaler Durchgang, der in eine in den Felsen gehauene, dunkle Kammer führte. Ein Sisalteppich bedeckte den Boden aus gestampfter Erde und verströmte den Geruch von Heu. Hier war es so kühl wie in einer Grotte. Von der Küche, die in einem schmalen verglasten Gang untergebracht war, gelangte man auf einen großen Balkon, der über der Terrasse lag. Ein spartanisches Badezimmer vervollständigte Pilars neue Wohnung.

Sie legte die Tonpfeife wieder zurück auf das Regal. Der rote Schein der Nachttischlampe warf den Schatten eines unerschrockenen, kleinen Hausgottes auf die kahle Wand. Pilar gefiel ihr neues Heim. Mit wenigen Handgriffen räumte sie Bücher, Papiere, Kleider, Uniformen und Sportsachen ein. Nach der Polizeischule hatte sie nie lange am selben Ort gewohnt und die Rituale ihres Nomadendaseins daher inzwischen perfektioniert.

»Du bist ganz schön pedantisch geworden«, stellte Miguel fest.

»Und du bist der gleiche Chaot wie früher.«

Wie sollte er auch verstehen, wie sehr ihr Beruf ihr Leben verändert hatte? Bruno Montaner hatte recht behalten. Die Disziplin, die sie sich für die Arbeit am Tatort hatte aneignen müssen, war ihre Rettung gewesen. Ihre persönlichen Sachen in Ordnung zu bringen half ihr das Dunkel zurückzudrängen, disziplinierte ihren Geist und war ein gutes Training für ihren Beruf.

Sie brauchte nur wenige Gegenstände, um sich zu Hause zu fühlen. Ihre alte Pferdedecke, die sie über das Bett breitete, die Kerze, die sie angezündet ins Fenster stellte, die gusseiserne Teekanne und die kleine blaue Trinkschale, die ihr ihr Freund Mike aus Japan mitgebracht hatte. Sie hatte den CD-Spieler, die Digitalkameras und den Computer auf den Tisch gestellt, angeschlossen und die Kabel sorgfältig geordnet.

Miguel war fasziniert von der heimeligen, sehr weiblichen Atmosphäre, in die er unbeabsichtigt hineingeraten war, und konnte sich nicht entschließen zu gehen. Sanft schob sie ihn hinaus. Ungeschickt machte er einen letzten Versuch:

»Bist du sicher, dass du alleine hierbleiben willst?«

»Mach dir keine Gedanken. Ich bin das Alleinsein gewohnt. Ich mache mein Bett und gehe schlafen.«

Eine ganze Weile stand Pilar unbeweglich auf der Terrasse und lauschte den Geräuschen ihrer Stadt. Durch das Rauschen des Autoverkehrs vernahm sie den ruhigen Trott und das Gebimmel der Pferdewagen aus Rattangeflecht, in denen die Touristen über den Passeig Marítim kutschiert wurden. In den Pinien zirpten die Zikaden. Die Geräusche hatten den Wandel der Zeit besser überstanden als die Landschaft. Vor ein paar Jahren, als sie noch ein junges Mädchen gewesen war und mit ihrer Familie gebrochen hatte, hatte Can Barbarà ihr schon einmal als Zufluchtsort gedient. Hier fühlte sie sich zu Hause.

Die Erschöpfung ihrer ersten beiden Tage auf der Insel lastete schwer auf ihr. Morgen musste sie ausgeruht sein, denn sie würde sich gleichzeitig Olazabal, ihrer unbekannten Zukunft und den Schatten ihrer Vergangenheit stellen müssen – keine leichte Aufgabe. Das Mondlicht verschärfte die Kontraste und versilberte am Horizont das Meer. Alle zwei Minuten zogen die Lichter von Flugzeugen über den Nachthimmel. Erschrocken wich sie ein paar Schritte zurück, als sie die Gestalt mit Kapuze bemerkte, die im Halbdunkel angestrengt durch das Gitter spähte, das den Zugang zur Terrasse versperrte. In den vergangenen Tagen hatte sie schon mehrmals das Gefühl gehabt, verfolgt zu werden, aber sie hatte es verdrängt, weil sie nicht in ihre alten Ängste verfallen wollte. Sie wusste sich nun zu verteidigen. Horacio Más, ihrem schrecklichen Großvater, würde es nicht mehr gelingen, sie einzuschüchtern. War er es, der sie beschatten ließ? Gut möglich. Sie würde es noch herausbekommen. Die Vergangenheit hatte tiefe Spuren hinterlassen. Umso wichtiger war es, sich entschlossen von ihr abzuwenden. Der Schatten war so schnell wieder verschwunden, dass sie glaubte, sie hätte ihn sich nur eingebildet. Aber der Bann des Mondlichtes war gebrochen. Sie zog die schwere Holztür zu und drehte den Schlüssel zweimal im Schloss, um die vage Furcht auszusperren, der sie heute Abend nicht mehr auf den Grund gehen wollte.

Einer plötzlichen Eingebung folgend, nahm Pilar ihre bunt gemusterte Wolldecke und die großen Kissen vom Bett, dazu zwei weiße Leintücher, und bereitete sich damit auf dem Sisalteppich in der geheimen kleinen Kammer ein Schlaflager. Die *siurell* ließ sie im benachbarten Zimmer Wache halten. Durch die Falten des Vorhangs drang der rote Schein der Nachttischlampe zu ihr.

Tante Serena hatte recht gehabt. Die Wohnung am äußersten Ende eines Gewirrs aus Häuschen, Gässchen und Terrassen war wie eine Festung. Am Gitter der Nummer sieben wies nichts darauf hin, dass außer ihren englischen Nachbarn noch jemand hier wohnte. Die dicken Mauern ihres höhlenartigen, an den Felsen geschmiegten Unterschlupfes würden sie beschützen. Wovor, wusste nur sie allein.

11   Der Mond hatte ihn verraten. Das Mädchen hatte die Bedrohung gespürt und sich instinktiv hinter ihrer Tür verbarrikadiert. Jede andere wäre vor Angst wie gelähmt stehen geblieben. Sie nicht. Ein seltsamer Bau, in den sich die berühmte Pilar Más da verkrochen hatte. Sie war eine interessante Beute. Es war nicht leicht gewesen, sie aufzuspüren. Und doch hatte er es geschafft. Er war ziemlich stolz darauf, dass es ihm gelungen war, ihr seit ihrer Rückkehr auf die Insel zu folgen, ohne dass sie es bemerkt hatte. Er war vorher schon gut informiert gewesen, aber der Zufall hatte es gewollt, dass er zur richtigen Zeit am richtigen Ort gewesen war und mitangehört hatte, wie sie auf der Suche nach einer Unterkunft ihren Freund im Tauchklub angerufen hatte. Das Segelboot des Typen zu finden, der sichtlich verknallt in sie war und sich damit rühmte, dass er sie nach ihrer Ankunft in Palma dort beherbergen würde, war ein Kinderspiel gewesen.

»Und das Boot, heißt das etwa auch Pilar?«, hatte er einen der Taucher aus dem Klub gefragt und versucht, es wie einen Witz klingen zu lassen.

»Fast. Es heißt Drago. Und La Dragonera ist Pilars Spitzname«, hatte der Trottel geantwortet.

La Dragonera auf ihrem eigenen Territorium jagen. Das gefiel ihm. Aber der Wachposten am Jachthafen von Palma, der ihn ertappt hatte, als er auf den Pontons herumschlich, hatte keinen Spaß verstanden und ihn vertrieben. Nachdem er so getan hatte, als würde er den Rückzug antreten, hatte er in der Nähe des Hafeneingangs Posten bezogen, entschlossen, abzuwarten, bis Pilar Más das Boot verlassen würde. Seine Geduld war beinahe erschöpft gewesen, als sie am Samstagvormittag endlich erschien, um einen Rundgang durch Palma zu machen. Er hatte sich an ihre Fersen geheftet und seine Freude an dem Gedanken gehabt, dass er eine Polizistin beschattete. Mit ihren orangefarbenen Turnschuhen war sie leicht im Auge zu behalten, aber sie hatte ein flottes Tempo vorgelegt und kannte sich im Labyrinth der Gassen gut aus. Er hatte beobachtet, wie sie in der Nähe der Kathedrale ein Fotogeschäft voller Touristen betrat, eine Weile mit dem Verkäufer verhandelte und sich dann eine kleine Taschenkamera kaufte. Dieselbe, die sie am nächsten Morgen in La Portella benutzen würde, um das Innere der Rohrleitung zu fotografieren. Nur für wenige Stunden hatte er seine Überwachung unterbrochen und war spätnachts in sein am Hafen geparktes Auto zurückgekehrt, um dort zu schlafen. Er hatte immer noch geschlafen, als sie bei Tagesanbruch in ihrem Arbeitsoverall von Bord gegangen war. Erst das Motorgeräusch des Taxis hatte ihn geweckt. Wütend, weil er sich hatte überrumpeln lassen, hatte er sein Auto gestartet und war dem Taxi gefolgt. Verborgen in der Menge der Schaulustigen hatte er ihr lange dabei zugesehen, wie sie ihre Fotografennummer abzog.

Am Samstag hatte sie während ihres ganzen langen Spaziergangs durch Palma unaufhörlich fotografiert. Die alten Paläste, die Gebäude aus den Dreißigerjahren, Details einer Tür oder einer alten Konditorei. Mehrere Male hatte er ausweichen oder sich irgendwie unsichtbar machen müssen, um nicht selbst von ihr fotografiert zu werden. Sie ging schnell, mit großen, elastischen Schritten und hoch erhobenem Kopf, doch ihr entging nichts. Ab und zu hatte sie sich unversehens umgedreht und war noch mal zurückgegangen, um irgendetwas aufzunehmen, das ihr ins Auge gesprungen war. Eine schwierige Kundin. Er musste höllisch aufpassen. Es war unmöglich vorherzusehen, worauf ihr Blick in der nächsten Minute fallen würde. Nachdem sie eine große Runde durch die Altstadt von Palma gemacht hatte, ohne jedoch bis zum Haus der Familie Montaner zu gehen, was er eigentlich erwartet hatte, hatte sie den Passeig des Born überquert, am Kiosk Zeitungen gekauft und sich auf eine der roten Bänke eines altmodischen Cafés in der kleinen Carrer Baró Santa Maria del Sepulcre gesetzt, um sie zu lesen. Kaffee. Kuchen. Noch ein Kaffee. Er hatte lange warten müssen, bis sie ihren sportlichen Spaziergang endlich fortgesetzt hatte. Jenseits der Avinguda Jaume III war sie in Richtung Porta Catalina gegangen, hatte das Santa-Creu-Viertel durchquert, die steinerne Fratze am Haus Nummer zehn der Carrer Sant Feliú fotografiert, die den Passanten die Zunge herausstreckte, und war wie angewurzelt vor der Kapelle Sant Feliú stehen geblieben: Ein deutscher Kunsthändler hatte sich das romanische

Gebäude mit den wunderbar klaren Linien unter den Nagel gerissen und eine Galerie daraus gemacht. In der Carrer Gloria hatte sie kurz vor dem imposanten Tor des Palais der Colom-Schwestern gezögert, war dann aber weitergegangen. Er hatte grimmig gelacht. Die kleine Más war wohl noch nicht reif für ein Wiedersehen mit der Familie. Alles zu seiner Zeit.

Vielleicht war es heute Abend so weit. Der Mann zog die Kapuze seines Sweaters über den Kopf, überquerte mit einem Sprung das Gitter und pirschte sich vorsichtig wie eine Raubkatze heran. Er verwünschte den noch vollen Mond, der seinen Schatten über die weiße Mauer gleiten ließ. Unbeweglich presste er sich gegen die Wand und wartete. Er war Pilar gefolgt, seit sie das Kommissariat verlassen hatte. In der *Taberna de la Bóveda* hatte sie den Typen aus dem Tauchklub getroffen, um mit ihm Tapas zu essen. Durch das riesige Fenster, das auf die Straße ging, hatte er sie beobachten können. Dann war er beiden bis nach Can Barbarà gefolgt und hatte in einem Winkel versteckt gewartet. Eine Stunde später war der Typ wieder herausgekommen. Offensichtlich hatte Pilar Más ihn nicht in ihrem Bett brauchen können. Er lachte in sich hinein und wartete noch eine halbe Stunde. Dann stieg er über das erste Geländer, über ein zweites, schlich an die Wand gedrückt bis zu ihrem Haus und warf einen Blick durch das geschlossene Fenster, erstaunt, dass der Raum noch vom schwachen Licht einer kleinen roten Lampe mit schiefem Lampenschirm erhellt wurde. Verblüfft wich er einen Schritt zurück. Von seinem Beobachtungsposten aus konnte er direkt auf das Bett schauen, auf dem eigentlich das Mädchen hätte liegen müssen. Es war jedoch niemand zu sehen. Er wartete einen Augenblick und reckte den Hals, um einen Blick auf den Balkon zu werfen. Die Küche war dunkel, aus dem Badezimmer kam kein Geräusch. Dort war sie also auch nicht. Das Biest war ihm durch die Finger geschlüpft. Wie hatte sie das angestellt? Wütend wollte er auf den Balkon klettern und in die Küche einsteigen, doch als er seinen Fuß auf den schmalen Mauervorsprung setzte, lösten sich ein paar Steine und fielen herunter. Das Geräusch verriet ihn. Der Strahl einer starken Taschenlampe strich über die benachbarten Fassaden, und er duckte sich in eine Felsmulde. Noch so ein verdammter Wachmann, der seine Arbeit zu ernst nahm. Ins Dunkel gekauert, sah er ihn zum *Garito Café* am Ende der Bucht schlurfen, das die ganze Nacht geöffnet hatte. Er blieb noch eine Weile, wo er war, ärgerte sich über seinen Misserfolg und fragte sich, wie ihm das verfluchte Mädchen hatte entwischen können. Er schaute auf seine Uhr und verschwand, um anderswo andere Spuren zu verfolgen und Jagd auf leichtere Beute zu machen, die weniger zäh war als Pilar Más. Sie würde schon noch an die Reihe kommen.

12   Auch wenn Juan Bauza ihn für einen Eigenbrötler oder einen Menschenfeind hielt – Bruno Montaner war der Presse nicht feindlich gesinnt. Er bat sie zwar nur selten um Hilfe, doch seine Freunde unter den Journalisten wussten, dass er sie nicht ohne guten Grund behelligte. Adriano Sanchez war der Beste. Armer Adriano. Seine Methoden und Überzeugungen waren genauso altmodisch wie die von Bruno. Seine Artikel verkauften sich gut, aber er hatte teuer dafür bezahlen müssen, dass er es kategorisch abgelehnt hatte, die Geheimnisse der hübschen Tochter seiner alten Freunde aus Deutschland zu verraten, die ein bekanntes Model geworden war und ihre Ferien regelmäßig auf Mallorca verbrachte.

»Dann wirf mich doch raus. Ich bin keiner von diesen Paparazzi!«, hatte er gebrüllt und den Chefredakteur, der so unvorsichtig gewesen war, ihm mit Entlassung zu drohen, wenn er nicht tat, was er von ihm verlangte, am Kragen gepackt.

Türen knallend hatte er die Redaktion verlassen und arbeitete seither als freier Journalist. Sowohl sein Bekanntheitsgrad als auch sein Alkoholkonsum waren seitdem in die Höhe geschnellt.

Adriano hörte sich an, was Bruno ihm zu erzählen hatte, stellte ein paar Fragen und bat um ein Foto des Kindes. Montaner machte eine Aufnahme mit der Digitalkamera und sendete sie ihm via E-Mail von seinem Laptop aus. Virus hatte ihm dabei geholfen, sich auszurüsten, und dank seiner Unterstützung schlug er sich wacker im Umgang mit der modernen Technologie, ganz ohne Abstürze und Datenverluste. Die beiden hatten einen Pakt geschlossen.

»Das Greenhorn und der Dinosaurier, zwei, die niemand ernst nimmt. Tun wir uns zusammen, dann werden die anderen sich noch wundern!«

»Alle werfen mir vor, dass ich an den Pannen schuld bin, dabei ist das System schlecht konfiguriert. Ich kann nichts dafür! Jedes Mal, wenn ich etwas anfasse, stoße ich auf einen neuen Fehler und brauche Stunden, um ihn zu beheben«, klagte Virus, der ebenso wenig etwas gegen seinen schlechten Ruf tun konnte wie Bruno.

Adrianos Reportage schlug in den Redaktionen ein wie eine Bombe. Es gab mit Sicherheit eine einfache Erklärung für die seltsame Geschichte des Jungen, der allein am Meer zurückgelassen worden war, aber während der ersten vierundzwanzig Stunden hatte sich kein Verwandter gemeldet. Wie war es möglich, dass ein Kind unbemerkt am Rand der Straße zum Flughafen verloren ging? Warum hatte es niemand als vermisst gemeldet, weder auf der Insel noch sonst irgendwo?

Montaners Leute verbrachten den Montagabend vor ihren Computern und nahmen Kontakt mit den Polizeibehörden der nordeuropäischen Länder auf. Über den Namen des Jungen konnten sie nur spekulieren – hieß er nun Niels oder Nielsen? Hatte er seinen Vornamen oder seinen Familiennamen genannt? Die Silben, die er mit seinem zarten Stimmchen von sich gab, wenn ihn jemand fragte, wie er denn heiße, gaben keinen rechten Aufschluss.

»Nielsen ist einer der häufigsten Namen in Dänemark. Ich glaube, er ist Däne«, meinte Joaquim.

»Ich habe die Behörden in Kopenhagen benachrichtigt, bis jetzt ist allerdings nichts dabei herausgekommen. Adrianos Artikel geht in ganz Europa durch die Presse. Hör auf, dir Sorgen zu machen, Bruno, und geh dich ausruhen. Bei dir zu Hause ist er in Sicherheit. Wenn die Zeitungen morgen erschienen sind, wissen wir mehr«, versicherte Eusebio, der wie immer versuchte, Bruno zu beruhigen.

Mit einem warmen Lächeln auf dem Gesicht hatte Placida die Tür geöffnet, und der Kleine hatte sich an sie geschmiegt, als ob er sie schon ewig gekannt hätte. Während ihr Sohn sich um die Formalitäten kümmerte, hatte sie dem Jungen etwas zu essen gemacht, ihn gebadet, ins Bett gebracht und leise singend in ihren Armen gehalten, bis er eingeschlafen war. Bruno, der mehr für den Kleinen tun wollte als nur die Nachforschungen in Gang zu bringen, hatte mit einigen Telefonanrufen erreicht, dass er bei ihnen bleiben konnte, bis seine Familie gefunden war. Vorausgesetzt es würde nicht zu lange dauern, denn sonst würde das Jugendamt das Kind in seine Obhut nehmen und Placida vor Sorge krank werden.

An diesem Dienstag, dem fünften Juni, würde das Foto des kleinen Niels auf den Titelseiten der wichtigsten mallorquinischen Zeitungen erscheinen und an allen Kiosken aushängen. Nachdem er die vierte Nacht auf dem Sofa im Wohnzimmer verbracht hatte, um in Hörweite zu sein, falls es ein Problem gab, hörte Bruno mit einem Anflug von Eifersucht, wie der Kleine mit seinem hellen Lachen auf Placidas Geplapper antwortete. Es war lange her, dass er der kleine glückliche Junge gewesen war, für den sie ihre berühmten Schokoladentrüffel zubereitete, während er am Tisch vor einer Schale Milch und Butterbroten saß. Die beiden naschten mit den Fingern aus Placidas Töpfen und brauchten keinen Übersetzer, um sich zu verständigen.

Die Haustür fiel ins Schloss, und die Stimme von Angela Cardell, einer stämmigen Mallorquinerin, die nicht auf den Mund gefallen war und seit einem halben Jahrhundert die Haushälterin der Familie Montaner war, hallte durch das Haus. Bruno sah auf seine Uhr. Es war acht Uhr morgens. Reichlich früh, um Besucher zu empfangen. Er war noch nicht einmal rasiert.

Immer vier Stufen auf einmal nehmend und dicht gefolgt von Angela, kam Pilar die Treppe heraufgestürmt, platzte atemlos in Placidas Wohnung und stürzte sich auf Bruno.

»Was hat das zu bedeuten, diese Geschichte mit der Spezialeinheit? Was hast du dir dabei gedacht, Montaner? Ich habe es nicht nötig, dass du mich sofort nach meiner Rückkehr in dein Team berufst. Wenn du glaubst, dass du über meine Karriere bestimmen kannst, nur weil du den höheren Dienstgrad hast, dann täuschst du dich! Ich habe schon Olazabal am Hals und meinen Großvater, der mich beschatten lässt. Vielen Dank!«

»Beruhige dich, Mädchen! Das war nicht meine Entscheidung«, antwortete er schroffer als beabsichtigt. »Bauza hat es mir erst gestern Mittag mitgeteilt, und ich war genauso wenig einverstanden wie du. Noch vor fünf Minuten habe ich mich immerhin damit getröstet, dass es doch schön für uns beide ist, mal zusammenzuarbeiten. Es sieht so aus, als hätte ich mich da getäuscht. Abgesehen davon freue ich mich auch sehr, dich wiederzusehen, kleine Pilar«, fügte er ironisch hinzu.

Pilars Wut fiel in sich zusammen. Das Haus der Familie Montaner war ihr immer eine sichere Zuflucht gewesen, wenn das Leben ihr übel mitspielte. Sein würziger, vertrauter Geruch – eine Mischung aus Bohnerwachs, Grünpflanzen und guter Küche – war ihr aus ihrer Kindheit vertraut. Sie schwieg, plötzlich hilflos und mit den Nerven am Ende.

Angela nutzte die Pause, um ihren Senf dazuzugeben.

»Schreit leiser, ihr beiden, ihr werdet noch den Kleinen erschrecken. Es wäre schön, wenn ihr eure Aussprache oben bei Bruno fortsetzen würdet. Ich bringe euch das Frühstück und die Zeitungen hinauf. Bruno hat noch keinen Kaffee gehabt, und ich wette, dass du ebenfalls mit leerem Magen aus dem Haus gegangen bist«, wies sie die beiden zurecht und scheuchte sie auf die Treppe hinaus.

Angelas Anweisungen duldeten keinen Widerspruch.

Im Laufe der Zeit hatte sich in jedem der Stockwerke, die über eine große alte Steintreppe miteinander verbunden waren, ein anderes Mitglied der Familie Montaner eingerichtet. Der alte viereckige Innenhof unter freiem Himmel war das Treppenhaus. Im Erdgeschoss hatten Autos und Motorräder die Pferde von Großvater Montaner, der noch ein berittener Guardia Civil gewesen war, abgelöst. Angela, die Stütze des Hauses, bewohnte die ehemalige Küche und die Wirtschaftsräume im ersten Stock. Placida thronte in der zweiten Etage in einem Durcheinander von Beistelltischchen, tiefen Sesseln und alten, mit Nippes, Fotografien und gestickten Deckchen überladenen Kommoden. Pilar blieb vor der

Tür zu der Wohnung im dritten Stockwerk, die mit Teppichböden, modernen Möbeln und abstrakten Gemälden ausgestattet war, stehen. Hier hatte Bruno nach seiner Hochzeit zusammen mit Catalina gewohnt. Er bedeutete ihr weiterzugehen. Seitdem seine Frau und die Kinder vor zwölf Jahren nach Madrid gegangen waren, hatte er seine Zelte im obersten Stockwerk aufgeschlagen. Hier lebte er in einem kleinen, spartanisch wie eine Klosterzelle eingerichteten Appartement, vor dem sich eine große Dachterrasse erstreckte. Anfangs hatte er sich nur in der warmen Jahreszeit hierher geflüchtet. Nun sah es so aus, als habe er sich auf Dauer eingerichtet. Pilar sah sich neugierig um.

Die Bodenfliesen aus gebranntem Ton, die weiß gekalkten Wände, die Küchenecke mit dem Spülstein, die Laube auf der Dachterrasse, Farn, Jasmin und Bougainvilleen in Tontöpfen – alles war von derselben schlichten Schönheit wie die Mönchszellen des Kartäuserklosters in Valldemossa, in denen Chopin und George Sand gewohnt hatten. Einige Einrichtungsgegenstände waren Familienstücke aus besseren Zeiten: ein mallorquinischer Tisch mit gedrechselten Beinen, der Bruno als Schreibtisch diente, ein Ebenholzschränkchen mit Einlegearbeiten aus Elfenbein, von dem schon einige Stücke fehlten, ein paar wertvolle Bände auf dem chaotischen Bücherregal. Ein großes Bett mit zerknitterten Leintüchern stand in einer Ecke vor der Fensterfront mit der gläsernen Schiebetür, sodass Bruno zwischen dem Blau des Himmels und dem Blau des Meeres quasi unter den Sternen schlief.

»Entschuldige die Unordnung«, sagte er. »Ich war seit Freitagmorgen nicht mehr hier. Am Wochenende war Vollmond, und die Dämonen sind entfesselt. Du hast dir für deine Rückkehr die schlimmste Zeit des Jahres ausgesucht, alle sind völlig überreizt. Du darfst dir nichts daraus machen, das Verbrechen lässt einem eben keine Wahl. Aber es liegt bei uns, ob diese Spezialeinheit ein Erfolg wird oder eine Schinderei. Du wirst schon sehen.«

Wie so oft hatte Bruno recht. Pilar senkte den Kopf, verlegen, weil ihr Temperament mit ihr durchgegangen war.

»Die Landung hier auf der Insel war ziemlich unsanft«, murmelte sie und hatte Mühe, die Tränen zurückzuhalten. »Ich weiß

immer noch nicht, ob es richtig war zurückzukommen. Ich habe
ständig das Gefühl, ich werde ausspioniert und überwacht.«

»Stopp! Darum geht es hier nicht. Alles ist gelaufen wie geplant.
Du bist Kriminaltechnikerin geworden, du hast eine Stelle in Palma, und ich brauche dich. Der Rest ist ein Fall für den Seelen-
klempner. Das ist ohne Zweifel auch wichtig, aber darum kümmern wir uns im Winter, wenn wir mehr Zeit haben.«

Er wollte ihre Erklärungen nicht hören. Zu ungeduldig und
nicht gerade begabt darin, Gefühle zu analysieren, hasste er es, sich
mit solchen Dingen zu belasten. Um sie abzulenken, fragte er sie
nach ihren Ausbildungsjahren und den Orten, an denen sie zuletzt
eingesetzt worden war. Aus Verlegenheit vermieden sie es, von
Madrid und Brunos Frau Catalina zu sprechen, bei der Pilar während ihres Aufenthalts in der Hauptstadt gewohnt hatte. Sie geriet
in Rage, als sie über Gibraltar sprach, die Treibjagd auf die illegalen
Einwanderer, die auf dem Meer gnadenlos gehetzt wurden, und
die man dann gesund pflegte und nach Kräften unterstützte, sobald
sie gefangen und an Land gebracht worden waren.

»Du kannst dir nicht vorstellen, wie sehr einem diese wider-
sinnigen Einsätze an die Nieren gehen. Irgendwann weißt du nicht
mehr, was du verteidigst oder warum du dich so damit abplagst,
diese armen Leute einzufangen. Ich habe einige Fotos gemacht,
um das festzuhalten – noch nie ist es mir so schwer gefallen, auf
den Auslöser zu drücken. Ich hatte das Gefühl, ihnen auch noch
das letzte Stück ihrer Seele zu nehmen, nachdem sie sich so angestrengt hatten, um ihr Ziel zu erreichen, und nun tief gedemütigt
feststellen mussten, dass sie nach all den Mühen und Qualen wieder ganz am Anfang standen. Manchmal ist es schwieriger, Lebende
zu fotografieren als Tote. Diese abgeschnittene Hand in La Portella, das war widerwärtig, wie ein Ertrunkener, der aus der Erde
kommt. Aber lebendige Hände, die versuchen, dich aufzuhalten,
und dich um Hilfe anflehen, das ist noch viel schlimmer.«

»Schon als du noch klein warst, hast du Fotos gesammelt«, erinnerte sich Bruno. »Ich hatte immer das Gefühl, dass du dich damit vor der Realität schützen wolltest. Ob vor ihrer Schönheit oder
vor ihrer Grausamkeit, weiß ich nicht. Du hast eine Sammlung von

Bildern angelegt, die nur du sehen konntest. Und du hast sie in eine bestimmte Ordnung gebracht. B wie Bäume, G wie Grimassen, M wie Mauern. N wie Nebel oder Nase. W wie Wolken oder Wurzeln. Ich glaube, in der Schachtel mit den S gibt es noch ein Foto von meinem Schatten. Du hast behauptet, er sähe so aus, als wolle er sich gegen mich auflehnen. Man könnte sagen, du hattest eine frühe Neigung zum Sammeln von Indizien. Deine Schachteln sind noch in deinem alten Zimmer, falls du sie mitnehmen willst. Niemand hat sie angerührt. Im Übrigen ist das dritte Stockwerk nach wie vor dein Zuhause, wenn du dort wohnen möchtest. Die Kinder sind groß und kommen nur noch selten. Juanito hat seinen achtzehnten Geburtstag in London gefeiert. Er geht dort bei einem französischen Chefkoch in die Lehre, und Ana verbringt den Sommer in Hamburg, sie macht dort ein Praktikum bei einer deutschen Zeitung. Sie ist erst sechzehn und will Journalistin werden. Und ich wohne hier. Du hättest die Wohnung ganz für dich alleine.«

»Danke, aber Serena, Miguels Mutter, hat mir ihr Haus in Can Barbarà angeboten. Meine Schachteln können bleiben, wo sie sind. Aber ich würde gerne einen Tisch und einen Stuhl von dir leihen, wenn du einen übrig hast.«

»Habe ich. Du kannst auch deine alte Ente wieder fahren. Allerdings ist die Batterie leer. Ich hänge sie ans Ladegerät, wenn ich nachher gehe. Bis sie wieder zu neuem Leben erwacht ist, kannst du meine alte Gima haben.«

»Sag bloß, du hast das Motorradfahren aufgegeben.«

»Keine Spur. Ich habe mir eine BMW geleistet. Eine R 1200 GS. Fantastisch. Eine tolle Straßenmaschine, die überall durchkommt.«

»Aha, sieht so aus, als würden wir uns mit zunehmendem Alter dem Luxus ergeben«, neckte sie ihn.

Die alte Vertrautheit war wieder da. Bruno musste plötzlich daran denken, was sie bei ihrem ungestümen Erscheinen über ihren Großvater gesagt hatte.

»Dein erstes Gespräch mit Olazabal ist bereits in die hiesige Chronik eingegangen und bis zu mir gedrungen. Typisch La Dragonera. Aber wie kommst du darauf, dass Horacio dich beschatten lässt?«

»Ich spüre den Blick in meinem Rücken. Zuerst dachte ich, es wäre nur Einbildung, dass ich paranoid würde, sobald ich einen Fuß auf die Insel setze. Gestern Abend dachte ich, ich hätte in Can Barbarà einen Typ gesehen, der mich verfolgt. Ich habe mich nicht getäuscht. Der Wachmann vom *Garito* hat ihn in die Flucht geschlagen. Heute Morgen, als ich aus dem Haus ging, hat er es mir erzählt. Und dann auch noch diese Geschichte mit der Spezialeinheit. Gerónimo Diaz hat es mir auf den Anrufbeantworter gesprochen. Ich habe ihn gehört, als ich gerade aufgewacht bin. Das hat mich nervös gemacht. Ich hatte das Gefühl, ich werde umzingelt.«

»Und dann bist du hergekommen, damit ich dir gefälligst alles erkläre«, sagte Bruno lachend. »Ganz die alte Pilar. Immer sanft und geduldig. Ich sage dir, wir haben alle guten Grund, nervös zu sein. Aber woher sollte Horacio wissen, dass du zurück bist? Nicht einmal ich habe es gewusst.«

»Neuigkeiten verbreiten sich schnell, und er hat seine Informanten. Aber ich habe mich auch informiert. Ich habe gehört, dass er viel Geld auf der Trabrennbahn von Manacor lässt. Das ist ein ziemlich spezielles Milieu. Die Typen, mit denen er dort verkehrt, sind nicht gerade zimperlich. Mir zu folgen wäre sicherlich ein Spaß für die. Horacio und die anderen wissen allerdings nicht, dass ich nicht mehr so leicht zu erschrecken bin wie früher.«

»Mach dich sofort wieder an die Arbeit. Es gibt kein besseres Mittel, um sich Verfolger und schwarze Gedanken vom Hals zu schaffen. Wir frühstücken zusammen, und dann gehst du ins Büro und sagst Gerónimo, ich schlage vor, dass sich die Spezialeinheit am Donnerstagmittag trifft. Bis dahin habt ihr den Bericht über die abgeschnittene Hand fertig und die ersten Ergebnisse aus dem Labor. Und wir wissen, ob in dem Bündel irgendwelche brauchbaren Indizien waren. Kennst du die *Taberna del Caracol* in der kleinen Carrer Sant Alonso? Dort treffen wir uns um halb eins. Der Koch ist fantastisch. Nichts schweißt eine Gruppe mehr zusammen als ein gutes Essen.«

»Du hast dich jedenfalls nicht verändert«, amüsierte sie sich.

Brunos Handy klingelte. Es war Joaquim.

»Der Großvater des Kleinen ist aufgetaucht. Er hat den Artikel in der Zeitung gelesen und war völlig außer sich. Bauza hat ihm ganz schön den Kopf gewaschen. Ich habe seine Aussage aufgenommen. Eine wirklich idiotische Geschichte. Er ist Rentner, ein Däne, der auf Mallorca lebt. Er hatte sich mit seiner Tochter gestritten, eine Stunde, bevor sie nach Kopenhagen zurückgeflogen ist. Sie haben sich in einem Café am Ende des Passeig des Born getroffen. Während er die Rechnung bezahlen gegangen ist, ist sie verschwunden und das Kind ebenfalls. Der Kellner sagte ihm, dass sie in ein Taxi gesprungen ist. Die Mutter dachte, der Kleine würde brav warten, bis der Opa wieder zum Tisch zurückkommt. Denn bei dem sollte er die Ferien verbringen. Und der Opa dachte, sie hätte den Kleinen mitgenommen zur Strafe dafür, dass er sich geweigert hatte, ihr Geld zu leihen. Jeder der beiden ist nach Hause gegangen und war überzeugt, dass das Kind beim anderen und in Sicherheit war. Als der Kleine alleine war, wollte er das Meer sehen. Ein paar Tage vorher war sein Großvater mit ihm zum Spielen in den Park gegenüber von deinem Haus gegangen. Vielleicht dachte er, er würde seinen Großvater dort finden. Wer weiß, was in so einem kleinen Kopf vor sich geht? Jedenfalls ist der Fall jetzt abgeschlossen. Sobald die Formalitäten erledigt sind, kommen wir den Kleinen holen. Und weißt du, was das Beste ist? Er heißt Niels Nielsen!«

Bruno teilte die gute Neuigkeit Angela mit, die das Tablett mit dem Frühstück brachte. Diese war jedoch nicht überzeugt und beharrte darauf, dass eine Bedrohung in der Luft lag.

»Ihr müsst euch stärken, Kinder. *El menjar es casta.* Essen hält Leib und Seele zusammen. Seid auf der Hut und haltet zusammen. Der böse Blick ruht auf uns. Die Kleine hat recht, wenn sie misstrauisch ist. Ich wende in so einem Fall die Rezepte meiner Großmutter an. ›Gegen das Böse, den schlechten Mond, gegen Hornhaut und schwarze Fingernägel, gegen das, was man sieht, ohne es zu sehen, geselle der Sonne ein paar Lichter hinzu.‹ Ich gehe nachher in Sant Francesc eine Kerze für euch anzünden. Lach nicht, Bruno! Frag lieber deinen Freund Rafael, den Akupunkteur. Er ist der Enkel meiner Cousine Margalida. Du weißt schon, die, die ab und zu ein bisschen hext. Erst gestern hat sie mir erzählt, dass er ihr einen seltsamen Kunden geschickt hat, den er selbst nicht anfassen wollte. Einen kranken Deutschen mit einem höllischen Sonnenbrand und einer Aura so schwarz wie der Teufel.«

13   Tonnenweise ungeordnetes Material lagerte in Schachteln auf den Metallregalen. Die Wände waren kahl, die Jalousien heruntergelassen. Keine Klimaanlage. Die Einrichtung minimalistisch und düster. Alles grau und funktionell. Nirgends persönliche Gegenstände. Dass die Mitglieder der Spurensicherung keine Lust hatten, die Fotos ihrer Kinder Seite an Seite mit den Aufnahmen von Leichen zu sehen, war verständlich. Aber dieses gänzlich anonyme Büro passte nicht zu ihnen. Nur die Namen an der Tür und die eingeschalteten Computer auf den Tischen bewiesen, dass diese bessere Abstellkammer am Ende des Flurs tatsächlich der Ort war, an dem sie jeden Tag arbeiteten.

Dass Olazabal Gerónimo Diaz' Team gern zu bloßen Zuarbeitern seiner Ermittler reduziert hätte, spiegelte sich in der Aufteilung der kargen Räume wider, die ihnen zur Verfügung standen. Ein Raum, in dem die Ausrüstung und die Kartons mit den zu untersuchenden Indizien lagerten, und ein weiterer, in dem sie die Berichte verfassten, die sie so schnell weiterzugeben hatten, dass sie sich erst gar nicht in Ablagekörben stapeln konnten.

Am Tag zuvor war so viel los gewesen, dass Pilar gar nicht darauf geachtet hatte. Aber an diesem Dienstagmorgen setzte sie sich, nachdem sie schweigend Olazabals Rüffel wegen der fünf Minuten, die sie zu spät gekommen war, über sich hatte ergehen lassen, entmutigt auf ihren Stuhl und sah sich um. Ihre Kollegen hatten sich nicht gerührt und mieden über ihre Akten gebeugt ihren Blick. Die Atmosphäre auf diesem Kommissariat war widerlich. Vielleicht kam Montaners Vorschlag am Ende genau richtig, um sie hier herauszuholen, oder aber er brachte sie erst recht in die Klemme. Es ging um alles oder nichts. Wie auch immer, der Hauptkommissar hatte sie bereits im Visier.

Nach einer Viertelstunde kam einer der Ermittler herein, um zu fragen, wie weit sie mit dem Bericht über La Portella seien.

»Beeilt euch! Wir warten nur auf euch, damit wir weitermachen können!«

»Ihr habt die Leiche also schon identifiziert – beeindruckend!«, gab Pilar zurück, die genau wusste, dass dem nicht so war.

»Sag deiner neuen Mitarbeiterin, dass sie sich das Denken sparen kann. Sie soll uns mit ihren Kommentaren verschonen und ihre Fotos lieber schneller einkleben«, sagte der Typ direkt an ihren Chef gewandt, als sei sie selbst Luft.

»Ich geb dir Bescheid, wenn wir fertig sind«, antwortete Gerónimo friedfertig wie immer.

Pilar merkte, dass der andere keine Lust hatte, sich mit ihm anzulegen. Es lag etwas Respektvolles in der Art, wie er sich plötzlich zurückzog und sich sogar die Mühe machte, die Tür hinter sich zuzuziehen. Diaz' Gesicht war grau vor Müdigkeit, als er sich Pilar zuwandte.

»Hör zu, Pilar. Das wird nicht einfach. Wir sind hier am untersten Ende der Hierarchie. Selbst der größte Grünschnabel unter den Ermittlern denkt, er könne uns herablassend behandeln. Sag dir einfach, dass es ohne unsere Arbeit, ohne diese Fotos und ohne die Spuren, die wir mit der größten Sorgfalt sicherstellen, weder Ermittlungen noch Ermittler gäbe. Einen anderen Trost gibt es nicht. Wie du eben gesehen hast, wird nicht von uns erwartet, dass wir von unserem Gehirn Gebrauch machen. Die Analyse der Indizien fällt nicht in unseren Zuständigkeitsbereich. Unsere Meinung ist für die nicht von Interesse, sobald sie über die rein technische Seite unserer Arbeit hinausgeht.«

»Aber ...«, protestierte Pilar, die vor Entrüstung nach Luft schnappte.

»Es gibt kein Aber. Entweder du fügst dich, oder du gehst. Was schade wäre, denn du hast einen Platz in unserer Mitte. Unser Wirkungsbereich ist sehr begrenzt. Montaners Idee, uns in seine Spezialeinheit zu integrieren, wird uns das Leben mit Olazabal nicht gerade erleichtern. Die beiden werden sich wie zwei Pitbulls um die Leitung der Kriminaltechnischen Abteilung streiten, und der

Fetzen, an dem beide zerren, sind wir. Wir haben keine andere Wahl, als uns damit abzufinden. Normalerweise wandert der Inhalt unseres Berichts, sobald wir ihn fertiggestellt haben, komplett ins Büro der Ermittler. Wenn ich sage komplett, meine ich komplett. Es ist uns verboten, Archive anzulegen. Sobald du sicher bist, dass alle Beweismittel in einer Akte erfasst sind, schließt du sie und vergisst sie im selben Augenblick. Du behältst nichts zurück. Weiterreichen und löschen, so lautet die Anweisung.«

»Ihr behaltet nicht die geringste Spur davon hier? Hat denn noch niemand Olazabal verklickert, dass wir uns im Zeitalter der Informatik befinden und Daten nach Belieben kopiert werden können?«

Es fiel ihr schwer zu glauben, dass ihr Handlungsspielraum dermaßen eingeschränkt sein sollte. Und ihr Chef dermaßen borniert.

»Darüber solltest du keine Witze machen. Wenn du dich dabei erwischen lässt, wie du ein noch so unbedeutendes Dokument, Foto oder Indiz zurückbehältst, und sei es aus Versehen, wirst du sofort gefeuert«, warnte Carmen.

»Wie schafft ihr es, nicht durchzudrehen? Diese Regelung ist grausam. Jeder, der diese Arbeit macht, weiß genau, dass man die Bilder, mit denen wir konfrontiert werden, nur wieder aus dem Kopf bekommt, indem man einige davon archiviert. Dann hat man immer noch die Wahl, ob man nie wieder davon spricht oder ob man sie hervorholt, wenn sie einem keine Ruhe lassen. Die Fotos sind der Beweis, dass es die grauenvollen Szenen tatsächlich gegeben hat. Dass sie kein kollektiver Albtraum sind, kein schrecklicher Wachtraum, den wir durchleben.«

»Nun reg dich nicht so auf, wir kommen schon klar«, versuchte Carmen sie mit leiser Stimme zu beruhigen. »Ich habe gesehen, wie du mit deinen Fotoapparaten jongliert hast. Sieh zu, dass du deine Filme, Chipkarten und persönlichen Dateien verschwinden lässt. Und sei vorsichtig. Die Ermittler vor Ort haben dich möglicherweise auch gesehen. Sie sind nicht dumm, und Olazabals Befehle sind eindeutig.«

»Und wie sollen wir innerhalb der Spezialeinheit vorgehen?«, fragte Pilar. »Ich habe Montaner heute Früh getroffen. Die Richterin ist fest entschlossen, sie zu gründen. Weder Montaner noch Olazabal können sich ihrem Entschluss widersetzen. Bruno schlägt vor, dass wir uns zunächst diskret verhalten und uns am Donnerstag zum Essen treffen.«

»Gegen Diskretion und den Donnerstag habe ich nichts einzuwenden«, stimmte Gerónimo zu. »Ich habe mit Montaner sowieso noch ein Hühnchen zu rupfen, bevor er uns in diese Sache mit reinzieht. So kurz vor der Rente habe ich das nicht verdient. Und um deine Frage zu beantworten: Unsere Berichte wird offiziell Olazabal einreichen.«

»Zumindest den Teil davon, den er weitergeben will. Du kannst davon ausgehen, dass er Bruno bei seiner Arbeit nicht gerade unterstützen wird«, sagte Carmen. »Kannst du jetzt bitte mit deinen Abzügen weitermachen, Pilar? Ich habe die Pläne und Legenden für die Tatortdokumentation fertig. Beeil dich und kleb deine Fotos an den entsprechenden Stellen in den Bericht ein. In einer Viertelstunde wird Rambo wieder auftauchen, und es wird sich nicht gut auf deine Personalakte auswirken, wenn du bis dahin nicht fertig bist.«

»Genau! Sei ein braver kleiner Roboter und halt die Klappe«, höhnte Pilar. »Zurück in die Steinzeit. Schere, Klebstoff und Papier. Habt ihr hier noch nichts von Layoutprogrammen gehört?«

Die beiden anderen schauten sie schräg an. Pilar störte ihren gewohnten Trott. Wenn sie von ihnen aufgenommen werden wollte, würde sie sich ihren Gepflogenheiten anpassen müssen. Doch für Pilar war das Thema noch nicht erledigt. Als sie den Bericht abgeschlossen hatte, brannte sie sämtliche Fotodateien auf eine CD und übergab sie Carmen. Danach löschte sie demonstrativ alles von ihrem Rechner. Keiner ihrer Kollegen bemerkte jedoch den USB-Stick in Form einer Taschenlampe an ihrem Schlüsselbund, den sie nachlässig neben ihre Tastatur geworfen hatte. Sie brauchte nur eine Minute, um ihn anzuschließen und ihre sämtlichen Dateien darauf abzuspeichern, während sie so tat, als gelänge es ihr erst mit dem zweiten Mausklick, das Icon des Ordners in den Papierkorb des Rechners zu befördern.

Montaner gegen Olazabal. Die neue Mitarbeiterin hatte sich entschieden, auf wessen Seite sie stand.

14   Als Feinschmecker, der er war, hatte er die *Taberna del Caracol* aus purem Eigennutz gewählt. Bisher existierte die Spezialeinheit nur auf dem Papier. Das Projekt stand noch auf wackeligen Beinen und wurde von allen Seiten attackiert. Dieses informelle Treffen war Brunos erste Entscheidung in seiner Eigenschaft als Chef der Einheit. Auf der Galerie hinter der Bar saß das Team geschützt vor Blicken und indiskreten Zuhörern. Bruno kam vor der verabredeten Uhrzeit, um in Ruhe den Bericht über den Tatort in der Carrer de la Portella zu lesen, den ihm Bauza am Morgen übergeben hatte. Er mochte die kühlenden dicken Mauern der ehemaligen Bäckerei, die Fayence-Kacheln, die von Tausenden Schritten ausgetretenen Bodenplatten und die erhalten gebliebene Backstube. Durch den niedrigen Bogen unter dem mit Einmachgläsern vollgestellten Balken konnte er zusehen, wie der andalusische Koch seine Lieblingsspezialitäten zubereitete: Tintenfisch auf galizische Art und *albóndigas*, Fleischbällchen in Tomatensoße, die er ohne lange nachzufragen für alle bestellt hatte. Der Koch klapperte mit seinen Pfannen und hantierte nervös mit seinen Messern. Den neuesten Gerüchten zufolge hatte er sich mit dem Chef gestritten und drohte, seine Schürze abzugeben. Angeblich ging es bei dem Streit um zu großzügig bemessene Portionen. Wenn er wirklich ging, würde Bruno seine Mordgelüste gegenüber dem neuen Besitzer bezähmen und sein Hauptquartier in ein anderes Lokal verlegen müssen. Fernando kochte mit der Eleganz einer Katze. Er war geschickt, fantasievoll, präzise und ruhig. Der Blick seiner hellen Augen durchbohrte jeden, der so vermessen war, einen Fuß auf sein Territorium zu setzen. Gerónimo, der Stammgast war, überschritt die unsichtbare Grenze und ließ sich einen Teller mit Tomatenbrot und Schinken reichen, bevor er sich zu Bruno gesellte. Er war hungrig und machte sich Sorgen wegen der neu gegründeten Spezialeinheit. Beides hatte sich auf seine Laune niedergeschlagen.

»Findest du nicht, dass wir wenigstens einmal in unserer verfluchten Laufbahn einen ruhigen Sommer hätten verbringen können?«, warf er Montaner hin, ohne sich lange mit Höflichkeitsfloskeln aufzuhalten. »Ich hatte mir vorgestellt, dass wir mit drei Kriminaltechnikern in Schichten und damit vielleicht etwas weniger arbeiten könnten. Stattdessen wird dem Esel noch mehr aufgeladen und Olazabal mit dem roten Tuch vor der Nase herumgewedelt. Als bräuchte der einen Grund, um auszurasten und uns das Leben schwer zu machen.«

»Trotzdem sieht es so aus, als wärst du ganz zufrieden mit deiner neuen Mitarbeiterin. Ich hab dir nichts vorgemacht, sie ist begabt.«

»Frag Olazabal, ob er zufrieden ist. Was mich angeht, habe ich gegen ihre Arbeit nichts einzuwenden. Aber das Mädchen bringt Unglück. Seit sie die Insel betreten hat, läuft alles schief.«

»Nun sag bloß, du wirst abergläubisch! Gib ihr eine Chance. Sie hat's nicht immer leicht gehabt.«

»Sie ist schon in Ordnung. Wenn sie ab und an ein krummes Ding dreht, dann wenigstens nicht hinter meinem Rücken. Das weiß ich zu schätzen.«

»Was willst du damit sagen?«

»Trotz des absoluten Verbots, die Daten einer Ermittlung zu archivieren, hat sie es fertiggebracht, sie vor unseren Augen abzuspeichern und eine Kopie für dich zu machen. Man könnte sagen, sie hat einen Sinn für Hierarchien. Sie ist stur, aber ehrlich. Vorhin hat sie mich zur Seite genommen und mir ihren USB-Stick gegeben, damit ich ihn dir persönlich überreiche. Alle ihre Fotos sind darauf gespeichert.«

»Ich kann mir vorstellen, dass dich das Nerven kostet. Aber die Fotos kommen mir gerade recht. Sieh dir das hier mal an«, sagte Bruno und schob Gerónimo die Akte hin, in der er seit einer Stunde blätterte. »Dein Bericht ist nicht so präzise wie gewöhnlich. Ich habe den Eindruck, dass Olazabal mir eine zensierte Version hat zukommen lassen.«

Gerónimo blätterte einige Seiten um und stieß einen Fluch aus.

»Wofür schuften wir eigentlich, wenn dieser Mistkerl von Hauptkommissar unsere Arbeit im Nachhinein sabotiert?«, schimpfte er und klappte die Mappe zu. »Es sieht so aus, als hätte er die Fotos vom Inneren der Rohrleitung, die gesamte erste Fotodokumentation der Umgebung des *buzóns* und einen Teil der Großaufnahmen des Unterarms herausgenommen. Ich frage mich, warum.«

»Das werden wir schon noch herausbekommen. Dank dir habe ich ja nun alle Aufnahmen zur Verfügung.«

»Dank mir, das trifft es nicht ganz«, brummte der Chef der Spurensicherung. »Du hast die Fotos, weil Pilar einem Befehl zuwidergehandelt hat. Ich kann das nicht gutheißen, aber ich übergebe sie dir trotzdem. Da kannst du sehen, wie weit es gekommen ist. Diese ganze Spezialeinheit ist Schwachsinn. Sie wird alles durcheinanderbringen und für endlose Rivalitäten zwischen unseren Dienststellen sorgen.«

Montaner hob resigniert die Schultern. Im Grunde dachte er genauso. Die Spezialeinheit vereinte zwei Kräfte und Kulturen, die nichts miteinander zu tun hatten – die Staatspolizei und die Guardia Civil. Normalerweise verfügte jede über ihren eigenen, gut abgesteckten Bereich. Die beiden Hierarchien miteinander kurzzuschließen würde unweigerlich zu Problemen führen.

Ihr Gespräch wurde durch die Ankunft ihrer Mitarbeiter unterbrochen. Joaquim Torrent und Eusebio Canal waren zu Beginn von Gerónimo Diaz' Statur und seinem Ruf noch etwas eingeschüchtert. Ihre Befürchtungen zerstreuten sich jedoch, als er gleich eingangs erklärte, dass er die Leitung der Spezialeinheit gerne Montaner überlassen würde. Er würde ihnen seine Beobachtungen mitteilen und ihnen alle Ergebnisse der Spurensicherung zur Verfügung stellen, wollte aber vorerst darüber hinaus nicht offiziell in Erscheinung treten.

»Diese Spezialeinheit vermischt die Polizeikräfte und ihre Aufgaben«, stellte er fest. »Olazabal ist dagegen, dass seine Kriminaltechniker ihre Meinung zu einer Ermittlung abgeben. Belassen wir es dabei. Wir werden bessere Ergebnisse erzielen, wenn wir es vermeiden, diesen Idioten zu demütigen oder zu beleidigen.«

»Hier geht es aber weder um Olazabals Laune noch um deine Skrupel, sondern um das, was Richterin Bernat verlangt. Und sie will Ergebnisse sehen. Dass wir zur Spezialeinheit gehören, bedeutet nicht, dass wir nicht mehr unseren üblichen Aufgaben nachgehen, aber wenn nötig und sobald die Richterin es anordnet, wer-

76

den wir freigestellt. Nach allem, was mir Bauza gesagt hat, ist sie entschlossen, ein unabhängiges und flexibles Ermittlungsteam zu bilden, dessen Handlungsspielraum die üblichen Grenzen überschreitet. Ich bin gerne bereit, das Zepter in die Hand zu nehmen, aber nur wenn jeder Einzelne von euch voll hinter der Sache steht. Die Spezialeinheit lässt uns freie Hand in der Frage, wie wir uns organisieren, das sollten wir nutzen. Ich schlage vor, dass wir im Laufe der Ermittlungen immer wieder gemeinsam entscheiden, wie wir vorgehen. Ansonsten sollten wir uns in Zurückhaltung üben, bis wir Ergebnisse vorzuzeigen haben, die über jede Kritik erhaben sind.«

»Dann hören wir jetzt auf herumzudiskutieren und machen uns an die Arbeit. Um die Führungsriege und die Pflege beschädigter Egos können wir uns später kümmern«, sagte Carmen, die am anderen Ende des Tisches zwischen Pilar und Virus saß.

Virus schaute so unglücklich drein wie ein Teenager, den man um seine tägliche Ration Hamburger und Cola gebracht hatte. Angewidert betrachtete er den warmen, in feine Scheiben geschnittenen und nur mit etwas Pfeffer und Olivenöl verfeinerten Tintenfisch auf seinem Teller.

»Womit fangen wir an?«, fragte Pilar.

»Mit dem Rest der Leiche von La Portella. Das wird die erste Ermittlungstätigkeit der Spezialeinheit sein. Das ist sozusagen offiziell.«

»Das wird Olazabal nicht gefallen!« Gerónimo konnte sich nicht von dem Gedanken lösen.

»Neutralität mag eine gute Sache für die Schweizer sein, mein Lieber. Wir haben aber weder ihre Mittel noch die direkte Demokratie. Bei uns gibt es keine Volksabstimung. Was deinen Chef betrifft, um den kümmere ich mich schon. Ich habe breite Schultern. Du kannst ruhig alles auf mich schieben, falls ihn das friedlicher stimmt. Behaupte einfach, dass bei mir eine Sicherung durchgebrannt ist und dass ich mich für einen tollen Hecht halte. Mach mich bei ihm schlecht. Erzähl ihm, dass ich Richterin Bernat verführt hätte. Was immer dir in den Sinn kommt. Unter uns gesagt – ich bin ihr noch nicht einmal begegnet. Ich habe keine Ahnung, wie sie aussieht. Gib ihm zu verstehen, dass er es aus der ersten Reihe mitverfolgen können wird, wenn ich auf die Schnauze falle. Das wird ihm gefallen. Jetzt wollen wir aber erst einmal sehen, was wir bereits wissen. Carmen, kannst du kurz zusammenfassen?«

»Unseren Bericht habt ihr erhalten. Ich habe mir außerdem den Laborbericht beschaffen können. Fragt mich nicht, wie ich das gemacht habe«, sagte sie und vermied es, Gerónimo anzusehen. Der schüttelte angesichts dieses erneuten Belegs des Ungehorsams innerhalb seines Teams nur resigniert den Kopf. »Es handelt sich tatsächlich um den rechten Unterarm und die Hand eines eher jungen Mannes. Die Verwesung ist schon zu weit fortgeschritten, als dass man noch Fingerabdrücke abnehmen könnte. Derzeit wird die DNA bestimmt, aber das kann noch eine ganze Weile dauern. Die Leiche soll schon eine Zeit lang im Wasser gelegen haben, bevor der Arm abgetrennt, eingewickelt und in den Müll geworfen wurde. Die Frage ist: Wo ist der Rest der Leiche? Sind weitere Teile abgetrennt und auf dieselbe Art und Weise entsorgt worden? Laut Bericht ist der Mann nicht ertrunken. Das kann man an der Art der Auflösung des Gewebes erkennen. Wenn ihr die Details wissen wollt, lest bitte die Erläuterungen zum Bericht, wenn wir zu Ende gegessen haben. Alle Ergebnisse bestätigen im Übrigen die Aussagen des städtischen Angestellten, den wir sehr bald freibekommen müssten. Er hat für ein ganz schönes Durcheinander am Tatort gesorgt. Und zuletzt sei noch angemerkt, dass die am Müllschlucker sichergestellten Fingerabdrücke in keiner Datei auftauchen.«

»Wo können wir mit den Ermittlungen beginnen, ohne uns zu sehr zu verzetteln?«, fragte Bruno, der sich Notizen in einem schwarzen, mit einem breiten Gummiband zusammengehaltenen Notizbuch gemacht hatte, das er von nun an bei jeder Gelegenheit wie eine Geheimwaffe aus der hinteren Tasche seiner Jeans ziehen würde. Zu Beginn eines jeden Sommers, wenn es mit den schwierigeren Fällen losging, legte er ein solches Heft an, in der Hoffnung, es Ende September schließen zu können, wenn der Einband abgegriffen, die Seiten vollgeschrieben und die Fälle abgeschlossen sein würden.

»Der einzige Ansatzpunkt ist das Müllentsorgungssystem. Ich schlage vor, dass wir zur Müllverwertungsanlage von Son Reus fahren«, sagte Pilar, als sei es eine Selbstverständlichkeit.

»Bist du verrückt? Dort werden jeden Tag Tausende Tonnen von Müll abgeladen. Was willst du dort finden?«, fragte Joaquim aggressiv. Allein bei der Vorstellung, dort zu ermitteln, wurde ihm übel.

»Weitere Teile der Leiche. Vielleicht noch mehr Stoffpakete, die das Müllsystem bis ans Ende der Kette durchlaufen haben.« Pilar geriet ins Stocken. Bis auf Bruno kannte sie keinen von ihnen.

»Wenn du willst, komme ich mit«, schlug Virus vor.

»Gute Idee«, stimmte Bruno zu. »Zuerst will ich aber alles über dieses unterirdische Netz erfahren, mit dem uns die Stadt ständig in den Ohren liegt. Wie funktioniert es? In welchen Abständen wird der Müll abtransportiert? Wo enden die Rohre? Wer sortiert die Abfälle? Es fallen einem viele Fragen dazu ein.«

»Wenn man die Zeit dazu hat«, meinte Joaquim ironisch.

Montaner runzelte die Stirn. Alte Gewohnheiten und Kompetenzgerangel waren nicht leicht zu überwinden. Joaquim fürchtete um seine Stellung. Es würde eine Zeit lang dauern, bis sie sich gegenseitig schätzen gelernt haben und ein eingeschworenes Team bilden würden. Ein Team, das in der Lage war, Fälle zu lösen, mit denen kein anderer etwas zu tun haben wollte, zerstreute Leichenteile zusammenzuflicken und Ordnung in dieses Chaos aus sonderbaren Indizien zu bringen. Denn das waren in etwa die Aufgaben dieser äußerst speziellen Spezialeinheit.

»In unserer Einheit sind alle gleichberechtigt«, erklärte er und sah ernst in die Runde. »Wer damit nicht einverstanden ist, dem steht es frei, den Tisch zu verlassen. Das würde uns Zeit sparen.« Niemand bewegte sich. Er wandte sich an Pilar.

»Du hast doch immer deine Leica dabei. Hast du zusätzlich analoge Aufnahmen gemacht?«, fragte er sie.

»Heißt das, es gibt neben den Fotos in der Akte noch weitere? Das ist gegen die Vorschrift!«, entfuhr es Joaquim.

»Halt du dich da raus!«, fuhr ihm Eusebio über den Mund, der die Chance einer an diesem Punkt seiner Karriere völlig unerwar-

79

teten Beförderung witterte und befürchtete, dass sein Kollege sie wieder zunichte machen könnte. »Hast du nicht gehört, was Montaner gerade gesagt hat? Halt den Mund und hör zu, wenn die anderen reden, anstatt uns auf den Geist zu gehen.«

Sie wurden vom Kellner unterbrochen, der mit einem Teller in dünne Scheiben geschnittener und in einer hauchfeinen Teigschicht frittierter Auberginen erschien, eine Art mallorquinisches Tempura, das jeden Japaner vor Neid erblassen ließe, benetzt mit feinen Fäden sevillanischen Honigs. Dazu brachte er sautierte Artischockenscheiben und eine große Platte voller Hackfleischbällchen in Tomatensoße.

»Wo soll ich nur meine *albóndigas* essen, wenn Fernando weggeht?«, klagte Bruno. »Wie ist dieser Teufelskerl nur darauf gekommen, fein gehackte Kräuter hineinzumischen? So gut werde ich die nie wieder irgendwo finden.«

Seine verzweifelte Miene bewirkte, dass sich die Runde entspannte. Alle begannen durcheinanderzureden, Teller und Gläser wurden geleert.

»Was ist nun mit diesen analogen Fotos, was soll daran so besonders sein?«, fing Joaquim wieder an, der nie lockerließ, bevor er nicht die Antwort auf eine Frage hatte. Eine Eigenschaft, die bei einem Ermittler nur von Vorteil sein konnte, wie Bruno zugeben musste.

»Erst mal wählt man die Ausschnitte anders, wenn man eine analoge Kamera benutzt«, erklärte Pilar. »Es gibt kein Display. Man denkt nach, bevor man auf den Auslöser drückt. Und außerdem benutze ich Schwarz-Weiß-Filme, das ist mit den digitalen Bildern gar nicht zu vergleichen. Die Kontraste sind völlig anders, und Einzelheiten, die auf Farbaufnahmen unbemerkt bleiben würden, treten plötzlich in den Vordergrund. Ich habe Nahaufnahmen von dem Arm gemacht. Irgendetwas kam mir seltsam vor, aber ich kann noch nicht sagen, was. Dafür brauche ich die Abzüge. Ich habe die vom Mörder verknotete Schnur fotografiert, man konnte seine Absicht, zu verletzen und seine Gewalttätigkeit zur Schau zu stellen, förmlich sehen. Und da war diese unendliche Traurigkeit, die von diesem menschlichen Überrest ausging, der wie ein Stück

Abfall auf dem Pflaster zurückgelassen worden war. Außerdem habe ich jede Menge Fotos von den Gaffern hinter dem Absperrband gemacht. So früh am Morgen waren es noch nicht viele, aber wie sie aussahen! Die vor Aufregung angespannten Gesichter, die Gier nach Blut und Sensationen. Das erstaunt mich jedes Mal, dieses seltsame Bedürfnis, sagen zu können, dass man dabei war, und die Wunden und den Tod von Nahem zu sehen, obwohl einen nichts dazu zwingt. Es wird ein paar Tage dauern, bis die Fotos entwickelt sind. Ich wollte sie nicht irgendeinem beliebigen Fotolabor anvertrauen und habe sie nach Barcelona geschickt«, fügte sie an Bruno gerichtet hinzu.

»Gib die Bilder mit den Touristen an Joaquim weiter, sobald du sie hast«, ordnete er mit einem kleinen Lächeln an. »Dann kann er sich selbst von ihrer Nützlichkeit überzeugen, wenn er versucht, die darauf abgebildeten Personen ausfindig zu machen, und sie danach mit Eusebios Hilfe verhört. Neugier ist eine unter Mördern sehr verbreitete Schwäche.«

15   Im Zusammenhang mit einem bis ins letzte Detail perfektionierten Müllentsorgungssystem von Leichenteilen zu sprechen, war ein wenig, als würde man im Haus eines Erhängten vom Strick sprechen. Es kam gar nicht gut an. Der Fall beherrschte die Schlagzeilen der Wochenendzeitungen. Richterin Bernat hatte eine Pressekonferenz abgehalten, in der sie die Bildung der Spezialeinheit angekündigt und Bruno Montaner als Chef-Ermittler benannt hatte.

Nicht mehr lange, und man würde ihn beschuldigen, den Ruf des Entsorgungsunternehmens und den der Stadtverwaltung in den Dreck zu ziehen.

Eine Spitzentechnologie für andere Zwecke als ursprünglich vorgesehen zu missbrauchen und sie damit ebenso wie den Namen der Betreiberfirma in die Schlagzeilen zu bringen war also die moderne Variante des Sakrilegs. Interessant. Nun schlüpfte Bruno selbst in die Rolle des Insektenkundlers.

Es kam des Öfteren vor, dass er seine Mitmenschen wie seltsame Tierchen studierte, aber das war nun wirklich die Krönung! Soeben hatte die Dame am anderen Ende der Leitung einfach aufgelegt. Sie hatte ihm auf seine Fragen nach Einzelheiten des Systems mitgeteilt, dass sie keinerlei Auskünfte geben dürfe. Er hatte ihr daraufhin schroff geantwortet, dass ihr System schließlich nichts weiter als eine etwas ausgeklügeltere Müllabfuhr war. Ihr schockierter Tonfall, als er ihr den Grund für seinen Anruf nannte, hatte ihn an eine Begebenheit aus der Kindheit seiner Tante Filomena erinnert. Einer der Chorknaben hatte im Augenblick der heiligen Kommunion die geweihte Hostie auf den Boden fallen lassen. Ein Frevel! Der Bischof von Palma persönlich hatte in vollem Ornat herbeieilen, den Leib Christi vom Boden aufheben und ihn wieder in das Ziborium zurücklegen müssen.

»Zu meiner Zeit hat man sich mit den religiösen Dogmen keinen Spaß erlaubt!«, pflegte Tante Filo ihre Erzählung hochmütig zu beenden.

In ihrer Geschichte erwähnte sie nie, was aus dem ungeschickten Verursacher des skandalösen Zwischenfalls geworden war, und in der Familie Montaner hatte man es unterlassen, eine Verbindung zwischen dieser interessanten theologischen Anekdote und der Tatsache herzustellen, dass Bruno sich einige Jahre später kategorisch weigerte, zur Kommunion zu gehen.

Sein Beruf hatte Bruno gezwungen, seine persönliche Richterskala in Bezug auf die Tatbestände des Frevels und der Schändung gründlich zu überdenken. Schon immer und in allen Zivilisationen war menschlichen Körpern – toten wie lebendigen – Gewalt angetan worden. Je nach Epoche, Gegend und Kultur hatten die Peiniger bestimmte Gewohnheiten, Vorlieben und Manien entwickelt. Das galt für Gewalttätigkeit genauso wie für jede andere menschliche Handlung. Es gab eine Geschichte und eine Geografie des Mordens, des Vergewaltigens und all der anderen Rohheiten, die sein tägliches Brot als Angehöriger der Guardia Civil waren. Anhand der fünfzehn schwarzen Moleskine-Bücher, die nebeneinander in seiner Bibliothek standen, ließen sich die besonders grauenvollen Verbrechen eines jeden Sommers und die traurige Regelmäßigkeit, mit der sie wiederkehrten, jederzeit nachvollziehen. Bruno war nicht gerade begierig darauf, sie unter die Lupe zu nehmen. Obwohl er manchmal dazu gezwungen war. Und er befürchtete, dass er es dieses Mal erneut sein würde. Hinter dieser sonderbaren Geschichte mit der zerstückelten und zu Abfall reduzierten Leiche verbarg sich eine Art düsteres Ritual, das ihn tief verstörte und beunruhigte.

Bis zum Ende der Woche gab es keine neuen Erkenntnisse. Der Tote blieb anonym. Der Rest der Leiche war unauffindbar, obwohl nach ihm ebenso fieberhaft gesucht wurde wie nach dem Mörder. In den Dienststellen ging alles wieder seinen gewohnten Gang. Am Samstagmorgen kam Bruno um sechs Uhr ins Büro, um in Ruhe die Fotos zu betrachten, die Pilar auf den USB-Stick kopiert hatte. Die aus dem offiziellen Bericht und die übrigen. Einige waren vor Ort aufgenommen worden, andere später auf dem Labortisch. Die Brutalität sprang einen förmlich an. Es waren die Fotos einer blutigen Trophäe. Ein Stück Mensch, das sich der Sieger abgeschnitten hatte und nun vor der Menge zur Schau stellte. Das, was die Römer einst *Spolia opima*, Feldherrenbeute, genannt hatten. Die barbarischen Bilder schienen aus einer Zeit zu stammen, in der man die Köpfe seiner Opfer noch triumphierend auf einer Lanze aufgespießt umhertrug. Diese Inszenierung verriet Stolz, Herausforderung und Verachtung. Derjenige, der das Paket geschnürt hatte, musste sich für unbesiegbar halten.

Die Fotos erschütterten ihn zutiefst. Still saß er da und ließ den Gefühlen, die in ihm aufkamen, freien Lauf. Sie waren unangenehm, aber interessant. Er schlug sein Notizbuch auf und zwang sich, sämtliche Aufnahmen anzusehen. Er betrachtete Fotos lieber in Form von Papierabzügen als die auf dem Bildschirm flackernden Digitalbilder. Man sah einfach mehr. Jedes Bild stellte ihm eine Frage. Pilars ganzes Talent kam zum Vorschein. Die Nahaufnahmen der zerknitterten Stofffetzen zum Beispiel. Die ausgewaschenen Farben. Die Flecken darauf. Das bunte Durcheinander von Mustern kam ihm bekannt vor. Warum?

Eine Fotoserie zeigte immer wieder die brutale Verschnürung

mit der roten Schnur, die sich über den Arm spannte. Eine Groß-aufnahme die Knoten, eine andere die aufgeknüpfte Schnur. Die Enden der Schnur. Den Abdruck, den sie auf dem fauligen Fleisch hinterlassen hatte. Die Fotos ähnelten auf seltsame Weise denjeni-gen, die Pilar sechs Jahre zuvor von dem in Seilen verfangenen Leichnam ihres Freundes Sergí aufgenommen hatte. Als ob das quälende Bild jener Knoten sie verfolgte.

Beim Anblick der Bilder empfand er eine ähnliche Bestürzung wie angesichts der Indizien, die er von La Dragonera mitgenom-men hatte. Er hatte sie heimlich zu seinem Freund Cirer gebracht und wartete voller Ungeduld auf dessen Ergebnisse. Zwei sehr un-gewöhnliche Vorfälle hatten sich ereignet. In Palma. Und auf La Dragonera. Zwei Ereignisse, die in seiner Vorstellung auf unerklär-liche Weise zusammenhingen. Bisher nur in seiner Vorstellung. Diese menschlichen Überreste waren ein Hinweis. Aber worauf? Auf einen wirklichen Zusammenhang oder auf einen bloßen Zufall? Es existierte jemand mit dem Willen zu zerstören, der den Dialog mit denjenigen suchte, die unweigerlich beginnen würden, ihm nachzujagen, sobald sie sein Werk entdeckt hätten. An diesem Punkt war man nun angelangt. Der Widerspruch zwischen der brutalen Verstümmelung mit dem Fischermesser und der Sorgfalt, mit der das makabre Paket geschnürt worden war, irritierte Bruno ebenso, wie ihn der Widerspruch zwischen der Umsicht, mit der die Feuerstelle vorbereitet worden war, und der Wut, mit der das große Bündel durch das Dickicht des Més Alt gezerrt worden sein musste, irritiert hatte. Die beiden Vorfälle trugen dieselbe ver-störende Handschrift. Ein exhibitionistisch veranlagter Teufel hatte auf verbotenem Gelände ein Feuer entzündet und die Fischer und Behörden auf den Plan gerufen. Ein Teil eines menschlichen Kör-pers war in den Müll geworfen worden. Allerdings nicht irgendwo und auch nicht irgendwie. Bruno musste unbedingt herausfinden, wie das unterirdische Müllentsorgungssystem genau funktionierte. Hatten die Informationen, die der Öffentlichkeit zugänglich waren, ausgereicht, um einen verwirrten Geist auf den Gedanken zu brin-gen, auf diese Weise auf sich aufmerksam zu machen? Der Mör-der – falls es sich tatsächlich um Mord handelte – hatte eine Art

Medienbombe gezündet. Das von ihm präparierte Päckchen war entweder der Beweis oder nur die Vortäuschung eines Gewaltverbrechens. Ausgerechnet das Müllentsorgungssystem, den Stolz der Stadt, hatte er benutzt, um damit einen Schock und somit einen Erfolg für sich zu erzielen. Die Journalisten hatten sich begierig auf den Fall gestürzt und verlangten lauthals nach der Fortsetzung der Geschichte.

Die Zeit des Nachdenkens war vorüber. Um Bruno herum brummte die Dienststelle vor Betriebsamkeit. Seitdem es die Spezialeinheit gab, wurde ohne Unterbrechung gearbeitet, einschließlich der Wochenenden. Er musste immer noch staunen, wie bereitwillig sein Team seinen Anweisungen Folge leistete. Einen Augenblick später kam Virus herein und schwenkte einen Stapel Seiten, die er eben aus einem Drucker geholt hatte. Ihr eigener war just in dem Moment in Streik getreten, als Virus ihn benutzen wollte.

»Teniente, ich habe im Internet gesurft. Ich habe die Antwort auf Ihre Fragen.«

»Du glaubst, du hättest die Antwort, Kleiner«, protestierte Joaquim. »Das Problem ist, dass du im Internet nur das findest, was du suchst, während unser Auftrag darin besteht, das zu suchen, wovon niemand gedacht hätte, dass er es überhaupt finden soll.«

»Da hast du nicht unrecht, Joaquim«, stimmte Montaner beschwichtigend zu. »Aber verlieren wir keine Zeit, unterbrechen wir kurz unsere Arbeit und hören uns an, was Virus entdeckt hat. Danach können wir seine Informationen immer noch überprüfen. Auf geht's, Junge, erzähl uns mal, wie die Sache funktioniert.«

»Wenn man einen Beutel mit Abfällen in den Müllschlucker wirft und die Kurbel dreht, fällt er in einen Container, der sich unter dem *buzón* befindet«, erklärte Virus mit leicht zitternder Stimme.

Er wollte sich deutlich und präzise ausdrücken. Er wollte sie davon überzeugen, dass er zu Recht seinen Platz in ihrem Team hatte. Er holte tief Luft und entfaltete eine Skizze der Anlage, an der er eine Stunde lang gearbeitet hatte.

»Hier seht ihr die berühmten *buzóns*. Die Müllschlucker aus Metall, die bei den Einwohnern von Palma auch Zapfsäulen oder Teletubbies heißen.«

»Das interessiert uns nicht, komm zur Sache!«, drängte Joaquim und handelte sich ein Stirnrunzeln seines Chefs ein.

»Der Müllsack bleibt an Ort und Stelle, bis der Zentralcomputer einen kräftigen Druckluftstoß auslöst. Das geschieht in regelmäßigen Abständen. Durch die Druckluft öffnet sich die Klappe des Containers, und der Sack wird mit einer Geschwindigkeit von siebzig Stundenkilometern durch das neun Kilometer lange Beförderungssystem transportiert. Mir ist aufgefallen, dass der Durchmesser der Rohrleitungen etwas größer ist als der der Müllschlucker, damit es nicht so schnell zu Verstopfungen kommt. Das hat der Typ auch gewusst, denn er hat genau vorausberechnet, dass der Armknochen etwas über das Paket hinausragen muss, damit er im Rohr stecken bleibt. Er hat das Paket absichtlich nachts eingeworfen, bevor morgens der erste Luftstoß ausgelöst wurde. Wegen des Brummens und der Vibrationen, die jedes Mal über eine Minute lang anhalten, haben die Anwohner erreichen können, dass das System nachts abgeschaltet wird. Im Winter ab dreiundzwanzig Uhr und im Sommer ab zwei Uhr, jeweils bis sechs Uhr morgens.«

»Gut beobachtet! Weiter«, ermutigte ihn Bruno.

»Wenn alles normal läuft, gelangt der Abfallstrom bis zur Zentrale des pneumatischen Sammelsystems unten an der Avinguda Comte de Sallent«, fuhr Virus mit festerer Stimme fort. »Dort werden die Abfälle in luftdichte Behälter mit einem Volumen von dreißig Kubikmetern gepresst. Eine ganze Flotte von LKWs bewerkstelligt den Transport zur Müllverwertungsanlage von Son Reus. Das System ist sehr umweltfreundlich. Der Verbraucher sortiert seinen Müll und achtet auf die Größe der Säcke. Für jede Art von Müll gibt es einen eigenen Container. Aus der Luft, die bei der Pressung der Abfälle abgesaugt wird, werden sämtliche Verunreinigungen und schlechten Gerüche herausgefiltert, bevor sie in die Atmosphäre entlassen wird.«

»Es ist alles andere als umweltfreundlich. Es ist laut und verbraucht extrem viel Energie«, protestierte Pilar, die gerade eingetroffen war. »Ich habe die Artikel der Umweltschützer der GOB gelesen, in denen steht, dass die ganze Sortiererei nur Fassade ist.

In Wirklichkeit wird in Son Reus der sortierte und gesammelte Abfall wieder zusammengekippt und verbrannt oder recycelt.«

»Oho, hier kommt die Spezialeinheit der Umweltschützer. Es werden Millionen verbraten, und ihr seid immer noch nicht zufrieden!«, fiel Joaquim ihr ins Wort.

»Das reicht!«, unterbrach ihn Bruno, der keine Lust hatte, sich noch mehr darüber anzuhören.

Wenn er zuließ, dass Pilar in die Diskussion einstieg, würden sie kein Ende mehr finden. Seit frühester Jugend hatte sie bei allen Schlachten für den Umweltschutz und zur Verteidigung der Insel gegen den Raubbau durch Immobilienhaie und andere mitgekämpft. Im nächsten Augenblick würde sie sich auf das Thema der Schadstoffemission der Verbrennungsanlage von Son Reus stürzen. Was dann folgen würde, kannte er auswendig. Vor sieben oder acht Jahren hatte er sie sogar mehrmals nach gewaltsam beendeten Sitzblockaden der bei den mallorquinischen Umweltschützern so verhassten Müllverwertungsanlage auf dem Revier abholen müssen.

Er erteilte Virus wieder das Wort, der sich sichtlich unwohl fühlte, als er mit hochrotem Kopf seinen Trumpf aus dem Ärmel zog:

»Eine Bekannte von mir, Uba Green, arbeitet dort. Sie ist Schweizerin und studiert Umweltwissenschaften an der Universität von Neuchâtel. Sie macht in Son Reus ein Praktikum zum Thema städtische Abfallwirtschaft und Umweltschutz.«

»Warum hast du das nicht gleich gesagt?«, rief Pilar. »Jede Minute zählt. Wir müssen sofort dort anrufen. Was hast du dir nur gedacht?«

»Wenn ihr aufhören würdet, ihn ständig zu unterbrechen, könnte er seinen Bericht zu Ende bringen und wir könnten nachdenken, bevor wir handeln!«, donnerte Bruno los.

Die Blicke richteten sich wieder auf Virus, der dunkelrot angelaufen war.

»Auf den Sortierbändern von Son Reus sind tatsächlich weitere mit einer roten Schnur umwickelte Stoffballen angekommen«, brachte er endlich mit heiserer Stimme hervor. »Uba hat sie zur

Seite gelegt, um sie später genauer untersuchen zu können, weil sie sich aus ethnologischen Gründen dafür interessierte. Es geht ihr um die alten Stoffe oder so. Leichenstücke werden allerdings nicht daraufgebunden sein. Uba ist Wissenschaftlerin. Eine Forscherin und keine Idiotin. Wenn es den geringsten Anlass gegeben hätte, die Polizei zu rufen, dann hätte sie es getan. Die komischen, verschnürten Päckchen sind ihr zwar aufgefallen, hatten aber in ihren Augen nichts Beunruhigendes. Sie hat sie zum Glück noch nicht geöffnet. Es sind insgesamt fünf Stück.«

16   Der Motor der Ente brummte. Ein stickig heißer Dunst lag flimmernd über der kahlen Ebene. Sie befanden sich im Norden von Palma, an den Ausläufern der Stadt, zwischen den Straßen nach Sóller und Inca. Ein paar mit Olivenbäumen bepflanzte Parzellen grenzten an das staubige Industriegelände von Son Reus mit der Sortieranlage, der riesigen Deponie, der Recyclingfabrik, der Verbrennungsanlage, der Schlackenhalde und dem Elektrizitätswerk.

»Mein Gott, ist das trostlos! Ich komme mir vor wie in *Mad Max*!«, rief Pilar, die kaum fassen konnte, dass die Gegend tatsächlich noch heruntergekommener und öder war, als sie sie in Erinnerung hatte.

Virus und sie bildeten die Vorhut. Ihr Auftrag lautete, Uba und die Arbeiter der Mülltrennungsanlage zu befragen, die verdächtigen Päckchen zu untersuchen, die Lage einzuschätzen und in aller Diskretion die ersten Untersuchungen durchzuführen. Falls nötig, sollten sie Alarm schlagen: »Es hat doch keinen Sinn, gleich mit der ganzen Kavallerie und Blaulicht anzurücken und alle in Aufruhr zu versetzen, bevor wir nicht wissen, was los ist. Gehen wir lieber behutsam vor«, hatte Bruno ihnen nahegelegt.

»Sag mal, Virus ist doch kein richtiger Name. Wie heißt du eigentlich wirklich?«, fragte Pilar. »Wenn wir zusammenarbeiten sollen, würde ich gerne deinen Namen kennen. Die anderen denken sich nichts dabei, aber für mich grenzt dieser Spitzname an Mobbing. So etwas mag ich nicht.«

Statt einer Antwort war nur der Lärm des Motors und das Aufheulen der Gänge zu hören, als sie vor der Einfahrt von Son Reus geräuschvoll herunterschaltete. Sie sah Virus an. Der saß wie versteinert auf seinem Sitz, suchte nach einem Ausweg und fand keinen. Sein abweisendes Gesicht war schon wieder dunkelrot geworden.

»Tut mir leid, ich wollte dich nicht in Verlegenheit bringen. Ich rede zu viel, das sagen alle«, sagte sie versöhnlich.

Der Wachmann kam aus seinem Häuschen, näherte sich dem Wagen und reichte ihnen zwei Besucherausweise.

»Señora Más? Señor Iglesias? Sie können ihr Auto auf dem Parkplatz hier rechts abstellen. Ich sage Señora Green Bescheid. Sie wird Sie abholen.«

Pilar schaltete den Motor aus und musterte ihren Kollegen. »Stimmt ja! Du bist der Sohn von General Iglesias. Bruno hat es mir gesagt, aber ich hatte es wieder vergessen.«

Sie machte eine Pause, und ihre tiefe Stimme wurde weich, als sie langsam und ungläubig fragte:

»Jetzt sag bloß, sie haben dich Julio getauft?«

Unfähig, ein Wort herauszubringen, nickte er. Es gelang Pilar, sich einen Moment zusammenzureißen, doch dann trafen sich ihre Blicke, und sie brachen in ein nicht zu unterdrückendes homerisches Gelächter aus, das ihnen die Tränen in die Augen trieb und ihre noch neue Freundschaft besiegelte.

Uba Green war ein kräftiges Mädchen mit langen strohblonden Haaren und einem von Sommersprossen übersäten Gesicht. Ihr blitzsauberer Overall und die perfekte Ordnung auf ihrem Schreibtisch, der in einem winzigen Technikraum in der Nähe des Sortierbandes untergebracht war, schienen den Gestank und das Chaos draußen in der Halle noch zu verstärken. Sie hatte die Pakete auf einem improvisierten Tisch angeordnet.

»Normalerweise beschäftige ich mich mit neuen Methoden der Biomethanisierung zur Erzeugung von Biogas, Wärme und Elektrizität aus Abfällen«, erklärte sie Pilar mit deutlich vernehmbarem

Schweizer Akzent. »Aber diesen Sommer schreibe ich eine Arbeit über die Soziologie der Haushaltsabfälle. Dazu habe ich die Genehmigung erhalten, Proben zu nehmen, wie zum Beispiel diese Stoffballen hier. Mir ist die leuchtend rote Schnur aufgefallen, mit der sie zusammengebunden sind. Außerdem habe ich mich gefragt, wo die Stoffe wohl herkommen. Weiß, braun, gestreift, geblümt. Zwar zerknittert, abgenutzt und löchrig, aber sauber. Das sind nicht einfach nur Lumpen. Ich bin neugierig geworden, erst recht, als es immer mehr Päckchen wurden. Sie sind verschieden groß, aber die Knoten sind bei allen gleich. Ich habe insgesamt fünf gefunden. Kann sein, dass es mehr waren, ich bin ja nicht jeden Tag hier. Ich wollte sie gerade genauer untersuchen, als Virus anrief.«

Gott sei Dank waren sie noch rechtzeitig gekommen. Pilar erkannte auf den ersten Blick, dass die Pakete mit der gleichen Brutalität und Besessenheit und von derselben Hand wie das von La Portella verschnürt worden waren.

»Immerhin ist kein Leichenteil drangebunden«, stellte Virus erleichtert fest.

»Von außen ist jedenfalls nichts zu sehen. Wir müssen sie öffnen, um sicherzugehen, dass auch keine drin sind«, murmelte Pilar mit einem unguten Gefühl.

Sie ließ Virus bei Uba zurück und ging hinaus, um mit Bruno zu telefonieren, in der Hoffnung, dass er mittlerweile die notwendigen Vollmachten für die Ermittlung vor Ort erhalten hatte. Er konnte sie beruhigen. Richterin Bernat hatte alle Anträge bewilligt, und er hatte freie Hand, auf der Stelle Géronimo und Carmen zu mobilisieren. Das gesamte Team würde in weniger als einer Stunde hier sein.

Ein großer Mann mit Brille protestierte aufgeregt gegen das, was er als ein »nicht hinnehmbares Eindringen der Polizeigewalt« bezeichnete. Als Nächstes kam der Sprecher des Betriebsrats und wollte unbedingt von Pilar wissen, ob Gefahr für die Belegschaft der Sortieranlage bestehe. Die Gerüchteküche brodelte. Es war die Rede von einer Bombendrohung. Die Bänder waren angehalten worden, und die Hysterie hatte ihren Höhepunkt erreicht.

»Wir gehören zu einer Spezialeinheit der Kriminalpolizei, es handelt sich um eine ganz normale polizeiliche Untersuchung. Wir sind hier, um die von Señora Green genommenen Proben sicherzustellen und im Zusammenhang mit dem Stau im Müllentsorgungssystem in der Altstadt näher zu untersuchen, das ist alles«, wiederholte Pilar ihre Antwort auf die immer nervöseren Fragen ihrer Gesprächspartner. Montaner hatte sie gebeten, den Angestellten der Anlage gegenüber nicht sofort damit herauszurücken, dass auf ihrem Sortierband möglicherweise weitere Leichenteile aufgetaucht waren, aber sie lasen Zeitung und waren nicht auf den Kopf gefallen.

Die Anspannung verstärkte sich noch, als Virus die Sortierhalle evakuierte, das Tor mit einem Klebeband versiegelte und die Anlage damit als Schauplatz eines Verbrechens kennzeichnete. Es bedurfte erneuter Erklärungen zu Vorsichtsmaßnahmen im Allgemeinen und zu der Notwendigkeit, die verdächtigen Pakete sicherzustellen. Uba sah sich den Vorwürfen des Direktors ausgesetzt, dass ihretwegen die Produktion stillstehe. Pilar übernahm ihre Verteidigung:

»Señora Green hat nur ihre Pflicht getan, als sie unsere Fragen beantwortet hat. Sie sollten sich lieber bei ihr bedanken. Wäre sie nicht gewesen, hätten wir ohne jeden Anhaltspunkt ermitteln müssen, und das hätte viel mehr Unordnung in Ihrem Betrieb verursacht. Sie sind es, der hier alles durcheinanderbringt und die Leute verrückt macht. Je schneller wir vorankommen, desto schneller kann die Arbeit in der Anlage wieder aufgenommen werden.«

Und ohne sich weiter um Diplomatie zu kümmern, nahm sie ihre Kameras und begann zu fotografieren: die Werkshalle und den Technikraum, die leeren Container, die auf dem Tisch aufgereihten Päckchen, das Sortierband, auf dem Uba sie gefunden hatte, und den Wagen, auf dem sie sie vor ihrer Ankunft abgelegt hatte.

»Die Chancen stehen nicht besonders gut, dass wir auf Indizien stoßen, aber wir müssen es wenigstens versuchen. Vielleicht finden wir auf diese Weise ein Haar, das von einem der Päckchen stammt und uns hilft, den Täter irgendwann zu überführen. Wir dürfen

91

nichts übersehen«, erklärte sie sowohl an Virus gewandt, der ihr wie ein Schatten folgte, als auch an Uba, die die Choreografie ihrer systematischen Raumvermessung interessiert verfolgte.

Während sie auf die Verstärkung und ihre Arbeitsausrüstung warteten, beugten sich die drei über die Notizen der jungen Wissenschaftlerin, um zu rekonstruieren, wann die einzelnen Ballen eingetroffen waren. Gewissenhaft hatte die Schweizerin knappe, aber präzise Beschreibungen verfasst, mit deren Hilfe sie die Päckchen voneinander unterscheiden und einigermaßen genau die Reihenfolge ihres Eintreffens festlegen konnten. Nur bei den letzten beiden war sie sich nicht ganz sicher. Sie waren größer als alle anderen und bestanden aus demselben dicken Stoff, anscheinend Reste alter Vorhänge aus mallorquinischem Leinen.

Im Gegensatz zu Pilars Vermutungen beharrte Uba darauf, dass die sonderbaren Päckchen vor dem dritten Juni auf den Sortierbändern aufgetaucht waren.

»Das erste kam am Donnerstagabend, und am nächsten Tag folgten die anderen. Ich habe sie gleich bemerkt und erst einmal zur Seite gelegt, bis am Band nicht mehr so viel los war. Am Wochenende sind weniger Leute hier, und ich kann besser arbeiten. Die ersten beiden habe ich nur genommen, weil sie so merkwürdig aussahen mit ihrer seltsamen Form und der ungewöhnlichen Verschnürung. Ich war verblüfft über ihre Ähnlichkeit. Wisst ihr, die Einwohner von Palma sind sehr kreativ, wenn es darum geht, das neue Entsorgungssystem zu sabotieren. Seit seiner Einführung im Oktober 2002 hat man in den Rohren wirklich alles gefunden, sogar tote Katzen! Die Stadtverwaltung in Palma interessiert sich übrigens sehr für meine Studie. Ich dachte erst, es handele sich um eine neue Art des Protests. Ich stellte mir eine alte Dame vor, die aus allem, was sie zur Verfügung hat, immer größere Pakete schnürt, um alles zu verstopfen. Ich hatte keine Zeitung gelesen und bin deshalb gar nicht auf die Idee gekommen, dass vielleicht eine Verbindung zu eurem Fall besteht. Aber als Julio mich gefragt hat, ob in letzter Zeit ungewöhnlich große Stücke oder sonst irgendetwas Auffälliges auf den Bändern aufgetaucht ist, war mir sofort klar, dass er sich für diese Serie interessiert.«

Die Spezialeinheit war vollzählig und machte sich ans Werk. Bewehrt mit Handschuhen, Atemmasken und Brillen und schweißgebadet in ihren Schutzanzügen, durchsuchten Gerónimo, Carmen und Pilar ohne große Hoffnung auf Erfolg den ganzen Samstag lang die Sortierhalle nach Indizien. Währenddessen konzentrierten sich Bruno und Joaquim auf die Büros und verhandelten mit den Leitern der Mülltrennungsanlage. Eusebio und Virus befragten so behutsam wie möglich die Angestellten. Nach zwei Stunden gönnten sie sich eine Zigarettenpause.

»Auch so eine Drecksarbeit, an die man lieber nicht denkt, wenn man etwas wegwirft. Was haben die Ärmsten nur verbrochen, dass sie in dieser stinkenden Hölle hier schuften müssen?«, fragte Eusebio leise. Er war völlig ausgelaugt.

Virus, dem speiübel war, zuckte mit den Schultern, drückte seine Zigarette aus und setzte die Atemmaske wieder auf. Die Luft war zum Schneiden dick und stank ekelerregend. Sogar seine Zigarette schmeckte widerlich. Was hatte er nur in diesem Dreck zu suchen? Ihm war der Appetit so gründlich vergangen, dass er an das Mittagessen nicht einmal gedacht hatte. Ein denkwürdiges Ereignis für ihn, den unersättlichen Allesfresser. Am liebsten hätte er alles hingeschmissen und diesem Teil der arbeitenden Bevölkerung, von dessen Existenz er am Morgen noch nichts geahnt hatte und den er nun nie mehr vergessen würde, den Rücken gekehrt. Es gab keine Antwort auf Eusebios Frage. Keinen besonderen Grund, warum das Schicksal Menschen zwang, ausgerechnet diese ekelhafte Arbeit zu verrichten. Sein Stolz, der Spezialeinheit anzugehören, hatte einen kräftigen Dämpfer erhalten. Er hatte den Spiegel durchschritten, war auf der anderen Seite des Bildschirms angekommen. Dort, wo die Welt gnadenlos zweidimensional wurde. Wo das Gute und das Böse sich mit sehr ungleichen Waffen bekämpften.

Nach weiteren sechs Stunden Arbeit versammelten sich die Mitglieder der Spezialeinheit in Ubas Technikraum. Sie hatten eine schwierige Entscheidung zu treffen. Die fünf Pakete waren durch verschiedene Händen gegangen, die sie mittlerweile identifiziert hatten. Sollten sie sie direkt ins Labor bringen oder an Ort und

Stelle öffnen? Die Kollegen der Spurensicherung untersuchten zunächst das untere Fach des Wagens, auf dem Uba die Pakete zwischengelagert hatte, bevor sie auf dem Tisch aufgereiht wurden. Nach kurzer Beratung mit den anderen entschied Montaner, das größte Päckchen, das zuletzt eingetroffen war, sofort zu öffnen. Sie wollten wissen, woran sie waren.

Geduldig löste Gerónimo, aufmerksam überwacht von Pilars Objektiv, die jeden kleinsten Fortschritt dokumentierte, Knoten um Knoten. Scheinwerfer und Millimeterskalen waren aufgebaut worden, um die Größenverhältnisse und Positionen genau festzuhalten, und verliehen dem Raum etwas von einem Operationssaal. Pilar nahm sich Zeit und wechselte zwischen dem Stativ mit der Kamera für Nahaufnahmen und zwei weiteren Fotoapparaten hin und her. Das trockene Geräusch der Auslöser erinnerte an das Ticken einer Zeitbombe. Die Anspannung in dem kleinen überfüllten Raum war deutlich zu spüren. Wie konnte man nur so fiebrig und konzentriert zugleich sein? Carmen machte die Aufzeichnungen und Skizzen, während Virus, der die Assistentenrolle übernommen hatte, die von den anderen nummerierten und registrierten Lumpen einen nach dem anderen in den Indizienbeuteln verstaute. Das übrige Team hielt sich im Hintergrund und verfolgte von der Tür aus konzentriert und ehrfurchtsvoll die Arbeit der Spezialisten.

Die Schwierigkeit bei allen Ermittlungen besteht darin, die Wahrheit im richtigen Moment zu erkennen, dachte Bruno. Und sich ihr zu stellen. Denn die Wahrheit kennt keine Gnade, weder für die Täter noch für die Ermittler.

Plötzlich hielt Gerónimo inne und stieß einen unterdrückten Fluch aus. Er wich einen Schritt zurück, und sein Blick suchte Montaner. Pilar sah im Sucher etwas auftauchen, das sie zunächst für ein großes Stück Kohle hielt. Ihre Finger umklammerten die Kamera, sie hielt den Atem an und erstarrte. Ihr Auge weigerte sich, die Zuflucht des Suchers und das Trugbild der Linse aufzugeben und sich der Realität zu stellen. Vor ihr lag ein grauenvoller Klumpen, der einmal ein menschlicher Kopf gewesen war, grausam entstellt und verkohlt.

Ihr Finger betätigte mechanisch den Auslöser, und das Geräusch bzw. Klicken einer ganzen Fotosalve ließ alle erstarren, bevor es sie nach einigen scheinbar endlosen Sekunden von ihrer morbiden Faszination erlöste.

17

Richterin Bernat hatte sich ohne Vorwarnung selbst zur Besprechung der Spezialeinheit am Montagmorgen eingeladen.

»Eher kleines Format«, flüsterte Joaquim, als er sie hereinkommen sah.

»Ja, aber ziemlich große Klappe«, ergänzte Eusebio.

»Seid still!«, raunte Pilar, wider Willen amüsiert von dieser Zwei-Mann-Nummer. Sie freute sich schon darauf, die beiden Machos den Anweisungen einer Frau Folge leisten zu sehen.

Die niedrige Decke und die runden Fenster hatten dem länglichen Raum den Namen Aquarium eingetragen. Eigentlich hatte der Chef sein eigenes Büro, einen schicken Glaskasten links neben dem Eingang. Aber er benutzte es nur für offizielle Besprechungen oder schwierige Verhöre, bei denen er die Jalousien herunterließ. Aus Gründen der Bequemlichkeit hatte Montaner, der sich wenig um Hierarchien scherte, seinen Leuten von Anfang an vorgeschlagen, ihre Schreibtische in der Mitte des Raums, direkt unter den Deckenspots zusammenzustellen. Neonröhren waren ihm verhasst. Er fand, dass die fahle Beleuchtung die Menschen in Kellerasseln verwandelte und im Übrigen wenig dazu beitrug, ihren Intellekt zu erhellen.

Montaner hatte die Tafelrunde um drei Schreibtische erweitern lassen, damit alle Angehörigen der Spezialeinheit sich bequem versammeln konnten. Er thronte an seinem Tisch hinter Bergen überquellender Akten, zwischen denen sich ein heilloses Durcheinander von Stifteköchern, Aschenbechern und schmutzigen Kaffeetassen ausbreitete. Ein unbeschreiblicher Kabelsalat führte zu den Computern auf den Rolltischen daneben.

Richterin Bernat begrüßte jedes Mitglied ihrer Spezialeinheit mit einem Händedruck, wobei sie jedem Einzelnen in die Augen sah, dann schnappte sie sich einen Schreibtischstuhl, schob ihn quer durch den Raum und setzte sich neben Montaner.

»Ich habe mir sagen lassen, dass Sie nicht gerne Berichte schreiben«, verkündete sie mit klarer Stimme, der niemand zu widersprechen wagte. »Und ich stelle Fragen, die keinen Aufschub dulden, gerne sofort. Ich hielt es daher für die beste Lösung, an Ihrer Lagebesprechung teilzunehmen.«

Bruno verbeugte sich einen Hauch zu ehrerbietig. Joaquim und Eusebio stießen sich mit den Ellbogen an. Das war genau Montaners Typ, diese Art Frau, die einen, selbst gerade mal einen Meter sechzig groß, mit strengem Blick musterte. Die blauen Raubtieraugen und ihre schmalen Lippen, die ein Lächeln andeuteten, während sie einem die Hand schüttelte, die rechteckige aschblonde Frisur, ihre tadellos gebügelte Kleidung – taillierte marineblaue Bluse unter einem kakifarbenen Leinenblazer, mit farblich abgestimmter Hose und Espadrilles – waren sichere Anzeichen dafür, dass diese Frau sie noch einige Nerven kosten würde. Die Partie zwischen ihr und dem Chef würde eng werden, aber unterhaltsam.

Er bedankte sich kurz, dass sie so früh am Tag zu ihnen gestoßen war. Es war sieben Uhr morgens. Montaner hatte sie zusammengetrommelt, um die Lage nach dem Fund von Son Reus zusammenzufassen. Danach konnte sich jeder seinen üblichen Aufgaben zuwenden, ohne sich den Unmut seiner Vorgesetzten zuzuziehen. Das erklärte er mit wenigen Worten der Richterin, die ihm zustimmte.

Die Frau, die Montaner an seinem Platz festhielt, musste erst noch geboren werden. Er würde kein Jota von seinem üblichen Verhalten abweichen, nur weil die Richterin an der Besprechung teilnahm.

»Und los geht's!«, sagte Eusebio leise, als Montaner die Ärmel seines weißen Hemdes hochkrempelte.

Montaner gehörte zu denen, die ihre Gedankengänge mit großen Schritten abschreiten. Wie üblich bearbeiteten seine Motorradstiefel den Teppichboden entlang einer unveränderlichen Linie, immer hin und her. Der Chef sprach mit den Händen, dachte laut, stellte Fragen, gab sich selbst die Antworten und sah dabei niemand Bestimmten an. Als wolle er das Problem einkreisen, verließ er seine gewohnte gerade Linie und begann, den Raum zu umrunden. Alle verdrehten die Hälse und folgten mit ihren Blicken seinem Indianerprofil und seiner Silhouette in den ewigen schwarzen Jeans, hypnotisiert von seiner tiefen Stimme, die sie an seinen Überlegungen teilhaben ließ, die vorliegenden Indizien analysierte und den Verlauf der Ermittlungen skizzierte, die nicht einfach sein würden.

Während Joaquim über dem Protokoll der Besprechung schwitzte, dachte er übellaunig an die Angewohnheit des Chefs, seine unleserlichen Notizen ausschließlich seinem kleinen schwarzen Büchlein anzuvertrauen und seine Zusammenfassungen auswendig vorzutragen, ohne auch nur die geringsten Anstalten zu machen, das bewusste Büchlein zu öffnen, geschweige denn, es ihm zur Verfügung zu stellen. Ständig ließ er seine Sachen überall herumliegen, aber das eine Detail, das alle außer ihm übersehen hatten, hielt er bis zuletzt zurück. Ein wenig beunruhigt fragte sich Joaquim, was die Richterin wohl von dem recht chaotischen Vortrag des Chefs hielt.

»Was haben wir?«, warf Bruno in seiner gewohnt abrupten Art in die Runde und pinnte ein paar von Pilars Fotos zur Untermauerung seiner Ausführungen an die Korkwand am Ende des Raumes.

»Den spektakulär inszenierten Fund eines rechten Unterarms, der einige Zeit im Meerwasser gelegen haben muss, bevor er so entsorgt wurde, dass er einen Stau in der Müllentsorgungsanlage in La Portella verursacht hat. Das Entsorgungssystem wurde absichtlich blockiert. Die Hand und der Unterarm sind so zurückgebogen worden, dass sie sich strecken mussten, sobald sie in die Leitung fielen. Dadurch vergrößerte sich der Durchmesser des Päckchens, und es blieb im Rohr stecken. Fünf weitere Stoffballen sind auf demselben Weg nach Son Reus befördert worden. Wir haben zunächst gedacht, die fünf Bündel seien dem ersten gefolgt. Das ist falsch. Uba Green, die Abfallexpertin, ist sich absolut sicher. Die

Bündel sind in kurzen Abständen eingetroffen und demjenigen von La Portella vorangegangen, das folglich nicht die Nummer eins, sondern die Nummer sechs ist. Die Päckchen können nicht länger als vierundzwanzig Stunden in den Auffangbehältern des Müllentsorgungssystems gelegen haben. Wir haben die Taktzeiten der Müllwagen überprüft. Frage: Weiß der Täter im Voraus, was wir tun werden? Seiner Logik zufolge wird erst der durch das sechste Päckchen ausgelöste Stau im Entsorgungssystem zur Entdeckung der fünf anderen führen. Es sieht beinahe so aus, als hätte er die zweite Etappe unserer Ermittlungen in Son Reus ferngesteuert. Er startet eine Art Countdown und organisiert die Entdeckung seiner Päckchen absichtlich an Orten, die zur Sicherstellung von Indizien und Spuren nicht abscheulicher sein könnten. Im Augenblick sitzt er am längeren Hebel. Die Frage ist, was er als Nächstes vorhat. Die fünf Päckchen von Son Reus sind geöffnet und genauestens untersucht worden. Die Verbindung zu dem von La Portella ist offensichtlich. Alle waren mit derselben dünnen und reißfesten Bootsschnur verschnürt.«

»Ein leuchtend rotes Universalgarn, 2,5 Millimeter stark, Kern und Ummantelung aus Polyester«, präzisierte Pilar. »Sehr widerstandsfähig auf den Klampen, wird häufig als Takelschnur oder Trimmleine auf Segelbooten benutzt und ist im Handel als Zweiundzwanzig-Meter-Rolle erhältlich. Die maximale Belastbarkeit ist mit achtzig Kilo mehr als ausreichend.«

»Ich weise darauf hin, dass er ein überschaubares Risiko eingegangen ist«, fuhr Bruno fort. »Jedes der Pakete enthielt ein blutiges Teil des düsteren Puzzles, das er uns aufdrängt. Egal, in welcher Reihenfolge die Päckchen geöffnet worden wären, jedes Einzelne hätte die Sache ins Rollen gebracht. So gesehen ist die Tatsache, dass er den Unterarm außen auf das Paket geschnürt hat, anstelle ihn zu verpacken, vielleicht ein Zeichen von Überdruss. Oder ein Fehler, der ihm unterlaufen ist. Das müssen wir uns genauer anschauen. Frage: Was hätte er getan, wenn sein Plan nicht aufgegangen wäre? Uba hat mir versprochen, die Stoffreste, aus denen die Ballen hauptsächlich bestanden, anhand der Fotos von Pilar genau zu untersuchen. Im Moment geht sie davon aus, dass derjenige, der sie zusammengeschnürt hat, irgendwo einen Packen alter mallorquinischer Stoffe gefunden hat. Er könnte zum Beispiel einen Sack Altkleider in einem Trödelladen oder auf dem Flohmarkt gekauft haben. Auch dieser Spur müssen wir nachgehen, selbst wenn sie uns noch so vage erscheint. In jeder der ersten fünf Sendungen befand sich ein wichtiges Indiz oder ein weiteres Leichenteil. Von ein und derselben oder mehreren Leichen, das werden die DNA-Tests ergeben. Ihr alle habt den entstellten, verkohlten Kopf aus Paket Nummer fünf gesehen – unmöglich, ihn zu identifizieren. Wir haben die neuesten Vermisstenmeldungen überprüft, aber keine der Beschreibungen passt. Von den Rechtsmedizinern wissen wir, dass die verkohlten Reste im vierten Päckchen von einem menschlichen Herz stammen, das irgendeine Bestie aus der Brust gerissen hat, in der es vorher geschlagen hatte. Ich weise darauf hin, dass in bestimmten satanischen Sekten das Herz ein besonders begehrtes Stück ist. Kein weiterer Kommentar dazu. Im dritten Ballen befand sich eine mit Erde beschmutzte linke Hand. Wir haben also zwei Hände. Es stellen sich dieselben Fragen: Gehören sie zur selben Leiche? Suchen wir eine oder zwei Leichen? Wem hat man Hände und Kopf abgeschnitten? Ante oder post mortem? An der rechten Hand aus La Portella fehlt der Ringfinger. Warum? Was ist mit ihm passiert? Was trägt man an diesem Finger? Einen Ring. Was hat er symbolisiert, und wurde der Finger seinem Besitzer seinetwegen ausgerissen? War die Verstümmelung eine Bestrafung? Oder das Ritual einer Gothic-Sekte? Die erste Hand hat im Wasser gelegen. Die zweite ist mit Erde bedeckt. Auch dafür müssen wir eine Erklärung finden. Wenn wir noch weiter in der Chronologie zurückgehen, bleiben zwei Päckchen übrig. In das zweite war ein großer, blutverschmierter Stein eingewickelt, von dem wir irgendwann wissen werden, wofür er benutzt wurde. Das erste bestand nur aus blutgetränkten Lumpen, von denen derzeit ebenfalls eine DNA-Analyse erstellt wird. Waren das nur Tests, oder sind sie von Bedeutung? Nach dem derzeitigen Stand macht dieses Gemetzel den Eindruck eines Ritualmords. Dabei ist gar nicht gesagt, dass es sich um ein Verbrechen handelt. Im Fall einer gestohlenen Leiche hätten wir die gleichen Indizien. Die Leichenhallen und Krankenhäuser sind bereits informiert, bisher ohne Ergebnis. Der Diebstahl muss sich nicht unbedingt auf der Insel ereignet haben. Unser gesamtes Netzwerk ist alarmiert worden, hier und auf dem Festland. Es könnte sich um eine erst seit Kurzem auf der Insel aktive Gruppe von Satanisten handeln. Schreib das auf, Joaquim. Alle Grabschändungen oder sonstigen verdächtigen Vorgänge auf den Friedhöfen der Insel müssen uns sofort gemeldet werden. Was mir nicht aus dem Kopf gehen will, ist der Widerspruch zwischen dieser akribisch geplanten Zurschaustellung menschlicher Abfälle und der Raserei, in der man sie den Körpern entrissen hat. Wenn es sich doch um ein Verbrechen handelt, wovon ich ausgehe, dann ist das Täterprofil das eines Psychopathen. Ziemlich jung und sportlich, methodisch und zwanghaft zugleich. Er wirkt extrem frustriert und ist offenbar erfüllt von dem Willen, seine mörderische Allmacht zur Schau zu stellen. Fragen: Wo befinden sich die Reste der Leiche oder der Leichen? Wird er sie uns weiterhin häppchenweise servieren? Eins ist sicher: Bei dem Täter handelt es sich nicht um einen Seemann, auch wenn er uns das weismachen will. Die rote Schnur weist auf das Gegenteil hin. Was nicht heißen soll, dass wir nicht trotzdem alle Läden für Bootszubehör in und um Palma mit einem Muster abklappern werden. Ich betone nochmals: Wir suchen einen Käufer, der sich mit Schifferknoten auskennt, aber trotzdem kein Seemann ist.«

»Was macht Sie da so sicher?«, erkundigte sich die Richterin ein wenig gereizt.

»Derjenige, der diese Schnur zurechtgeschnitten hat, weiß nicht, dass man ein Polyestergarn, egal wie dünn es ist, abbrennt und nicht abschneidet. Sehen Sie sich die Enden auf den Fotos an. Nur ein einziges, das Anfangsstück der Spule, ist durchgesengt worden, wie es sich gehört. Was im Übrigen der Beweis dafür ist, dass das Päckchen mit den Lumpen aus Son Reus das erste der Serie ist. Die anderen Stücke, die sehr wahrscheinlich von derselben Spule stammen, wurden stümperhaft abgeschnitten von jemandem, der keine Ahnung hat, wie es auf dem Meer zugeht, und dem es wahnsinnig auf die Nerven ging, dass er keine Schnur gekauft hat, die einfacher zu schneiden ist.«

»Einverstanden. Ich gebe mich geschlagen«, sagte Richterin Bernat mit dem Anflug eines Lächelns und hob als Zeichen der Kapitulation ihre schmalen Hände. In der Linken hielt sie den Kugelschreiber, mit dem sie sich, über ihren Block gebeugt, ohne Unterbrechung Notizen gemacht hatte.

Sieh an, eine Linkshänderin. Interessant, dieser Kampf der Linkshänder, dachte Pilar, die sich erinnerte, dass man Bruno, der eigentlich auch Linkshänder war, das Linksschreiben abgewöhnt hatte, und dass er seither, sozusagen aus Protest, links und rechts schrieb, dafür aber eine verheerende Handschrift hatte.

Die Anspannung im Raum löste sich. Bruno setzte sich wieder hin. Eusebio, der sich schneller als Joaquim damit abgefunden hatte, dass man sich nicht mehr auf die Frauen verlassen konnte, wenn es darum ging, in den Besprechungen für Kaffee zu sorgen, füllte Tassen und gab sie weiter.

»Nicht über die Tastaturen!«, entfuhr es Virus.

Carmen lenkte ein und kam Eusebio zu Hilfe, während Pilar, die keinen Millimeter von ihrer feministischen Einstellung abzuweichen bereit war, die Augen verdrehte. Alle hatten angefangen zu reden, beratschlagten die von Bruno aufgezeigten Spuren und überlegten, wie sie die Ermittlungsarbeit verteilen konnten.

Es war halb neun. Das Wesentliche war gesagt, das Porträt des möglichen Mörders skizziert worden. Virus und Eusebio hatten schon ihre Zigaretten hervorgeholt, doch die Richterin hatte noch etwas zu sagen:

»Sie werden erfreut sein, zu erfahren, dass ich Alberto Jover am Samstag nach seiner Vernehmung auf freien Fuß gesetzt habe. In einer Presseerklärung werden alle Beschuldigungen gegen ihn zurückgenommen. Ich habe sogar beim Bürgermeister angeregt, ihm eine Medaille für seinen Mut und seinen Bürgersinn zu verleihen.«

»Bravo! Aber was sagt Olazabal dazu? Wir wissen doch, wie er auf Widerspruch oder Kritik reagiert«, befürchtete Gerónimo.

Die Richterin hob die Augenbrauen. Zweifelnd spitzte sie die Lippen, um sie dann zu einem verschmitzten Lächeln auseinanderzuziehen.

»Sie werden es nicht glauben, aber ich habe den Kommissar zu einem privaten Gespräch gebeten, in dem ich ihm erklärt habe, dass dieser komplizierte Fall womöglich der Erfolgsstatistik seiner Abteilung schaden könnte. Er war mit mir einer Meinung, dass es besser ist, die Akte Bruno zu übergeben, von dem allgemein bekannt ist, dass die Erfolgsquote die geringste seiner Sorgen ist. Wird der Fall gelöst, wird dies zu einem nicht unerheblichen Teil Olazabals Verdienst sein, da er meiner Spezialeinheit sein ausgezeichnetes Spurensicherungsteam zur Verfügung gestellt hat.«

»Und ich stehe wieder als Trottel da«, regte sich Montaner auf.

Doch als er die grinsenden Gesichter seines Teams sah, musste er sich eingestehen, dass die Richterin einen Punkt gemacht hatte.

»Gleichstand!«, verkündete Virus, der entschieden kein Gefühl für Hierarchien oder Diskretion hatte.

18   Wie viele Fotos hatte Pilar in den letzten vierzehn Tagen gemacht? Genug, um mehrere Leben damit zu füllen. Nach der Besprechung der Spezialeinheit mit Richterin Bernat und einem spöttischen Empfang durch Fernando Olazabal war das Team der Spurensicherung an seine Arbeit bei der Staatspolizei zurückgekehrt. Das Schicksal servierte ihnen an diesem Tag einen Beziehungsmord. Olazabal rächte sich, indem er sich alle Mühe gab, sich der eben zurückgekehrten Pilar gegenüber als Ekel aufzuführen und ihr jegliche Hoffnung auf eine glänzende Zukunft innerhalb seiner Abteilung zu rauben.

»Auf eins können Sie sich verlassen. Bei mir gibt es nur richtige Leichen. Am Stück, übel zugerichtet und schön blutig. Banales, ehrliches Ehedrama. Frauen, die von ihrem Alten aus Eifersucht zu Brei geschlagen wurden. Abgesehen von Verkehrs- und Drogentoten, ein paar Mafiamorden und ausgearteten Streitereien zwischen Dealern oder betrunkenen Deutschen, besteht die große Mehrheit der Opfer auf dieser Trauminsel laut Statistik aus Frauen, die von ihrem Ehemann, ihrem Freund, ihrem Verlobten oder ihrem Lebensgefährten zu Tode geprügelt werden. Egal wer es nun ist oder wie es geschieht, das Ergebnis ist immer dasselbe. Frauen wollen, dass die Liebe wehtut. Ein bisschen, sehr oder eben zu sehr. Da können die Emanzen so laut schreien, wie sie wollen, das ändert überhaupt nichts. Irgendwann dreht der Typ durch und schlägt richtig fest zu oder nimmt sein Messer, einen Hammer, sein Gewehr oder sein fettes Auto. Löst das Problem mit dem, was ihm gerade in die Finger gerät. Und dann schicke ich Sie los, um die Schweinerei zu fotografieren. Das war's, kein Rätsel, kein Geheimnis. Wir nehmen den Kerl fest und zeigen ihm Ihre Fotos. Er gesteht und kann nicht fassen, dass er wie ein Mörder behandelt wird. Sie hat es doch nicht anders gewollt! Das sagen sie alle. Und damit haben sie gar nicht so unrecht.«

Pilar biss die Zähne zusammen, hielt den Mund und studierte die neuesten Fälle. Eine Frau, die vom Auto ihres Mannes überfahren worden war, zwei Selbstmorde, ein dritter, der in Wirklichkeit eine tödliche Lebensmittelvergiftung war, ein blutverschmiertes Leihboot, das noch komplett auf den Kopf gestellt werden musste, eine Schießerei vor einem Nachtklub in Peguera und die anstehende ballistische Analyse. Was im Juni auf Mallorca eben so passierte. Nebenbei mussten Unmengen von Fotos aufgeklebt und Berichte verfasst werden, während Olazabal sie unaufhörlich kritisierte und ihr nichts durchgehen ließ. Aber zum Glück war da auch noch der Zusammenhalt ihres im Unglück vereinten Teams, selbst wenn Gerónimo maulte, weil sie ihm wieder einmal zu langsam war, und Carmen stichelte, wenn ihr ein Anfängerfehler unterlief. Sie konnte eben besser fotografieren als Berichte schreiben.

An diesem Freitagabend hatte sie Dienst im Büro der *Jefatura*. Sie war allein und froh darüber. Ein wenig Ruhe würde ihr guttun. Die Woche war wie im Flug vergangen, und sie hatte keine Minute Zeit gehabt, sich um das Verbrechen in La Portella zu kümmern. Die Füße auf dem Schreibtisch und den aufgeklappten Laptop vor der Nase, stellte sich Pilar ihren Dämonen und las ihre Mails. Sie fühlte sich steinalt. Hier saß sie, allein, fotografierte Leichenteile und Alltagsdramen, anstatt mit ihrem Freund Mike die australische

Wüste zu durchqueren. Aus seinen wenigen Zeilen hörte sie den englischen Akzent des Weltenbummlers heraus. Er schlug ihr vor, ihm zu folgen und gemeinsam mit ihm um die Welt zu reisen. Er erzählte von Leuten, denen er begegnet war, einem jungen Aborigine-Künstler und einem unendlich weisen alten Mann und ihren Bildern vom Anbeginn der Welt. Sie strich sanft mit den Fingerspitzen über seine von Lachfältchen durchzogene Haut auf dem Bildschirm, die, zerklüftet wie ein verlorener Kontinent, nur eine Armlänge entfernt war. Sie ließ die Mail unbeantwortet, sie hatte keine Kraft.

Pilar wandte sich wieder den Aufnahmen von La Portella zu. Würde sie mit einer Woche Abstand das Detail entdecken, das ihr auf den ersten Blick entgangen war? Die grenzenlose Fantasie der Menschen, wenn es darum ging, sich gegenseitig Schaden zuzufügen, überraschte sie immer wieder. Von allen Aufnahmen, die ausgebreitet vor ihr lagen, fesselte sie besonders diejenige mit dem abgetrennten, entstellten Kopf. Instinktiv hatte sie den Kontrast zwischen dem toten Fleisch und dem dicken hellen Stoff, der es umhüllte, hervorgehoben. Was einmal ein Gesicht gewesen war, ein Mund, eine Nase, ein Blick, war zu einem abstoßenden anatomischen Magma aus Purpurrot und Rauchschwarz reduziert worden. Die Aufnahme zeigte einen deformierten Schädel, der aufschrie unter der Gewalt, die ihm angetan wurde und ihm Geschlecht, Rasse und Identität raubte. Ihre Fotos offenbaren die Brutalität, mit der man den bereits toten Körper misshandelt hatte. Sie zeigten den Kern des Verbrechens. Die Tragödie bestand darin, dass eine danteske Vision Realität geworden war – ein verkohlter, nahezu versteinerter Kopf, Opfer der zerstörerischen Wut einer Bestie im Blutrausch. Doch hinter dieser Wut verbarg sich ein weiteres Gesicht, das des Täters, dem sie früher oder später mit der Befürchtung begegnen würde, sich darin selbst wiederzufinden wie in einem magischen Spiegel. Das Wissen um diesen Teil der menschlichen Natur – ungezähmt, verdrängt, aber sehr real – quälte sie wie ein heimlicher Zweifel, wie ein Stein in ihrem Schuh.

Der Sucher der Kamera offenbarte schonungslos alle Einzelheiten der Verbrechen. Nackte Körper, die ihrer Seele beraubt worden waren. Nüchterne Fakten. Klaffende Wunden, Schläge und Verletzungen. Flächen aus unbestimmbaren Farben. Und sie, im Bestreben, den Tod abzubilden, gab ihr Bestes, den perfekten Winkel und die beste Beleuchtung zu wählen, um das Geheimnis dieser gewaltsam beendeten Leben aufzudecken. Um zu verstehen, warum. Machte routiniert Nahaufnahmen von anonymen Kadavern, die eben noch Mitmenschen gewesen waren und die nun, im Stadium zwischen Sein und Verwesung, nur noch ihre Auslöschung erwartete, Verbrennung oder Begräbnis, Asche oder Knochen.

Aus ihrem Blickwinkel, dem einer Kriegsfotografin an der Front des Alltags, war es jedes Mal zu spät. Dieser Beruf war der ihre geworden an dem Tag, als sie zum ersten Mal zu spät gekommen war. Als es ihren Fotos nicht gelungen war, auf der blau verfärbten Haut des Ertrunkenen, der der Mann war, den sie liebte, einen Hinweis auf den Mörder zu finden. Seither hatte Pilar gelernt, wie sie diesen Krieg zu führen hatte. Es ging darum, Indizien aufzuspüren, den Fluchtpunkt der Wahrheit zu bestimmen, den Winkel, der sie mit der Welt verband, oder einen Schatten von ihr zu erhaschen, der irgendwo auf dem Foto zu finden sein musste.

Nach zwei Wochen auf Mallorca war der Speicher ihres Computers zum Überlaufen voll. Ein Schreckenskabinett voll mit Bildern des alltäglichen Grauens, aufgenommen mit maximaler Präzision und einer unendlichen Zärtlichkeit für das Opfer des grauenhaften und grauenhaft banalen Verbrechens, von dem sie erzählten. Wieder und wieder drückte sie auf den Auslöser, ohne Pathos oder technische Raffinessen, sodass nur die nackte Wahrheit sich einbrannte in die Netzhaut der Ermittler und des Richters und die Gerechtigkeit eine Chance erhielt. So verstand sie ihren Beruf, und so definierten Gerónimo Diaz und Montaner ihre Arbeit und ihr besonderes Talent. Die Arbeit war ihr Daseinszweck geworden, ihre Form der Kriegsführung auf dem schwierigen Terrain des Todes. Nur wenige ihrer Zeitgenossen wagten sich dorthin oder riskierten einen ungefilterten Blick darauf, aus Angst, sich zu verlieren.

Die Nacht war gnädig. Das Team der Spurensicherung wurde zu keinem Einsatz gerufen. Pilar schrieb zwei Berichte fertig und legte Abzüge der Aufnahmen, die sie mit ihrer alten Leica gemacht hatte, in einen Umschlag für Montaner. Die von La Portella und die der Päckchen, die sie in der Müllverwertungsanlage von Son Reus und später auf dem vernickelten Labortisch der Pathologie aufgenommen hatte. Denn Pilar hatte ihre eigenen Methoden, um sich der brutalen Vereinnahmung durch Olazabal zu entziehen. Entschlossen, den Beweis zu erbringen, dass der zusätzliche Einsatz ihrer Leica seine Berechtigung hatte, legte sie die Aufnahmen der beiden Hände nebeneinander und versuchte sich vorzustellen, zu welchem Menschen sie gehören könnten. Die Schwarz-Weiß-Aufnahmen zeigten eindeutig, dass sie nicht von ein und derselben Person stammten. Aufgrund der unmenschlichen Behandlung, die ihnen widerfahren war, war es zunächst kaum zu erkennen, doch sie unterschieden sich deutlich in ihrer Kraft, Größe, Zartheit und der Pigmentierung der Haut, schrieb sie an Bruno.

Nachdem sie die Aufnahmen von La Portella lange betrachtet hatte, entdeckte sie endlich das Detail, dessen Bedeutung sie im Voraus erahnt hatte. Inmitten der vom Mörder zugefügten Schnitte und Wunden zeichnete sich unter dem Abdruck der roten Schnur auf dem Unterarm rund um das Handgelenk eine dunkle, regelmäßige Linie ab. Was hatte sie zu bedeuten?

Und noch etwas störte sie – die alten Stoffe. Auf den Nahaufnahmen wirkten sie fremdartig und beschworen die Vergangenheit herauf, Bilder eines längst vergangenen häuslichen Lebens, einer nicht mehr existierenden Familie, einer verratenen Illusion. Ähnlich den in Falten gelegten Stoffen auf Barockgemälden, derer sich die spanischen Meister bedient hatten, um den Kontrast zwischen dem Leichengrün toter Körper und dem knittrigen Weiß der Leintücher zu betonen. Sie führten ihren zeitgenössischen Betrachtern die Eitelkeit der Menschheit vor Augen, die dazu verdammt ist, eines Tages zu Staub zu werden, sie zeigten ihnen die Vergänglichkeit ihrer Wonnen und der rosigen Haut ihrer unschuldig schlafenden Körper, die noch nicht wissen, dass ihr Laken einst ihr Leichentuch sein wird. Die Stoffe sprachen eine den Mallorquinern vertraute Sprache. Ob nun zufällig oder beabsichtigt, ihre Herkunft überschnitt sich mit der Biografie desjenigen, der für dieses Gemetzel verantwortlich war. Pilar war begierig auf Ubas Schlussfolgerungen und brannte darauf, sie mit ihren eigenen zu vergleichen.

Um acht Uhr morgens verließ sie benommen und mit schmerzenden Gliedern das Gebäude. Auf der Straße begegnete ihr Olazabal, der wie immer in Eile war.

»Der arme Fernando! Kaum hebt er die Füße, sieht man schon die Sohlen. Er rennt und rennt. Aber er kann rennen, so viel er will, sein Ruf eilt ihm voraus wie ein verwunschener Schatten«, höhnte hinter ihr eine tiefe Stimme.

War sie die letzten Tage auch schon da gewesen? Wie hatte Pilar sie nur übersehen können? Die Frau war dick und aufgetakelt, sie hatte ein volles Gesicht und leuchtend rot gefärbte Haare, die sie glatt zurückgekämmt und im Nacken zu einem Knoten zusammengebunden trug, in den sie eine Hibiskusblüte gesteckt hatte. Drei einzelne Locken waren in die Stirn gekämmt und mit Pomade fixiert, und an ihren Ohren baumelten große Ohrringe, die klimperten, wenn sie sich aufregte, was ziemlich häufig vorkam. Über einem Seidenkleid mit Rankenmuster trug Rosario Canals eine hellrosa Strickweste, die sie wärmte. Sie sprengte beinahe ihren Kiosk, in dem sie den ganzen Tag zubrachte und strickte und nebenbei Lose für die tägliche Ziehung der *ONCE*, der staatlichen Lotterie zugunsten einer Blindenorganisation, verkaufte. Perfekt positioniert vor dem Hauptsitz der Staatspolizei in der Carrer Ruiz de Alda Nummer acht war sie stets bestens über das Kommen und Gehen der Angestellten in der *Jefatura* unterrichtet und bedachte jeden mit einem ihrer spöttischen Kommentare. Olazabal bezahlte die Zeche für seinen erfolglosen Versuch, sie von seinem Gehweg zu vertreiben. Ihr war zu Ohren gekommen, dass Pilar und der Hauptkommissar sich nicht grün waren, und seitdem wartete sie auf die Gelegenheit, sie kennenzulernen.

»Hör mal, Kleine, wärst du so lieb, mir einen Kaffee und eine *ensaïmada* aus der Bäckerei mitzubringen? Ich komme um vor Hunger. Sag einfach, es ist für Rosario. Keine Ahnung, was Gardiola heute Morgen treibt. Er ist spät dran, und ich kann hier nicht weg.«

Pilar brachte das Bestellte. Gardiola, der unterdessen eingetroffen war, nuschelte verlegen eine Entschuldigung.

»Schon gut, dir ist vergeben. Und jetzt ab mit dir! Das Fräulein und ich haben etwas zu bereden.«

Während sie gemeinsam frühstückten, kamen sie ins Plaudern. Über jeden der Polizisten, die einer nach dem anderen zum Dienst erschienen, wusste Rosario etwas zu berichten. Die meisten grüßten sie. Von ihrem Beobachtungsposten aus bekam die gefürchtete Klatschbase das Wichtigste mit und ließ sich den Rest erzählen.

»Und du, meine Schöne, wartet auf dich nicht auch ein eifersüchtiger Freund? Zum Beispiel der Blonde mit der Kapuze dort drüben, auf der anderen Straßenseite, der glaubt, man sieht ihn nicht? Ich habe schon ein paar Mal beobachtet, wie er dir nachschleicht.«

Pilar schüttelte beunruhigt den Kopf. Es war also doch nicht nur Einbildung, dass ihr jemand folgte, seit sie auf Mallorca angekommen war. Rosario bestätigte, was ihr bereits der Nachtwächter des *Garito* gesagt hatte.

»Warte, den schnapp ich mir!«, raunte sie Rosario zu.

Zwischen den Autos hindurch sprintete sie auf die andere Straßenseite. Aufgeschreckt ergriff der Typ sofort die Flucht. Sein Vorsprung war zu groß, und er war schnell. An der Kreuzung bog er um die Ecke und war verschwunden. Als sie dort ankam, war niemand mehr zu sehen, nur ein Geländewagen mit getönten Scheiben, der gerade losfuhr. Er fuhr zu schnell, um den Fahrer noch anhalten zu können, und andererseits so langsam, dass Pilar nicht sicher sein konnte, ob das ihr Mann war. Dem Nummernschild nach war es ein Mietwagen. Ließ ihr Großvater sie wirklich beschatten? Möglich. Er war zu allem fähig. Das Pochen in ihren Schläfen kündigte eine Migräne an. Zurück beim Kiosk von Rosario zuckte sie lachend mit den Schultern, machte einen Scherz über die Dummheit der Männer und überspielte ihre Angst, um ihr nicht noch mehr Anlass zum Gerede zu geben. Entzückt von diesem Frühstück voller überraschender Wendungen, bemühte sich

Rosario, die Krümel, die sie überall verteilt hatte, von ihrem gewaltigen Busen zu fegen. Bevor sie ging, wollte Pilar sich noch vorstellen. Wie naiv! Rosario wusste alles über sie, genau wie über jeden anderen. Ihr Großvater sollte sich lieber an sie wenden, wenn er etwas über Pilar in Erfahrung bringen wollte. Beim Abschied stellte ihr die Gute die einzige Frage, die sie nicht hören wollte.

»Du bist doch Pilar Más, die Enkelin von Horacio, dem alten Tyrann. Na? Wann wirst du nach Son Nadal zurückkehren?«

19 Der Tisch war in der Bibliothek gedeckt, dem einzig bewohnbaren Zimmer des alten Palais, in dem sonst alles in Schonbezüge gehüllt war. Baltasar Morey lebte allein im Haus Nummer vier an der Plaça Sant Francesc, vergraben in die Bücher der prunkvollen Sammlung, die er vor dreißig Jahren begonnen hatte zu katalogisieren. Nachdem er schließlich zum Bewahrer dieses Familiengrabmals geworden war, das ihm nicht gehörte, wünschte er sich nun nichts sehnlicher, als dass für die Zeit, die er noch zu leben hatte, alles so blieb, wie es war. Nicht dass es auf der Insel an reichen Fincas mangelte, die ihm Zuflucht bieten würden, falls es wieder einmal zu einer der Immobilienkrisen kommen sollte, die Palma in den letzten Jahrzehnten immer wieder gebeutelt hatten. Aber er war an sein Leben hier gewöhnt, liebte den Klang der Glocke, die im benachbarten Kloster den Tag einteilte, und war mit wenig zufrieden, solange er nur in einem alten Haus leben konnte, das bis unter die Decke mit alten Büchern gefüllt war.

Seine Freundschaft zu Montaner war vor fünfzehn Jahren entstanden, als Bruno, damals noch ein junger Ermittler, ihn vom Verdacht der Hehlerei befreit hatte. Der Welt entrückt in seinem Elfenbeinturm, war Baltasar aus allen Wolken gefallen, als er feststellte, dass das wertvolle Werk, das er zu restaurieren versprochen hatte, gestohlen war. Seither prüfte er die Herkunft der ihm anvertrauten Schätze und war gerne bereit, Bruno, im Austausch gegen eine Wochenration frischer Nachrichten, seinen scharfen Verstand zur Verfügung zu stellen und die Köstlichkeiten, die ihm seine Haushälterin zubereitete, mit ihm zu teilen. Am liebsten am Samstagabend.

Weiße Damasttischdecke, blaues mallorquinisches Geschirr, schwere alte Weingläser und Besteck mit Ebenholzgriffen – beide liebten es, ihre Männerabende zu zelebrieren. Sie häuften sich je eine große Portion *tumbet* auf, ein Gedicht von einem Auflauf, der aus gegrilltem Gemüse besteht, das in eine Keramikform geschichtet wird. Sie genossen Marias Kochkünste schweigend und nahmen das Gespräch erst nach dem Essen wieder auf.

Baltasar, der mittellose Erbe des jüngeren Zweigs einer alten mallorquinischen Dynastie von Äbten und Bücherwürmern, die nur wenige Nachkommen hervorgebracht hatte, bot mit seinem gebeugten Körper und der hohen Denkerstirn den typischen Anblick eines südländischen Gelehrten. Seine zerbrechliche Gestalt schien einzig vom Knoten seiner Krawatte aufrecht gehalten zu werden. Er hatte nichts gemeinsam mit seinen Zeitgenossen und der Welt, in der sie lebten, doch seine umfassende Bildung, sein lebhafter Geist und die bestechende Logik seiner Argumente machten ihn zum perfekten Verbündeten.

Das spitze Gesicht Bruno zugewandt, hörte er sich dessen Klagen an.

»Olazabal lässt kein gutes Haar an meinem Team. Er behauptet, es sei allein für die Fälle zusammengestellt worden, mit denen sich kein ernsthafter Ermittler je befassen würde. Und damit hat er nicht mal unrecht. Seit zwei Wochen treten wir auf der Stelle. Ein Mörder entdeckt eine einzigartige Methode, die Leichen zu entsorgen, die er irgendwo auf der Insel anhäuft, und mir bleibt nichts anderes übrig, als die einzelnen Teile zu nummerieren.«

»Heißt das, es gibt mehr als ein Verbrechen?«

»Ja. Pilar hat es erst letzte Nacht herausgefunden. Die Untersuchungsergebnisse, die ich heute Morgen erhalten habe, bestätigen, was auf ihren Fotos zu sehen ist. Die Hände stammen von unterschiedlichen Körpern, doch beide wurden von einem Messer mit derselben charakteristischen Zahnung abgetrennt. Folglich haben wir es mit einem Mörder und zwei Leichen zu tun. Die Frage ist, wann uns die nächste Schlächterei bevorsteht. Mein Gegner platziert die Indizien wie ein Schachspieler seine Figuren. Er sagt, wo es langgeht. Und ich tappe im Dunkeln. Ich hasse das.«

»Wenn ich dich richtig verstehe, hast du eine Reihe von Spuren, die eindeutig auf ein Verbrechen hinweisen und in scheinbar keinem logischen Zusammenhang stehen.«

»Genau. Und Richterin Bernat sitzt mir im Nacken damit, dass ich die Leichen identifiziere und so schnell wie möglich ihren Mörder finde, sonst ist es bald vorbei mit der Spezialeinheit. Aber weißt du was? Inzwischen fände ich das richtig schade.«

»Ein Fall wie dieser erfordert ein besonderes Maß an Logik. Ich bin sicher, du hast noch nie etwas von unserem großen Philosophen Ramon Llull gelesen«, sagte Baltasar und steuerte zielsicher auf ein bestimmtes Regal zu, erfüllt von der unerschütterlichen Gewissheit eines Gelehrten, dass jede Antwort in Büchern zu finden ist und seine Bibliothek zwangsläufig den Schlüssel für jedes Rätsel bereithält, das dem Geist der Menschheit jemals aufgegeben wurde.

Er zog ein schmales Büchlein heraus, dessen Einband aus elfenbeinfarbenem Pergament bestand und auf dessen Rücken Bruno den in verblasster Tinte geschriebenen Titel *Ars brevis* las.

»Ramon Llull ist 1316 gestorben«, sagte er verdrossen. »Ich wüsste nicht, wie er mir weiterhelfen könnte. Dieser Fall lässt mir keine Ruhe, aber ich habe nicht genug Zeit, ihm nachzugehen. Und erst recht keine, um in Büchern zu stöbern. Jetzt haben sie uns auf den Handel mit gefälschten Luxusartikeln angesetzt – Bauza hat nichts dagegen unternommen –, und ich verbringe meine Tage damit, Modeboutiquen abzuklappern, statt diesen Irren aufzuspüren.«

Zum Plauderton zurückfinden. Sich zusammenreißen und über das eigene Unglück lachen. Das Mindeste, was man im Umgang zwischen kultivierten Männern erwarten kann. Baltasar legte seine Hand auf Brunos Schulter und drückte sie aufmunternd. So leicht würde er nicht aufgeben.

»Die alte Frage, was überflüssig und was notwendig ist. Als wüsste der Mensch je im Voraus, was sich schließlich als unverzichtbar erweisen wird. Ich werde dir trotz allem ein wenig Nachhilfe erteilen. Du wirst schon sehen, ob du damit etwas anfangen kannst.«

Wenn es um Bildung ging, verstand sein Freund keinen Spaß. Bruno nickte ihm zu. Nun war er an der Reihe zuzuhören. Baltasar machte es sich in seinem Sessel bequem und begann.

»1308 stellte Ramon Llull seine universelle Methode zur Suche nach der Wahrheit fertig, deren Zusammenfassung die *Ars brevis* ist. Ich werde nicht davon anfangen, dass sie metaphysisch gesehen auf der Theorie der göttlichen Würde fußt, das würde dich nur abschrecken!«

»Sagen wir mal, ich möchte lieber nichts darüber hören.«

»Wenn man bedenkt, dass er seine Methode im Mittelalter erfunden hat ... Einfach unglaublich!«, fuhr Baltasar fort. »Sein System zur Erhellung der Wahrheit folgt einem dynamischen Prinzip, von dem man mit Fug und Recht sagen kann, dass es gut drei Jahrhunderte vor Leibniz dessen Kombinatorik, die Basis unseres binären Systems, vorwegnimmt. Stark vereinfacht ausgedrückt wollte Llull zeigen, dass die Inhalte des Glaubens notwendigerweise begründet sind. Sein Ziel war es, entsprechend wahre Schlussfolgerungen zu erhalten, die geeignet waren, Ungläubige von der Existenz Gottes zu überzeugen. Er stellte eine Art magische Verknüpfung auf, die dazu dienen sollte, Gott zu erkennen, der durch das T der Trinität, der Dreifaltigkeit, symbolisiert wird. Kannst du mir folgen? Ich erspare dir all die theologischen Grundlagen, auf die er zurückgriff, um seine Logik in Begriffe zu fassen. Uns interessiert nur ihr Mechanismus.«

»Du bist zu gütig.«

»Sein System beruht auf der Kombination von Buchstaben, die auf dem äußeren Ring eines Kreises eingraviert sind«, fuhr er fort und zeigte Bruno ein Schema, das in der *Ars brevis* abgedruckt war.

»Sieht fast aus wie das Glücksrad in einer Lotterie«, bemerkte Bruno und zog sein Notizbuch aus der Tasche, um die Abbildung abzuzeichnen.

»Ja, allerdings ersetzt in diesem Fall die Logik den Zufall. Anstatt die Prämissen seiner Ausführungen zu nummerieren, hat er sie mit neun Buchstaben, B, C, D, E, F, G, H, J und K verschlüsselt. Nicht sonderlich revolutionär so weit. Darin lassen sich unschwer die aristotelischen Kategorien der Argumentation erkennen, deren Kenntnis einem Kommissar der Guardia Civil sicher nicht schaden könnte.«

»Ein Glück, dass ich dich habe, um meine Wissenslücken zu schließen!«

»Jeder Buchstabe steht für eine Frage. B für Ob? C für Was? D für Wovon? E für Warum? F für Womit? G für Wozu? H für Wann? J für Wo? Und K für Wie? Gib zu, dass, sobald du alle diese Fragen beantwortet hast, deine Ermittlungen abgeschlossen sind!«

»Das würde ich auch sagen. Aber was ist mit dem A? Wofür steht das A?«

»Llull reserviert das A für das absolute Prinzip, das ich dir ein andermal erklären werde. Unsere neun Buchstaben stellen also neun Axiome dar. Jeder einzelne Buchstabe ist durch Linien mit zwei der acht anderen verbunden. Das ergibt Dreiecke. Mit anderen Worten, Llull hat als Erster die Dynamik der binären Relation der Identität erdacht, das Prinzip, nach dem Computer funktionieren! Indem er seine Buchstaben auf einem Rad platziert hat, hat er der Argumentation einen Impuls gegeben und das statische System des Aristoteles in ein dynamisches System überführt. Als Pascal seine Rechenmaschine erfand, brauchte er nur die Buchstaben durch Zahlen zu ersetzen.«

»Hochinteressant. Vor allem wenn du mir endlich erklärst, wie es funktioniert und wie man diesem Glücksrad die Wahrheit entlockt.«

»In der Theorie bewirkt die Bewegung des Rads eine Buchstabenkombination und damit eine neue Anordnung der Fakten, oder eine Neuerschaffung der Welt. Und in deinem Fall, die Lösung des Rätsels.«

113

»In der Theorie vielleicht! Aber was passiert in der Praxis?«

»Ramon Llull fasste seine Forschungen in vier Abbildungen mit je neun Buchstaben zusammen. »Sieh her«, sagte er und zeigte Bruno ein weiteres Schema. »Ich habe dir die zweite, relativ einfache Abbildung gezeigt. Die vierte Abbildung in der *Ars brevis*, die drei Räder kombiniert, ermöglicht bis zu zweihundertzweiundfünfzig verschiedene Kombinationen! Und das ist nur ein Bruchteil der eintausendsechshundertachtzig, die in der *Ars generalis ultima* verzeichnet sind!«

Bruno war fasziniert. Die Vorstellung, ein unfehlbar logisches Werkzeug zur Hand zu haben, das ihm dabei half, Unmengen von Spuren auszuwerten und in die Gedankenwelt der mit einem unendlichen Einfallsreichtum begabten Täter vorzudringen, war verlockend. Wenn er hielt, was Baltasar versprach, würde dieser Prototyp eines Computers ihm sehr viel nützlicher sein als sein derzeitiges Modell der neuesten Generation. Und auch sympathischer.

»Lass uns zu deinem Glücksrad zurückkehren, und erklär mir bitte, wie es funktioniert.«

Baltasar blätterte vorsichtig in den vergilbten Seiten des Traktats und erklärte das von Bruno kopierte Schema.

»Wie du siehst, besteht diese Abbildung aus drei Dreiecken, die von zwei konzentrischen Kreisen umschlossen werden. Ramon Llull zufolge bildet das erste Dreieck aus den Buchstaben BCD eine Relation aus Unterschied, Übereinstimmung und Widerspruch. Es muss die drei Fragen Ob?, Was? und Wovon? beantworten. Für dich bedeutet das, du musst die Existenz, das Ausmaß und die Beschaffenheit des Verbrechens definieren. Das zweite Dreieck, EFG, ist das des Ursprungs, des Mittels und des Zwecks. Es beantwortet die drei Fragen Warum?, Womit? und Wozu?. Für dich stellt sich die Frage nach den Ursachen des Verbrechens, der Durchführung und welches Motiv der Verbrecher hatte. Das dritte Dreieck, HJK, legt die Beziehungen von Überordnung, Gleichheit und Unterordnung fest. Es beantwortet die Fragen Wann?, Wo? und Wie?. Dir dient es dazu, Tatzeit und -ort sowie den Tathergang festzulegen. Die Wahrheit T dieser Dreieckskonstellation erscheint wie ein gemeinsamer Nenner im Zentrum der Abbildung, wenn alle Parameter bestimmt sind und der Kontext des Verbrechens sich restlos erschließt.«

»Zu schön, um wahr zu sein«, murmelte Bruno.

Es kam ihm absurd vor, eine metaphysische Logik aus dem Mittelalter zu benutzen, um das finstere, absonderliche und zugleich so konkrete Rätsel der Gegenwart aufzuklären. Trotz allem reizte ihn der Gedanke.

»Konkret bedeutet das, dass ich die vorhandenen Spuren zu Dreiecken gruppiere und ihnen anschließend die richtigen Buchstaben aus Llulls Schema zuweisen muss. Und wenn ich das geschafft habe, komme ich und frage dich, wie es gedreht werden muss, damit sich das Zeichen der Wahrheit im Zentrum des Kreises vollständig enthüllt. Allein werde ich niemals dahinterkommen.«

»Stell dich nicht dümmer, als du bist! Du hältst bereits drei Schlüsselelemente in Händen. Die Feuer auf La Dragonera, die rechte Hand aus dem *buzón* und die fünf makabren Päckchen aus der Müllsortieranlage. Nimm das als Ausgangspunkt. Beobachte, was daraus folgt, und stelle zwischen den Indizien, die scheinbar in keinem Zusammenhang stehen, logische Verknüpfungen her. Sie haben zumindest eines gemeinsam. Dich und deine Spezialeinheit. Das ist ein Anfang.«

»Keine Ahnung, ob dabei etwas herauskommt. Aber da ich komplett im Dunkeln tappe, verspreche ich dir, es auszuprobieren.«

Baltasar bat ihn noch um eine Minute Geduld, bevor er ging. Er hatte ihm etwas zu erzählen.

»Seit der Zeit des wackeren Gutenberg verbreiten sich Neuigkeiten in der kleinen Welt der Kenner und Liebhaber alter Bücher in Europa mit großer Geschwindigkeit. Die Spuren der einzelnen Werke werden über alle Landesgrenzen hinweg verfolgt. Ich habe einen Brief aus Hamburg bekommen. Einer meiner deutschen Kollegen hat mir den neuen Aufbewahrungsort eines herrlichen Atlas aus dem dreizehnten Jahrhundert verraten. Im neunzehnten Jahrhundert wurde er mit einem Ledereinband versehen, auf des-

sen Rücken der Buchstabe M geprägt ist, eingerahmt von Olivenzweigen. Es handelt sich um eine alte Kopie des berühmten *Atlas
catalán*, der den mallorquinischen Kartografen der aragonesischen
Krone, Jahuda und Abraham Cresques, zugeschrieben wird. Er war
höchstwahrscheinlich für einen mallorquinischen Würdenträger
bestimmt und müsste eigentlich zwei Karten enthalten. Der Buchhändler sprach aber nur von einer Karte, der von Mallorca. Es fehlt
die Karte von La Dragonera. Du fragst dich bestimmt, woher ich
das weiß. Nun, ich habe diese beiden prachtvollen Karten schon in
meinen Händen gehalten. Denn es kann unmöglich zwei Atlanten
mit demselben eigentümlichen Exlibris aus Olivenzweigen geben.
Ich weiß es, weil ich Gelegenheit hatte, diese Karten gründlich zu
studieren, und zwar an einem Ort, den sie niemals hätten verlassen
sollen, in der Bibliothek von Horacio Más in Son Nadal.«

20 Rennen. Tanzen. Durchs Wasser pflügen. Tief hinab-
tauchen. Um die Vergangenheit abzuschütteln. Und die Gegenwart. Das ewige Blau des Himmels. Die Tragödie des Lebens. Oder
einfach die Beschatter, die sie seit ihrer Rückkehr nach Palma ver-
folgten. Schwer zu sagen, ob es einer oder mehrere Verfolger waren. Im Grunde war es Pilar egal. Die Chancen, dass es sich um ein
bekanntes Gesicht handelte, standen schlecht. Sie wollte nicht wissen, wer, sondern warum man ihr folgte. Ihre Angst wuchs. Abgesehen von ihrem verdammten Großvater konnten Miguel oder
Olazabal gute Gründe dafür haben, sie beschatten zu lassen. Familie, Liebe oder Arbeit? Irgendjemand tyrannisierte sie und wollte
herausfinden, was sie trieb, wenn sie allein war. Oder sie einfach
unter Druck setzen. Dieses Ziel war auf jeden Fall erreicht. Es zer-
mürbte sie, ständig beobachtet zu werden, verdarb ihr das Wiedersehen mit ihrer Insel.

Der Spezialeinheit anzugehören half ihr weniger, als sie gedacht
hatte, und handelte ihr obendrein Ärger mit Olazabal ein. Er ließ
keine Gelegenheit aus, sich über das Team lustig zu machen. Seit

der Besprechung vom letzten Montag steckten die Ermittlungen in einer Sackgasse. Sie warteten darauf, zufällig auf eine der verstümmelten Leichen zu stoßen oder dass der Mörder erneut auf sich aufmerksam machte, um einzugreifen. Die Arbeit an ihren Schwarz-Weiß-Fotos während ihrer Nachtwache in der *Jefatura* hatte Pilar von dem unangenehmen Gefühl befreit, zur Untätigkeit gezwungen zu sein. Nachdem sie den Kerl mit der Kapuze in die Flucht geschlagen und sich von Rosario verabschiedet hatte, sagte sie sich, dass es höchste Zeit war, die Kontrolle über ihr Leben zurückzugewinnen.

Den ganzen Morgen war sie mit der Ente zwischen dem Haus der Montaners und Can Barbarà hin und her gefahren. Ein Tisch, ein Sessel, Wäsche und Geschirr sollten ihre Bleibe wohnlicher machen. Wenn es nach Placida gegangen wäre, hätte sie das Zehnfache mitgenommen. Nach ihrer letzten Fahrt stellte sie die Ente in die Garage und lieh sich Brunos alte Gima aus. Das beste Mittel, um ihrem Beschatter zu entkommen. Sie raste davon. Kein Auto würde ihr in das Gassengewirr folgen können, durch das sie sich mit dem Motorrad schlängelte. Palma war schnell durchquert, und die Ringstraße führte sie wieder auf die Straße nach Port d'Andratx, befreit von jeglicher Überwachung. Zum ersten Mal seit ihrer Ankunft würde sie sich ein wirklich freies Wochenende gönnen.

Sie hatte Glück, im kleinen Hotel *Brismar* war noch ein Zimmer im obersten Stock frei. Mit ihrer Sonnenbrille, den kurzen Haaren und den Bikerklamotten hielt man sie für eine Touristin. Die Frau am Empfang war eine Saisonkraft und reagierte nicht, als sie ihren Namen in das Gästeregister eintrug. Im kühlen Halbdunkel des Zimmers, den feindlichen Blicken entzogen, entspannte sich Pilar endlich und schlief beim Geräusch der Wellen unter ihrem Fenster ein. Als sie wieder aufwachte, war es kurz vor Mitternacht. Die richtige Zeit, um tanzen zu gehen. Sie stieg auf ihr Motorrad und fuhr zur Diskothek in Portals Nous, wo Miguel und seine Clique für gewöhnlich am Samstagabend abfeierten.

Der DJ war eine Frau. Azur Letal. Knallblaue Haare, silberfarbener Anzug, ein Plastikgirl mit lila geschminkten Lippen. Der kaputte Look einer Trash-Sirene, und die Musik, die sie auflegte, Electro à la Miss Kittin, kam bei dem vorwiegend deutschen Publikum gut an. Pilar beobachtete, wie sie sich hinter ihren Plattentellern abrackerte, und fragte Miguel, wo Fredo war. Azurs Bruder. Sie konnte sich nicht erinnern, einen der beiden jemals ohne den anderen gesehen zu haben. Ein infernalisches Duo, das böse Zungen nur die Inzestzwillinge nannten. Die durchgeknallten Geschwister waren ein fester Bestandteil des mallorquinischen Nachtlebens. Sie lebten seit ihrer Geburt als Paar, stritten mindestens einmal pro Woche heftig und versöhnten sich wieder. Pilar hatte Fredo Letal immer lieber gemocht. Er gehörte zu ihrer Taucherclique, und sie hatte sich darauf gefreut, ihn wiederzusehen. Miguel schüttelte den Kopf und setzte zu einer Erklärung an, die im Lärm um sie herum unterging. Die Musik war zu laut, um sich zu unterhalten. Sie machte ihm ein Zeichen, dass sie sich später noch sehen würden, und ließ sich in die Menge gleiten wie in ein heißes Bad. Im selben Augenblick hatte sie ihn vergessen und ließ sich vom Rhythmus davontragen in die glückselige Anonymität.

Am anderen Ende der Nacht stand Azur plötzlich vor ihr, als sie allein auf eine letzte Margarita an der Bar saß. Das Gesicht der DJane war gezeichnet von Erschöpfung, doch sie war aufgeputscht und in ihrer heiseren Stimme schwang ein Hauch von Hysterie mit.

»Da bist du. Ich wollte mit dir sprechen. Du musst mir helfen. Fredo ist seit Pfingsten verschwunden. Ich wollte es der Polizei melden, aber die haben mich ausgelacht. An dem Abend, an dem er weggegangen ist, haben alle gesehen, wie er einen Unbekannten angebaggert hat, nur um mich zu ärgern. Du weißt, wie eifersüchtig ich bin. Wir haben uns gestritten. Zeugen haben gehört, wie er gesagt hat, er würde mit seinem neuen Kumpel rausfahren, ob mir das nun passt oder nicht. Die Polizei beruft sich auf diese Idioten. Aber seitdem sind drei Wochen vergangen. Er hat noch nie so lange nichts von sich hören lassen. Und auf seinem Handy erreiche ich ihn auch nicht. Das ist nicht normal. Wir hatten Termine. Er sollte mit mir arbeiten, und mit Miguel auch. Keiner glaubt mir, wenn ich sage, dass ihm etwas zugestoßen sein muss. Ich habe gehört, du bist inzwischen bei den Bullen. Hilf mir, ihn wiederzufinden. Du hast Fredo doch immer gemocht. Im Hafen von Palma soll eine blutverschmierte Sunseeker angetrieben worden sein. Seitdem bin ich halb tot vor Angst. Kannst du dich umhören? Mir wollten sie nichts sagen. Das letzte Mal, als ich meinen Bruder gesehen habe, ist er mit diesem Typen, der aus dem Nichts aufgetaucht ist, auf genau so ein Boot gestiegen.«

Es war fünf Uhr morgens. Miguel tauchte wieder auf. Beleidigt, weil Pilar ihn stehengelassen hatte, um allein zu tanzen, war er auf eine andere Party gegangen. Er bestätigte das rätselhafte Verschwinden von Fredo.

»Stimmt, die totale Funkstille passt nicht zu ihm. Aber vielleicht hat er die Liebe seines Lebens getroffen. Oder der Typ hat ihm ein tolles Angebot gemacht und ihn nach Ibiza oder sonst wohin abgeworben. Ich glaube, er hatte einfach Bock auf eine Pause, und ehrlich gesagt, ich kann ihn gut verstehen«, fügte er leise mit einem Blick auf Azur hinzu, die an Pilars Schulter schluchzte.

Mitfühlend bot er Azur an, sie nach Hause zu bringen. Pilar versprach, sich umzuhören. Beunruhigt stellte sie fest, dass die verlassene Sunseeker einer der Fälle war, die sie letzte Woche mit dem Spurensicherungsteam untersucht hatte. Es wäre ihr aufgefallen, wenn es eine Spur von Fredo Letal auf dem Boot gegeben hätte. Die Untersuchung hatte nichts ergeben. Weder Waffen noch Drogen, dafür jede Menge Blut. Auf dem gemieteten Boot hatte ein Gemetzel stattgefunden. Noch wusste man nicht, ob es sich um ein Verbrechen oder einen Unfall handelte. Pilar hatte sich sogar gefragt, ob es nicht einen Zusammenhang zwischen all dem Blut und dem abgeschnittenen Arm von La Portella gab, aber Olazabal hatte ihre Vermutung wie immer verächtlich vom Tisch gewischt. Ein weiteres Rätsel auf der frustrierenden Liste der noch ungelösten Fälle. Um Azur zu beruhigen, schlug sie vor, einen DNA-Test durchzuführen, um zu überprüfen, ob das Blut auf den Bänken von Fredo stammte. Gerónimo würde sich über diesen neuerlichen Alleingang aufregen und ihr eine Predigt halten. Darauf kam es auch nicht mehr an. Die arme Azur beruhigte sich angesichts des Versprechens und dankte ihr mit dem Überschwang einer Betrunkenen.

Die echten Dämonen sind um ein Vielfaches mächtiger als in unserer Vorstellung. Ihren Beruf als Kriminaltechnikerin auf Mallorca auszuüben war etwas völlig anderes als ihre Ausbildung in fremden Städten. Die Orte zu kennen und die Menschen brachte ihre Bezugspunkte durcheinander, änderte ihren Blickwinkel und beeinträchtigte ihr Urteilsvermögen. Aber dies war weder die Zeit noch der Ort, um über die Folgen ihrer Rückkehr nachzudenken. Das Motorrad fand den Weg zurück allein. Pilar ging in ihr Hotel und schlief wie ein Stein.

Als sie spät am Sonntag aufwachte, waren es ungefähr vierzig Grad im Schatten und sie hatte nur einen Gedanken: schwimmen. Sie stieg wieder aufs Motorrad und fuhr zu einer einsamen Bucht am Fuß eines Felsvorsprungs. Bruno wäre ziemlich wütend, wenn er sehen könnte, was sie mit seinem alten Motorrad anstellte. Sie erinnerte sich, dass die Stelle, die sie suchte, am Ende dieses holprigen Weges liegen musste. Wie durch ein Wunder war der kleine Strand mit den Pinien noch immer unberührt. Genüsslich tauchte Pilar in das kristallklare Wasser ein, das über dem sandigen Grund türkis schimmerte. Das Schwimmen lockerte sanft ihre verspannten Muskeln. Die Tränen kamen wie ein Gebet, eine Reaktion auf die hinter ihr liegenden Wochen nervlicher Anspannung. Salz zu Salz. Der Sprung ins Wasser spülte den Anblick der Leichen und der klaffenden Wunden aus ihren Augen, deren Totentanz sie noch in ihren Träumen verfolgte und die Vergangenheit mit der Gegenwart vermischte. Diese Insel würde sie noch zugrunde richten, dachte sie, während sie sich nervös wieder anzog, wie ein Soldat, der nach einem kurzen Waffenstillstand seine Uniform wieder anlegt und in den Kampf zurückkehrt.

»Wenn das so weitergeht, haue ich ab nach Australien!«, sagte Pilar laut zu sich selbst, als sie das Motorrad startete.

21   »Seit dem ersten Juni läuft alles schief. Ich hab die Nase voll und mir tut alles weh!«, beklagte sich Bruno bei Rafael Cardell, dem Akupunkteur, auf dessen Behandlungstisch er ausgestreckt auf dem Bauch lag.

Es war Mittag und er hatte Hunger. Rafael hatte ihm den Gefallen getan, ihn zwischen zwei Terminen einzuschieben. Im Sommer war sein Wartezimmer immer voll. Bruno mochte seine Art, in einem Körper zu lesen wie in einem Buch und klar und deutlich zu sagen, was er sah. Ob man nun an die Macht der Nadeln glaubte oder nicht, es war nicht zu leugnen, dass der Akupunkteur die Schmerzen und Verspannungen linderte, die seinen Patienten das Leben vergällten.

Rafaels Diagnosen verblüfften ihn ein ums andere Mal und so auch heute:

»Du lebst unter einem schlechten Mond, mein Alter. Alles verkrampft, eingerostet und total verspannt. Am Freitag war Neumond, da sollte es dir eigentlich besser gehen. Du kennst doch die Redewendung *Lluna creixent muda la gent*. Der Neumond macht die Menschen neu.«

»Du erzählst vom Neumond, Ocho vom blauen Mond. Was habt ihr bloß plötzlich alle mit eurem Mond?«

»Mit dem blauen Mond ist es wie mit dem weißen Wolf. Es gibt ihn nicht oft, und er ist nicht blau. Man spricht vom blauen Mond, wenn innerhalb eines Kalendermonats zum zweiten Mal Vollmond ist. Ein seltenes Phänomen, das heutzutage niemandem mehr auffällt, früher jedoch die Gemüter in Aufruhr versetzte. Du hast Glück. Wir haben Juni 2007, und am dreißigsten wird der Mond blau sein. Der letzte Vollmond war am ersten Juni.«

»Das habe ich gemerkt, vielen Dank. Alle Irren der Insel waren unterwegs. Unglaublich diese Geschichte vom blauen Mond. Wieso bringt einem so was niemand bei auf der Polizeischule? Nur damit ich Bescheid weiß – wann wird der nächste blaue Mond sein?«

»Nicht vor Dezember 2009. 1999, im letzten Jahr des Jahrtausends war zweimal blauer Mond. Einmal im Januar und einmal im März. Vollmond am ersten oder zweiten und blauer Mond am dreißigsten oder einunddreißigsten. Das verunsichert die Leute. Mehr braucht es nicht, damit Legenden und Aberglauben entstehen.«

»Seit der Mensch gelernt hat, aufrecht zu gehen, wird er vom Mond angezogen«, beschwerte sich Bruno. »Und bei Vollmond lässt er nichts aus, das kann ich dir sagen. Gleich zwei davon in einem Monat, das halte ich nicht aus.«

»Die Alten wussten über all das noch Bescheid. Der Mond spielt eine große Rolle in unserer mallorquinischen Mythologie. Das Leben auf der Insel wird von ihm bestimmt. Selbst die Gezeiten gehorchen ja dem Himmel. Vor dem Neumond kommt *la lluna vella*, der Altmond, der Mond der Bauern. Der richtige Zeitpunkt, um Samen für die Früchte auszubringen, die über der Erde wachsen oder die eingelagert werden sollen. Der abnehmende Mond verzögert das Wachstum der Pflanzen. Nägel und Haare wachsen langsamer nach, wenn man sie in dieser Zeit schneidet. Auch die Frauen haben dieses Wissen. Ihr Körper ist viel empfänglicher für die Mondphasen als der von uns Männern. Unsere Vorfahren gehorchten den Regeln, die die Erfahrung sie lehrte, und uns, die wir uns für so schlau halten, bedeuten sie nichts mehr. Für sie war der alte Mond der Mond der tausend Gefahren. Der, der sie schwächt. Auch dafür haben wir ein Sprichwort: *La lluna del pagès, te mals girant, no està per joc d'infants, i alena espès*. Der Bauernmond führt dich in die Irre, mit ihm ist nicht zu spaßen, er raubt dir den Atem.«

»Ich habe eher den Eindruck, er raubt mir die Energie.«

»Statt dir ein neues Motorrad zu kaufen, hättest du dir lieber ein Fahrrad besorgen sollen, um ein bisschen Sport zu treiben.«

Während sie sich unterhielten, hatte Rafael seine Nadeln gesetzt. Er befahl Bruno, sich auszuruhen, und verschwand. Bruno döste zu pseudo-orientalischen Klängen vom Band, die ihn eigentlich entspannen sollten, ihm aber so sehr auf die Nerven gingen, dass sie ihn davon abhielten, ganz einzuschlafen. Eine halbe Stunde später war ein Klingeln zu hören, und der Akupunkteur kam zurück, um die Nadeln wieder zu entfernen. Warum musste er, wenn Rafael bestimmte Nadeln entfernte, einatmen und bei anderen ausatmen? Das war das Mysterium des Glaubens an eine Medizin, die den Menschen in ein Kraftwerk verwandelt, Pannen behebt und mithilfe von Nadeln den Strom wieder durch die alten Leitungen fließen lässt. Er hatte volles Vertrauen zu Rafael, der seinen Beruf nicht aus zweiter Hand oder Büchern erlernt hatte, sondern an der Quelle, im Verlauf langer Studienaufenthalte in China.

»Wie wär's, wenn du mir von diesem merkwürdigen Kunden erzählst, den du zu Margalida geschickt hast«, fragte Bruno. »Sie hat ihn Angela als eine Art Dämon beschrieben.«

»Ich behandle den Körper. Margalida liest in den Seelen und heilt sie. Auf diesem Mann lastete ein Fluch wie eine unheilvolle Aura. Manche Menschen tragen etwas Unaussprechliches mit sich herum, das sie krank macht. Eine Art versteckte Trauer, die ihren Körper mit Stigmata versieht. Bei ihm sah es aus wie eine besonders heftige Sonnenallergie. Eine meiner Kundinnen aus La Mola, die ich von ihrer Gürtelrose geheilt habe, hat ihm meine Adresse gegeben. Der Mann war ein Landsmann von ihr, ein blonder Deutscher, ziemlich bullig, unsympathisch und mit einem grässlichen Ausschlag. Ich habe lieber die Finger von ihm gelassen und ihn zu meiner Großmutter geschickt.«

»Sie hat Angela erzählt, seine Aura sei tiefschwarz. Ich weiß nicht, ob die Farbe der Aura der der Seele entspricht.«

»Meine arme Margalida hat einen Heidenschrecken bekommen. Sie behauptet, der Gute schmort im Höllenfeuer, und schlägt jedes Mal drei Kreuze, wenn sie von ihm spricht. Sie ist ihn losgeworden, indem sie ihn zur Apotheke geschickt hat, um eine Salbe zu kaufen. Seitdem hat ihn keiner mehr gesehen.«

»Auch eine Möglichkeit, ihn zum Teufel zu jagen.«

»Und du, hast du das Rätsel um die Feuer auf La Dragonera gelöst?«

»Reden wir lieber nicht davon. Ich habe ein ganzes Wochenende damit zugebracht, die Insel vergeblich zu umrunden.«

»Irgendetwas ist faul an der Sache«, beharrte Rafael. »Schwer zu sagen, ob jemand tatsächlich die Aufmerksamkeit auf die Insel lenken oder vielmehr von irgendetwas ganz anderem ablenken will. Es würde mich nicht wundern, wenn sich herausstellt, dass dahinter irgendeine Immobiliengeschichte steckt.«

»Unmöglich. La Dragonera ist Naturschutzgebiet. Der Zugang zur Insel ist streng reglementiert. Du kannst dir nicht vorstellen, wie viele Genehmigungen du einholen musst, um dort an Land zu gehen.«

»Gerüchte sind wie Seeschlangen. Alle halten sie für Fabelwesen, bis sie zubeißen oder sogar töten. Wenn ein besonders gerissener Spekulant einen Weg gefunden hat, seine Rechte auf La Dragonera in bare Münze umzuwandeln, glaub mir, Bruno, dann fließt Blut noch vor dem blauen Mond.«

22 »Wir treffen uns heute Abend um acht in der Klinik von Doktor Cirer«, hatte Brunos Nachricht gelautet.

Und so saßen sie nun im ultramodern, mit dunklem Holz und gefrostetem Glas eingerichteten Büro des Chirurgen und warteten. Montaner, der sich auf das riesige Ledersofa hatte fallen lassen, fühlte sich nicht allzu wohl. Wenn Antonio Cirer bei der Analyse der Indizien, die er von La Dragonera mitgebracht hatte, auf etwas gestoßen war, bedeutete das zwar vielleicht einen neuen Anhaltspunkt für die Ermittlungen, gleichzeitig aber auch jede Menge Ärger für ihn selbst. Das war der Grund, weshalb er an diesem Montagabend die Verantwortlichen der Spezialeinheit und Bauza zu einer inoffiziellen Besprechung gebeten hatte.

»Das nenne ich ein Labor«, sagte Gerónimo, der neben ihm saß, bewundernd. »Hier sieht's aus wie in den amerikanischen Serien, in denen sie den Leuten weismachen, dass sich Kriminaltechniker in einer Science-Fiction-Welt bewegen. Und wir allmächtige Hellseher mit Scannern, Elektronenmikroskopen, Datenbanken und dem ganzen chemischen Schnickschnack sind.«

»Auf die Ergebnisse kommt es an«, beruhigte ihn Bruno. »Und in der Hinsicht brauchst du dich vor keinem noch so berühmten Experten zu verstecken. Im Vergleich zu früher haben sich die Ermittlungsmethoden radikal verändert. Und ein Ende ist keineswegs abzusehen. Hast du gewusst, dass sie jetzt Methoden zur Auswertung von Körpergerüchen entwickeln, um Verdächtige mithilfe des Geruchsprofils, das sie am Tatort hinterlassen haben, zu überführen? Irgendwie erschreckend. Wie weit wird das noch gehen?«

»Wunder sind aber trotz aller technischen Fortschritte nicht zu erwarten«, behauptete Gerónimo. »Wenn der Ermittler die Ergebnisse der Kriminaltechniker nicht richtig auswertet und keine logische Verbindung herstellt, gibt es auch keine Beweise.«

Er war überrascht, Juan Bauza hereinkommen zu sehen. Montaner hatte also ein Treffen der Chefs einberufen. Er wusste nicht, ob er sich geschmeichelt fühlen oder darüber ärgern sollte, dass er dazu eingeladen war.

»Wisst ihr schon das Neueste von Olazabal?«, warf Gerónimo in die Runde, um die Wartezeit bis zum Eintreffen von Cirer zu verkürzen. »Er hat die Spezialeinheit als Hobbykommissare bezeichnet. Ich dachte, Pilar stopft ihm gleich seine Fliege in den Rachen.«

»Dabei hat er nicht mal unrecht«, versetzte Montaner. »Wenn wir ihm das Gegenteil beweisen wollen, müssen wir schneller vorankommen. Und das ist auch der Grund für die heutige Besprechung auf neutralem Boden, fernab der Gerüchteküche.«

Bauza wollte etwas erwidern, blieb aber stumm, als Antonio Cirer hereinkam. Der Chirurg, schlank und elegant in seinem blauen Kittel, entschuldigte sich für die Verspätung. Sie setzten sich an die von unten beleuchtete Glasplatte, die ihm als Schreibtisch diente. Bruno räusperte sich.

»Am Sonntag, dem dritten Juni, also an dem Tag, als ihr das Päckchen von La Portella sichergestellt habt, habe ich mich ein wenig auf La Dragonera umgesehen«, wagte er den Sprung ins kalte Wasser.

Juan Bauza fuhr hoch, schüttelte den Kopf und beschloss dann, schweigend weiter zuzuhören, bedachte Bruno allerdings mit einem scharfen Blick. Er hoffte, dass der Zweck die Mittel heiligte.

»Es gibt eine verborgene Anlegestelle, auf der dem Meer zugewandten Seite, am Fuß des Més Alt«, fuhr Montaner fort. »Taucher und die Fischer aus Port d'Andratx kennen sie, sie stammt noch aus der Zeit der Schmuggler. Vor uns hatte dort ein Zodiac angelegt. Jemand hatte es an Land gezogen. Das war noch deutlich auf dem Strand zu sehen. Ich bin an Land gegangen und den ganzen Weg bergauf Fußabdrücken und einer Spur aus abgebrochenen Ästen gefolgt, die ein großer und schwerer Gegenstand verursacht hat«, erklärte er und breitete Fotos vor ihnen aus.

»Nicht schlecht für einen Schreibtischhengst«, lästerte Gerónimo. »Ganz schön steil. Du bist fit.«

»Oben habe ich dann die Reste einer Feuerstelle entdeckt. Die Steine waren im Dreieck angeordnet. Keine Ahnung, was das zu bedeuten hat. Die Fischer haben nicht geträumt, es hat tatsächlich jemand Feuer auf La Dragonera gemacht. In der Umgebung habe ich zwei verschiedene Fußspuren gefunden, von Espadrilles und schweren Stiefeln wie Doc Martens. Hier sind die Aufnahmen. Die Qualität ist nicht besonders, weil ich nur mein Handy dabeihatte. Außerdem habe ich auf einem Felsen eine schwarze Substanz entdeckt und eine Probe davon mitgenommen. Und diese verkohlten Reste, die sich in der Asche befanden«, fügte er hinzu, während Cirer weitere Abzüge vor ihnen ausbreitete.

»Tut mir leid, ich habe mir ein paar Freiheiten genommen«, bekannte Bruno schlicht.

»Du hast gegen alle Regeln verstoßen, und man könnte dir vorwerfen, einen Tatort versaut zu haben«, brummte Gerónimo. »Es ist allerdings nur allzu wahr, dass Olazabal niemals grünes Licht gegeben hätte, aufgrund vager Vermutungen auf der Insel zu ermitteln. Ohne frisches Blut oder besser noch eine Leiche am Stück kommt man bei ihm nicht weit. Mit Proben von schwarzen Substanzen und verkohlten Resten gibt der sich nicht ab und schon gar nicht mit Intuition. Er hätte uns zum Teufel gejagt, und die Spuren wären für immer weg gewesen. Das bedeutet, wenn uns nichts einfällt, das deinen unerlaubten Ausflug auf die Insel rechtfertigt, sind die Ergebnisse juristisch nicht verwertbar. Und wenn Olazabal auch nur den geringsten Verdacht hegt, dass du auf verbotenem Gelände einen Alleingang unternommen hast, wird er sich die Gelegenheit nicht entgehen lassen, dich in die Pfanne zu hauen. Ich werde es ihm aber sicher nicht auf die Nase binden. Also, Doktor Cirer, was ist das?«

»Der Überrest eines menschlichen Knochens«, antwortete der Chirurg. »Sehr wahrscheinlich ein Fingerknochen, und zwar die Phalanx proximalis. Man müsste die Feuerstelle näher untersuchen, um auch die Phalanx media und die Phalanx distalis zu finden. Sehen Sie, das Grundgelenk des Fingers ist zertrümmert. Ich würde es gerne mit der verstümmelten Hand von La Portella vergleichen. Ich bin fast sicher, dass ein Zusammenhang zwischen den beiden Fällen besteht.«

Alle begannen durcheinanderzureden. Bauza bellte, das sei nichts weiter als eine Vermutung und Olazabal wäre mit Recht wütend, wenn er wüsste, dass ein anderer Rechtsmediziner seine Nase in seinen Fall steckte. Montaner wiederholte, dass er es ja gleich gewusst habe, und Diaz schrie in die Runde, dass es kein Zufall sein könne, am selben Tag eine Hand mit fehlendem Ringfinger in La Portella zu finden und ein Stück verkohlten Fingerknochen auf La Dragonera.

Cirer bat um Ruhe:

»Bei der schwarzen Substanz auf dem Felsen, von der Bruno eine Probe genommen hat, handelt es sich tatsächlich um Blut. Eine Vergleichsanalyse der Knochen und der DNA steht noch aus. Dafür benötigen wir eine Genehmigung«, fügte er mit einem Seitenblick auf Bauza hinzu. »Als Erstes müssen wir feststellen, wie viele Leichen wir suchen. Eine, zwei oder drei. Ich möchte anmerken, dass die Feuerstelle auf La Dragonera zu klein ist, um dort mehr als einen Finger zu verbrennen. Ich habe bisher nur Fotos des verkohlten Schädels aus Son Reus gesehen, aber ich kann Ihnen versichern, dass es irgendwo eine weitere, deutlich größere Feuerstelle geben muss. Vielleicht ebenfalls auf La Dragonera? Die Fischer haben von mehreren Feuern gesprochen. Meiner Meinung nach sollten Sie unverzüglich auf die Insel zurückkehren.«

»Alle Achtung, Montaner«, scherzte Gerónimo, über die Fotos gebeugt, »du hast das Zeug zum Kriminaltechniker. Sag Bescheid, wenn dich Bauza irgendwann wegen mangelnder Disziplin rauswirft. Du kannst dann bei mir anfangen.«

Bruno feuerte einen wütenden Blick auf ihn ab, aber wider Erwarten hob Bauza versöhnlich die Hände:

»Ihr seid mir eine schöne Truppe«, seufzte er. »Ich hätte wissen müssen, dass Montaner einen Weg finden würde, auf La Dragonera zu landen. Da es aber nun mal passiert ist, müssen wir überlegen, wie wir vorgehen, um den Schaden zu begrenzen und die gefundenen Beweise für die Ermittlungen heranziehen zu können. Die Spur des Zodiac auf dem Strand könnte bereits einen mündlichen Einsatzbefehl rechtfertigen. Die Naturschützer der GOB werden wettern, aber es ist schließlich nicht meine Schuld, wenn dort am Wochenende niemand zu erreichen ist. Wir erklären ihnen einfach, dass wir ermittelt haben, um die gefährlichen Brandstifter zu fassen, und dabei natürlich so schonend wie möglich vorgegangen sind. Ob nun aus Unwissenheit oder mit kriminellen Absichten, es waren schließlich diese Eindringlinge, die ihr Heiligtum entweiht haben, und nicht wir! Und ich habe nicht die gesamte Truppe hingeschickt. Nur einen einzigen Mann, der aufgrund seiner erkennungsdienstlichen Fähigkeiten ausgewählt wurde. Ich wollte keinen Wirbel machen, bevor die Ergebnisse unserer Untersuchung vorliegen. Damit müssten wir durchkommen. Richterin Bernat schulde ich allerdings die Wahrheit. Auf sie wird es am Ende ankommen. Nur sie kann Cirer Zugang zur gesamten Akte gewähren. Das wird kein Spaß, ihr zu erklären, wie ihr Stoßtrupp mit den gesetzlichen Bestimmungen umgeht. Ihr könnt euch glücklich schätzen, dass ich mich um den Papierkram und die Genehmigungen kümmere. Und prescht nicht noch weiter vor. Ich habe noch etwas anderes zu tun, als eure Dummheiten auszubügeln. Hast du noch mehr solcher Enthüllungen auf Lager, bevor ich damit anfange?«, wandte er sich brüsk an Montaner.

»Man erzählt sich momentan so einiges über La Dragonera«, sagte Bruno.

Unbeweglich und ohne mit der Wimper zu zucken, hatte er die Vorwürfe eingesteckt und dachte nur noch an den fantastischen Schub, den Cirer ihren Ermittlungen eben unfreiwillig gegeben hatte. Zum ersten Mal in den letzten drei Wochen hatte er nicht das Gefühl, auf der Stelle zu treten.

»In Port d'Andratx haben sie die alte Geschichte von einem Immobilienprojekt für Milliardäre auf La Dragonera wieder aufgewärmt«, erklärte er zögernd. »Ein heikles Thema. Ich habe mich ein wenig umgehört. Es ist die Rede von einem Geschäftsmann, der angeblich einen Weg gefunden hat, das Statut auszuhebeln, das die Insel zum Naturschutzgebiet erklärt, und der die Insel wieder zum Kauf anbieten will. Ich glaube nicht daran. Aber wir wissen alle, dass mit Geld fast alles zu kaufen ist und dass in solchen Geschichten meist auch ein Fünkchen Wahrheit steckt. Außerdem hat mein Freund Baltasar Morey, ein Experte für antike Bücher, mir erzählt, dass eine sehr kostbare Karte der Insel aus dem dreizehnten Jahrhundert gestohlen wurde. Das alles ist nicht sonderlich konkret, passt aber erschreckend gut zusammen. Gerüchte eben, die eine Menge Staub aufwirbeln. Vereinzelte Fakten, die scheinbar nichts miteinander zu tun haben. Und alles dreht sich um La Dragonera. Dank Antonio haben wir nun schneller als erwartet einen Zusammenhang zwischen den Feuern auf La Dragonera und dem Päckchen aus La Portella herstellen können. Das muss vorläufig geheim bleiben. Olazabal braucht momentan nichts zu erfahren. Irgendwo da draußen gibt es noch immer eine Leiche. Vielleicht sogar zwei oder drei. Verstümmelt, verbrannt, gefoltert. Solange wir die nicht gefunden haben, sind unsere Ermittlungen lückenhaft und nicht tragfähig. Haben wir es mit einem Serienmörder zu tun? Oder mit einem gigantischen Betrug? Dient die sorgfältig inszenierte Entdeckung dieser Leichenteile dazu, jemanden einzuschüchtern? Es könnte alles sein. Wir können uns glücklich schätzen, dass es uns gelungen ist, die Presse von Son Reus fernzuhalten. Aber es kann immer etwas durchsickern. Erst recht in Olazabals Behörde. Wir werden uns weiter durchbeißen und an einem Strang ziehen«, schloss Montaner. »Eines ist nämlich sicher, das Schlimmste kommt erst noch. Wie ich vor Kurzem erfahren habe, steht uns nach dem ereignisreichen Vollmondwochenende des ersten Juni Ende Juni ein weiterer Vollmond bevor. Die Alten bezeichneten dieses Phänomen offenbar als blauer Mond. Wer weiß, was Ende dieser Woche passieren wird, am dreißigsten Juni, wenn der Mond blau sein wird?«

23 Der Duft eines Feigenbaums hüllte den Balkon in Can Barbarà ein, wo Pilar den Tisch für drei gedeckt hatte.

Zwei Stunden zuvor hatte sie Bruno Montaner angerufen, um ihm mitzuteilen, dass sie am nächsten Tag auf einen Sprung in Son Nadal, dem Besitz ihres Großvaters, vorbeischauen wollte.

»Samstag ist ein guter Tag dafür«, erklärte sie ihrem Cousin. »Da besteht keine Gefahr, dass ich plötzlich Horacio gegenüberstehe. Am Wochenende geht er auf die Rennbahn. In Manacor ist Trabrennsaison. Aber ich will, dass du Bescheid weißt. Falls ich nicht wieder auftauche, weißt du, wo du mich suchen musst«, fügte sie ein wenig nervös hinzu.

Bruno entging ihre Anspannung nicht. Die Rückkehr nach Son Nadal stellte sie auf eine harte Probe.

»Heute Abend bin ich eigentlich mit Baltasar zum Essen verabredet«, sagte er. »Normalerweise treffen wir uns samstags, aber dieses Wochenende habe ich Dienst. Du könntest uns zu dir einladen. Ich weiß, dass das morgen nicht einfach wird für dich. Wir verbringen den Abend vor der Schlacht zusammen. Weißt du, mutig zu sein bedeutet nicht, dass du das allein durchstehen musst. Deck den Tisch und lass uns nur machen. Wir kümmern uns um alles.«

Wein, eingelegte Oliven mit dem Aroma von Olivenholz. Olivenöl aus Sóller. Eine riesige, sorgfältig aufgeschnittene Fleischtomate. Frischkäse. Feigenbrot. Etwas Herzhaftes, um gegen die Angst anzukämpfen. Man konnte meinen, sie hätten den *Colmado Santo Domingo* geplündert, das berühmteste Feinkostgeschäft für mallorquinische Spezialitäten in ganz Palma. Baltasar schwenkte triumphierend einen *camaiot*, eine mit großen Stichen in die Haut eingenähte und wie ein Säckchen zugebundene Wurst vom Schweinskopf.

»Gib mir ein Messer, ich werde ihn aufschneiden. Aber dass du ihn mir ja nicht in den Kühlschrank stellst! Ihr modernen jungen Frauen habt die krankhafte Angewohnheit, alles im Kühlschrank aufzubewahren, und dabei verliert es dann seinen Geschmack.«

In ihrem Rücken strahlten die Steine der Mauer die Gluthitze des Tages ab. Das Atmen fiel schwer. Ein Gewitter hing in der Luft und drohte sie zum Verstummen zu bringen, was die merkwürdige Anspannung, in der sie sich befanden, nur noch steigerte. Die Geheimnisse der Vergangenheit lasteten schwer auf ihren Seelen, die zu schwach waren, um sich ihnen zu stellen. Pilars Gesicht war düster und verschlossen. Sie hatte das Gefühl, dass der Tod umging. Zu viele Geister suchten diese Insel heim. Zu viele Bedrohungen umgaben sie. Bruno hatte ihnen von den beiden Vollmonden in diesem Juni erzählt, und in ihren Ohren klang die Geschichte wie ein Fluch. War sie nicht nach sechs Jahren Abwesenheit am ersten Juni, dem Tag des ersten Vollmonds, zurückgekehrt? Stand sie also seit ihrer Ankunft unter seinem Einfluss? Morgen, wenn der Sturm losbrach und der Mond blau sein würde, würde sie die Wahrheit erfahren.

Wie auf ein geheimes Zeichen setzte das Zirpen der Zikaden plötzlich aus. Wind kam auf.

»Der Vorbote des Gewitters«, warnte Montaner.

»Was wäre, wenn ich euch erzählen würde, dass der erste Kriminaltechniker in der Geschichte ein griechischer Dichter und Zeitgenosse von Pythagoras war?«

Das war typisch Baltasar. Er hatte einen Weg gefunden, das Gespräch wieder aufzunehmen, und er würde sich nicht mehr davon abbringen lassen, seine Geschichte zu erzählen.

»Was erfindest du da wieder?«, protestierte Montaner, der den Trick durchschaute.

»Ich finde es interessant«, sagte Pilar.

»Die erste Tatortbeschreibung stammt aus dem fünften Jahrhundert vor Christus, gut hundert Jahre vor Plato und Aristoteles«, begann Baltasar. »Der ehrwürdige Skopas plante ein prunkvolles Bankett für seine Freunde und bestellte sich selbst zu Ehren eine Ode bei dem Dichter Simonides. Sie sollte der Höhepunkt des Fests werden. Am Tag der Feier hatte der glücklose Dichter noch immer keine Inspiration. Die Verdienste seines hochmütigen Mäzens waren zu mager, um sie in mehr als sechzig Versen zu preisen. Es erschien ihm geschickt, die Lobrede mit einer meiner Ansicht nach sehr gelungenen Passage über die Dioskuren, die göttlichen Zwillinge Castor und Pollux, auszuschmücken. Skopas war sehr ver-

131

ärgert und zahlte ihm nur die Hälfte des vereinbarten Honorars. Er brachte die gesamte Gesellschaft zum Lachen, als er ihn losschickte, sich die andere Hälfte von Castor und Pollux bezahlen zu lassen, die schließlich auch einen Teil der Lobrede für sich beanspruchen konnten. So hätte die Geschichte geendet, wenn nicht ein Diener Simonides ins Ohr geflüstert hätte, dass zwei junge Männer ihn dringend an der Tür des Hauses erwarteten. Er ging hinaus, doch da war niemand, und er glaubte, jemand hätte ihm einen Streich gespielt. Genau in diesem Moment stürzte die Decke des Festsaals ein und begrub Skopas und seine Gäste unter sich. Die Dioskuren hatten das Leben des Dichters aus Dank für seine eloquenten Verse gerettet. Es herrschte ein unbeschreibliches Chaos. Die Angehörigen der verschütteten Gäste irrten durch die Trümmer und waren nicht in der Lage, die zermalmten Überreste ihrer Toten zu identifizieren. So bemühte schließlich Simonides sein hervorragendes Gedächtnis. Zu jener Zeit gab es noch keine Bücher. Doch die Dichter kannten außer ihren eigenen Werken die Tausende von Versen der *Ilias* und der *Odyssee* auswendig und trugen sie in der Öffentlichkeit vor. Daher erinnerte sich Simonides genau an den Platz jedes einzelnen Gastes bei Tisch. Mit seiner Hilfe gelang es, einen Plan des Saals anzufertigen und so die Opfer zu identifizieren und zu begraben. Siehst du, Pilar, ich habe nicht übertrieben, als ich sagte, dass der Dichter Simonides dein sehr entfernter, antiker Vorgänger war.«

»Die Ordnung des Ortes bewahrt die Ordnung der Dinge«, meine Pilar nachdenklich. »Leider gilt dasselbe auch für die Unordnung. Am Tatort ist sie genauso aussagekräftig.«

»Sie sind zu beneiden, diese geordneten Geister, die es verstehen, in ihrem Gedächtnis Paläste zu errichten, und dort ihre Erinnerungen auf ewig an derselben Stelle vorfinden!«, rief Baltasar aus. »Der gute alte Simonides hat aus seiner banalen Beobachtung eine unfehlbare Technik gegen das Vergessen und den Tod entwickelt. Die Erinnerung an einen Ort kann dort, wo der Tod Verwirrung und Unordnung gestiftet hat, Ordnung und Logik wiederherstellen. Die Indizien und Spuren, die du sicherst, sind wie der Faden der Ariadne auf dem Weg zur Wahrheit. Sie alleine reichen nicht aus, um das Rätsel zu lösen, doch sie sind nötig, um es aus dem Gewirr zu befreien, in dem es sich verbirgt, es zuverlässig zu deuten und den Mörder zu entlarven. In der Antike wärst du angebetet worden. Die Fotografin der Toten. Sie hätten dich als eine Göttin des Lichts verehrt. Als Alter Ego von Charon, des Fährmanns der Unterwelt, hättest du in seinem Boot die Wahrheit ans Licht gebracht. Die Sibylle der Indizien. Du hast dir doch noch ein paar Lateinkenntnisse bewahrt? Erinnere dich an den Satz des Aristoteles: *Intelligere est phantasma speculari*. Denken heißt die Bilder des Geistes zu beobachten. Eine bessere Definition deines Berufs gibt es nicht, findest du nicht?«

»Stimmt, in der Theorie. Aber sag mir lieber, was ich morgen in Son Nadal tun soll«, murmelte Pilar mit gesenktem Kopf. »Wie soll ich weiterhin die Bilder meines Geistes beobachten, wenn es die schmutzigen Bilder meiner Vergangenheit sind?«

Nachdem sie sie damit ins Vertrauen gezogen hatte, sprach Pilar von ihrem alten Freund Fredo Letal und was für ein seltsames Paar er und seine eifersüchtige Schwester abgaben. Bruno erzählte von seiner Konferenz bei Antonio Cirer, und auf seine Bitte hin berichtete Baltasar Pilar von der merkwürdigen Geschichte des *Atlas catalán* der Familie Más, der in Hamburg zum Verkauf angeboten wurde. Er erwähnte die verschwundene Karte von La Dragonera, an die auch Pilar sich noch erinnern konnte.

»Ich werde mich mal umhören, ob in Son Nadal eingebrochen worden ist oder jemand absichtlich die Familienbibliothek ihrer Schätze beraubt«, versprach sie. »Wenn es Geldsorgen gibt, werde ich es erfahren, ohne danach fragen zu müssen. Aber rechnet nicht damit, dass ich mit meinem verfluchten Großvater oder Grita, dem alten Biest, ein Wort wechsle.«

Beim Abschied bestand Bruno darauf, dass Pilar das Motorrad behielt. Die Ente war zu auffällig. Es war besser, sie war inkognito unterwegs, solange sie nicht wusste, wer ihr folgte. Er machte sich Sorgen um sie, doch sie lehnte seine Hilfe ab.

Als sie gegangen waren, befiel Pilar ein Putzanfall. Griffen Frauen zum Besen, weil er sie an die Zeiten erinnerte, als sie noch Hexen waren, die sich am Sabbat jederzeit auf den Besen schwingen und fliegen konnten, wohin sie wollten? Oder hatte der Besen etwas von jener Magie bewahrt, die den Hexen für die Dauer einer Vollmondnacht ihre Freiheit zurückgab? Das war nur eine der albernen Fragen, die sie sich stellte, um an nichts anderes denken zu müssen.

Zu putzen bedeutete, sich auf das Morgen vorzubereiten. Darauf, dass der Tod einen überraschte. Der Tod, der dem Alltag seines Opfers eine gewisse Extravaganz und ein groteskes Relief verleiht und der schamlos alles zur Schau stellt. Pilar kannte sich damit aus. An jedem Tatort, auch wenn er noch so banal war, herrschte scheinbar ein Riesenchaos. Ihre Fotografien enthüllten neben den Verletzungen des Körpers auch die des Ortes. Der Tod durchdrang jegliche Privatsphäre. Selbst wenn der Mord anderswo begangen worden war, wurde das Haus des Opfers zum Tatort. Der Tod verlieh den Gegenständen, Papieren und Kleidern, die die Lebenden arglos sich selbst überlassen hatten, eine neue Bedeutung. Er verschob Perspektiven, zerstreute Zweifel, verriet Angewohnheiten und heimliche Fehler. Als rufe die Unordnung der Lebenden das Verbrechen auf den Plan. Und anschließend brachte das Team der Spurensicherung Stunden im Haus des Opfers damit zu festzustellen, was dem üblichen Durcheinander des Lebens geschuldet war und was dem brutalen Eindringen des Todes.

Zu putzen bedeutete für Pilar, dass sie den Kampf gegen den Tod aufnahm. Der Unerbittlichkeit des Todes begegnete sie mit Disziplin. Stellte die Ordnung wieder her. Bei ihrer Arbeit, aber auch in ihrem eigenen Leben. Es verschaffte ihr Genugtuung zu wissen, dass der Tod, selbst wenn er sie überraschte, so wenig wie möglich von ihr preisgeben würde. Keine Unordnung würde sie verraten. Der Tod war immer ein Mörder, egal, welche Maske er trug. Ob Krankheit, Unfall oder Zufall. Am Ende waren sie alle tödlich. Sein Haus und seine Angelegenheiten in Ordnung zu halten war die einzig akzeptable Möglichkeit, sich mit dem Gedanken zu arrangieren, dass es eines schönen Tages für sie alle so weit sein würde.

Der Tod war ihr Beruf. Ihr ständiger Begleiter und ihr Mentor. Pilar war daran gewöhnt, mit den Toten zu leben. Ihre Eltern wa ren tot, ebenso wie Sergí, ihre erste Liebe. Tot war auch ihr Vertrauen in die Welt, das sie als Kind besessen hatte. Ihre Unschuld. Tot der Traum, all dem entfliehen zu können. Auf die Insel zurückzukehren und nach Son Nadal zu gehen bedeutete, sich den schrecklichen Geheimnissen der Vergangenheit zu stellen. Und Geheimnis war meist gleichbedeutend mit Tod. Auf die Más traf das in besonderem Maße zu. Diese Familie zog das Unglück an. Sie war Kriminaltechnikerin geworden, um sich zu wappnen und siegreich aus diesem Kampf hervorzugehen, solange es sich um den Tod eines anderen handelte. Bis zu jenem Tag, vielleicht schon dem morgigen, an dem sie im magischen Spiegel ihr eigenes Gesicht erkennen würde.

24

Pilar hielt an, nahm den Helm ab und versteckte ihr Motorrad im Gebüsch. Das Feld war vor Kurzem abgeerntet worden. Die hellgelben Halme knackten unter ihren Sohlen. Am anderen Ende der Ebene, am Fuße des Galatzó, überragten die beiden viereckigen Türme von Son Nadal, der riesigen Finca der Familie Más, ein Eichenwäldchen. Der Galatzó war der Magnetpol ihrer inneren Kompassnadel, die von den Erinnerungen an ihre Kindheit abgelenkt wurde. Ein Berg aus Eisen, dem die Flugzeuge auswichen, weil er mit seiner magnetischen Anziehungskraft angeblich die Instrumente störte. Hier fühlte sie sich mehr als Waise als irgendwo sonst. Und überall sonst fühlte sie sich, als lebe sie im Exil.

Dieser Landschaft gehörte sie. Nach ihr hatte sie sich gesehnt. Nach diesen trockenen Büschen. Diesem holprigen Boden. Nach dem Duft nach geschnittenem Gras, dem Holz der Olivenbäume, Steinen, Myrte und feuchter Erde, der gleichzeitig Glück und Verzweiflung in ihr wachrief.

Denn diese Landschaft war auch erfüllt von der Geschichte der Más, die es Pilar unmöglich machte, für immer hierher zurückzukehren. Die Geschichte ihrer Familie wurde beherrscht von

Trauerfällen. Und die Brutalität ihres Großvaters, Horacio Más, dem Herrn über diesen Besitz, hatte sie in eine Tragödie verwandelt. 1967 war seine jüngere Schwester Placida als Erste diesem verwunschenen Ort entflohen und hatte Juan Montaner geheiratet. Eine Más und ein Angehöriger der Guardia Civil. Was für eine unwürdige Verbindung. Weder Brunos Geburt 1968 noch der frühe Tod von Placidas Ehemann zehn Jahre später konnten eine Versöhnung herbeiführen. Das Schicksal war unerbittlich. Im gleichen Jahr, 1967, verlor Horacio seine Frau, Julia Colom. Seine einzige Liebe. Die Einzige, die jemals die Macht besessen hatte, seinen schrecklichen Charakter zu besänftigen. Nach ihrem Tod führte Julias ältere Schwester Grita Colom, eine verbitterte alte Jungfer, den Haushalt für Horacio und kümmerte sich um die beiden Kinder Léo und Yolanda, die damals zwölf und neun Jahre alt waren. Um Gritas herrischer Art und Horacios Tyrannei zu entfliehen, brannte Yolanda im Alter von sechzehn Jahren mit einem deutschen Touristen durch. Der Patriarch enterbte sie. Ihr Name durfte in seiner Gegenwart von niemandem mehr ausgesprochen werden. Er setzte alle seine Hoffnungen auf Léo. Den Sohn. Den Erben.

Für eine Weile kehrte Ruhe ein. Léo Más überließ seinem Vater die Leitung der Finca und konzentrierte sich auf die Zucht von Trabern, ihre gemeinsame Leidenschaft. Die Pokale aus jener glücklichen Zeit schmückten die Halle von Son Nadal. 1981 holte das Unglück sie ein. Léo starb plötzlich im Alter von fünfundzwanzig Jahren an den Folgen eines Unfalls – ein Pferd hatte ausgeschlagen. Seine schwangere junge Frau, Eugenia Vives, war untröstlich und starb wenig später bei Pilars Geburt. Der Patriarch war bitter enttäuscht, dass das Kind kein Junge war. Er hatte keinen Erben mehr, der diesen Namen verdient hätte.

Der Schatten einer Wolke eilte mit dem Wind über die Ebene. Pilar blieb stehen, um dem schmerzhaften Pochen ihrer Erinnerungen zu lauschen. Es war, als vernehme sie den Atem ihrer Insel. Die Ebene glich einer Muschel, in der das gleichförmige Rauschen der Stille zu hören war. Ein Murmeln erfüllte sie wie der Hauch des Meeres.

Son Nadal war eine Insel umgeben von Erde. Vor zehn Jahren hatte sie an einem Morgen wie diesem ihre Wurzeln aus der Erde gerissen und war fortgegangen. Ihr Geheimnis hatte sich in jede Furche dieser bukolischen Landschaft eingegraben, doch nur sie allein konnte es entziffern. Auch mit ihrem Schmerz war sie allein.

Im Feld neben ihr war ein Knacken zu hören, und ein großer weißer Hund stürzte sich winselnd auf sie.

»Nemesio, mein Guter, sei still, du wirst mich noch verraten!«, beruhigte sie ihn, während sie ihn umarmte, gerührt, weil er sie sofort wiedererkannt hatte. Das war es, was sie heute wiederzufinden gehofft hatte, ihr Land und ihren Hund. Mit seinem ganzen Gewicht stemmte er sich gegen ihre Beine und bettelte darum, gestreichelt zu werden. Ein herrlicher Mischling mit einem blauen und einem braunen Auge, kurzem weißem Fell, samtigen Ohren, einer eckigen Schnauze und riesigen Pfoten. Die Mutter war ein Pointer und der Vater ein Husky. Horacios liebste Jagdhündin hatte sich mit dem Hund eines Wanderers eingelassen. Empört hatte er befohlen, den Welpen zu ertränken. Doch Pilar hatte ihn mit der Hilfe von Carape gerettet, dem Schäfer von Son Nadal, der ihn später zum Schafehüten abgerichtet hatte.

Carape. Vor allem ihn wollte sie sehen. Ihren einzigen Verbündeten auf der Finca. Ihn konnte sie nach den Neuigkeiten auf Son Nadal fragen. Er würde ihr alles berichten, ohne eine Gegenleistung zu verlangen und ohne seinerseits Fragen zu stellen. Er hatte sie in jener Nacht, deren schreckliches Geheimnis sie teilten, aufgenommen wie einen verstoßenen Welpen.

Carape! Ein Fluch, den er ohne jeden Unterschied ausgerissenen Tieren, dummen Ideen, zu schnellen Autos, ungelegenen Besuchern und neugierigen Nachbarn hinterherschleuderte. So oft, dass er schließlich nach ihm benannt worden war. Julia lebte noch, als der Latino, wie Horacios andere Angestellten ihn nannten, auf der Flucht vor irgendeiner Revolution in Son Nadal gestrandet war. Ihr hatte der Herumtreiber seine Stellung als Hüter der Herden zu verdanken. Die anderen beneideten ihn und nannten ihn hinter seinem Rücken einen Revoluzzer. Einen Roten. Carape verweigerte sich zeit seines Lebens dem Fortschritt. Er verachtete das Fern-

137

sehen und hörte jeden Morgen Radio, um sich auf dem Laufenden zu halten über all die Konflikte und Veränderungen auf dieser verrückten Welt, die ihn nichts mehr angingen. Die restliche Zeit las er laut, denn er konnte lesen, oder rezitierte Gedichte, um sich die Zeit zu vertreiben. Er kannte Tausende von Versen auswendig. Pilar vergötterte ihn, und er hatte sie reich dafür beschenkt. Die *canciones* und *llantos*, die Lieder und Klagen von Lorca, Machado oder Neruda, mit denen der alte Schäfer sie in den Schlaf sang, herbe und harte Worte, die Mondkörnchen glichen, hatten sie durch ihre Kindheit getragen.

Auf seinen Stab gestützt, mit einer Zigarette zwischen den Lippen, stand Carape an seinem gewohnten Platz nahe der Zypresse. Er hatte das heisere, vor Freude erstickte Jaulen von Nemesio, das dieser nur seiner Herrin gegenüber vernehmen ließ, erkannt und erwartete sie. Pilar fiel ihm gerührt um den Hals. Mit dem Alter war der Schäfer dem Wasserverkäufer in Velasquez' Porträt noch ähnlicher geworden. Ihn hatte sie sich in ihrer einsamen Kindheit zum Vormund erwählt. Ihren Vater hatte er schon als Jungen gekannt und ihre Mutter als dessen junge Ehefrau. Er wusste alles über Pilar. Ohne ihn hätte sie nie erfahren, wie sehr sie ihrer Großmutter väterlicherseits, Julia Colom, ähnelte.

»Da bist du«, sagte er nur.

Und Pilar wusste, dass sie endlich wieder zu Hause war.

Der Tag verstrich in glückseliger Benommenheit, nur gelegentlich unterbrochen von den Bewegungen der Schafherde, die unter den Olivenbäumen weidete, Carapes knappen Befehlen und Nemesios Bellen, wenn ein Schaf sich von der Herde entfernte. Pilar erklomm den Hügel, um Son Nadal zu betrachten. Von oben war nicht eine Menschenseele in der Umgebung des Hauses zu entdecken. Die Pferde grasten auf der Koppel nahe den Ställen, es waren weniger als früher. Hatte Horacio ihren Picazo verkauft? Sie ging zurück zu Carape, um ihn zu fragen. In seiner ruhigen Art ermunterte er sie, zunächst ihm von ihrem neuen Leben zu berichten. Also erzählte sie. Von ihrem schwierigen Beruf, von der Unmöglichkeit, Nahaufnahmen von den Leichen zu machen und gleichzeitig Distanz zu ihnen zu bewahren, von den laufenden Ermittlungen, dem Empfang durch die Montaners, von Mike und der Versuchung, alles hinzuschmeißen, um ihm nach Australien zu folgen, von ihrem Haus in Can Barbarà und dem unheimlichen Unbekannten, der sie verfolgte. Carape stimmte ihr zu, dass solche Schikanen Horacio ähnlich sahen. Dann hörte sie ihm geduldig zu, wie er in aller Ruhe vom Alltag auf der Finca berichtete. Stockend und unterbrochen von zwei langen Pausen erzählte er, was es im Leben der Tiere und Menschen auf der Finca Neues gab. Offenbar ging es mit Son Nadal bergab. Das Gut steckte in finanziellen Schwierigkeiten. Viele Pferde waren verkauft worden, aber nicht ihres. Picazo war von Cisco, dem Gutsverwalter, vor der Katastrophe bewahrt worden.

»Du könntest ihn reiten, wenn du willst. Horacio ist nicht da. Er ist nur noch auf der Rennbahn. Sonntags begleitet Grita ihn. Sie bildet sich ein, sie könnte ihn vom Wetten abhalten und davon, Haus und Hof zu verlieren.«

Er bestätigte, dass Horacio hohe Summen setzte, oft verlor und sich nicht darum scherte.

»Ein Buchhändler aus Hamburg hat vom heimlichen Verkauf eines Exemplars des *Atlas catalán* berichtet, das unserem sehr ähnlich sieht«, erzählte Pilar. »Das Exlibris mit dem von Olivenzweigen eingerahmten M, das er Bruno beschrieben hat, ist ohne jeden Zweifel das der Más.«

»Deine Großmutter hat es entworfen«, sagte Carape.

Seine Ergebenheit für Julia war noch immer die gleiche. Er hatte sie auf Pilar übertragen.

»Ist eingebrochen worden?«, fragte Pilar.

»Davon hätte ich gehört.«

»Dann verkauft also Großvater das Inventar?«

»Dass er eher das Land und die Pferde retten würde als alles andere, ist klar. Aber dieses Buch ist etwas Besonderes. Deine Großmutter hat mir davon erzählt. Es hat die Bibliothek nie verlassen und gehört zu den Besitztümern, die ein Más an seine Nachkommen weitergeben sollte.«

»Das ist der springende Punkt. Horacio erachtet mich nicht als

139

würdigen Erben. Und da ich nicht bereit bin, zu heiraten und ihm einen männlichen Erben zu schenken, sieht es nicht gut für ihn aus.«

»Scheint so. Doch Anfang Mai gab es Neuigkeiten. Ein Besucher. Ein junger Deutscher. Cisco ist auf den Gedanken gekommen, dass er vielleicht Yolandas Sohn ist. Er war blond und ein wenig verschlossen. Er sah nicht so aus, als ob er etwas mit Pferden zu tun hätte. Horacio hat ihn empfangen und ihm die Stallungen gezeigt. Wie du dir bestimmt denken kannst, wurde der Verwalter nicht eingeweiht.«

»Aber dass er ihm gleich den *Atlas* zum Verkauf anvertraut.«

»Offenbar braucht er dringend Geld. Die Geschäfte gehen schlecht. Cisco tut, was er kann. Aber du kennst ja deinen Großvater. Er gehört einer anderen Generation an. Man kann sich dem Wandel der Zeit noch so sehr verweigern, die Zeit vergeht trotzdem, und am Ende ändert man sich, ohne sich dessen bewusst zu sein. Du erinnerst dich doch an den *Lazarillo de Tormes*. Ich habe dir das Buch vorgelesen, als du klein warst. Da geht es um jene Menschen, die vor allen anderen weglaufen, weil sie sich selbst nicht erkennen. Zu diesen Verdammten, die Unheil über ihre Familien bringen, gehört auch Horacio.«

»Keinen Erben zu haben vergällt ihm die Zukunft. Er hat Angst und lässt alle in seiner Umgebung dafür büßen. Wie immer.«

»Und du, mein Kind, wovor hast du Angst?«, fragte Carape sanft, den Blick auf den Horizont geheftet.

»Ich?«, murmelte Pilar, erschrocken, weil die Antwort auf diese Frage so eindeutig war. »Ich habe Angst vor dem, was morgen Nacht geschieht. Wenn der Mond blau sein wird.«

25 Pilar war nicht die Einzige, die jene zweite Vollmondnacht im Juni, die Nacht des blauen Mondes, fürchtete. Würde sie noch schlimmer werden als die erste? Die gleiche diffuse Angst verspürte auch Montaner, bis sein Dienst am Sonntag, dem ersten Juli, um sechs Uhr morgens zu Ende ging. Pilar hatte ihm von ihrer Unruhe erzählt, als sie ihm am Abend zuvor das Motorrad zurückgebracht hatte. Er war stolz auf sie gewesen, weil sie ihre Furcht vor Son Nadal überwunden hatte. Und zufrieden mit den Informationen, die sie von dort mitgebracht hatte. Dass Horacio finanzielle Probleme hatte und es einem jungen Deutschen auf der Durchreise gelungen war, sich des *Atlas catalán* zu bemächtigen. Aber wann würde er die Zeit haben, sich damit zu beschäftigen? Heute Nacht jedenfalls nicht.

Ein riesiger, überhaupt nicht blauer, sondern bleicher und geradezu unverschämt runder Mond forderte ihn und die aufgehende Sonne heraus, seiner Macht zu trotzen. Die Erfahrung gab dem Aberglauben recht – die heißen Sommernächte entfesselten den zerstörerischen Einfluss des Mondes auf der Insel. Und alarmierten diejenigen, deren Aufgabe es war, die Ordnung aufrechtzuerhalten. Und die sich in der verbleibenden Zeit auf das nächste blutige Zeichen eines offensichtlich mondsüchtigen Mörders gefasst machten. Jedem Einzelnen in seinem Team ging das im Kopf herum, doch sie hüteten sich, untereinander darüber zu sprechen. Ein alter heidnischer Reflex: das Übel abwenden, indem man versucht, die Aufmerksamkeit der Götter abzulenken. Montaner hatte es vermieden, mit seiner Geschichte vom blauen Mond noch eins draufzusetzen. Tatsächlich begleitete den Vollmond, ob blau oder nicht, immer ein Hauch von Wahnsinn. Er verbrachte die Nacht des dreißigsten Juni gemeinsam mit den anderen Beamten der Guardia Civil damit, Strafbefehle zu erteilen, Streithähne zu trennen, denen die Nerven durchgegangen waren, betrunkene Touristen beim Verlassen von Bars und Diskotheken einzusammeln, einen Verrückten zu besänftigen, der sich, wild um sich schießend, in einem Bistro verschanzt hatte, eine Frau davon abzuhalten, aus dem Fenster im vierten Stock des Luxushotels *Santa Ponça* zu springen, und damit, zu beobachten, wie ein Unwetter über dem Meer losbrach, viel zu weit entfernt, um den armen überhitzten Inselbewohnern Abkühlung und Erleichterung zu bringen. »Schadensbegrenzung. Das ist mein Job«, dachte er desillusioniert. »An Bord eines Narrenschiffs, das der Vollmond zu versenken droht. Und das gleich zwei Mal in einem

Monat, das ist die Krönung. Beim nächsten blauen Mond habe ich Urlaub.«

»Letzte Nacht? Letzte Nacht waren alle meine Männer ausnahmslos im Einsatz«, bellte Juan Bauza ins Telefon, als Montaner das Büro betrat. »Meine Truppe wurde zu sämtlichen Krisenpunkten der Küste gerufen, da war keiner untätig, das können Sie mir glauben. Nein, ich habe mir nichts vorzuwerfen. Und ob ich hinter meinen Männern stehe! Wir können nicht an jeder Straßenecke Wachtposten und Polizisten aufstellen!«

Der Comandante legte auf und herrschte ihn an:

»Du kommst gerade recht! Fahr sofort zu den Arabischen Bädern. Im Park sollen Blutlachen sein. Ich habe kein Wort verstanden, aber es muss schnell gehen. Noch eine Geschichte, die deine Spezialeinheit um den Schlaf bringt. Spezialisiert auf den Wahnsinn, so sieht's aus!«

Bauza war ungerecht, gereizt und überarbeitet, hielt aber dem Druck seiner Vorgesetzten, die ihn am Telefon bedrängt hatten, stand. Das war das Wichtigste. Montaner ging wieder, erfüllt von einer üblen Vorahnung. Hatte der Irre von La Portella unter dem Einfluss des Mondes erneut zugeschlagen? Und wenn ja, würde das seine Ermittlungen, die sich in einer heillosen Sackgasse befanden, voranbringen?

Die Arabischen Bäder lagen inmitten des Gassengewirrs der Altstadt von Palma, hinter dem Kloster Santa Clara. Er war seit einer Ewigkeit nicht mehr dort gewesen. Mittlerweile waren sie zu einem Museum umfunktioniert worden. Für ein paar Euro Eintritt erhielt man Zutritt zu einem prächtigen Garten, dessen gepflasterter Weg, gesäumt von Blumenbeeten, den alten Bewässerungsgräben folgte. Der kleine Pavillon am Ende des Gartens erinnerte daran, dass Mallorca einst maurisch gewesen war. Man konnte das Hamam aus dem zehnten Jahrhundert besichtigen. Das Caldarium war ein viereckiger Raum mit Wänden aus Ziegelsteinen und einer halbmondförmigen Kuppel, die von einem Dutzend hufeisenförmig angeordneter antiker Säulen getragen wurde und von fünfundzwanzig Luken durchbrochen war, von denen die meisten

142

jedoch verschlossen waren. Die Löcher im Pflaster, durch die einst der heiße Dampf gedrungen war, waren noch zu sehen. Durch das ehemalige Tepidarium, einen etwas kleineren Raum mit purpurfarbenen Wänden und einem Tonnengewölbe, in dem sich die Badenden abkühlten, bevor sie das nicht mehr erhaltene Frigidarium betraten, gelangte man wieder hinaus.

Der weißhaarige Wärter, der für gewöhnlich an der Kasse am Eingang saß, war auf einem der Eisenstühle im Garten zusammengesunken. Er wagte es nicht, mit seinen Füßen den Boden zu berühren, und wies mit zitternden Fingern auf die Mitte des Gartens. Montaner ging näher heran. Jemand hatte eine große Menge Blut in die Bewässerungsgräben im Patio geschüttet. Der arme Mann war bei seiner Ankunft hineingetreten.

Ein aufgeregter Polizist bedeutete Bruno, die Bäder zu betreten. Er folgte dem Rinnsal aus schwarzem Blut bis ins Innere des Gebäudes und erblickte den Grund für seine Panik. Auf den Wänden befand sich eine Reihe blutiger Handabdrücke.

Er griff zum Handy und rief Joaquim an.

»Schnapp dir Eusebio und Virus und kommt sofort her. Sag Gerónimo Bescheid. Ich brauche dringend die Spurensicherung. Unser Spinner hat wieder zugeschlagen. Woher ich das weiß? Weil ich etwas Ähnliches noch nirgendwo gesehen habe. Genau sein Stil. Provokativ, ketzerisch und verstörend. Immer noch keine Leiche. Kein Opfer vor Ort, aber ein weiteres Anzeichen dafür, dass irgendwo ein grausamer Mord verübt worden ist. Hier ist überall Blut.«

»Und rein zufällig war gestern Nacht Vollmond«, bemerkte Joaquim und bekreuzigte sich unwillkürlich.

Als Montaners Leute eingetroffen waren, gingen sie in die umliegenden Häuser und befragten die Nachbarn, deren Fenster zum Garten hin lagen, während das Spurensicherungsteam den Tatort aufnahm. Ein Verbrecher oder jemand mit einem äußerst düsteren Humor war allein oder mit Komplizen über die kleine Steinbrücke eingedrungen, die die kleine Gasse überspannte und den Garten mit dem gegenüberliegenden Palast verband. Mit einer Höhe von einem Meter fünfzig war sie für jedermann leicht zu erklimmen. Gerónimo untersuchte den mutmaßlichen Fluchtweg des Täters und brummte zufrieden. Eine blutbefleckte Schuhsohle hatte auf der Mauer und dem Pflaster Abdrücke hinterlassen. Damit hatte er den Beweis, dass jemand über diesen Weg entkommen war. Der besudelte Schuh hatte die Mauer gestreift und war auf der Straße gelandet. Die Analysen würden das bestätigen. Irgendwann würden sie diesen Schuh vielleicht im Haus eines Verdächtigen entdecken. Es würde ein Kinderspiel sein, Blutspuren darauf zu finden. Selbst wenn der Täter ihn bis dahin gewaschen hätte. Und gewissenhaft wie er war, wüsste er dann, dass er gute Arbeit geleistet hatte.

Die Arabischen Bäder waren nicht besonders groß, aber das Spurensicherungsteam verbrachte den ganzen Tag im Garten und in den Innenräumen. Bruno ließ eine Blutprobe in Antonio Cirers nahe gelegene Klinik bringen. Er brauchte sofort eine Analyse, um das Gefühl loszuwerden, in einem Albtraum festzustecken, in dem er von einem Irren manipuliert wurde. Pilars Blitzlicht zuckte durch den Garten, folgte der blutigen Spur bis zu den Spritzern auf den Blättern und suchte nach der Logik in diesem brutalen Spektakel, bei dem, genau wie in La Portella, die Lust auf einen Skandal zu spüren war, sowie eine makabre Obsession mit einem Hang zur Grausamkeit, deren Motiv sie sich noch immer nicht erklären konnten.

Die Stunden verstrichen quälend langsam. An einem Tatort wird die Zeit nicht in Minuten gemessen, sondern in Schritten, Sequenzen, aufeinanderfolgenden Arbeitsebenen. Sie lieferten sich eine Art umgekehrten Wettlauf gegen die Uhr. Mussten sich Zeit nehmen, obwohl sie drängte. Distanz halten. Bei jedem Schritt überlegen. Dieser neuerliche blutige Schauplatz eines grauenvollen Verbrechens ohne sichtbare Leiche lag zugleich verschlossen und offen vor ihnen, klein und weitläufig, reich an Spuren, aber arm an Beweisen. Versessen darauf, zu irgendeinem Ergebnis zu gelangen, verdoppelten die drei Experten ihre Aufmerksamkeit.

Das Auge an den Sucher gepresst, spürte Pilar, wie ihr Unbehagen wuchs. All das Blut und noch immer keine Leiche. Ihr Wunsch, sie endlich zu finden, war größer als die Angst, sie zu entdecken.

Sie konnte sich des Gefühls nicht erwehren, dass ihnen in diesem üppigen Garten eine grausame Falle gestellt worden war. Wie die sieben versteckten Fehler in den Bilderrätseln, die sie aus ihrer Kindheit kannte. Wo sollte sie mit ihrer Suche beginnen? Sie musste nur alles lange genug mit ihren Blicken erforschen, dann würde sie schon fündig werden. Derjenige, der für sie diese finstere Vorstellung inszeniert hatte, war gut. Sogar sehr gut. Und böse. Sie brauchten zwei Stunden, bis sie an das Ende des blutigen Labyrinths gelangten, das auf das Pflaster im Garten gemalt worden war. Wo war der Anfang? Wo das Ende? Ein Rätsel. Es sah so aus, als sei ein ganzer Eimer voll Blut benutzt worden, um diesen Todesweg zu zeichnen. Für wen? Warum?

Gerónimo hielt Pilar auf, als sie gerade Joaquim bat, sie in das Gebäude zu lassen, das den Garten überragte.

»Ich will ein Foto von dort oben machen, eine Art Luftbild.«

Eine gute Idee, aber sie musste warten. Der Chef der Spurensicherung benötigte seine beiden Mitarbeiterinnen im Innern des Gebäudes. Die Aufnahme der blutigen Handabdrücke auf den Mauern ging vor. Mit drei Leuten waren sie für diese heikle Aufgabe in den dunklen unbehaglichen Räumen nicht gerade überbesetzt. Gerónimo mobilisierte zusätzlich Montaner und Virus.

Das Team diskutierte nüchtern die anzuwendende Arbeitsmethode und die fotografischen Möglichkeiten. Winkel, Kontraste, Graustufen, Beleuchtung. Die Abdrücke der Hände überzogen in regelmäßigen Abständen alle Wände ringsum. Sie zählten insgesamt zehn. Fünf Abdrücke einer linken und fünf einer rechten Hand. Fünf Paare. Hatte diese Zahl eine Bedeutung? Eine weitere Frage, die zunächst unbeantwortet blieb. Pilar befestigte ihre Kamera auf einem Stativ und richtete die Beleuchtung aus, während sie über die Enge im Raum schimpfte. Egal, worauf sie das Objektiv richtete, überall behinderte sie die Säulenreihe, die störende Schatten warf. Nervös verwendete sie zusätzlich zu dem in die Kamera eingebauten Belichtungsmesser einen Handbelichtungsmesser. Wenn sie diese Fotos vergeigte, würde Olazabal ihr den Marsch blasen. Und vor allem würde sie es sich selbst nicht verzeihen. Sie einigten sich darauf, zusätzlich noch eine Reihe von

Makro- und UV-Aufnahmen anzufertigen. Pilar schlug vor, zum Abschluss eine Gesamtaufnahme mit Open Flash zu machen, eine interessante Technik, um im Dunkeln zu fotografieren, für die sie die Scheinwerfer ausschalten und ausschließlich mit dem Blitzlicht arbeiten würde.

»Haben wir Fingerabdrücke?«, fragte Carmen.

»Jede Menge. Aber nur bei den linken Händen. Und nur Abdrücke von gewöhnlichen Haushaltshandschuhen. Siehst du die Rillen? Aber auch die können uns weiterhelfen«, antwortete Gerónimo, der mit seinen Pinseln hantierte und mit der Hilfe von Montaner die Nummerierung der von den zehn blutigen Handabdrücken genommenen Proben beendete. »Hilf Pilar, die Messleisten anzubringen, und macht noch eine Fotoserie mit Fixpunkten. Das ist entscheidend. Wenn es keine Fingerabdrücke gibt, haben wir nur die Größe der Hände zur Identifizierung.«

»Was, wenn das hier immer noch zum selben Fall gehört?«, bemerkte Pilar fast beiläufig, das Auge am Sucher. »Wenn der Typ mit den Päckchen sich einen Spaß daraus macht, uns mal wieder auf eine falsche Fährte zu locken? Habt ihr bemerkt, dass die Abdrücke der linken und die der rechten Hände sich unterscheiden? Dass sie unterschiedlich geformt und unterschiedlich groß sind? Die linken tragen Handschuhe, und die rechten sehen nach bloßen Händen aus, aber der Künstler hat die Fingerabdrücke verwischt, indem er die Fingerspitzen fest angedrückt hat, um das Blut zu verteilen. Schaut euch die runden Abdrücke an.«

»Verdammt. Was willst du damit sagen?«, rief Carmen. »Dass wir sie mit den abgeschnittenen Händen aus den Päckchen vergleichen müssen? Dass der Typ sich die übrig gebliebenen Hände des Opfers in die Tasche gesteckt hat? Seit La Portella ist ein ganzer Monat vergangen. Wie hat er das angestellt? Sie in den Kühlschrank gelegt, bis er sie wieder brauchte? Sie in Blut getaucht und als Stempel benutzt? Was denn noch? Montaner und du, ihr spinnt doch komplett. Und Gerónimo lässt sich beeinflussen. Ihr seht irgendeine Logik, wo nichts ist als eine Art moderner Hexensabbat. Meiner bescheidenen Ansicht nach hat eine Bande Jugendlicher anlässlich des Vollmonds an einem exotischen Schauplatz ein barbarisches Ritual abgehalten. Irgendeine Gruftisekte. Vielleicht dumm, aber nicht gefährlich.«

»Es hat sich aber niemand über Lärm beklagt, und es sind auch nirgendwo irgendwelche rassistischen Inschriften zu sehen, wie wir sie von Schändungen dieser Art durch Gothic-Anhänger kennen«, unterbrach Joaquim, der seine Untersuchung in den oberen Stockwerken abgeschlossen hatte.

»Wenn wir es mit einer Bande abgedrehter Jugendlicher zu tun hätten, wäre hier alles verschmiert!«, bemerkte Virus.

»Ach, und die Hände an den Wänden sind dir nicht bunt genug?«, fragte Montaner gereizt, dem die Spekulationen auf die Nerven gingen.

Es gab zu viele Spuren. Zu viele Unbekannte. Und er war derjenige, der diese monströse Scharade auflösen musste.

»Und wo kommt das ganze Blut her«?, fragte er weiter. »Das könnt ihr mir doch bestimmt sagen, scharfsinnig wie ihr seid! Literweise Blut. Wie in einem Schlachthof!«

Carmen ließ sich nicht von ihrer Idee abbringen.

»Ein Schlachthof, genau! Wenn uns endlich das Ergebnis von Cirers Analyse vorliegt, wirst du sehen, dass sie sich im nächstbesten Schlachthof eine ordentliche Portion Blut besorgt haben, um die Show hier abzuziehen und uns auf den Arm zu nehmen. Und wir machen da auch noch mit. Die können sich vermutlich gar nicht mehr halten vor Lachen, wenn sie sehen, wie wir seit heute Morgen hier herumwirbeln. In den letzten Wochen hat es Tote gegeben. Meinetwegen. Jemand war anscheinend der Meinung, uns den Beweis dafür auf besonders sadistische Weise liefern zu müssen. Aber bis zum heutigen Tag haben wir keinen einzigen Anhaltspunkt dafür, dass wir es mit einem Mord zu tun haben. Mag ja sein, dass die Störung der Totenruhe bereits ein Verbrechen ist. Aber die Leichenschauhäuser sind voll mit vergessenen Toten, nach denen nie jemand fragen wird. Es kann eine ganze Weile dauern, bis ein Angestellter merkt, dass eine Leiche gestohlen oder verstümmelt wurde. Eine Parallele zu ziehen zwischen den Päckchen und dem, was sich hier heute Nacht abgespielt hat, ist Wahnsinn! Meine Güte, dieser Vollmond macht euch alle vollkommen verrückt!«

»Ich bin fest davon überzeugt, dass wir es mit einem Mörder zu tun haben«, beharrte Montaner, der genauso dickköpfig war wie sie. »Es gibt keinen Grund, weshalb der Verbrecher aufgegeben haben sollte, auch wenn wir seit Wochen nichts Neues herausgefunden haben. Er stößt uns mit der Nase auf Einzelheiten, die er nach seiner ureigenen Logik ausgesucht hat. Hände, verkohlte Leichenteile, ein verbrannter deformierter menschlicher Schädel und jetzt das Blut und diese Abdrücke, die uns an den Anfang unserer Ermittlungen zurückführen. Da steckt eine Absicht dahinter. Ich glaube noch immer nicht an Zufall. Im Augenblick begreifen wir nichts. Wir sind gezwungen, das nächste Puzzleteil abzuwarten. Dieser Mistkerl denkt, er ist genial. Er führt uns an der Nase herum, und das macht mich krank.«

Montaner dachte laut, und was ihm als Erklärung für dieses Blutbad und die Abdrücke der abgeschnittenen Hände einfiel, deprimierte ihn.

»Auf welche Weise auch immer, zwei Männer sind tot oder verstümmelt. Drei, falls das hier vergossene Blut von einem weiteren stammt«, fuhr er fort. »Wir wissen noch nicht einmal, wie viele Leichen wir suchen. Der Kerl macht, was er will und wann er will. Was Pilar über die Hände gesagt hat, ist dermaßen verrückt, dass ich glaube, sie hat ins Schwarze getroffen. – Also dann, alles an die Arbeit!«, kommandierte er plötzlich mit lauter Stimme. »Wir haben so viele widersprüchliche Details zu klären, dass die Spurensicherung diesmal noch genauer als üblich ausfallen muss.«

»Na prima, jetzt schreist du schon herum, aus dir ist ein richtiger Chef geworden«, sagte Gerónimo. »Kein Grund zur Aufregung. Wir sind schon dabei.«

Er versuchte es ins Lächerliche zu ziehen, doch man merkte ihm an, dass auch er über den Fortgang dieser merkwürdigen Geschichte besorgt war.

»Zwei oder drei potenzielle Opfer. Der Mörder ist noch immer auf freiem Fuß, und ich bin für diese beschissene Untersuchung verantwortlich, die immer komplizierter wird. Ich habe doch wohl Grund genug, mich aufzuregen«, verteidigte sich Montaner.

»*Never explain, never complain!* So lautet die Devise der Könige, der Chefs und der, die es gern sein würden«, antwortete Gerónimo unberührt. »Oder anders gesagt, mein Lieber: Entweder du erteilst deine Befehle, oder du hältst den Mund. Die Arbeit wartet. Auf, Mädels, wir fangen noch mal bei Null an und prüfen, ob wir alles gesehen haben, und Pilar macht uns die Fotostrecke ihres Lebens.«

Als sie mit den Aufnahmen fertig waren, die Gerónimo verlangt hatte, fertigte Pilar noch eine letzte Serie mit ihrer Leica an. Gesamtaufnahmen in Schwarz-Weiß. Mehr Abstand. Der Gedanke ließ sie nicht mehr los. Sonnenstrahlen, in denen der Staub tanzte, fielen durch die Öffnungen in der Kuppel in den Raum. Es herrschte eine Atmosphäre wie in einer Grabkapelle. Sie nahm wieder die Digitalkamera zur Hand und folgte systematisch dem Verlauf der Handabdrücke an den Wänden. Dabei stieß sie fast zufällig auf eine elfte Hand, nahe der Tür, waagerecht knapp über dem Boden. Wies sie auf den Ausgang? Es war eine rechte Hand, eine ohne Handschuh, deren Konturen durch das herabfließende Blut verschwommen waren. Gerónimo stürzte sich darauf, als das Licht des Scheinwerfers, den Carmen darauf richtete, einen Teil eines Fingerabdrucks enthüllte. Zufall? Oder Absicht? Nicht auszudenken, dass sie den Abdruck beinahe übersehen hätten!

Pilar überließ es Carmen und Gerónimo, den Abdruck aufzunehmen, und machte Virus ein Zeichen, ihr zu folgen.

»Du hast doch die Leute im Haus befragt. Glaubst du, einer der Bewohner im obersten Stock lässt mich ein Foto von seinem Fenster aus machen? Ich würde gern noch eine Luftaufnahme vom Garten machen.«

Die alte, ein wenig schwerhörige Dame im fünften Stock, deren Familie einst das ganze Palais gehört hatte, öffnete ihnen die Tür und lächelte, als sie Virus wiedererkannte. Sie war überzeugt, dass ihm ihr Kaffee geschmeckt hatte und dass er deshalb wiedergekommen war. Wenn er wollte, war er ein Musterexemplar an Höflichkeit und guter Erziehung. Stoisch bedankte er sich für eine zweite Tasse ihres unglaublich bitteren Gebräus, versenkte drei Stück Zucker darin und erkundigte sich höflich, ob es möglich sei, einen Blick aus ihrem Fenster zu werfen und ein Foto zu machen.

Die Fensterläden waren seit zwanzig Jahren nicht geöffnet worden und knarrten fürchterlich. Pilar lehnte sich aus dem Fenster und hielt ihre Digitalkamera mit weit ausgestrecktem Arm fest. Sie probierte mehrere Winkel aus, verschiedene Einstellungen, prüfte das Ergebnis und lehnte sich dann noch einmal so weit sie konnte aus dem Fenster, bis sie fast das Gleichgewicht verlor, richtete das Objektiv auf gut Glück in den Garten und bekam endlich eine akzeptable Aufnahme. Das Bild auf dem Display enthüllte eine Sensation. Von oben gesehen bildete das vergossene Blut einen Pfeil, der sich in konzentrischen Kreisen, ausgehend von der maurischen Pforte der Arabischen Bäder, durch den gesamten Garten zog. Die Spitze des Pfeils zeigte teuflisch schwarz auf das ehemalige Schöpfrad, das zu einem Brunnen umgebaut worden war.

26   Die Wahrheit ruht seit jeher auf dem Grund eines Brunnens. Jene Art Wahrheit, die uns erstarren lässt, wenn wir ihr direkt ins Gesicht blicken. Darin stimmen die Legenden überein. Heute war Pilars Fotoapparat jener Spiegel der Medusa, der sie versteinerte, als sie hineinblickte.

»Carmen! Der Brunnen, schau in den Brunnen!«, schrie sie aus dem Fenster, bevor sie die fünf Stockwerke hinunterrannte.

Dank ihrer Luftaufnahmen hatten sie mit aller gebotenen Vorsicht im Zentrum des ersten Tatorts einen weiteren ausfindig gemacht. Gerónimo erteilte knappe Anweisungen, verlangte Aufnahmen von den abgeknickten Zweigen, den zertretenen Blättern und den Fußspuren in einem der Beete. Die Spur einer eisenverstärkten, ein wenig beschädigten Spitze eines großen Schuhs zeichnete sich in der weichen Erde ab. Er betrachtete sie einen Moment lang zufrieden, fertigte einen Abdruck an und setzte die Spurensicherung fort, indem er sich langsam dem Brunnen näherte.

»Wir gehen mit äußerster Vorsicht vor. Verdammt, wer weiß, was wir dort unten finden werden!«, presste er zwischen den Zähnen hervor und schob die Zweige zur Seite.

Von Pflanzen verdeckt, lag ein großes, in einen blutverschmierten Jutesack eingewickeltes Paket auf dem Brunnengitter. Während Pilar die Kamera im Anschlag hielt, wickelten Carmen und Gerónimo es so vorsichtig wie möglich aus. Plötzlich kam ein mit schwarzem, getrocknetem Blut bedeckter Pferdekopf zum Vorschein, der mit Axthieben vom Körper getrennt worden war.

Bei seinem Anblick brach Pilar zum ersten Mal in ihrer kurzen Laufbahn zusammen. Leichenblass legte sie den Fotoapparat zur Seite und setzte sich auf den Boden, den Kopf in die Hände gestützt. Carmen sprach leise auf sie ein. Sie nickte. Ihre Kollegin hob die Kamera auf und machte mit Gerónimos Hilfe die Aufnahmen. Keiner sagte etwas.

Eine Viertelstunde später zitterte Pilar noch immer am ganzen Körper. Leichen, Unfälle, Morde – kein Problem. Das Unerträgliche aushalten, sich ihm stellen und dabei den Auslöser betätigen, auch gut. Das war ihr Job. Aber nicht das. Wie sollte sie ihren Kollegen begreiflich machen, dass der Anblick eines Toten sie scheinbar nicht erschütterte, der Anblick eines hingeschlachteten Pferdes sie dagegen völlig aus der Fassung brachte? Ein kindlicher Schrecken schüttelte sie. Sie wollte es nicht sehen.

»Ein hilfloses Fohlen. Kannst du dir das vorstellen? Diese Mistkerle. Sie haben es geköpft. Warum?«, wiederholte sie mit erstickter Stimme, während Virus versuchte, sie zu trösten.

Wenige Minuten später tauchte Olazabal auf. Mit einem Blick hatte er die Situation und das Kapital, das er daraus schlagen konnte, erfasst.

»Na, Más, haben wir die Nerven verloren wegen eines krepierten Gauls? Nicht besonders professionell, kann ich nur sagen. Darüber sprechen wir noch. Diaz, Ferrara, ich erwarte Ihren Bericht. Was hat dieser Zirkus hier zu bedeuten?«

Pilar sprang auf die Füße, bereit, gleichzeitig der Arroganz ihres Chefs und ihrer eigenen Karriere einen vernichtenden Schlag zu versetzen. Montaner ging dazwischen.

»Moment mal. Dieser Zirkus ist meine Angelegenheit«, sagte er mit gefährlich ruhiger Stimme.

»Es ist mein Team!«, begehrte der andere auf, den offensichtlich niemand vor dem eisigen Zorn des Teniente gewarnt hatte, und das ganz besonders, wenn er sich wie jetzt nicht rührte, den Kopf abwandte, den Blick ins Leere richtete und sich weigerte, sein Gegenüber anzusehen.

Montaner zückte sein Handy, drückte eine Taste, sagte »Einen Augenblick bitte!« und reichte es Olazabal.

»Anstatt uns hier auf die Nerven zu fallen, redest du am besten direkt mit Richterin Bernat. Wir haben vor zwei Minuten miteinander gesprochen. Ich habe ihr dargelegt, welchen entscheidenden Fortschritt ihre Spezialeinheit heute gemacht hat, indem sie die Verbindung zwischen den beiden Fällen hergestellt hat, in denen wir derzeit ermitteln. Und dann kommst du, nach getaner Arbeit, und glaubst, du kannst uns wie Anfänger behandeln.«

Olazabal blieb nichts anderes übrig, als das Handy zu ergreifen. Die Richterin, die alles mitangehört hatte, erwischte ihn kalt. Sie hörten ihn Entschuldigungen stammeln, gefolgt von einer langen Stille, während der er rot anlief, zuletzt folgten Beteuerungen seines guten Willens.

Die anderen musterten ihren Chef verstohlen. Es beunruhigte sie, dass er sich dazu hatte hinreißen lassen, von bereits vorliegenden Resultaten zu sprechen, selbst wenn er Olazabal damit eins ausgewischt hatte. Es würde nicht leicht, nachzuweisen, dass einer der blutigen Abdrücke in den Arabischen Bädern von der Hand stammte, die sie in La Portella gefunden hatten.

Ein schelmisches Lächeln spielte um Montaners Lippen, als würde er sich an einen guten Witz erinnern.

»Der Schuhabdruck, *muchachos*«, vertraute er ihnen an, während Olazabal sich entfernte, um mit der Richterin zu sprechen. »Der hat mich an etwas erinnert. Ich war auch nicht untätig, während ihr fleißig wart. Für alle Fälle habe ich ein Foto des Schuhabdrucks gemacht, den wir auf der Mauer gefunden haben, und ihn mit dem verglichen, den ich auf La Dragonera gefunden habe. Ich hatte recht. Er hat die gleiche Form. Die gleiche eisenbeschlagene Spitze. Die gleichen Abnutzungen. Das gleiche Sohlenprofil. Und nun haben wir auf dem Boden einen dritten identischen und noch deutlicheren Abdruck. Das reicht noch nicht aus, aber es ist ein guter Anfang. Unser Mann fühlt sich ziemlich sicher. Ein wenig zu sicher. Er konnte nicht ahnen, dass ich auf La Dragonera war und diesen Abdruck gefunden habe. Die Spuren, die er auf den Päckchen oder hier hinterlassen hat, sind scheinbar nicht verfänglich. Es wird schwierig, wenn nicht unmöglich sein, eine Verbindung herzustellen. Er denkt, er hätte alles unter Kontrolle. Doch da irrt er sich. Der Zufall hat uns auf eine ganz andere Verbindung gestoßen. Noch wissen wir nicht, was dieses Gemetzel zu bedeuten hat, aber es spricht viel dafür, dass es Teil dieses teuflischen Dialogs zwischen ihm und uns ist, der in La Portella angefangen hat. Dieser Irre hat sich geschnitten. Er wird weitermachen, und am Ende kriegen wir ihn.«

Olazabal kehrte zu ihnen zurück. Montaner schwieg und die anderen nahmen ihre Untersuchung wieder auf. Er war wütend, dass er in die Falle gegangen war, und umkreiste sie wie ein tollwütiger Hund. Sein Markenzeichen war der Sarkasmus, den er perfekt beherrschte und seinen Gegnern hemmungslos ins Gesicht schleuderte. Seine Aggressivität war die Reaktion auf all die Demütigungen, die ihm seine geringe Körpergröße von einem Meter sechzig eingebracht hatte. Mit seiner fahlen Haut, der Schuppenflechte, die immer dann ausbrach, wenn er in Stress geriet, dem wenig einnehmenden Gesicht, der fettigen, über die Stirn gekämmten Haarsträhne und den unangenehm milchig blauen Augen war er hässlich und sich dessen durchaus bewusst. Er tat alles, um das Unbehagen, das er bei seinem Gegenüber auslöste, noch zu verstärken. Aber Montaner war nicht leicht zu beeindrucken. Seine natürliche Gelassenheit, der Freiraum, den man ihm gewährte, der einhellige Respekt, den seine Vorgesetzten und Kollegen ihm entgegenbrachten, sein selbstverständliches Auftreten, das der Tatsache geschuldet war, dass er auf der Insel geboren war, waren für Olazabal unerträglich. Ganz zu schweigen von Montaners athletischer Körpergröße von einem Meter zweiundachtzig, den schwarzen Jeans und der Motorradjacke, die in Olazabals Augen für einen Offizier allzu lässig waren. Seine Vorgesetzten würden ihm eines Tages schon zeigen, was sie davon hielten. Es hatte keinen Sinn,

153

Streit anzufangen. Mit Fäusten würde er Montaner nicht beikommen. Und der würde einem Kampf bestimmt nicht aus dem Weg gehen. Ganz im Gegenteil.

Er gab ihm schließlich sein Telefon zurück, knöpfte die Weste seines Anzugs zu und begann, langsam und sarkastisch in die Hände zu klatschen, entschlossen, das letzte Wort zu haben.

»Bravo, Montaner! Die erste Runde geht an Sie. Aber ich bleibe dabei. Aus Ihren versprengten Leichenteilen wird niemals ein ernst zu nehmender Fall. Sie sollten sich einen Exorzisten in die Einheit holen. Diese Ermittlungen sind nichts weiter als eine Riesenverschwendung, von Zeit und von Ressourcen. Verlassen Sie sich drauf, dass ich anwesend sein werde, wenn Sie das der Richterin eingestehen müssen.«

»In Ordnung, ich schicke dir eine Einladung!«, antwortete Montaner und beförderte Olazabal an den Rand seiner Wahrnehmung, indem er ihn einfach duzte und mit den Schultern zuckte.

Olazabal zögerte einen Augenblick und betrachtete missbilligend das Team, das geschäftig weiterarbeitete und so tat, als bekäme es von ihrem Wortwechsel nichts mit.

Er reckte vage das Kinn in Richtung Gerónimo und ging steif davon. Sein Gang verriet seine Wut.

Das einzig Positive an diesem Vorfall war, dass er Pilar aus ihrem Schockzustand befreit hatte. Die Lösung des Falls wurde nun zu einer persönlichen Angelegenheit für sie. Sie fotografierte den Kopf des gepeinigten Pferdes aus allen Blickwinkeln. Ihre Erfahrung als Reiterin und ihre Herkunft aus einer Familie, die seit Generationen Pferde züchtete, halfen ihr, Montaner zu erläutern, was sie vor sich hatten.

»Das war ein Fohlen«, erklärte sie. »Ein hübsches kleines, von den Balearen stammendes Pferd. Kräftig und reinrassig. Ein künftiger Traber mit dem Zeug zum Champion. Sieh dir sein braunes Fell an, die Kopfform, den ausgeprägten Kieferknochen, das leicht nach innen geschwungene Profil, die Blesse und die gewölbte Stirn, die zwischen den Brauen etwas hervorkommmt. Die oval geschnittenen Augen, die einen sicher groß und vertrauensvoll angeschaut haben, die schmalen Ohren. Es sieht beinah aus wie mein Picazo. Das war es auch, was mich umgeworfen hat. Ein Rassefohlen trägt auf der linken Halsseite einen Chip zur Identifizierung unter der Haut. Er wurde entfernt. Man sieht das Loch. Wir müssen in Richtung Rennbahn ermitteln, in Palma oder Manacor. Vielleicht eine Abrechnung zwischen Buchmachern, der Versuch, einen Züchter zu erpressen, ein Diebstahl oder eine Entführung, die außer Kontrolle geraten ist. Oder ein schlechter Scherz, von dem ich noch nicht weiß, wie er mit dem Fund auf La Dragonera zusammenhängt. Was hat es zu bedeuten, dass die Schuhabdrücke übereinstimmen? Derselbe Mann fürs Grobe und mehrere Auftraggeber? Oder ein Einzeltäter mit dem Willen zu zerstören, der mehrere Verbrechen verübt hat? Ich kann deiner Theorie nicht ganz folgen.«

»Ich habe gegenüber Olazabal dick aufgetragen, aber wir sind nicht sehr viel weitergekommen. Der Faden, der die einzelnen Verbrechen miteinander verbindet, ist hauchdünn. Aber immerhin existiert er. Davon müssen wir ausgehen. Wir bewegen uns innerhalb des unsichtbaren Zusammenhalts der Dinge. Von so etwas hat der arme Olazabal keine Ahnung.«

Froh darüber, dass es ihm gelungen war, ihr ein schwaches Lächeln zu entlocken, wollte er sie am liebsten in die Arme nehmen, um sie zu trösten, aber er wusste, dass er es damit nur noch schlimmer machen würde. Für gewöhnlich mochte Pilar keine körperliche Nähe.

Doktor Antonio Cirer riss sie aus ihren Spekulationen. Äußerst zufrieden mit sich, schwenkte er mit der einen Hand einen Stapel Papier und trocknete sich mit der anderen seinen kahlen Schädel mit einem großen weißen Taschentuch mit eingesticktem Monogramm. War er gerannt? Sein Leinenjackett war zerknittert. Ein untrügliches Zeichen von Aufregung bei diesem sympathischen und gesetzten, stets untadlig gekleideten Mann.

»Deine Blutproben. Ich habe sie analysiert. Das war kein Verbrechen. Sehr außergewöhnlich. Du wirst es nicht glauben …«

»Es ist Pferdeblut. Ja, mein Bester, wir wissen Bescheid. Du warst zu langsam«, hänselte Montaner ihn.

»Nicht besonders nett, mir meinen Auftritt zu vermasseln«, sagte Cirer perplex. »Ich dachte, ich könnte dich überraschen.

Komm du nur das nächste Mal mit einer deiner eiligen Analysen. Ich habe den ganzen Morgen daran gearbeitet.« Er verging fast vor Neugier. Bruno ließ sich nicht hinters Licht führen. In Wirklichkeit war ihm jeder Vorwand recht, seiner Luxusklinik zu entfliehen.

»Übrigens, ich weiß nicht, ob es dich noch interessiert, aber ich habe jetzt die Ergebnisse der ersten Vergleiche der menschlichen Überreste aus den Paketen, die im Abfall gefunden wurden, und dem Knochen des Ringfingers«, bemerkte er beiläufig. »Dem Knochen, den du auf La Dragonera gefunden hast. Nun, nichts deutet darauf hin, dass er zur selben Leiche gehört wie der verkohlte Schädel aus dem fünften Paket von Son Reus. Dafür weist er eindeutig die charakteristischen Spuren des gezahnten Messers auf, mit dem er amputiert wurde. Wir führen weitere Analysen durch, um das zu bestätigen, aber es besteht praktisch kein Zweifel, dass er von der rechten Hand abgetrennt wurde, die in La Portella gefunden wurde.«

27   Der Empfang, den Olazabal seinem Spurensicherungsteam bereitete, war rau und grenzte an Schikane.

»Bewegungsfreiheit, das war es, was mich an unserem Fachgebiet von Anfang an gereizt hat«, vertraute Gerónimo seinem Team an, als sie von den Arabischen Bädern zurückfuhren. »Aber genau das verweigert uns Olazabal. Ihm zu widersprechen ist glatter Selbstmord.«

»Ich setze auf passiven Widerstand und empfehle euch das Gleiche. Besonders dir, Pilar«, fügte Carmen hinzu.

Wenn ein Team am Tatort darauf warten müsste, dass ein Chef ihm sagt, was zu tun ist, und Befehle erteilt, bevor es tätig wird, würde sofort das Chaos ausbrechen. Zum Profil eines guten Kriminaltechnikers zählten Genauigkeit, Intelligenz, Hartnäckigkeit, Selbstständigkeit, Initiative und vor allem Teamgeist. Und Teamgeist besaßen sie. In dieser Hinsicht war Pilars Aufnahme ein echter Erfolg. Was Olazabal kolossal ärgerte.

Auf der Fahrt im Transporter, der sie zurück zum Sitz der Staatspolizei beförderte, legten sie sich eine Strategie für die nächsten Tage zurecht. Standhalten. Zusammenstehen. Dem Hauptkommissar gegenüber nichts herauslassen.

Der Pferdekopf lag hinter ihnen im Wagen und verströmte einen bestialischen Gestank. Um ihn herum lagen dicht an dicht die kleinen Indizienbeutel und die großen Tüten aus Packpapier. Darunter die eine mit dem Sackleinen, von dem sie hofften, dass sie es zum Sprechen bringen würden. Fasern, Fell, Haare, Staub, sie würden alles analysieren, was an dem rauen Gewebe haftete. Drei weitere Stunden hatte es gedauert, die Spurensicherung abzuschließen und Indiz für Indiz den mutmaßlichen Weg des Eindringlings nachzuvollziehen. Erst das unfassbare Manöver mit den Abdrücken an den Wänden, dazu die Blutspuren, deren Verlauf Aufschluss darüber gab, in welcher Reihenfolge die Handabdrücke entstanden waren, die abgewischten Fingerabdrücke, das Verstecken des abgetrennten Pferdekopfs, das Anlegen des blutigen Labyrinths bis hin zur Flucht des oder der Verbrecher. Zehn Mal hatten sie alles von vorne bis hinten durchgespielt. Zehn Mal hatten sie die Kohärenz des Drehbuchs überprüft und die Skizzen vervollständigt, um ihren Bericht wasserdicht zu machen, solange sie noch vor Ort waren. Sobald sie abgezogen waren, würde der Tatort mit dem Wasserschlauch gereinigt und bald wieder so aussehen, als ob nie etwas geschehen wäre. Dann würde es zu spät sein, um noch einmal umzukehren. Was immer sie übersehen hatten, würde für immer verloren sein. Nicht bemerkt und nicht vermerkt. Diese gewaltige Verantwortung trugen sie gemeinsam.

Die folgenden Tage in den überheizten Büros der Staatspolizei waren hart. Olazabal gönnte ihnen keine Pause. Stattdessen hagelte es Kritik. An ihren Arbeitsmethoden, der Bildqualität, der Genauigkeit ihrer Skizzen, der Kennzeichnung der Indizien, ganz zu schweigen von den unzähligen Entscheidungen, die ein Kriminaltechniker ständig am Tatort zu treffen hat, ohne dabei jedes Mal die Zustimmung seines Vorgesetzten einholen zu können. Olazabal stellte alles in Frage.

»Das nächste Mal kommen Sie einfach mit und diktieren mir vor Ort haarklein, wie ich vorgehen soll, dann werden wir ja sehen, ob das besser klappt!«, schleuderte Carmen ihm schließlich entnervt entgegen.

Gerónimo bedeutete ihr, sich zu beruhigen. Olazabal zog sich zurück, nur um eine Stunde später mit neuer Kraft loszuschlagen. Der Hauptkommissar hütete sich, den Chef des Teams direkt anzugreifen. Stattdessen piesackte er Pilar und Carmen unter den fadenscheinigsten Vorwänden, offenbar dazu entschlossen, Unruhe in die Gruppe zu bringen, selbst auf die Gefahr hin, damit die laufenden Ermittlungen zu beeinträchtigen.

»Wir ziehen die Köpfe ein, halten zusammen und warten, dass das Gewitter abzieht«, befahl Gerónimo.

Routinearbeiten und Schikanen waren an der Tagesordnung. Der Hauptkommissar zerpflückte ihre Berichte und ließ sie den lieben langen Tag Fotos aufkleben. Eine kleine Übung in Demut, als wolle er sie daran erinnern, für welch niedrige Arbeiten sie vorgesehen waren, und sie so auf ihren Platz – die unterste Stufe der Hierarchie – verweisen. Eines Abends ließ er sie endlich zu einer vernünftigen Uhrzeit nach Hause gehen, nur um sie zwei Stunden später wegen eines Notfalls wieder einzubestellen. In einem Vorort von Palma war ein Verbrechen verübt worden.

Als sie an der angegebenen Adresse eintrafen, einer schönen Villa auf der Anhöhe von Bellver, fragte Gerónimo kühl, wann das Verbrechen entdeckt worden war. Der stellvertretende Kommissar, der mit den Ermittlungen betraut war, gab ihm peinlich berührt zu verstehen, dass der verspätete Einsatzbefehl direkt vom Chef kam. Weder er noch seine Männer legten Wert darauf, Cowboy zu spielen. Olazabal, der Madrilene, würde seinen Ehrgeiz irgendwann fern von Palma ausleben. Gerónimo Diaz, der Mallorquiner, würde bleiben. Und er war nachtragend.

Der Tatort war übersät mit Glasscherben. Ein Albtraum für die Spurensicherung. Ihnen stand stundenlange Arbeit bevor.

»Wir müssen die Nacht durcharbeiten, dabei hätten wir mindestens drei Stunden gewonnen, wenn man uns sofort benachrichtigt hätte!«, tobte Carmen, die gerade genug Zeit gehabt hatte, ihre drei Kleinen zu umarmen und sie dann ein weiteres Mal zu enttäuschen.

»Hören Sie auf zu meckern, Ferrara. Und sehen Sie lieber zu, dass Sie ordentlich arbeiten«, drohte Olazabal. »Es sieht so aus, als hätte der Ehemann eine etwas drastische Vorstellung von Trennung. Sein Schwiegervater ist einer unserer bedeutendsten Industriellen. Es hat ihn schwer getroffen. Das heißt, wir benehmen uns anständig, bleiben höflich und sehen zu, dass wir in die Gänge kommen. Nehmt also das ganze Haus auf. Die Stadtverwaltung schaut euch auf die Finger. Und ich auch.«

Anstelle eines Briefings mussten sie einen seiner Macho-Monologe über sich ergehen lassen, der noch länger als üblich dauerte:

»In achtzig Prozent der Fälle ist der Tatort nichts anderes als der Schauplatz eines Ehekrachs, der außer Kontrolle geraten ist. Armer Kerl! Seine Frau muss ihn mit ihren Launen um den Verstand gebracht haben, dass er sein eigenes Haus derart auseinandergenommen hat.«

»Sag nichts. Darauf wartet dieser Idiot nur«, raunte Carmen Pilar zu, die die Fäuste ballte. »Er provoziert dich und will Streit anfangen. Tu ihm den Gefallen nicht. Wir machen unseren Job, und dann gehen wir nach Hause.«

Der Mann hatte sich auf alles im Haus gestürzt, worin er sein Spiegelbild gesehen hatte. Die Spiegel in der Eingangshalle und im Wohnzimmer, Türen, Fenster, Geschirr, die Bilderrahmen auf dem Klavier, die Flaschen in der Bar, die Spiegel im Bad. Die Tatwaffe, mit der er alles kurz und klein geschlagen hatte, war ein Golfschläger, ein Fünfer Eisen. Eine kranke Orgie häuslicher Gewalt. Sogar den drei Fernsehern und der Mikrowelle hatte er den Garaus gemacht, bevor er seine Frau tödlich an der Schläfe traf und flüchtete. Die Schreie und das zersplitternde Glas hatten nicht ausgereicht, die Nachbarn zu alarmieren. Dazu gab es zu oft Streit zwischen den beiden. Die Polizei kam schon lange nicht mehr.

Ein Mal mehr war ein Mal zu oft, dachte Pilar, die durch ihren Sucher das Ausmaß des Lärms, der Wut und des Schreckens im Haus zu erfassen suchte.

Dieses Verbrechen, das jeglicher Rätsel und Geheimnisse entbehrte, würde ihnen in diesem verwüsteten Haus einen Haufen Arbeit bescheren. Die Anklage würde alle Spuren benötigen, die bewiesen, dass der Mann systematisch und mit dem Vorsatz, zu zerstören und schließlich zu töten, vorgegangen war. Es war sechs Uhr morgens, als sie ihre Ausrüstung zusammenpackten. In ihrer Erschöpfung hatte Carmen sich den Finger an einer Glasscherbe verletzt und überließ Gerónimo das Steuer. Während der Rückfahrt kämpfte Pilar gegen den Schlaf an.

»Wir räumen das Material noch auf, und dann gehen wir schlafen«, schlug Diaz vor. »Ihr habt heute frei. Ich kümmere mich am Nachmittag um den Bericht, um diese verdammte Woche abzuschließen. Diesmal ist es reine Routine. Es gibt keinen Zweifel an der Schuld des Mannes. Ich will, dass Olazabal uns bis Montag in Ruhe lässt. Morgen fahren Montaner und ich nach La Dragonera. Dienst auf Anordnung der Spezialeinheit. Bauza hat grünes Licht von der Umweltbehörde. Falls ihr Lust auf einen Ausflug habt, wir treffen uns Punkt sechs in Port d'Andratx.«

Am Eingang des Kommissariats überreichte Gardiola, der Pförtner, Pilar einen braunen Umschlag, auf dem in großen violetten Buchstaben ihr Name stand. Nuschelnd beschrieb er die Person, die ihn abgegeben hatte. Blaue Haare, Motorradkombi aus silberfarbenem Leder, das konnte nur Azur Letal sein. Die Zwillingsschwester, die überall nach ihrem verschwundenen Zwillingsbruder suchte. Eine kurze Nachricht kommentierte die Aufnahme einer Gruppe ziemlich betrunkener Partygäste: »Das letzte Foto von Fredo und seinen Kumpels am Abend seines Verschwindens.«

28   Manchmal schlägt der Verstand Kapriolen wie eine Kompassnadel, mit der man sich dem Nordpol nähert. Obwohl er sie deutlich wahrnahm, hätte Montaner nicht gewusst, wie er die Bedrohung, die er spürte, beschreiben sollte. Ihre Ermittlungen schienen ins Leere zu führen, und anstatt auf fundierten Erkenntnissen beruhte der Zusammenhang zwischen den einzelnen Fakten auf der Konstellation der Gestirne. Montaner fischte im Trüben. Zwischen zwei Vollmonden waren irgendwo auf der Insel mindestens zwei menschliche Körper und ein Tierkadaver zerstückelt worden. Die Liste der Verstümmelungen umfasste zwei abgeschnittene Hände, den Knochen eines Ringfingers, den abgetrennten Kopf eines Menschen, dessen zu Asche verbranntes Herz sowie ein mit einer Axt geköpftes Vollblut. Sie spielten ein Spiel ohne jede Regel gegen ein Raubtier, dessen Motive im Dunkeln lagen, und das von maßlosem Hass angetrieben wurde. Um die Lage in den Griff zu bekommen, musste der Teniente die Regel des Spiels verstehen, bevor es zu Ende war. In seinem Kalender suchte er nach dem Datum des nächsten Vollmonds, es war der dreißigste Juli. Was, wenn das der Nullpunkt des Countdowns wäre? Und was, wenn die Herausforderung darin bestand, den Mörder vorher zu fassen? Was, wenn sein Unvermögen ein weiteres Opfer das Leben kostete?

Am Küchentisch in Ochos Wohnung las Montaner noch einmal seine Notizen in dem kleinen Büchlein nach, das aufgeschlagen auf der Wachstuchdecke vor ihm lag, und versuchte, die Dreieckskonstellationen von Ramon Llull auf seine Ermittlungen anzuwenden, so wie Baltasar es ihm erklärt hatte. Die Ereignisse, makabren Funde und vielfältigen Erkenntnisse der letzten Wochen in Dreiergruppen einzuteilen und miteinander zu verbinden war einfacher gesagt als getan. Am meisten beunruhigte ihn, dass es ihm beinahe gelang.

Die blutigen Hände an den Wänden der Arabischen Bäder zum Beispiel. Die Vergrößerungen von Pilars Fotos belegten, dass sie unregelmäßig angebracht worden waren. Bei allen fünf Paaren traten die Abdrücke der linken Hand, die in einem Gummihandschuh gesteckt hatte, stärker hervor. Es war deutlich zu erkennen, dass sie fast übermütig gegen die Wand gedrückt worden waren. War der Kerl vielleicht Linkshänder? Normalerweise würde man davon ausgehen, dass er den Eimer in der linken Hand hielt und seine rechte eintauchte. Er hatte es genau umgekehrt gemacht. Die fünf Abdrücke der rechten Hand sahen völlig anders aus. Der Abdruck in der Nähe der Tür war der einer rechten Hand. Gehörte sie zu der, die sie in Son Reus gefunden hatten? Es war der einzige, bei dem ein Teil eines Fingerabdrucks zu erkennen war. Alle anderen Fingerabdrücke waren, absichtlich oder nicht, vom herablaufenden Blut verwischt.

Hatte der Irre tatsächlich die Hände der Leichen mit sich herumgetragen, um sie für seine makabre Inszenierung zu benutzen, wie Carmen vermutet hatte? Durchaus möglich im Zeitalter der Tiefkühltruhen. Zog man die Verbindung, die Doktor Cirer zwischen dem Fingerknochen von La Dragonera und der Hand in La Portella hergestellt hatte, in Betracht, ergab das vielleicht das erste Dreieck. Er malte es auf. Die abgeschnittene Hand, der Knochen, der blutige Handabdruck. Drei verschiedene Tatorte, aber dieselbe Leiche? Das reichte nicht aus, um ihre Ermittlungen voranzubringen. Bestätigte aber das Profil eines Mörders, der eine Spur von Leichenteilen legte, mit der er die Ordnungskräfte köderte und an der Nase herumführte.

Und La Dragonera? Die Hinweise auf die Insel waren allzu nachdrücklich. Die Feuer. Die verlorene Karte. Die Gerüchte um einen Immobilienschwindel. Er zeichnete ein zweites Dreieck auf die nächste Seite des Notizbuchs. Und dazu den Ringfinger und die beiden übereinstimmenden Schuhabdrücke auf der Insel und in den Arabischen Bädern. Sie ergaben das dritte Dreieck.

Er dachte eine Weile nach, blätterte zurück und kritzelte schließlich wütend ein Fragezeichen in die Mitte jedes einzelnen Dreiecks. »Suche nach dem gemeinsamen Nenner«, hatte Baltasar ihm geraten. Na schön, aber wo?

Morgen würde er mit seinem gesamten Team auf die Insel zurückkehren. Alle hatten zugesagt. Bauza hatte sein Versprechen gehalten und die nötigen Genehmigungen aufgetrieben. Bruno hatte sie im Büro der GOB, des offiziellen Umweltverbands, dessen Sitz sich in Sant Elm befand, abgeholt. Danach war er, anstatt nach Palma zurückzukehren, geblieben, um bei Ocho zu übernachten, und hatte seinen Rundgang gemacht. Wie damals, als er als junger Beamter hier Dienst gehabt hatte.

Durch Port d'Andratx zu schlendern war stets lehrreich. Abgesehen von der Bäckerei *Encarna*, die von den Leckermäulern schon am Vormittag geplündert wurde, öffneten die Geschäfte zu dieser Jahreszeit erst spätnachmittags.

Sein erster Besuch hatte der *Casa Vera*, einem Bootsausrüster, gegolten. Die Inhaberin sah sich das Muster der dünnen roten Schnur, die der Mörder dazu benutzt hatte, seine Päckchen zu verschnüren, genau an. In ihrem Laden war das Kilometerware. Sie verkaufte sie entweder meterweise, abgespult von einer riesigen Rolle, oder in Spulen von zweiundzwanzig Metern Länge. Sie konnte sich unmöglich an einzelne Kunden erinnern. Natürlich kannte sie die Seeleute aus der Gegend oder die, die hier einen Liegeplatz gemietet hatten. Die meisten kamen regelmäßig. Mit den durchreisenden Seglern sprach man über die Boote, das Wetter und die Dingis. Man merkte sofort, mit wem man es zu tun hatte. Im Sommer häufig mit Süßwassermatrosen und einer Menge Touristen. Abgesehen von den Tauen und der übrigen Bootsausrüstung war der Laden bekannt für seine reiche Auswahl an Taucherbrillen, Schnorcheln und Flossen.

»Meinetwegen können sie mir die Schnur abkaufen und sie hinterher als Wäscheleine benutzen«, scherzte sie.

Im *Colmado* nebenan erzählte ihm die geschwätzige Verkäuferin Margarita von der Gaunerei des Jahres.

»Du solltest dem Notar in Andratx einen Besuch abstatten. Irgendjemand hat ihm eine sehr alte Besitzurkunde von La Dragonera präsentiert, die er angeblich für teures Geld gekauft hat. Natürlich hat er eine Anzahlung geleistet und ist überzeugt davon, dass die Urkunde echt ist. Stimmt ja auch, dass La Dragonera bis in die Siebzigerjahre in Privatbesitz war. Im Moment ist der gute Mann, soviel ich weiß ein Holländer, damit beschäftigt, den Kerl zu suchen, der ihm die Urkunde verkauft hat. Ein Deutscher. Er hat keine Chance bei all den Leuten, die hier leben. Den kann er sich einrahmen, den alten Fetzen Papier«, schloss sie lachend.

Im *Es Portal* aß er zu Abend, einen Teller *chipirones* und *calamars a la planxa*. Der Wirt, Jorge, war ein alter Freund und bestätigte, dass die Gerüchte ein beunruhigendes Körnchen Wahrheit enthielten. Nach La Dragonera zu greifen bedeutete, ein Tabu zu brechen.

Darüber dachte Montaner nach, als er sein Notizbuch aufschlug, um ein weiteres Dreieck zu zeichnen. Das war der zweite

Deutsche, der im Verlauf der Ermittlungen aufgetaucht war. Hingen der Schwindel mit der Besitzurkunde und die Feuer auf La Dragonera zusammen? Der Blonde mit der teuflischen Aura, von dem ihm Rafael, der Akupunkteur, erzählt hatte, war auch Deutscher. Der Kerl mit der teuflischen Aura. Er dachte einen Moment nach und fügte dem Dreieck einen weiteren Deutschen hinzu. Den jungen Mann, der nach Son Nadal gekommen war, von dem Pilar ihm erzählt hatte. Und wenn es ein und derselbe war? Das Datum passte. War sein deutsches Trio damit schon komplett? Er blätterte in seinen Notizen: Carape hatte Pilar erzählt, dass Anfang Mai ein junger, etwas dicklicher Deutscher Horacio besucht hätte. Die Angestellten des Guts munkelten, er sei der Sohn von Yolanda, der Tochter, die Horacio enterbt hatte, nachdem sie mit einem Deutschen durchgebrannt war. Hatte sie überhaupt einen Sohn? Wie hieß er? Wer war sein Vater? War er vor Kurzem nach Mallorca gekommen? Erhob er Anspruch auf sein Erbteil? Kurz nach seinem Besuch auf der Insel war der *Atlas catalán* der Más in Hamburg aufgetaucht. Beruhte der Immobilienschwindel um La Dragonera auf dieser alten Karte? War Yolandas angeblicher Sohn darin verwickelt? Steckte er womöglich sogar dahinter? War ein Verbrecher aus ihm geworden? Ein kleiner Gauner oder der gefährliche Verrückte, hinter dem sie seit einem Monat her waren? Er gab einen hervorragenden Verdächtigen ab. Dreifach unterstrichen. Nachforschungen über Yolanda Más und ihren Sohn in Deutschland anstellen, schrieb er ans Ende der Seite.

Ana dazu bringen, dass sie auf mich hört, hätte er in die Liste aufnehmen können.

Das Telefongespräch mit seiner Tochter war einer jener sinnlosen Dialoge zwischen Eltern und Kindern gewesen, die ihn in den Wahnsinn treiben konnten. Ana machte diesen Sommer ein Praktikum in Hamburg, und ihr um zwei Jahre älterer Bruder Juanito machte eine Lehre in einem großen Restaurant in London. Ihre Mutter Catalina hatte sie, getreu ihrem Vorbild, zu Zugvögeln erzogen. Wie sie selbst ertrugen sie es nicht, lange am selben Ort zu bleiben. In ihren Augen war ihr Vater ein bornierter Sesshafter und die Insel ein Gefängnis. Wunderschön, aber eben begrenzt.

Von ihren mallorquinischen Wurzeln bewahrten sie sich, was ihnen gefiel, und verwarfen alles Übrige. Bruno war stets verblüfft, wenn Dritte ihm von seinen Kindern berichteten, deren Verhältnis zu ihnen viel enger war als sein eigenes. An diesem Morgen hatte Ana mit Baltasar telefoniert und anschließend ganz aufgeregt bei ihm angerufen. »Wahnsinn, die Geschichte mit dem *Atlas catalán*! Und der Buchhändler ist hier in Hamburg. Wenn du willst, recherchiere ich ein wenig. Vergiss nicht, dass ich bald Journalistin bin.«

»Kommt nicht in Frage. Das verbiete ich dir. Lass die Finger von dieser Geschichte. Das kann gefährlich werden.«

»Mach dir keine Sorgen. Ich nehme meinen Bodyguard mit!« Nach dieser Bemerkung, die ihn mehr als alles andere beunruhigte, legte sie auf.

Es gab keinen konkreten Grund für das Gefühl der Bedrohung, das ihn nicht losließ. Eine Gefahr vorauszuahnen gehört zu den animalischen, archaischen Fähigkeiten des Menschen. Montaners limbisches System war alarmiert und sagte ihm, dass der Tod umging. Jeder hat die Albträume, die er verdient, dachte er. Der, den er im Augenblick durchlebte, erschütterte seine Gewissheit, der unausrottbaren Rasse der Jäger anzugehören. Er konnte sich des unangenehmen Gedankens nicht erwehren, von einem beispiellosen Mörder zur Beute degradiert zu werden. Einem grindigen Einzelgänger, der außerhalb der Herde jagte. Um seine Motive zu ergründen, musste Bruno seine Deckung aufgeben. Diese Untersuchung war eine finstere Schlacht zwischen Kräften, die seine übertrafen. Es ging um Einsätze, die das übliche Maß überstiegen. Blutspuren, die von Hass, einem Massaker, das von Raserei zeugte. Spektakulär inszenierte Funde von Leichenteilen. Der Mann hatte keine Angst vor Blut.

Montaner konnte nicht schlafen. Er machte die kleine Lampe an und ging hinaus an die Luft, in den kleinen blühenden Garten.

Der zunehmende Mond, der von einer winzigen Wolke verdeckt wurde, ließ ihm keine Ruhe. Auf welcher Seite stand er? Egal, ob gelb, rot oder blau, er erhellte wenig und wies nur dem Irren den Weg. Danke schön auch.

Er stolperte über den Gartenschlauch und fluchte. Lautes

Schnarchen drang aus dem einzigen Zimmer. Ocho schlief tief und fest. Wenigstens er hatte keine Angst vor Einbrechern oder Mördern. Die Haustür war nicht abgeschlossen.

Im Dunkeln schlich er ins Haus zurück, um den Küchentisch herum und legte sich auf das Sofa. Der für das Zimmer viel zu große Fernseher schimmerte im Dunkeln. Wie ein kleiner Mond im Haus thronte er auf der Anrichte, ein schwarzer viereckiger Kasten, wie ein Totem jener Welt, deren unheilvolle Einflüsse Bruno mit aller Macht zurückwies.

29   Zwei eigens angemietete Boote hatten sie frühmorgens an der Cala Lledó auf der Westseite von La Dragonera abgesetzt. Hier war der offizielle Ausgangspunkt der markierten Wanderwege über die Insel. Laut Beschreibung standen ihnen anderthalb Stunden Marsch im mittelschweren Gelände bevor. Während Joaquim, Virus und Eusebio zum alten Leuchtturm aufstiegen, bogen Montaner, Pilar, Carmen und Gerónimo in Richtung Més Alt ab, wohin Montaner seinen ersten heimlichen Erkundungsgang unternommen hatte. Von dort aus gingen sie im Gänsemarsch weiter querfeldein entlang den von gelben Flechten überzogenen flachen Felsen und bemühten sich, nicht abzurutschen und die Vegetation so wenig wie möglich zu schädigen. Besonders Pilar achtete sehr darauf und erklärte ihnen alles, was es am Weg zu sehen gab.

Auf dem oberen Plateau des Més Alt angekommen, steckten sie das Gelände ab und machten sich an die Arbeit. Im Unterholz und zwischen den Felsen suchten sie nach Hinweisen darauf, dass dort jemand entlanggegangen war.

Der Wind hatte offensichtlich alle Abdrücke ausgelöscht, die Montaner im Juni fotografiert hatte. Doch als Gerónimo in der Asche der Feuerstelle stocherte, entdeckte er die beiden fehlenden Knochenstücke des von der Hand aus La Portella abgetrennten Ringfingers. Halb enttäuscht und halb erleichtert stellten sie fest, dass keine weiteren Knochen zu finden waren. Pilar begann mit der fotografischen Dokumentation, und Carmen zeichnete die genaue Anordnung der Steine auf, die ein spitzes, nach Sant Elm zeigendes Dreieck formten. Auf einem der Steine entdeckten sie Wachsreste von einer Kerze. Gerónimo bedeutete ihr, ihn einzupacken. Sie würden ihn ins Labor bringen. Carmen seufzte beim Gedanken daran, den großen Stein den Berg hinunterschleppen zu müssen, folgte aber der Anweisung. Das war allerdings noch längst nicht das Ende ihrer Strapazen. Gerónimo schickte sie los, Montaner auf dem Trampelpfad bis hinunter zu der kleinen Bucht zu folgen, um zu prüfen, ob es noch irgendetwas zu sehen gab, das dieser nicht schon beim ersten Mal entdeckt hatte.

»Was glaubst du wohl, was es nach einem Monat an der dem offenen Meer zugewandten Seite einer Insel noch zu entdecken gibt?«, protestierte sie. »Der Wind hat alles davongeweht. Du kommst vielleicht auf Ideen!«

»Keine Widerrede, du gehst!«

Gerónimo behielt recht. Während sie das Gelände noch mal genauestens absuchten, bemerkte Carmen, dass Montaner bei seinen Beobachtungen ein Fehler unterlaufen war. Das schwere Bündel war nicht den Berg hinauf-, sondern hinabgeschleift worden. Ein entscheidender Unterschied. Außerdem fand sie Blutspuren auf der Strecke und einige Jutefasern in den Büschen, die Montaner ebenfalls übersehen hatte. Eine ganze Reihe neuer Indizien, die mit denen, die sie an den anderen Tatorten gesammelt hatten, abzugleichen waren. Jemand hatte gelitten und geblutet auf La Dragonera.

Unterdessen schoss Pilar auf ihrer Seite ein Foto nach dem anderen und versuchte sich vorzustellen, welche Stimmung hier oben wohl bei Mondlicht herrschte. Hier war eine Art Zeremonie oder Fest abgehalten worden. Wie viele sich wohl jede Woche über das Verbot, die Insel zu betreten, hinwegsetzten? Nur sehr wenige, hatte die GOB behauptet. Die Kontrollen waren verstärkt worden. Nach dem, was die Fischer erzählt hatten, waren die geheimnisvollen Feuer erloschen.

Es war zehn Uhr morgens. Noch acht Stunden Tageslicht. Es

duftete nach Zistrosen und Rosmarin. Pilar entfernte sich und ging zurück bis an den steil ins Meer abfallenden Rand des Felsplateaus. Von dort aus wollte sie das Gelände in der Totalen fotografieren. Außerdem wollte sie einige Aufnahmen von den in der Ferne hoch aufgetürmten nackten Felsen machen, dem mit Büschen und wilden Olivenbäumen bewachsenen, ins Meer hinausragenden Kalkplateau und der noch weiter entfernt liegenden eindrucksvollen Felsküste von Sant Elm jenseits des Meeresarms. Das grandiose Panorama ließ ihre Fotos fast wie Urlaubsbilder erscheinen. Es fiel schwer, sich vorzustellen, dass dies der Schauplatz eines Verbrechens sein sollte.

Plötzlich hielt sie den Atem an und zoomte vorsichtig. Über den Fluten kreise ein Seeadler im Gleitflug und lauerte auf einen Fisch, um sich blitzschnell wie ein Stein herabfallen zu lassen und ihn in seine Klauen zu bekommen. Hatte er bemerkt, dass sie ihn beobachtete? Er drehte den Kopf. Einen flüchtigen wundervollen Moment lang traf sein Blick den der Fotografin. Das Geräusch des Auslösers ging unter im Rauschen des warmen Windes, von dem er sich mit einem majestätischen Flügelschlag auf die andere Seite des Abgrunds tragen ließ.

Limonium dragonicum. Lag hier das Geheimnis von La Dragonera begraben, unter dem Meerlavendel? Die widerstandsfähigen Büschel mit den kleinen lilafarbenen Blüten zählten zu den botanischen Besonderheiten der Insel. Aber Pilar war trotz der herrlichen Landschaft und ihrer Liebe zur Natur nicht danach, Blumen zu pflücken.

Ein in den Büschen verborgener Gegenstand blitzte in ihrem Objektiv auf. Aus der Nähe betrachtet, gab es keinen Zweifel mehr. Was machte Fredos Mundharmonika hier auf La Dragonera? Fredo Letal, ihr alter Freund aus dem Tauchklub, der seit einem Monat verschwunden war und von seiner Zwillingsschwester Azur verzweifelt gesucht wurde.

»Eine diatonische Hohner mit zehn Löchern und zwei Stimmplatten, perfekt geeignet für Bluesstücke, da die leicht gegeneinander verschobenen Platten ein Tremolo erzeugen«, erklärte sie

Montaner, als sie ihm das Instrument in einem durchsichtigen Indizienbeutel reichte.

»Du kennst dich aus.«

»Fredo hat es mir hundertmal erklärt. Das ist seine Mundharmonika. Der Körper ist aus Holz, die Abdeckplatten aus Metall. Siehst du die Kratzer? Da hatte er einen Unfall mit dem Motorrad. Ich würde sie unter Tausenden erkennen. Er hat sie nie aus der Hand gegeben. Ob sie ihm gestohlen wurde? Wie hätte er sie hier verlieren sollen?«

Ohne eine Antwort überdachte Montaner die ungeheuerliche Neuigkeit und ihre möglichen Folgen. Pilars Fund änderte schlagartig die Gegebenheiten. Wie alle Taucher auf Mallorca kannte Fredo La Dragonera in- und auswendig. Das machte ihn zu einem potenziellen Verdächtigen. Und zu einem potenziellen Opfer. Das Funkgerät rauschte. Die Gruppe hatte sich getrennt. Unter Joaquims Kommando hatten Virus und Eusebio den Weg zum alten Leuchtturm genommen. Dorthin, wo die ersten Feuer beobachtet worden waren. Wenn sie dort etwas fanden, würde der Rest des Teams zu ihnen stoßen. Aber als sie die Ruine des Leuchtturms erreicht hatten, sahen sie auf dem Boden zunächst nur schwarze Asche und Zigarettenkippen, wie Joaquim seinem Chef sogleich via Funkgerät berichtete.

»Und im Brunnen ist nichts?«, fragte Montaner.

»Er ist zu tief. Wir haben keine Ausrüstung hier, um ihn zu untersuchen. Auf dem Rand sind jedenfalls keine verdächtigen Flecken oder Schleifspuren zu erkennen.«

»Sucht weiter!«

Ein paar Minuten später rief Virus erneut an.

»Am Fuß der Mauer habe ich eine dieser Petroleumfackeln für den Garten gefunden.«

Gerónimo schnappte sich das Mikrofon und gab seine Anweisungen:

»Du hast alles, was du zur Spurensicherung brauchst, in deinem Rucksack. Als Erstes ziehst du dir Handschuhe an und steckst die Fackel in einen großen Beutel aus Packpapier. Dann entnimmst du mit einem Klebestreifen etwas von der schwarzen Asche, die Ziga-

169

rettenkippen sammelst du in nummerierten Beuteln, dann machst du eine Skizze, die zeigt, wo ihr jedes einzelne Indiz gefunden habt, und bringst mir das Ganze schleunigst her. Klar?«

Pilar warf einen letzten Blick auf die Feuerstelle, deren Spitze auf Sant Elm zeigte. Ein Pfeil aus Blut, einer aus Steinen. Hatten sie die gleiche Bedeutung? Hatte die gleiche Hand, die den Pfeil aus Blut auf den Boden der Arabischen Bäder gemalt hatte, auch diese Steine im Dreieck angeordnet? Wies der stumme Pfeil auf La Dragonera auf einen weiteren Ort des Schreckens irgendwo auf der großen Nachbarinsel? Es war schwer zu glauben, dass diese traumhafte Insel ein Tatort wie jeder andere sein sollte. Und erst recht, dass Fredo damit zu tun hatte. Aber so war es wohl. Die Mundharmonika. Die Abdrücke der Espadrilles. Im Sommer trug Fredo immer Espadrilles. Wie würde seine Schwester Azur die Nachricht aufnehmen? Durfte Pilar es ihr überhaupt sagen? Montaner rief laut nach ihr und setzte ihren düsteren Überlegungen damit ein Ende.

Leichtfüßig wie eine Bergziege sprang sie auf den Felsen und kletterte von ihrem Ausguck herunter. Sie musste sich bewegen, um die Gefahr in Schach zu halten. Weitergehen, um nicht zu fallen. Dem Tod davonlaufen. Fotografieren, um besser nachdenken zu können. Diese Lektion hatte sie früh gelernt, ihre Kindheit war eine harte Schule gewesen. Handeln war das beste Mittel, um gegen das Schicksal anzukämpfen. Sie zog den Umschlag, den sie am Abend zuvor erhalten hatte, aus ihrem Rucksack, betrachtete das Foto unter der Lupe und reichte es Montaner. Fredo trug einen gestreiften Pulli, sein Gesicht war schmal, sein Blick herausfordernd, seine widerspenstigen Haare von Sonne und Salz gebleicht. Er und seine Kumpel gaben sich wie junge Seewölfe. Pilar erkannte zwei, drei von ihnen. Mehr nicht. Sie würden sie später identifizieren.

Etwas stach ins Auge. Etwas, das bewies, dass Fredo Letal nach seiner geheimnisvollen Flucht nach La Dragonera gekommen war. Etwas, das Pilars Magen zusammenkrampfen ließ. In seiner rechten Hand schwenkte Fredo, als wolle er sie gleich an die Lippen setzen und eines der traurigen Bluesstücke spielen, deren Akkorde er so gerne variierte, seine Mundharmonika.

30   »*Tú me quieres blanca, tú me quieres nívea, tú me quieres casta*«, sang Tita und stach wütend die Nadel in den Vorhangstoff, den sie gerade säumte. »Du liebst mich weiß, weiß wie Schnee, du liebst mich keusch«, heißt es in dem Gedicht von Alfonsina Storni, das Bruno schon auswendig kannte. Tita sang es ihm jedes Mal mit herausfordernder Miene vor, wenn er bei ihr hereinschneite, linkisch und verlegen, weil er zwei oder drei Wochen lang völlig vergessen hatte, dass es sie überhaupt gab.

Er stand am offenen Fenster und beobachtete das Kommen und Gehen der Kunden des *Forn des Recó*, der Bäckerei im Erdgeschoss. Der Duft der Backstube zog durch das ganze Haus und erinnerte ihn daran, dass er Hunger hatte. Auf Palma lastete eine drückende Hitze. Nach seinem Tag auf La Dragonera war er benommen von Sonne und Meer und wollte nur noch eines – einen Happen essen, sich hinlegen und bis Montag durchschlafen. Aber er hatte es nicht gewagt, seine abendliche Verabredung mit der stürmischen Tita abzusagen, deren Zorn sich aufblähte wie ein Segel im Wind und die einen Kurs einschlug, der seinen geruhsamen Abend ernsthaft gefährdete.

»Soll ich dir was sagen? Du hältst mich für eine Hure. Tagelang tust du, als wärst du ein Mönch, und sobald du pfeifst, soll ich die Beine breit machen. Geh zum Teufel, Montaner! Geh nach Hause zu deiner Mutter, der heiligen Placida. Oder ruf deine Frau an, Santa Catalina. Ich bin es leid, dich nur dann zu sehen, wenn es dir in den Kram passt. Früher war es Montag. Jetzt kommst du immer samstags, oder du lässt mich gleich warten, bis ich schwarz werde. Für dich zählen nur Familie, Arbeit, Freunde. Und zwar in der Reihenfolge. Das kenn ich schon zur Genüge. Mit Tita kannst du dich nicht sehen lassen. Der große Montaner und seine kleine Zigeunerin – das gäbe ein schönes Gerede in Palma! Im Bett zierst du dich nicht so. Was bin ich denn für dich? Eine Gewohnheit? Eine Übung für dein körperliches Wohlbefinden? Du verschießt dein Pulver, und dann gehst du wieder. Was aus mir wird, ist dir schnuppe. Ich nähe und nähe. Das ist alles, was ich kann. Ah, stimmt ja, du hast mir diese Wohnung besorgt und kümmerst dich um meinen Sohn.

Glaubst du, dass das genug ist? Dass ich damit zufrieden sein sollte? Das bin ich nicht!«

Verloren Männer aus diesem Grund die Nerven und schlugen ihre Frauen? Um diese Wörtermühle zu stoppen, wenn das feine Mehl der Wahrheit in ihren Augen zu beißen begann? Für Frauen war es das tägliche Brot. Fein gemahlen war das Unglück leichter zu verdauen. Männer schimpften dagegen und brüllten laut, um die triste Wiederholung ihrer Feigheit und ihrer ewig gleichen Versäumnisse nicht mehr hören zu müssen. Montaner würde niemals die Hand gegen sie erheben. Seine Sanftheit lockte Tita immer wieder in die Falle, entschuldigte ihn aber nicht. Er senkte beschämt den Kopf. Er benutzte sie, ihren geschmeidigen Körper, ihre Fröhlichkeit, ihr explosives Temperament und ihre Großzügigkeit, überzeugt, dass sie mit allem einverstanden war, weil sie sich ihm hingab. Auf seine Art ließ er sie genauso leiden wie der Vater ihres Kindes, der sie windelweich geschlagen hatte.

Ihre theatralische Art und ihr mädchenhaftes Aussehen machten es ihm schwer, sie ernst zu nehmen. Ihr Feminismus war reiner Instinkt und viel unbequemer als Pilars vernunftbetonte Argumente, denn sie traf ihn mitten in seinen eigenen Widersprüchlichkeiten. Niemals würde er dulden, dass ein Mann so mit seiner Tochter umsprang wie er mit Tita. Was gab ihm das Recht dazu? Er behandelte sie schlecht und konnte es doch nicht lassen. Titas scheinbare Aufsässigkeit, ihre zornigen Vorwürfe und Brunos Ärger über sich selbst waren die Strophen der Liebesvariation, in der sie letztlich immer wieder zu einem Gleichklang fanden. Das Spiel war niemals entschieden, obwohl er immer der Überlegene blieb, und er kam jedes Mal wieder, wohl wissend, was ihn erwartete.

Ein äußerst wirkungsvoller erotischer Reiz. Eine Form von Geisteskrankheit, hätte Pilar gewettert. Erster Akt: der Zorn. Zweiter Akt: die Liebe. Dritter Akt: das Essen. Ocho hatte für ihn zwei der schönen Langusten gefangen, nach denen Tita verrückt war. Er hatte vor, sie in einem Fischsud zu garen. Zusammen mit einem Bund Spargel und einer feinen Sardellensoße würden sie sie als Mitternachtsmahl zu sich nehmen. Heimlich, so wie ihre Liebe.

Tita hatte recht mit allem, was sie sagte. Zum Beispiel dieses

Appartement im zweiten Stock, an einem stillen kleinen Platz hinter der Kirche Santa Creu. Er hatte es ausgesucht, um sie aus der ärmlichen Stube zu holen, in der sie zuvor genäht hatte. Aber wenn er ehrlich war, auch, um nicht länger den inquisitorischen Blicken der Klatschweiber im Zigeunerviertel La Drassana ausgesetzt zu sein.

Liebte er sie? Er war verliebt in ihre junge Haut, ihre üppigen Formen, ihre blühenden dreißig Jahre, ihre geschickten Finger, ihre durch die einsame Mutterschaft noch betonte Weiblichkeit, ihren zügellosen Hang zu feiner Unterwäsche, ihre geblümten Kleider und roten Schuhe, ihren Duft nach Tuberosen, ihren Hunger nach Zärtlichkeit, ihre Verfügbarkeit, ihre Fantasie, in das Vergnügen, das ihr die Liebe bereitete. Er war nicht in sie verliebt, sondern in das, was er an ihr liebte. Tita erregte ihn. Das war nicht gerade wenig. Doch er verstand, dass ihr das nicht genügte. Männer waren sich ihrer Sache sicher und konnten sich bis zu ihrem nächsten Höhepunkt sinnvoll beschäftigen. Frauen, die sich ihrer Erfüllung weniger sicher waren, mussten sich mit der Zukunft beschäftigen. Morgen, nach der Messe, würde Tita zur Hellseherin gehen, ihren gesunden Menschenverstand vorübergehend auf deren Fußmatte ablegen und sich von ihr die Karten legen lassen. Für ein paar Euro würde die andere ihr sagen, was sie hören wollte: Montaner sei verrückt nach ihr und werde sie schließlich heiraten. Und eines Tages würde sie eine wundervolle Witwe eines Leutnants der Guardia Civil abgeben. Montaner zuckte mit den Schultern.

Seine Liebe gehörte noch immer Catalina, die seit zehn Jahren in Madrid ihr eigenes Leben lebte, aber für ihn die ideale Ehefrau geblieben war. Die Einzige, die ihn zum Träumen brachte.

Sein Leben hatte er schlecht und recht um ihre Abwesenheit herum organisiert. Tita war ihm Last und Lust zugleich. Der Grind, an dem man kratzt, der stört und irgendwann abfallen wird, den man jedoch so lange wie möglich behalten möchte um des Vergnügens willen, hin und wieder daran kratzen zu können. Er war ein Schuft und ein Egoist dazu. Titas wilde Eifersucht, ihr Groll und ihre Auflehnung waren gerechtfertigt. Er würde es bereitwillig zugeben. Aber nicht heute Abend.

In einer kindlichen Geste und ohne die Nadel aus der Hand zu legen, fuhr sie sich mit dem Handrücken über die feuchte Stirn. Sie hatte sich in den Kopf gesetzt, den Saum fertig zu nähen. Ihre langen schwarzen Haare, der schwere Stoff, mit dem sie hantierte, und ihr Zorn hatten sie erhitzt. In dem rosa Licht der viel zu warmen Frauenwohnung, die vollgestopft war mit einer museumsreifen fußbetriebenen Nähmaschine, einer weiblichen, lebensgroßen Schneiderpuppe, Stoffresten, Garnrollen, Schachteln mit Perlen und Knöpfen, Bändern und Bordüren, fühlte Bruno sich fehl am Platz. An der Wand hingen Stierkampfplakate. Titas Ex, der Vater ihres Kindes, war Banderillero und verdingte sich bei den Stierkämpfen, die die ganze Saison über überall in Spanien stattfanden. Ein verhinderter Torero. Das Esszimmer war zugleich Titas Arbeitszimmer. Montaner hatte wenig Lust, den Streit fortzusetzen, und tat so, als interessiere er sich für das Durcheinander in dem großen Schrank, dessen Türen weit offen standen und der eine ganze Wand einnahm. Sein hervorquellender Inhalt war in einer Vielzahl von ordentlich beschrifteten Schachteln verstaut. »Kleine Stoffreste, die zu nichts mehr zu gebrauchen sind«, stand auf dem Etikett einer großen orangefarbenen Schachtel.

Unbegreiflich. Das Nutzlose aufzubewahren und es als nutzlos zu etikettieren war Teil des weiblichen Genius. Währenddessen keimte in Bruno eine Idee, mit deren Hilfe er sich für den Moment mit seiner jähzornigen Geliebten versöhnen und die für ihn sogar von Nutzen sein könnte.

»Wenn du für zwei Minuten damit aufhören würdest zu schmollen, könntest du mir helfen«, schlug er vor. »Du kennst dich doch aus mit Stoffen. Ich brauche eine Expertin. Wenn du einverstanden bist, bringe ich nächstes Mal Fotos von Stoffen mit. Und du wirst mir sagen, woher sie deiner Meinung nach stammen.«

Tita richtete einen kummervollen Blick auf ihn und nickte. Ihm helfen, Teil seines Lebens werden, sich um ihn kümmern. Das war alles, was sie wollte. Die Freiheit, die er ihr ließ, zehrte an ihr und war nur eine weitere Heuchelei. Sie war zwar nicht so gebildet wie er, aber deswegen noch lange nicht dumm. Ihre Freiheit wollte er nur, damit er sich aus jeglicher Verantwortung stehlen konnte. Sobald er die Tür ihrer Wohnung hinter sich schloss, war er derjenige, der frei war. Sie würde hierbleiben, eine Gefangene ihres Wartens und seiner Liebe, die ihre Tage mit Nähen verbrachte und deren Gedanken nur um die eine Hoffnung kreisten: Er hat gesagt, dass er wiederkommt.

31 Die Besprechung am Montagmorgen geriet nicht gerade zur Massenveranstaltung. Montaners Mitarbeiter kamen mit Verspätung, von dem Ausflug nach La Dragonera taten ihnen noch alle Knochen weh. Die Routine forderte ihr Recht und überschwemmte sie den ganzen Tag über mit Arbeit und stapelweise Papierkram.

Gerónimo kam erst am frühen Abend in sein Büro, gefolgt von Carmen und Pilar. Bruno empfing sie kühl. »Wir hatten gesagt, acht Uhr morgens, nicht acht Uhr abends«, bemerkte er.

»Wir kommen, um zu kündigen. Uns reicht's. Diese hochinteressante Zusammenarbeit vergiftet uns den Alltag. Olazabal wird unausstehlich. Wir werfen das Handtuch!«

»Erzähl.«

Gerónimo zuckte mit den Schultern und ließ sich in einen Sessel fallen. Er hatte es satt. Carmen ergriff das Wort.

»Für heute war eine Rekonstruktion angesetzt. Selbstverständlich hat Olazabal es unterlassen, uns vorher Bescheid zu geben. Er versucht, uns hereinzulegen, wo es nur geht. Das alte Spiel. Der Richter, der Angeklagte, die Anwälte, die Gutachter, die ermittelnden Kommissare und die Hauptzeugen, alle begeben sich an den Tatort. Das komplette Aufgebot. In diesem speziellen Fall ging es um eine Bandenschießerei vor dem Bahnhof von La Palma. Es gab zwei Tote. Bei der Verfolgungsjagd wurde ein Polizist verletzt. Er ist sechs Monate arbeitsunfähig. Eine üble Geschichte. Die Zeugenaussagen waren widersprüchlich, und ihre Plausibilität sollte geprüft werden. Die Details erspare ich dir. Es ging unter anderem darum, wer zuerst geschossen hat und von wo aus. Die Ergebnisse der ballistischen Untersuchung wurden angefochten. Das kommt vor. In einem solchen Fall werden wir angefordert, um vor Ort den Tathergang zu rekonstruieren, wie wir ihn anhand der Spurenauswertung in unserem Protokoll beschrieben haben. Der Angeklagte übernimmt seine eigene Rolle, Polizisten die der übrigen Beteiligten. Jeder muss sich den Bericht noch mal durchlesen und weiß, was er zu tun hat. Die Rekonstruktion wird genauso fotografisch dokumentiert wie anfangs der Tatort. Gleiche Regeln, gleicher Ablauf. Wir Kriminaltechniker setzen Markierungen und verfolgen die einzelnen Schritte des von uns schriftlich fixierten Tathergangs. Wir bestimmen das Vorgehen und versuchen dabei möglichst exakt zu arbeiten. Jede Aktion der am Originalschauplatz nachgestellten Szene wird fotografiert. Wenn wir das erste Mal am Tatort eintreffen, ist alles schon gelaufen. Aber bei einer Rekonstruktion wird vor unseren Augen jede Einzelheit in Zeitlupe nachgestellt. Und auf dieser zweiten Fotostrecke muss alles mit der ersten übereinstimmen. Die Winkel, die Körperhaltungen, die Schatten, das Licht. Darin ist Pilar einfach am besten. Es war also vorgesehen, dass sie die Bilder macht. Ich sollte ihr auf dem Plan den Tathergang erläutern und ihr sagen, wo sie sich hinstellen soll. Gerónimo sollte dem Richter folgen und ihm die Chronologie der Fakten, wie sie aus unserem Protokoll und der Position der Indizien hervorgeht, erklären. Wir sperren also die Straße und legen los. Die Angeklagten beschreiben ihre Version der Fakten und spielen sie dann nach, und wir vergleichen das Ganze mit den ursprünglichen Aufzeichnungen. Der Richter stößt sie mit der Nase auf die Widersprüche. Jede Aktion wird protokolliert und anschließend fotografiert. Wir haben die Waffen mitgebracht und legen sie dort hin, wo wir sie vorgefunden haben. Ebenso werden die Fundorte der Patronenhülsen und die Einschüsse markiert. Ein Protokoll der gesamten Rekonstruktion wird erstellt. Es wird während des Prozesses dazu dienen, die ersten Feststellungen entweder zu entkräften oder zu bestätigen. Das ist Millimeterarbeit unter äußerster Anspannung, bei der wir eine enorme Verantwortung tragen. Aber Olazabal hatte an allem etwas auszusetzen. Angefangen mit der Art und Weise, wie die ursprünglichen Aufnahmen ge-

macht worden sind. Wir bearbeiten den Fall seit April. Damals war
Pilar noch gar nicht bei uns. Sein böser Wille war so offensichtlich,
dass der Richter ihn kurz angebunden aufgefordert hat, uns nicht
weiter zu stören, sondern in Ruhe unsere Arbeit machen zu lassen.
Aber es wurde nur noch schlimmer. Als wir bei der Verfolgungsjagd
angelangt waren, schlug Pilar vor, sie zu filmen. Ein zweiminütiger
Film von der Flucht des Verdächtigen ist in jedem Fall aussagekräf-
tiger als fünfundzwanzig Fotos. Olazabal hat das rundweg abgelehnt. Er meinte, wir sind dafür nicht ausgerüstet. Dann hat Pilar
den Fehler begangen, ihn darauf hinzuweisen, dass Digitalkameras
heutzutage mit einer Videofunktion ausgestattet sind, mit der bei
guten Bedingungen ein mehrminütiger Film gedreht werden kann.
Da ist er ausgerastet. Von dir war auch die Rede: ›Montaner und
seine Spezialeinheit, der steckt euch noch an mit seinem Größen-
wahn. Der hält sich wohl für Clint Eastwood! Ohne mich. Ihr hört
jetzt auf mit diesem Zirkus, oder ihr bleibt in Zukunft im Archiv.‹
Große Worte. Drohgebärden. Du kannst es dir ja sicher vorstellen.«

»Allerdings.«

»Der Richter forderte Pilar auf, ihre Idee umzusetzen und zu
filmen. Aber sie hat so heftig gezittert, dass sie um eine Unterbrechung bitten musste, um ihr Stativ aufzustellen. Olazabal ist vor
Zorn rot angelaufen und hat uns mitten in der Rekonstruktion
stehen lassen. Der Richter hat bei seinen Vorgesetzten Beschwerde
eingereicht. Das gibt noch einen Riesenskandal.«

»Und ich bin zu alt, dieses Scheißspiel noch länger mitzu-
machen. Also sage ich stopp, aus, ich passe!«, gestand Gerónimo.

»Mit deiner Kündigung wartest du noch«, sagte Bruno. »Ich will
nichts dergleichen hören. Olazabal hat einen Fehler gemacht. So
aus der Rolle zu fallen und seine Untergebenen während der Arbeit
vor den Augen eines Richters zu schikanieren, der entsprechend
Bericht erstatten wird, ist nicht gerade die geeignete Strategie, um
auf die Posten zu gelangen, die er anstrebt. Vertrau mir. Der wird
noch was zu hören bekommen. Er wird in Zukunft nicht gerade
die Freundlichkeit in Person sein, aber ernsthafte Schwierigkeiten
wird er euch nicht mehr machen. Er ist zu weit gegangen. Die
große Tugend der Dummköpfe ist ihr Mangel an Weitsicht.«

Die Debatte war beendet. Montaner war zufrieden und schlug vor, erst einmal einen Gin Tonic zu trinken, um die Moral der Truppe zu stärken.

»Gin aus Maó. Der beste der Welt.«

»Auf deine Art bist du noch schlimmer als Olazabal«, jammerte Gerónimo, der sich darüber im Klaren war, dass Montaner keinen Millimeter nachgegeben hatte.

»Der Chauvinismus der Feinschmecker ist die letzte Rettung in einer Welt der Globalisierung vorgefertigter Ideen, der Flachheit der Geschmäcker und einer malthusischen Technokratie«, gab Montaner salbungsvoll von sich. »Ich bringe einen Toast aus auf das militante Inseldasein und die wohldosierte Unverschämtheit!«

»Auf die Trunkenheit, das einzig Wahre!«, gab Gerónimo sich geschlagen und hob sein Glas.

»Zurück zum Ernst des Lebens«, ergriff Montaner wieder das Wort. »Unsere neue Priorität heißt Fredo Letal. Virus wird allen das Foto geben, das an dessen letzten Abend in Portals Nous gemacht wurde. Ich habe es an alle unsere Dienststellen verteilen lassen. Zeigt es überall herum. Ich will die Namen zu den Gesichtern. Vielleicht ist es eine Sackgasse, aber es ist die einzige konkrete Spur, die wir haben.«

»Vielleicht sogar konkreter, als du denkst. Ich habe auch Neuigkeiten«, sagte Gerónimo. »Während du heute Morgen auf uns gewartet hast, habe ich mich nützlich gemacht. Ich habe den Jungs im Labor die neuen Indizien gegeben, die wir auf La Dragonera gesammelt haben, und sie gebeten, alles mit Cirer zusammen genau unter die Lupe zu nehmen und mit dem, was wir bisher haben, abzugleichen. Die DNA-Analysen lassen auf sich warten. Ihr kennt das ja. Erstens sind die Labore überlastet, und zweitens dauert es immer ewig, bis irgendetwas von hier nach Barcelona und wieder zurück gelangt ist. Auf einer Insel zu leben hat auch seine Nachteile. Wir können uns glücklich schätzen, dass der große Olazabal seine Nase nicht in meine Ausdrucke gesteckt hat. Ich bezweifle, dass er dieselben Prioritäten setzt wie wir.«

Virus hob schüchtern die Hand.

»Den Direktor des Labors in Barcelona kenne ich. Ich habe dort vor zwei Jahren ein Praktikum gemacht. Ich kann ihn anrufen.«

»Kommt ganz darauf an. In welchem Zustand hast du ihr EDV-System hinterlassen?«, fragte Joaquim.

»Kein Problem, das war ein Profi-System!«, antwortete Virus beleidigt.

»Und was haben wir für eins? Ein Idioten-System?«

Bruno pfiff die Partie ab.

»Beziehungen sind manchmal nützlich. Ruf Barcelona an und sieh zu, ob du die Untersuchung unserer Proben beschleunigen kannst. Eins noch: Der junge Mann ist kein Verdächtiger. Momentan gilt er nur als vermisst.«

»Entschuldigt«, sagte Gerónimo, »aber ich habe noch eine Information, allerdings vorerst ohne Gewähr. Pilar, du hast auf dem Formular angegeben, die Blutgruppe des jungen Letal sei B negativ. Woher weißt du das?«

»Vom Tauchen. Wir sind zusammen getaucht. Eine übliche Vorsichtsmaßnahme. B negativ ist eine seltene Blutgruppe«, erklärte Pilar knapp.

Die Wendung, die diese späte Zusammenkunft nahm, gefiel ihr nicht.

»Das beweist natürlich gar nichts«, sagte Gerónimo sanft, »aber die Blutflecken auf dem Felsen auf La Dragonera, von denen Bruno Proben genommen hat, haben die Blutgruppe B negativ. Und die Hand von La Portella ebenfalls. Es tut mir leid.«

32   Wenn Placida Montaner, Brunos Mutter, die Decke auf den Kopf fiel, kaufte sie sich einen Fächer. Wie lange es das Geschäft in der Carrer Jaume II wohl noch geben würde? So viele andere hatten schon zugemacht. Putzmacherinnen, Kurzwarenhändler, Korsettmacher. Die kleinen Läden, die den Zauber ihres früheren Lebens ausgemacht hatten, verschwanden allmählich. Sogar die mallorquinischen Stickereien. Handarbeit? Zu teuer! Fächer dagegen wurden gerade wieder modern. Aber wer wusste sie noch mit wirklicher Eleganz zu benutzen?

Placida wartete geduldig, bis sie an der Reihe war. Das Einzige, was ihr am Fluch des Älterwerdens gefiel, war, dass sie nun endlich nach Herzenslust bummeln konnte. So oft hatte man ihr vorgeworfen, zu langsam zu sein. Nun, da sie das Recht dazu hatte, wollte sie dieses zweifelhafte Privileg der Alten auch ausnützen. Ansonsten tat sie, wonach ihr der Sinn stand. Das Leben hatte ihrem schwachen Herzen zugesetzt. Wenn sie auf Bruno und Angela hören würde, könnte sie sich gleich zu Hause einschließen.

»Ich sterbe lieber auf der Straße als in meinem Bett. Deswegen ziehe ich auch immer frische Wäsche an, wenn ich ausgehe. Immer bereit für die große Reise!«, erklärte sie jedem, der es hören wollte.

Damit rechtfertigte sie vor sich selbst ihre Kaufexzesse, wenn es um feinste Leinenwäsche und Spitzen ging. Die Fächer waren im Vergleich dazu kaum mehr als eine Randerscheinung.

Heute wollte sie einen purpurfarbenen erstehen, um beim Tee mit dem verführerischen Großvater des kleinen Niels Eindruck zu machen. Ihre Freundinnen würden grün werden vor Neid.

Die Verkäuferin war mit einer unentschlossenen Touristin beschäftigt und gab sich Mühe, ihre Ungeduld zu verbergen. Schließlich gab es Neuigkeiten auszutauschen. Placida Montaner, die einen Sohn bei der Guardia Civil hatte, war eine besonders begehrte Gesprächspartnerin. Die flötende Stimme der Verkäuferin wurde lauter, als sie Placida über den Kopf ihrer Kundin hinweg zurief:

»Man weiß gar nicht mehr, wo einem der Kopf steht bei all den Tragödien. Gestern die Arabischen Bäder und heute …«

Die Touristin hatte endlich ihre Wahl getroffen, bezahlte und wollte ein Geschenkpäckchen, das die Verkäuferin mit vor Ungeduld fliegenden Händen verschnürte.

»Was heute? Ich wüsste nicht, dass irgendetwas Wichtiges passiert wäre«, sagte Placida ärgerlich, die es nicht mochte, wenn man sie auf die Folter spannte. Die Verkäuferin kostete ihr Vergnügen noch etwas aus. Es kam nicht alle Tage vor, dass sie vor Placida Más von einer Neuigkeit wusste, die diese auch noch unmittelbar betraf. Sie selbst hatte es heute Morgen erst zufällig aus dem Mund ihrer ersten, aufgeregten Kundin erfahren:

»Die arme Serena Colom. Es heißt, sie sei tot. Ein Einbrecher soll sie in ihrem eigenen Haus in der Carrer Gloria überfallen haben. Ihre Schwestern waren nicht zu Hause. Alle verreist nach Barcelona. Wenn das kein Unglück ist! Diese Diebe und Mörder haben vor nichts und niemandem Achtung.«

Placida hörte sie schon nicht mehr. Ein Schwindel hatte sie erfasst. Serena. Die Colom-Schwestern. Der purpurfarbene Fächer. Der Tod. Alles geriet durcheinander. Sie glitt auf den Boden und verlor das Bewusstsein.

Als sein Handy klingelte, schlenderte Montaner in seiner Motorradkluft gerade im Hippodrom von San Pardo umher. Er ließ es klingeln. Er war neugierig darauf, was in den Paddocks über die absonderliche Geschichte mit dem abgeschnittenen Fohlenkopf geredet wurde, und wollte nicht gestört werden. Die Presse gierte nach sommerlichen Sensationen. Traber. Berühmte Rennställe. Favoriten. Züchter. Der Hintergrund der Story stand bereits. Diejenigen, die er befragte, waren nicht gerade gesprächig und wichen verlegen aus. Sie scheuten wie Pferde vor dem Hindernis. Sprachen von Rache, Spielschulden, einem Denkzettel, Drohungen. Fatalistisches Schulterzucken. Kein einziger Name wurde genannt. In diesem Milieu, in dem jede Woche große Geldsummen den Besitzer wechselten, herrschte das Gesetz des Schweigens. Ganz Mallorca begeisterte sich für Trabrennen und seine beiden Pferderennbahnen von internationalem Rang – Palma und Manacor.

Der Besitzer des Fohlens war noch immer nicht bekannt. Auf Pilars Anraten hatte Bruno Kontakt mit der spanischen Stud-Book-Kommission aufgenommen, die für die Registrierung und Aufwertung aller reinrassigen spanischen Pferde weltweit zuständig war. Wenn das Fohlen ordnungsgemäß eingetragen war, gab es irgendwo die Ergebnisse einer Blutanalyse, mit deren Hilfe Hämotyp und Abstammung bestimmt worden waren. Der unter die Haut eingepflanzte Chip, der die Informationen enthalten hatte, war herausgerissen worden. Und der Besitzer hatte sich bisher gehütet,

181

sich zu erkennen zu geben. Früher oder später würde irgendjemand reden. Montaner hatte keine Eile.

Das Handy klingelte unaufhörlich. Ein Notfall? Er nahm ab, lauschte dem anderen Ende der Leitung und wurde blass. Dann rannte er zum Parkplatz, wo er sein Motorrad abgestellt hatte.

»Ich komme sofort. Benachrichtige Cirer. Und Pilar«, rief er Eusebio außer Atem zu, dem die anderen die Aufgabe überlassen hatten, Bruno von Serenas Tod und vom Schwächeanfall seiner Mutter zu berichten.

Der dröhnende Motor seiner Maschine schürte seine Angst, zu spät zu kommen. Unter dem Helm biss er die Zähne zusammen und wälzte schwarze Gedanken. Für Serena war es zu spät. Aber Placida durfte nicht sterben. Seine Mutter. »Die wichtigste Frau in deinem Leben. Mit ihr kann ich es nicht aufnehmen«, hatte seine Frau kurz nach ihrer Hochzeit erklärt. Nicht, dass sie es nicht versucht hätte. Doch ihre Liebe zu ihm machte die beiden zu Rivalinnen. Seine Frau hatte die Kinder, ihre Kunstwerke und ihre sieben Sachen gepackt und war nach Madrid gegangen. Seht zu, wie ihr ohne mich zurechtkommt. Mutter und Sohn. Zehn Jahre waren seither vergangen. Er litt nicht unter Einsamkeit. Catalina kam in den Ferien mit den Kindern, vergewisserte sich, dass sie noch immer seine Frau war, und reiste wieder ab. Zwei starrsinnige Frauen. Jede die Herrin ihres eigenen Hauses. Er liebte sie beide, aber er hatte seine Mutter nicht verlassen können, um seiner Frau zu folgen. Catalina hatte verloren. Placida durfte ihn nun nicht auch noch verlassen. Nicht sie. Sie musste durchkommen. Unter ihrem zerbrechlichen Äußeren war sie ein Fels. Angela, schon seit jeher ihre Haushälterin, behauptete, Placida würde sie alle überleben. Schon mehrere Male hatte sie sie erschreckt, weil ihr Blutdruck im freien Fall abwärts gerauscht war. Sie scherzte nur darüber. »Was willst du, mein Herz hüpft eben.« Die Colom-Schwestern waren schon immer ihre Freundinnen gewesen. Und seitdem ihr Bruder Horacio eine davon, Julia, geheiratet hatte, gehörten sie sogar zur Familie. Diese hirnlose Verkäuferin, die ihr aus heiterem Himmel von Serenas Tod erzählte. Ein solcher Schock konnte ihr Tod sein. Cirer würde wissen, was zu tun war. Er kannte sie. Die Carrer del

182

Capità Salom wollte kein Ende nehmen. Noch nie war er sie so schnell entlanggerast.

An der ersten roten Ampel, an der er halten musste, rief er Cirer an. Der Arzt beruhigte ihn. Seine Mutter war nach Hause gebracht worden und erholte sich von dem Schrecken. Pilar war da und wollte ihn sprechen.

»Bruno, was soll ich tun? Sie haben mich eben angerufen. Sie warten auf mich wegen der Fotos. Aber ich kannte Serena Colom. Sie ist die Mutter meines Cousins Miguel. Und die Carrer Gloria ist kein x-beliebiger Tatort. Das ist mein Zuhause.«

33   Das Knarren des für die enge Gasse ungewöhnlich hohen und imposanten Tores löschte die vergangenen Jahre aus. Der schmucklose Innenhof wirkte wie erstarrt in der Vergangenheit und all ihren Familientragödien. Hier war es kühl wie in einem Keller, unbeweglich ragten die Blätter der Grünpflanzen auf, die die Stimmung auch nicht aufzuhellen vermochten. Die Stufen der breiten Treppe waren ausgetreten, Salpeterflecken überzogen die safrangelben Mauern. Die Glaskugel des großen Leuchters lag in ihrem schmiedeeisernen Gefängnis, das rostige Geländer imitierte die Trompe-l'œil-Balustrade, die die Wand verzierte.

Beladen mit ihrer Ausrüstung kehrte Pilar mit zögernden Schritten an den Ort ihrer Kindheit zurück. Nun war eingetreten, wovor sie sich am meisten gefürchtet hatte: Der Tatort war eines der Häuser, in denen sie aufgewachsen war, und sie kannte das Opfer.

Der Kirchengeruch im Innern des Palais Vives nahm ihr den Atem. Sie riss sich zusammen. Das Haus war leer. Serenas Schwestern waren verreist. Die Putzfrau, die Serenas lebloses Körper gefunden hatte, als sie morgens zur Arbeit kam, hatte Pilar noch nie gesehen. Sie war also inkognito hier, und im Moment war es besser, es dabei zu belassen.

Ihre Kollegen stießen die Eingangstür auf, und sie folgte ihnen. Die Überschuhe quietschten auf dem gewachsten Parkett. Sie durchquerten den riesigen quadratischen Salon mit der ihr vertrauten rot-grünen Pekinétapete. Die mit aufwendigen Schnitzereien verzierten Schränke, Kästen und Kommoden schienen für eine Familie von Riesen gefertigt worden zu sein. Auf einigen der zahlreichen gerahmten Fotos, die dicht an dicht auf dem Deckel des Flügels standen, waren Pilar und ihre Cousins, Miguel und Sergí Vives, zu sehen – lachende Kinder in Badehosen, auf einem Boot oder zu Pferd. Und nun lag ihre Mutter, Serena Colom, tot im Nachbarzimmer.

»Wir sind ihre Hinterbliebenen, du und ich«, hatte Miguel am Telefon traurig zu ihr gesagt. »Es ist mir lieber, wenn du dich um sie kümmerst. Mach deine Arbeit. Finde das Monster, das sie uns weggenommen hat«, hatte er mit erstickter Stimme hinzugefügt und aufgelegt.

Er hatte recht. Für ihn, für Serena, für die alten zerbrechlichen Damen, die als Einzige noch von ihrer durch Trauer und Streit zerstörten Familie übrig geblieben waren, würde sie sich hinter diese Ermittlungen klemmen. Hatte sie nicht genau deswegen Polizistin werden wollen? Um den Schuldigen zu finden, ihn anhand seiner Spuren zur Strecke zu bringen? Nur war die Tote in ihrem Sucher dieses Mal keine anonyme Leiche. Sie beschloss, es für sich zu behalten. Die, die es wissen mussten, waren bereits im Bilde. Bruno, Gerónimo. Solange sie keine Einwände hatten, würde sie bleiben.

Montaner stieß wenig später zu ihnen. Er wirkte ernst und angespannt. Seinen fragenden Blick beantwortete sie mit einem Nicken. Mit zusammengebissenen Zähnen und steinerner Miene würde sie sich der Situation stellen. Sie hatte nicht vor, angesichts des Fluchs, der auf diesem verdammten Sommer lag, zu kapitulieren. Bruno erklärte ihnen kurz, was er erreicht hatte. Die Spezialeinheit war mit den Ermittlungen in diesem Fall beauftragt. Niemand wollte Olazabal in der Carrer Gloria haben. Diese Angelegenheit würden die Mallorquiner unter sich regeln. Antonio Cirer, der kurz nach Montaner eintraf, war für die rechtsmedizinische Untersuchung zuständig.

Auf ein Zeichen von Gerónimo ging Pilar als Erste hinein und begann, den Flur, in dem man die Leiche gefunden hatte, abzuschreiten. Es war ihr Job, den Einsatzort komplett aufzunehmen, bevor die anderen Techniker sich an die Arbeit machten. Boden, rechte Wand, linke Wand. Die Decke nicht vergessen. Eine sehr hohe Decke. Dunkel. Mit Holzkassetten verkleidet. Also Scheinwerfer anschalten und ausrichten. Weiterfotografieren. Sich der Leiche nähern. Sich um sie herum bewegen. Fixpunkte suchen. Grauwerte einstellen. Die Beleuchtung korrigieren. Die genaue Körperhaltung der Leiche festhalten. Angefangen bei den Füßen bis hin zum Kopf mit dem braven Knoten aus weißen, mit Blut befleckten Haaren. Das malvenfarbene, bis unter das Kinn zugeknöpfte Hauskleid. Den verbundenen Fuß, der seinen Pantoffel verloren hatte. Die angesichts des Todes in schweigender Missbilligung zusammengekniffenen Lippen. Die klaffende Wunde an der Schläfe. Das angehaltene Leben. Sie musste den Gedanken abwehren, dass die ausgestreckt daliegende Frau mit eingeschlagenem Schädel ihre Tante Serena war, die ihr die Brote geschmiert hatte, als sie klein war. Die sie, die Waise, zusammen mit ihren eigenen beiden Söhnen liebkost und zu Bett gebracht hatte.

»Sie war auf der Stelle tot. Sie hat nicht gelitten«, flüsterte Cirer.

Der Flur, an dessen Ende die Wirtschaftsräume lagen, führte an dem monumentalen Speisezimmer vorbei, dessen Wände mit einer Stofftapete in bischöflichem Rot bespannt waren. Drei riesige Barockgemälde mit religiösen Motiven hingen hier, eine dramatische *Flucht nach Ägypten*, ein *Hiob*, der durch Gottes Grausamkeit zum Bettler geworden war, und eine *Salome*, die auf einem Tablett den abgeschlagenen Kopf Johannes des Täufers trug. Der Raum war noch genauso düster, wie sie ihn in Erinnerung hatte.

War das Tafelsilber gestohlen worden? Fehlten kleinere Gemälde? Das würden sie noch überprüfen. Der Mörder hatte Serena im Dunkeln überfallen. Hatte sie ihn auf frischer Tat ertappt, während er geglaubt hatte, freie Bahn zu haben? Ein Einbrecher, der sein Opfer in Panik erschlagen hatte? Es gab allerdings keinerlei Spuren, die auf einen Einbruch hinwiesen.

Montaner überlegte laut, wo der Dreckskerl überhaupt hereingekommen sein konnte, um Serena genau an dieser Stelle zu überraschen. Die Tür zum Speisezimmer lag am anderen Ende des

Flurs. Pilar kannte den Grundriss des Palais auswendig. Ohne zu zögern, antwortete sie:

»Über das Dachgeschoss! Hier ist irgendwo eine verborgene Tür«, erklärte sie und tastete die abgeschlossenen Wandschränke ab, die die gesamte Seite des Flurs einnahmen.

Einer von ihnen öffnete sich und gab den Blick auf eine schmale, steile Treppe frei.

»Das oberste Stockwerk ist nach außen offen, dort wurde früher die Wäsche aufgehängt. Deshalb war es praktisch, dass es direkt von den Wirtschaftsräumen aus erreichbar war«, erklärte sie ihren Kollegen. »Ich glaube, Serena hat es zu einer Wohnung ausbauen lassen, die sie vermietet hat. Ich weiß nicht, ob es momentan bewohnt ist, aber es ist ein ideales Versteck«, sagte sie und wollte schon die Stufen hinaufsteigen.

»Warte einen Moment! Licht!«, verlangte Gerónimo, bevor sie irgendetwas anfassen konnte.

»Ich habe meinen Schutzanzug und Handschuhe an«, protestierte sie.

»Wenn es hier auch nur eine einzige Spur gibt, dann will ich sie haben. Wir gehen kein Risiko ein. Alles wird mit UV-Licht überprüft. Der Kerl könnte in das Blut getreten sein, bevor er geflohen ist. Setzt die Brillen auf.«

Die verborgene Tür lag in der Mitte des Flurs. Zunächst suchten sie im Schein des UV-Lichts den Bereich um die Tür herum ab. Dann stürmte Montaner mit seinen ungeduldig wartenden Leuten die Treppe hinauf.

»Du bleibst bei mir und lässt die anderen hochgehen«, sagte Gerónimo zu Pilar. »Sie werden sich schon nicht verlaufen. Wir brauchen dich hier.«

Fünf Minuten später kam Virus wieder herunter und teilte ihnen mit, dass die Wohnung oben leer war. Der Mieter hatte sich aus dem Staub gemacht. Von einer Gasse hinter dem Palais aus gab es noch einen weiteren, separaten Zugang zum Dachgeschoss.

»Unser Tatort weitet sich immer mehr aus! Das wird eine lange Nacht«, knurrte Carmen.

Gerónimo ließ den Strahl der UV-Lampe den Flur entlanggleiten und zeigte auf die Blutflecken, mit denen die Wand in der Nähe der Leiche übersät war. Sie zeugten von der Wucht des Schlages. Weitere Blutspritzer ließen auf die Bewegungsrichtung schließen. Konzentriert und darauf bedacht, nichts zu übersehen, machte Pilar Foto um Foto. Gerónimo verzichtete darauf, zu erläutern, dass die Blutlache, die sich unter dem Kopf des Opfers ausgebreitet hatte, darauf hinwies, dass Serena noch lebte, als sie zu Boden stürzte. Der eintretende Tod hatte das Blut nicht sofort zum Versiegen gebracht. Er hoffte, dass Doktor Cirer sich nicht geirrt hatte und die arme Frau, die durch den Schlag das Bewusstsein verloren hatte, nicht noch einmal zu sich gekommen war und nicht leiden musste, bevor sie starb.

Die Leiche wurde abtransportiert. Pilar legte ihre Messleisten an und fotografierte die Blutlache auf dem Parkett. Dann begannen sie von der Türschwelle aus mit der systematischen Untersuchung des Flurs und nummerierten die Indizien. Dabei handelte es sich vor allem um die Scherben der Teekanne, die Serena in der Hand hatte, als der Täter sie überwältigt hatte.

Carmen entdeckte einen vor der Fußleiste liegenden, sonderbar knotigen Stock, den Pilar sofort erkannte.

»Tante Gritas Gehstock! Was macht der denn hier?«

»Ist notiert. Könntest du uns jetzt bitte erklären, wer Tante Grita ist?«

»Tante Grita ist die älteste der Colom-Schwestern. Sie wohnt in Son Nadal bei meinem Großvater. Sie hat mich großgezogen. Es bereitet ihr Schmerzen, gerade zu stehen, und deshalb stützt sie sich auf diesen Stock. Ein *makila*, den Horacio ihr von einer Reise ins Baskenland mitgebracht hat, als ich noch klein war. Keine Ahnung, wie der hierherkommt.«

»Ursprünglich ist das ein Hirtenstab«, sagte Gerónimo. »In seinem Griff ist eine spitze Klinge versteckt. Leider hat die arme Serena sich nicht damit verteidigen können.«

Carmen hob die Hand.

»Wir haben also die Tatwaffe«, sagte sie. »Die Wucht des Schlages schließt einen tödlichen Streit zwischen den beiden Schwestern von vornherein aus. Den Schlag muss ihr ein groß gewachsener

Mann versetzt haben. So wie sie gefallen ist, muss er ihr den Stock entrissen und sie damit aus dem Gleichgewicht gebracht haben, bevor er sie erschlagen hat. Auf dem Griff befinden sich Blut, Hirnmasse und Haare. Ein ganz schön schwerer Griff übrigens. Das Ding ist eine gefährliche Waffe und kein Gehstock für eine wehrlose alte Dame.«

Wie üblich stellten sie auf der Suche nach einer Spur, einer Faser oder einem Haar alles auf den Kopf. Das Haus war tadellos sauber gehalten, und auf dem staubfreien, gebohnerten Fußboden fanden sie nur wenige Spuren des brutalen Angriffs. Noch einmal wurde die UV-Lampe eingeschaltet, um nachzuvollziehen, wie der Stock zu Boden gefallen war. Der Mörder hatte ihn weggeworfen, und er war durch das Gewicht des Griffes noch bis an die Fußleiste gerollt.

Gerónimo, dessen Hände ebenfalls in Handschuhen steckten, hob den *makila* auf, betrachtete ihn eingehend und stieß einen triumphierenden Schrei aus.

»Ein Fingerabdruck?«, fragte Pilar.

»Nein. Aber auf dem Holz ist ein verschmierter Blutfleck. Sieh dir das an. Der Mörder hat zwar Handschuhe getragen, aber er hat nicht bemerkt, dass er mit seiner Kleidung versehentlich das Blut auf dem Stock gestreift hat. So etwas reicht manchmal aus, um einen Mörder dingfest zu machen. Mach Fotos davon, Pilar.«

Er wollte Gesamtansichten und Nahaufnahmen des mit Rissen durchzogenen Stabs aus Mispelholz, von seinem mit geflochtenem Leder überzogenen Griff und dem Knauf, einem grünen Stein, auf dem Blut und Hirnmasse klebten.

Pilar standen die Schweißperlen auf der Stirn. Ihre Distanz gegenüber dem schrecklichen Geschehen, von dem der Stock erzählte, war im Schwinden begriffen. In diesem engen, von einer kümmerlichen Glühbirne erhellten Flur hatte Serena Colom Vives dem Tod ins Gesicht gesehen.

Montaner sorgte für eine Unterbrechung. Er hatte die Putzfrau befragt, die sich noch nicht von dem Schock erholt hatte.

»Die Colom-Schwestern wollten zu viert nach Barcelona fahren. Am Sonntag ist Serena mit dem Auto nach Son Nadal gefahren, um Grita abzuholen. Bei ihrer Rückkehr ist sie auf der Treppe gestürzt und hat sich den Knöchel verstaucht. Der Arzt hat ihr eine Woche Ruhe verordnet. Grita, Filomena und Augusta wollten die Reise absagen, aber Serena hat sie überredet, am Montag ohne sie loszufahren. Grita hat ihr ihren Stock geliehen. Sie wäre damit sowieso nicht durch die Flughafenkontrollen gekommen. Anscheinend hat sich Serena auf dem Sofa im Salon ein provisorisches Bett hergerichtet. Die zerknitterten Kissen, das aufgeschlagene Buch, das sie gerade gelesen hat, ihre Decke und ihre Brille liegen noch genau so da, wie sie sie verlassen hat. Als der Einbrecher sie überrascht hat, ist sie gerade mit dem Stock in der einen und der Teekanne in der anderen Hand aus den Wirtschaftsräumen gekommen. Die Scherben habt ihr ja aufgesammelt. Auf dem Tisch im Salon stehen die dazugehörige Tasse und ein Teller mit angebissenem Schinkentoast, den sie zu Abend essen wollte. Während der Tee zog, ist sie wahrscheinlich zweimal in die Küche und wieder zurück gehumpelt. Wenn der Kerl das Palais beobachtet hat, weil er einbrechen wollte, hat er gesehen, wie drei alte Damen in ein Taxi gestiegen sind. Er dachte, er hätte freie Bahn. Woher hätte er wissen sollen, dass es nicht drei, sondern vier Colom-Schwestern gibt? Dazu hätte er die Familie wirklich gut kennen müssen. Grita kommt nur selten nach Palma. Das ist die traurige Geschichte eines Einbruchs, der zur Tragödie geworden ist.«

Die Spurensicherung dauerte Stunden. Mit einem Staubsauger wurden Teeblätter und Staubablagerungen im Flur und in den anderen Räumen aufgesaugt, in der Hoffnung, dass die Fasern, die in dem Spezialfilter hängen blieben, irgendeinen Anhaltspunkt geben würden. Die Stimmung im Team sank, Mutlosigkeit machte sich breit. Die Zeit verging, und das Palais war riesig. Bisher hatten sie keine interessante Spur gefunden.

Als es allmählich hell wurde, fragte Virus Gerónimo, ob er eine dumme Frage stellen dürfe. Gerónimo zuckte mit den Achseln.

»Kann eigentlich auch ein Briefkasten zu einem Tatort gehören?«

»Warum fragst du?«

»Weil unten an der Straße, am Fuß der Treppe zum Dachgeschoss, ein Briefkasten hängt. Mit einem Schlüssel drin.«

Mit dem Fingerabdruckpinsel in der Hand rannte Gerónimo hinaus und rief Virus ein paar Minuten später an.

»Bingo, Junge! Sag den Mädchen Bescheid. Endlich haben wir an diesem verdammten Tatort einen Fingerabdruck gefunden!«

Montaner hatte sein Team am späten Abend verlassen, um an Placidas Krankenbett zu eilen. Als er mit belegten Broten und Kaffee zurückkam, ging gerade die Sonne auf.

Das Verbrechen ist wie wir. Ein unersättlicher Allesfresser. Der Hunger ist ein abscheulicher Reflex, der die animalische Seite unserer menschlichen Existenz zum Vorschein bringt. Er bestimmt unser Handeln. Nichts kann uns auf Dauer den Appetit verderben, dachte Pilar, ernüchtert nach der x-ten schlaflosen Nacht in diesem verfluchten Sommer.

Das Palais Vives und die Carrer Gloria waren bevölkert von den Geistern ihrer Vergangenheit, die sie um jeden Preis hatte vergessen wollen, die sich aber immer neue Wege einfallen ließen, um sie einzuholen.

»Ich hätte niemals zurückkommen dürfen«, murmelte sie.

Carmen war da anderer Meinung und ließ es sie umgehend wissen. Die Müdigkeit ließ sie jegliche Zurückhaltung aufgeben und löste ihre Zunge.

»Hör auf zu grübeln. Du hast deinen Job gemacht, so gut du konntest. Obwohl das, was du gesehen hast, eine Qual für dich war, bist du professionell geblieben. Die Wahrheit ist eine Zeitbombe, und wir Kriminaltechniker setzen den Zünder. Olazabal sieht nur Roboter in uns. Maschinen, die die Indizien aufnehmen. Er hat nichts verstanden. Durch unsere Überlegungen lenken wir die Ermittlungen. Wenn wir aus Nachlässigkeit oder mangelndem Sachverstand am Tatort Fehler machen, gibt es auch keinen Prozess und die Wahrheit kommt niemals ans Licht. Du hast völlig recht, dieses Palais jagt einem Schauer über den Rücken. Auf der Insel geht irgendetwas Unheilvolles vor, dem nur die Mallorquiner die Stirn bieten können. Eine mörderische Kraft treibt ihr Unwesen und spielt mit unseren Nerven. Wir sind die letzte Verteidigungslinie. Also sag dir, dass du recht hattest, zurückzukommen an die Front. Auch wenn es dir schwerfällt, oder gerade weil es dir schwerfällt. Heute Nacht hast du dich tapfer geschlagen. Und jetzt lass dich ruhig mal gehen. Wein dich aus, putz dir die Nase und mach dich wieder an die Arbeit. Wir sind noch nicht fertig. Und wir haben noch nicht alles gesehen.«

Pilar dachte an die drei Kinder, die Carmen hatte und die darauf warteten, dass sie nach Hause kam, bevor sie in die Schule mussten. Während des Vortrags, den sie ihr gerade gehalten hatte, hatte die Mutter aus ihr gesprochen. Sie beschrieb das Leben, ohne es zu beschönigen, aber voller Mitgefühl und Humor, einer großen Portion Fatalismus und Entschlossenheit. Pilar beneidete sie.

Diese ruhige Stimme drängte die Schatten zurück und dämpfte das Echo jener anderen gefürchteten Stimme, die sich tief in ihr Gedächtnis gegraben und sie die ganze Nacht über gequält hatte. Die Stimme ihres Großvaters. Horacio Más, M wie Monster. Er hatte einmal zu ihr gesagt:

»Einen *makila* darf man weder kaufen noch stehlen. Das bringt Unglück. Entweder man bekommt ihn geschenkt, oder man erbt ihn. Jeder *makila* ist anders. Siehst du den Knauf an dem von Tante Grita? Das ist ein Malachit. Ein grüner Stein, von dem es heißt, dass er dem Besitzer des Stockes hilft, das Unglück zu akzeptieren, wenn es unausweichlich ist.«

34   Das glühende Ende von Miguel Vives' Zigarette leuchtete in der Dunkelheit auf. Ein Zug Angst. Ein Zug Wut. Ein Zug Schmerz. Winzig kleine Feuer der Verzweiflung, deren Sinn Pilar besser zu deuten wusste als jeder andere. Rauchen. Sich den Geist vernebeln, wenn die Gedanken verrückt spielten. Das schleichende Gift inhalieren, um tiefer durchatmen zu können. Der alte Imkertrick. Man räuchert den Bienenstock ein, um nicht gestochen zu werden, wenn man den Honig erntet.

Serena Coloms Leiche war in die Rechtsmedizin gebracht worden. Noch war nicht klar, wann der Leichnam zur Bestattung freigegeben würde. Das Palais in der Carrer Gloria war versiegelt. Am Freitag nach dem Tod seiner Mutter hatte Miguel eine Messe und eine Totenwache im Haus der Familie in Andratx, wo er wohnte, organisiert. Das ganze Dorf hatte sich um ihn und seine alten, vor Kummer benommenen Tanten versammelt. Die Reihe der Besucher war endlos: die nächsten Angehörigen, Nachbarn, Freunde, die Mitarbeiter des Tauchklubs, aber auch Gesichter, die man lange aus den Augen verloren hatte, entfernte Verwandte, die angeheiratete Familie. Die Tragödie hatte die Familienbande für einige Stunden wieder aufleben lassen. Der Schein war gewahrt.

In der Kirche hielt der Pfarrer eine ergreifende Trauerrede für die Verstorbene, die er getraut und deren Kinder er getauft hatte. Miguel gedachte mit einigen Worte seiner Mutter, aber auch seines Vaters Ernesto und seines Bruder Sergí. Ein mitfühlendes Raunen begleitet von einer Welle von Bekreuzigungen ging durch die Reihen der Zuhörer, als er ihnen das Unglück, das wie ein Fluch auf seiner Familie lastete, noch einmal vor Augen führte.

Man umarmte sich in der Kirche und umarmte sich von Neuem im Haus der Vives. Pilar hatte die Gewalt dieser Woge von Beleidsbezeugungen, die den Schmerz betäubten und den Beginn der Trauerzeit bedeuteten, ganz vergessen gehabt. Den ganzen Tag über waren Erinnerungen hervorgekramt worden, war eine Plattitüde auf die andere gefolgt, hatte man zusammen geweint und wieder und wieder darüber gesprochen, wie schmerzlich und schockierend dieser Tod war, der so gar nicht zu der Verstorbenen passte. Pilar deprimierten die Kommentare der Leute. Die Geschichte der Colom-Schwestern, die komplizierten Familienverhältnisse der Vives, der Coloms und der Más waren auch ihre eigenen.

»Ursprünglich gab es fünf Colom-Schwestern«, erklärte eine Nachbarin jedem, der es hören wollte. »Die älteste, Grita, hat nie geheiratet. Sie muss schon achtzig sein. Die zweite, Julia, hat Horacio Más geheiratet und starb mit zweiunddreißig an einer Hirnhautentzündung. Filomena und Augusta sind alte Jungfern geworden. Serena war viel jünger als ihre Schwestern, erst vor Kurzem hat sie ihren siebenundfünfzigsten Geburtstag gefeiert. Sie hat eine gute Partie gemacht, als sie damals Ernesto Vives geheiratet hat! Seit sie verwitwet war, lebte sie mit ihren Schwestern zusammen. Ihr ältester Sohn, Sergí, ist ertrunken, und nun wird sie selbst begraben. Was für eine Tragödie! Der arme Miguel. Jetzt ist er ganz alleine.«

»Nicht ganz. Seine Cousine, Pilar, ist zurückgekommen«, hielt eine andere Frau dagegen. »Die Enkelin von Horacio Más und Julia Colom. Es heißt, sie sei jetzt bei der Polizei. Sie ist auch eine Vives, ihre Mutter, Eugenia, war die Schwester von Ernesto und hat Léo Más geheiratet. In solchen Familien heiratet man untereinander. Glaubt ihr, sie erbt etwas?«

Erleichtert, dass die beiden *abuelas* sie nicht erkannt hatten, flüchtete Pilar in den Salon, um ihnen nicht weiter zuhören zu müssen. Dort traf sie auf Filomena und Augusta, ganz in Schwarz gekleidet, mit bleichen, von Tränen feuchten Wangen. Sie umarmte sie und sagte ein paar tröstende Worte. Tante Filomena packte ihre beiden Hände mit einer Heftigkeit, die man der zerbrechlichen alten Dame nicht zugetraut hätte.

»Serena hat nicht auf mich gehört. Sie lachte, als ich ihr gesagt habe, dass der böse Blick auf uns ruht. Nun siehst du, wie weit wir gekommen sind. Pass auf dich auf, Kleines. Auch du bist in Gefahr.«

»Sei still, verrücktes Ding. Du redest wirr. Wenn man dir zuhört, könnte man meinen, der Teufel lauert überall«, wies Augusta sie zurecht, die sich mit ihrer Schwester noch nie einig gewesen war.

»Wo ist Grita?«, fragte Pilar.

»Sie ist zurück nach Son Nadal. Eine Beerdigung ohne Leiche, das gehört sich nicht, hat sie gesagt. Man kann sich einfach nicht auf sie verlassen. Horacio hat sich auch nicht sehen lassen. Was soll nur aus uns werden, jetzt da Serena nicht mehr hier ist? Dürfen wir überhaupt im Palais Vives bleiben?«

»Miguel hat bestimmt nichts dagegen, da bin ich sicher.«

»Fast zehn Jahre haben wir zusammengelebt. Nach dem Tod ihres Mannes hat Serena uns gefragt, ob wir nicht bei ihr wohnen möchten. Aber glaub ja nicht, dass es uns an Geld gemangelt hätte. Im Gegenteil. Das Land entlang der Küste, das uns unser Vater vermacht hatte, war seinerzeit nichts wert. Gerade gut genug als Mitgift für die Mädchen. Der gute Boden ging an die Jungen, die Steine an die Mädchen. Aber nun, fünfzig Jahre später, sind die Fincas eher eine Last, während die Touristen viel Geld für unsere Steine bezahlen. Das ist die Rache der Mädchen. Wir sind reich geworden.«

Nach der Totenmesse verließ Pilar Andratx und fuhr direkt zu den Montaners nach Palma. Placida würde ihre Fragen beantworten können. Sie war die *abuela*, die Pilar sich erwählt hatte. Die Einzige, die es wagte, Horacio und Grita die Stirn zu bieten. Die ihr stets mit Rat und Tat zur Seite gestanden hatte. Bruno hatte sie beruhigt, was Placidas Gesundheitszustand betraf, aber Pilar wollte sich selbst davon überzeugen, dass es ihr gut ging. Männer waren manchmal blind und hielten das, was sie sich wünschten, für die Wirklichkeit. Die beiden waren so verschworen miteinander wie beste Schulfreundinnen. Pilar fand Placida in ihrer Loggia sitzend vor. Ihre Züge waren angespannt, aber sie war wieder bei Kräften.

»Ins Bett legt man sich, um zu schlafen oder zu sterben. Schlafen kann ich nich und der Tod hat mich knapp verfehlt. Reden wir also von etwas anderem.«

Pilars Beschreibung der scheinheiligen Gestalten, die gekommen waren, um ihr Beileid auszusprechen, amüsierte sie sehr. Dann wollte sie Einzelheiten über Serenas Tod wissen. Placida hatte keine Angst vor der Wahrheit, dennoch wollte Pilar vor ihr nicht alle Details des grausamen Mordes ausbreiten. Angela gesellte sich zu den beiden und beteiligte sich an ihrer Unterhaltung. Die Erwähnung des bösen Blicks ließ ihr keine Ruhe.

»In den letzten zwei oder drei Monaten sind in der Carrer Gloria seltsame Dinge vor sich gegangen. Die Putzfrau hat mir einige Male davon erzählt, wenn wir uns auf dem Markt getroffen haben. Bilder, Fotos und Figürchen hatten unerklärlicherweise den Platz gewechselt. Vogelfedern tauchten an den unerwartetsten Orten auf. Auf Treppenstufen oder auf Bettvorlegern. Auf dem Dachboden war Wimmern und Stöhnen zu hören. Mehrere Male hintereinander hatten die drei Schwestern starke Magenschmerzen. Augusta hat sich nur lustig gemacht, aber sie war schon immer ein Luftikus. Filomena war entsetzt. Serena glaubte, dass jemand versuchte, ihnen Angst einzujagen. Vielleicht wollte man sie dazu bringen, das Palais zu verkaufen? Solche Machenschaften hat es schon öfter gegeben.«

»Und der Mieter im Dachgeschoss? Hat sie dir auch von ihm erzählt?«

»Ein Deutscher. Irgendein Bekannter von Horacio, glaube ich, der eine Bleibe in Palma gesucht hat. Da musst du Grita fragen. Sie hat ihm den Schlüssel gegeben. Leider war der Herr nicht so höflich, sich vorzustellen. Trotz allem war es Serena recht, einen Mann im Haus zu haben.«

Pilar sagte nichts. Ihr wurde die Geschichte immer unheimlicher. Wenn es so weiterging, würde ihr der Sommer ihrer Rückkehr nach Mallorca als ein einziger Albtraum im Gedächtnis bleiben. Der Mord an Serena schien das Ergebnis eines Zusammentreffens unglücklicher Umstände zu sein. Sie war einfach zur falschen Zeit am falschen Ort gewesen. Erschlagen von einem aufgeschreckten Einbrecher. Es bestand kein Zusammenhang mit der Serie ungereimter Fälle, die die Spezialeinheit beschäftigten. Aber dieses schreckliche Verbrechen verstärkte in ihr das Gefühl einer drohenden Tragödie, die ebenso unausweichlich war wie der blaue Mond oder die Unwetter des fünfzehnten August. Irgendwo auf der Insel wartete ein weiterer blutiger Tatort auf sie, und davor fürchtete sie sich. Mallorca war schöner als je zuvor, aber das Paradies wurde vom Verbrechen heimgesucht. Die Furien waren losgelassen. Ihr Freund Mike weigerte sich, daran zu glauben, und sprach von einem »für die Mittelmeerländer typischen Hang zur Tragik«. In seiner letzten Mail versuchte er sie erneut zu überzeugen, alles hinter sich zu lassen und zu ihm nach Australien zu kommen. Pilar hatte nicht darauf geantwortet und seither auch nicht mehr geschrieben. Die Angst war ihr ständiger Begleiter, aber sie war entschlossen durchzuhalten. Der strahlend blaue mallorquinische Himmel wölbte sich über ein todbringendes schwarzes Loch. Wenn eines Tages die Wahrheit daraus hervorkommen würde, würde sie ihnen ins Gesicht springen wie ein tollwütiger Hund.

Placida bot ihr an, über Nacht zu bleiben, aber sie wollte lieber nach Hause.

Zum Glück. Es war nach Mitternacht, als sie ein Kratzen an ihrer Tür hörte. Miguel, der sich vor Trauer und Müdigkeit fast nicht mehr auf den Beinen halten konnte, bat um Asyl.

»Lass das Licht aus«, bat er sie mit leiser Stimme.

Pilar führte ihn bis zu ihrem Bett, legte sich neben ihn und drückte ihn mit aller Kraft an sich, bis sie spürte, wie sich die Muskeln ihres Cousins entspannten. Er weinte um seine Mutter, seinen Bruder, vor Einsamkeit. Sie wiegte ihn sanft, wiegte gleichzeitig ihre Wut, ihre Ängste und ihre Hilflosigkeit angesichts seiner Trauer.

Später, viel später wurde sie von der kühlen Nachtluft geweckt. Sie war allein. Wind war aufgekommen. Von ferne war Gewittergrollen zu hören. Die Nacht war erfüllt vom Geräusch der an die Bootsmasten schlagenden Leinen im Hafen. Miguel saß auf der Terrasse und rauchte, als würde die Lösung des quälenden Rätsels auf dem Grund der leeren Zigarettenpackung liegen.

35 Über Picazos Hals gebeugt versuchte Pilar, ihrer Vergangenheit davonzureiten. Schwindelerregend raste das Gelb und Grün der Ebene an ihr vorbei. Zehn Jahre war es her, dass sie das letzte Mal auf einem Pferd gesessen hatte. Sie war noch immer eine gute Reiterin. Kaum, dass sie Picazo zügelte, bevor sie zum Sprung über die erste Hecke ansetzte. Mit einem Lächeln auf den Lippen flog sie über das Hindernis. Carape, der sie von Weitem beobachtete, würde sich vor Sorge auf die Lippen beißen. Am Ende ihres wilden Ritts streichelte sie den Hals des Pferdes und wendete, um zum Stall zurückzureiten. Cisco, der Verwalter, hatte Picazo gesattelt und ihr geraten, ihn zurückzubringen, bevor am späten Nachmittag die Stallburschen kamen. Er hatte immer schon eine

Schwäche für sie gehabt, aber er wollte mit Horacio keine Schwierigkeiten bekommen.

Gritas Befragung war nur ein Vorwand gewesen. Pilar hatte sich vor allem danach gesehnt, das alte Haus wiederzusehen. Die Unterhaltung fiel kurz aus. Fast wäre es zum Streit gekommen. Es gab zwischen ihnen zu viele unüberwindliche, mehr oder weniger diffuse Meinungsverschiedenheiten. Die älteste der Colom-Schwestern hatte ihrer Großnichte nie Liebe entgegengebracht. Die Serie von Trauerfällen, die Pilar als Waise zurückgelassen hatten, hatten aus Grita die Herrin über Son Nadal gemacht. Ihre vorwurfsvollen Blicke ließen Bitterkeit in Pilar aufsteigen. Sie hatte sie schon immer im Verdacht gehabt, ihre Mutter in die Verzweiflung getrieben zu haben. Allein gelassen mit Horacio und Grita, die außer sich waren vor Schmerz und Wut über den plötzlichen Tod von Léo, des einzigen Erben der Más, war die zarte Eugenia bei der Geburt ihres Kindes gestorben. Alles wäre anders gekommen, wenn Pilar ein Junge gewesen wäre. Diese alte vertrocknete und autoritäre Hexe hatte ihr ihre Kindheit vergällt, aus dem einzigen Grund, dass sie ein Mädchen war. Man hatte sie mit der Rohheit und Gleichgültigkeit behandelt, die man in früheren Zeiten Bastarden und ungewollten Kindern entgegengebracht hatte. Eine düstere Familienposse.

Noch heute bekam sie Gritas Verachtung zu spüren. Starr und unbeweglich in ihre schwarze Trauerkleidung gehüllt, kritisierte sie Pilars Aufmachung.

»Du hast doch wirklich vor nichts Respekt. Gestern ist meine Schwester gestorben, und du kommst im Aufzug eines Stallburschen hierher, um deine schmutzige Arbeit zu machen. Wann bekomme ich meinen Stock wieder?«

»Er ist die Tatwaffe. Bis zum Prozess wird er als Beweisstück geführt. Vergiss nicht, dass Serena vielleicht noch leben würde, wenn der Einbrecher diesen Stock nicht gehabt hätte, und sieh zu, wie du mit diesem Gedanken fertig wirst.«

Die Provokation verfehlte ihre Wirkung nicht. Grita schien die Fassung zu verlieren. Hatte das Alter die Viper am Ende doch sanfter gemacht? Nein. Der Angriff hatte sie nur kurz ins Wanken gebracht, doch schon verströmte sie wieder ihr Gift.

»Auf solche Ideen haben dich die Montaners gebracht. Placida hat mich schon immer gehasst, genauso wie du.«

»Und wir haben allen Grund dazu. Das weißt du besser als jeder andere«, sagte Pilar trocken, die sich auf keinen Streit einlassen wollte. »Aber ich bin gekommen, um dir ein Foto zu zeigen.«

Grita verzog zunächst nur verächtlich den Mund, doch dann stutzte sie. Darauf hatte Pilar nur gewartet.

»Erkennst du jemanden auf diesem Bild? Wage ja nicht, mich anzulügen. Sonst werde ich jedem einzelnen Angestellten auf dem Gut dieselbe Frage stellen. Irgendjemand wird mir schon die richtige Antwort geben. Das gibt einen schönen Skandal.«

Nun hatte Pilar das Heft in der Hand. Grita erbleichte.

»Du bist nur hier, um uns auszuspionieren. Ich habe es schon immer gesagt. Mädchen im Bauch bringt Unglück ins Haus. Aber glaub ja nicht, du könntest uns Ärger machen. Oscar Uhl, Yolandas Sohn, ist ebenfalls zurückgekehrt. Ich weiß nicht, wie er auf dieses Foto kommt, aber das ist er jedenfalls«, sagte sie böse und zeigte auf den dicklichen, vorlaut wirkenden Blonden, der Fredo den Arm um die Schulter gelegt hatte.

»Horacio hat eingewilligt, ihn zu empfangen. Er lebt in Deutschland und wollte etwas über seine Wurzeln erfahren. Wen interessiert schon sein Vater und seine törichte Mutter. Was zählt ist, dass sie eine Más war und dass sie uns einen Stammhalter geboren hat. Er ist der einzig wahre Erbe von Son Nadal!«

Pilar wurde schlecht von all dem Gerede über Zucht und Auslese, doch sie ließ sich nicht verunsichern. Sie hatte ein für alle Mal genug vom Erbe der Más. Ihre Erinnerungen reichten ihr völlig.

»Dann ist er also der Mieter, den du Serena geschickt hast?«

»Ja. Lass ihn ja in Ruhe. Oscar ist ein anständiger junger Mann. Er hat Serena nie gesehen. Ich habe ihm Anfang Mai den Schlüssel zur Dachgeschosswohnung gegeben. Im Juni musste er zurück nach Deutschland. Horacio wollte ihn zu den Pferderennen mitnehmen. Er ist aber nicht wiedergekommen.«

»Falls du ihn sehen solltest, gib ihm den Rat, dringend bei der Guardia Civil vorstellig zu werden, bevor er einen internationalen Haftbefehl am Hals hat. Wir müssen ihm ein paar Fragen stellen.«

»Was für Fragen?«, wollte Grita misstrauisch wissen.

»Nun, zum Beispiel, wann er Fredo Letal zum letzten Mal lebend gesehen hat. Ob sie eine Beziehung hatten. An wen er den Schlüssel zur Dachgeschosswohnung in der Carrer Gloria weitergegeben hat. Ob er derjenige ist, der versucht hat, den *Atlas catalán* der Más an einen Buchhändler in Hamburg zu verkaufen. Du siehst, wir haben die Qual der Wahl.«

Grita war sichtlich mitgenommen und sah sie unverwandt an. Homosexualität kam in ihrer Gedankenwelt bisher nicht vor. Die Welt hatte sich verändert, ohne dass sie jemand davon in Kenntnis gesetzt hatte. Die Lawine der präzisen Fragen und die darin enthaltenen Anspielungen hatten sie erstarren lassen.

»Eine Beziehung?«, fragte sie empört. »Wie kann Oscar eine Beziehung mit Fredo Letal gehabt haben? Und außerdem unterstellst du ihm, unseren *Atlas catalán* gestohlen zu haben? Das sind schändliche Verleumdungen. Warum wünschst du ihm so schlimme Dinge an den Hals?«

»Ich wünsche ihm absolut nichts Böses. Ich wäre glücklich, wenn ich wüsste, dass Fredo und er bis über beide Ohren verliebt auf Ibiza oder sonst wo stecken. Aber leider gibt es allen Grund, daran zu zweifeln. Es sind mindestens zwei Morde geschehen, der an Serena noch nicht mitgezählt. Und nach allem, was wir bisher wissen, könnte dein anständiger Oscar durchaus unser Hauptverdächtiger sein.«

36

»Ich brauche Ergebnisse, Montaner. Es geht um unsere Glaubwürdigkeit. Die Presse heizt die Stimmung an. Meine Vorgesetzten fangen an, sich lustig zu machen. Ihre bekommen die ersten Zweifel. Olazabal verbreitet seine Propaganda. Ich bin ja gewillt, der Belagerung standzuhalten, aber versorgen Sie mich bitte mit Munition! Worauf warten wir?«

Es war der vierzehnte Juli. Die drückend heißen Hundstage hatten begonnen. Die Temperaturen erreichten Rekordhöhen, und die Gemüter erhitzten sich ebenfalls. Richterin Bernat wurde ungeduldig. Kein Wunder, die Gründung der Spezialeinheit war ihre Idee gewesen. Ein Erfolg, und ihre Schöpfung würde als Initiative des Jahres gefeiert werden. Ein Misserfolg, und man würde sie absägen.

Ihr Anruf war eine erste inoffizielle Warnung. Die Richterin beherrschte die verschiedenen Nuancen der Kommunikation perfekt. Wenn sie ihn samstagabends zu Hause anrief, bedeutete das, dass ihre Sorge bisher nur eine Angelegenheit zwischen ihnen beiden war. Montaner reagierte sofort. Beschwichtigte sie. Informierte über den Stand der Ermittlungen. Verdiente sich ihr Vertrauen.

Es war ein Fall, in dem das Bedeutungslose und das Spektakuläre eng beieinanderlagen. Die einzelnen Fakten schienen nach wie vor in keinem Zusammenhang zu stehen. Kein Magnet war zur Hand, der den Feilspänen eine gemeinsame Richtung gegeben hätte. Nur eine bohrende Ahnung, die ihn umtrieb. Er versuchte es mit Provokation.

»Langmut ist von unschätzbarem Vorteil während einer Ermittlung, Frau Richterin«, sagte er ruhig. »Etwas Merkwürdiges ist passiert – ein Leichenteil ist gefunden worden. Danach geschieht lange nichts mehr. Bis das nächste Puzzleteil auftaucht. Der Mörder stellt uns auf die Probe. Wenn wir ihn schnappen wollen, müssen wir ihm auflauern. Dafür bin ich genau der Richtige. Und genau dafür haben Sie im Grunde die Spezialeinheit gegründet, auch wenn Sie es zu dem Zeitpunkt noch nicht wussten. Was Sie brauchen, ist ein Polizist von meinem Schlag. Einer, der in der Lage ist, einen Grabenkrieg zu führen, weil es ihm egal ist, was andere darüber denken. Vertrauen Sie mir. In diesem Fall werden wir den längeren Atem haben, und die Wahrheit wird am Ende ans Licht kommen.«

»Ein Schönredner sind Sie also auch noch!«, sagte Julia Bernat ironisch, aber bereits deutlich milder.

Montaner war erfreut, dass er wieder Oberwasser hatte, und versuchte sofort, seinen Erfolg auszubauen. Ob sie ihn kommenden Mittwoch begleiten wolle? Er habe einen Termin mit dem Notar von Andratx. Es gehe um den vorgeblichen Verkauf von La

Dragonera. Er habe noch keine Erklärung dafür, aber die winzige Insel stehe im Zentrum der verschiedensten Machenschaften. Er müsse die Identität des Käufers prüfen, wenn möglich auch die des Verkäufers. Im Lauf der Ermittlungen sei ein Name gefallen. Oscar Uhl. Vielleicht würde das Gespräch am Mittwoch seine Informationen bestätigen. Bei der Gelegenheit könne er ihr gleich umfassend über den Stand der Ermittlungen Bericht erstatten. Sie könnten sich um neun Uhr treffen.

»Warum nicht Montag?«, fragte die Richterin.

»Weil ich da etwas anderes vorhabe.«

Er legte auf. Langsam wurde es eng für ihn. Pilar hatte ihm von ihrem hitzigen Gespräch mit ihrer Tante Grita erzählt. Als Nächstes musste er die Richterin dazu bringen, nach Oscar Uhl fahnden zu lassen, damit er vernommen werden konnte. Egal ob als Zeuge oder als Verdächtiger, seine Vernehmung war von höchster Dringlichkeit.

Trotz der späten Stunde griff Bruno erneut zum Telefon, um den Notar zu informieren. Denn der würde es ihm nicht so schnell verzeihen, wenn er ohne Vorankündigung in Begleitung einer Richterin in seinem Büro auftauchte, mochte sie noch so hübsch sein. Er hinterließ eine Nachricht auf seiner Mailbox, in der er einen anderen Treffpunkt vorschlug. Er hatte Angst, es zu vergessen, wenn er es nicht gleich machte.

»Hallo, mein Alter. Es bleibt bei nächstem Mittwoch, aber ich komme nicht alleine. Treffen wir uns lieber in dem Café an deiner Kanzlei. Um zehn.«

Es war kurz vor Neumond und der Himmel voller Sterne. Die Dachterrasse des Hauses der Familie Montaner verströmte den Duft von Erde und feuchten Blättern. Angela war gekommen, um in der kühleren Abendluft die Pflanzen zu gießen. Ihre Herkunft aus dem Hinterland und ihre alten Gewohnheiten hatte sie nie ganz abgelegt. Genau wie Bruno hing sie an diesem Garten über den Dächern von Palma und pflegte ihn hingebungsvoll. Besser als er es jemals gekonnt hätte. Wenn er zu Hause war, ließ Bruno seine Akten im Stich, um ihr zu helfen und ein wenig mit ihr zu plaudern. Angela hatte immer etwas zu erzählen. Heute war die Nacht des *girant*. Die Nacht, in der der alte abnehmende Mond verschwand und der Neumond aufstieg.

»Eine magische Nacht. Stell dir nur die gewaltige Umkehrung der Anziehungskräfte des Mondes vor. Wenn du den genauen Zeitpunkt des *girant* bestimmen willst, musst du eine große Schüssel mit Meerwasser füllen. Eine Stunde bevor der schwarze Mond aufgeht, streust du eine Handvoll Asche vom Holz des Olivenbaums hinein. Erst siehst du, wie sie ruhig auf der Wasseroberfläche schwimmt, und plötzlich, von einem Augenblick zum andern, sinkt sie auf den Boden der Schüssel. Das ist die Stunde des *girant*.«

So etwas wie den *girant* könnte er für seine Ermittlungen brauchen! Die Scheiben würden sich drehen, die Dreiecke ineinandergreifen und schließlich würde der Name des Schuldigen aus den Tiefen von Llulls Schema emporsteigen und im Zentrum sichtbar werden. Bruno räumte die Gießkannen weg, bedankte sich bei Angela und brachte sie höflich zur Tür. Plötzlich hatte er es eilig, zu seiner Arbeit zurückzukehren.

Notizen und Fotos stapelten sich auf seinem Terrassentisch, der alten Tür zur Werkstatt im Erdgeschoss, die quer über zwei Böcken lag. Montaner mochte das Gefühl des von der Witterung glatt geschliffenen hellgrauen Holzes unter seinen Händen. Ramon Llull würde ihm nun ernsthaft zur Hand gehen müssen, wenn er die Richterin dazu bringen wollte, ihn nach seinen Vorstellungen arbeiten zu lassen. Seit seiner Unterhaltung mit Baltasar hatten sich die Seiten seines Notizbuches mit Dreiecken gefüllt. Und mit durchgestrichenen Dreiecken – zu vielen durchgestrichenen Dreiecken.

Er kramte in der Küchenschublade, nahm eine Schere und ein Stück Pappe und schnitt einen großen Kreis aus. Auf den Rand schrieb er in gleichmäßigen Abständen die neun Buchstaben B, C, D, E, F, G, H, J, K. Dann schnitt er einen Stapel Zeichenpapier zu Dreiecken zurecht und schrieb, immer in Dreiergruppen, die übereinstimmenden Indizien darauf. Manche Dreiecke konnte er vollständig ausfüllen, andere blieben hoffnungslos leer oder lückenhaft. Über seine Papierschnipsel gebeugt, versuchte er mit der Sorgfalt eines Archäologen bei einer Ausgrabung eine nach der anderen die Verbindungen zwischen den Indizien herzustellen. Er würde es schon schaffen, selbst wenn es das ganze Wochenende dauern würde.

H: Wann? J: Wo? K: Wie? HJK. Die einzige Frage, die er mit Sicherheit beantworten konnte, war die nach dem Wo. Das Müllentsorgungssystem, die Arabischen Bäder, La Dragonera. An diesen drei Orten hatten die Indizien gesprochen. La Dragonera war das Epizentrum seiner Ermittlungen. Mit den Feuern auf der Insel hatte im Juni alles begonnen. Ein weithin sichtbares Signal. Das Licht, das den Falter anzog und drohte, seine Flügel zu verbrennen. Die Feuer hatten Angst und Schrecken verbreitet und Bruno veranlasst, seinen Anordnungen zuwiderzuhandeln. Er wollte wissen, wer in dieses unantastbare Heiligtum der Mallorquiner, das plötzlich von allen Seiten bedroht wurde, eingedrungen war. Welche teuflische Maschinerie hatte er nur in Bewegung gesetzt, als er ohne Erlaubnis die Insel betreten hatte? Doch die Ereignisse hatten ihm recht gegeben. Die Beweise für einen Zusammenhang zwischen La Dragonera und den bisher nicht nachgewiesenen Morden häuften sich. Wie so oft verließ er sich darauf, dass der Zufall ihm den Fortgang der Geschichte bescheren würde.

Das Gesetz der Dreiecke verurteilte Fredo Letal zum Tode. Die DNA-Analysen hatten sein Schicksal besiegelt. Der in La Portella gefundene rechte Arm, der Ringfingerknochen aus der Asche und die Speichelspuren an der auf La Dragonera verlorenen Mundharmonika stammten von ihm. Ein unheilbringendes Dreieck. E: Warum? F: Womit? G: Wozu? EFG. Fragen, auf die er noch keine Antwort wusste. Der Körper des jungen Tauchers wurde noch gesucht. Eine Leiche, die eine Zeit lang im Wasser gelegen haben musste. Montaner gab sich keinen Illusionen hin. Seine Leute hatten zu viel Arbeit, um sich ernsthaft darum zu kümmern. Sie warteten darauf, dass der verflixte Zufall oder der Mörder selbst sich endlich entschloss, die Leiche herauszurücken.

B: Ob? C: Was? D: Worin? BCD. Das letzte Dreieck der Figur. Nüchterne Fragen nach nüchternen Tatsachen. Grauenhafte Antworten. Der Kopf, das Herz und die Hand, die in den Päckchen aus Son Reus gefunden worden waren. Ein weiteres unerklärliches Verbrechen. Ein zweites Opfer, das nicht identifiziert werden konnte, solange der Mörder nicht den nächsten Begriff seiner monströsen Scharade preisgab.

Und noch ein Rätsel hatte er auf dem Tisch vor sich liegen. Das Dreieck der Deutschen, wie er es nannte. Rafaels Kunde mit der unheilvollen Aura. Der Immobilienbetrüger, der es auf La Dragonera abgesehen hatte. Der Besucher von Son Nadal. Drei Deutsche. Er musste prüfen, ob es sich wirklich um drei handelte, oder ob es ein und derselbe war. Oscar Uhl. Sein einziger Verdächtiger. Fredo Letals neuer Freund. Horacios heimgekehrter Enkel. Der Mieter der Dachgeschosswohnung in der Carrer Gloria. Ihm alleine stand ein ganzes weiteres Dreieck zu. Bruno schnitt es aus. Deckte es sich mit dem vorherigen? Das galt es zu beweisen. Eine ganze Reihe von Beschuldigungen deuteten auf ihn hin. Fredo Letal. Die Karte von La Dragonera. Und Serena Colom. War er die Figur im Zentrum des Dreiecks des Bösen? Das war viel für einen einzelnen Mann. Fast zu viel.

Grita hatte ausgesagt, dass er Anfang Mai bereits auf der Insel gewesen war. Sogar die Daten stimmten überein. Er war zur selben Zeit wie Fredo von der Bildfläche verschwunden und damit dringend verdächtig. Würde das der Richterin ausreichen, um einen internationalen Haftbefehl gegen ihn zu erwirken? Montaner hatte Virus und Eusebio beauftragt, so viele Informationen wie möglich über Oscar Uhl, seine Mutter, Yolanda Más, und seine deutsche Familie einzuholen. Der eine per Telefon, der andere im Internet. Er wartete auf die Ergebnisse. Warten. Immer wieder warten.

Wie passte der Pferdekopf ins Bild? Dieses Detail ergab keinerlei Sinn. Es gab eine Verbindung zwischen Son Nadal und Pferden. Eine andere zwischen Son Nadal und der verlorenen Karte von La Dragonera. Auch hier erschien Oscar Uhl als Verdächtiger durchaus plausibel. Es war lange her, dass Bruno Horacio das letzte Mal gesehen hatte. Er konnte sich nicht vorstellen, ihm einfach so gegenüberzutreten und ihn rundheraus zu fragen, ob er sich zu

Gunsten seines Hauptverdächtigen, des Enkels, den der Himmel Horacio geschickt hatte, von seinem *Atlas catalán* getrennt hatte, und ob ihm rein zufällig ein Fohlen gestohlen worden sei. Er hoffte, um diese Konfrontation herumzukommen.

Dieses Dreieck ergab keinen rechten Sinn. Es war aus abwegigen Theorien konstruiert, während Llulls logisches System nur mit Tatsachen funktionierte.

Die Mine seines Bleistifts brach ab. Nur weil er fest aufdrückte, würde das Papier die Wahrheit nicht schneller preisgeben. Dieses System war idiotisch, aber effizient. Die Schwierigkeit war, die einzelnen Gedanken sinnvoll anzuordnen. Die Dialektik der Dreiecke funktionierte. Die Logik brachte Ordnung in das herrschende Chaos, aber das war noch lange kein Beweis. Weder für die Existenz Gottes noch für die des Verbrechers.

Unzufrieden warf er seine Papierstücke auf den Tisch. Sie reichten nicht aus, um das große Ganze darzustellen. Er war Teil eines gefährlichen Spiels, dessen Protagonisten die Regeln erst im Verlauf der Partie festlegten. Llull hatte ihm einen Vorsprung verschafft. Ein geheimes Raster, dessen metaphysische Logik jedoch nur funktionierte, wenn die Fakten vollständig waren. Der Mörder hatte ihnen auf seine schaurige und symbolische Art zu verstehen gegeben, dass er die Fäden in der Hand hielt. Bruno wartete darauf, dass sich das änderte, was unweigerlich geschehen würde. Auch Verbrecher stießen an ihre Grenzen. Der *girant* würde kommen und das Detail mitbringen, das die vorherrschenden Kräfte verändern, die Dreiecke neu ausrichten und einen einzigen Namen in ihrer Mitte zum Vorschein bringen würde.

Zwei Leichen waren unhandlich. Es war nicht ganz einfach, sie über längere Zeit zu verstecken. Er durfte nicht vergessen, der Richterin zu sagen, dass man mit den Todesanzeigen noch nicht durch war.

Die Ermittlungen waren nun an jenem kritischen Punkt angelangt, an dem die Vernehmungen mehr Gewicht hatten als die Indizien. Ein Haar, ein Fingerabdruck, eine der winzig kleinen Spuren, die ein Mörder hinterließ und die Gerónimo und sein Team sich zu finden bemühten, konnte dieses Verhältnis wieder umkehren und ihnen zu einer neuen Sicht der Dinge verhelfen. Möglicherweise hatten sie dieses verschwindend kleine, aber entscheidende Detail bereits vor Augen. Es lag an ihm, in den Linien seiner Dreiecke zu lesen und die richtigen Verbindungen herzustellen. Seine Überlegungen beruhten auf der unermüdlichen Kleinarbeit der Kriminaltechniker. Die Geometrie der Logik, die dem Rätsel zugrunde lag, war variabel. Die einzigen Fixpunkte waren die Fakten.

Geduld. Bescheidenheit. Disziplin. Umsicht. Eine andere Methode kannte Montaner nicht. Ungestümes Vorpreschen war nicht seine Art. Er folgte seinem Instinkt. Wie ein guter Jagdhund ging er den Spuren nach, die sich in alle Richtungen verzweigten. Denn das Verbrechen hält sich nicht mit Details auf und lässt dem Ermittler keine Wahl. Je besser Julia Bernat das verstand, desto besser würde sie ihn verteidigen. Und desto besser würde sie selbst dastehen. Ihm war klar, dass es für die Richterin in diesem Fall auch um ihren eigenen Ruf ging. Der Einsatz auf dem Spieltisch wurde immer größer. Jedes neue Ereignis dieses bizarren Sommers fügte sich auf überraschende Art und Weise in das Gesamtbild. Genau das wollte er ihr in Ruhe bei ihrem Treffen erklären.

Er hatte nicht um das Kommando der Spezialeinheit gebeten. Er befürchtete noch immer, dass man sich in seiner Person getäuscht hatte. Aber nun, da man es ihm aufgezwungen hatte, weigerte er sich, es einfach wieder abzugeben.

»Lassen Sie mich meine Partie zu Ende spielen. Es sind noch nicht alle Karten verteilt.«

Das war es, was er der Richterin am nächsten Mittwoch sagen würde.

37 Montaner beschloss, seine Gewohnheiten nicht zu ändern. Mittwoch war Markttag in Andratx. Mit dem Auto hinzufahren kam für ihn nicht in Frage. Sein Motorrad war bequem und der Himmel strahlend blau. Wenn die Richterin keine Zweiräder mochte, sollte sie sich eben ein Taxi rufen. Punkt neun Uhr bremste er vor ihrer Wohnung und klingelte.

Sie spielte das Spiel mit, nahm, ohne mit der Wimper zu zucken, den Helm, den er ihr hinhielt, und schwang sich hinter ihm auf den Sitz. Einer der unterschätzten Vorteile des Motorradfahrens war, dass es die Gespräche auf ein Minimum reduzierte. Er fuhr gemächlich. Seine Sozia hinter ihm genoss die Fahrt und legte sich, ohne zu zögern, mit ihm in die Kurven, woran er merkte, dass dies nicht ihre Jungfernfahrt war. Zwanzig Minuten später kamen sie im Dorf an. Bruno parkte in einer ruhigen, kleinen Seitenstraße.

»Das war angenehm. Danke. Es ist lange her, dass ich das letzte Mal Motorrad gefahren bin«, sagte sie und gab ihm den Helm zurück.

Das Markttreiben verstopfte die Hauptstraße und die angrenzenden Gassen. Bruno ging Uba und ihre Schwester begrüßen. Er wusste, wo sie ihren kleinen Stand hatten. An der Kreuzung zweier belebter Straßen verkauften sie Kräuter und Gemüse. Er erinnerte Uba an ihr Versprechen, ihm einen Bericht über die Stoffe aus den Päckchen anzufertigen, und ging im nächsten Augenblick weiter. Die Richterin nahm sich die Zeit, ihnen einen Bund Basilikum und ein Päckchen getrocknete Tomaten abzukaufen, stopfte sie in ihre Tasche und holte Montaner ein, der mit seiner hohen Gestalt die Menge überragte.

Die mallorquinischen Töpferwaren und Stickereien wurden nach und nach von Kitsch und allen möglichen gefälschten Artikeln verdrängt. Nachahmungen von Markenartikeln gab es mittlerweile überall. In den Häfen wurden die Schwarzhändler zwar verfolgt, aber hier ließ man sie ungestört ihre Ware verkaufen. Montaner machte die Richterin auf die gefälschten Handtaschen, Uhren und Gürtel aufmerksam. Das waren die Souvenirs, die die Menschen, die dicht gedrängt um die Händler standen, von ihren Ferien auf Mallorca nach Hause mitbringen würden. Wen wunderte es also noch, dass sie es derzeit mit zwei vorgetäuschten Verbrechen zu tun hatten?

Die Welt, deren Verlangen nach Wahrheit und Rechtschaffenheit größer war denn je, wurde Opfer der großen Illusion der Fälschungen. Montaner hasste diese Gesellschaft, in der nur der Schein zählte und die kein Auge für die Schönheit eines Alltagsgegenstandes mehr hatte, wenn nicht ein allseits bekannter und in den Schaufenstern der ganzen Welt präsenter Name darauf stand. Er beklagte sich bei der Richterin darüber, dass der Schwarzhandel mit Illusionen ihn und seine Kollegen mit Arbeit überflutete. Gerade hatte er zwei ganze Tage damit zugebracht, im Hafen von Palma unter der sengend heißen Sonne Container zu öffnen. Offensichtlich fand sich die Richterin leichter damit ab als er und genoss trotz allem das bunte und heitere Markttreiben. Die überbordende Fülle an Blumen, Früchten, Gemüse, mallorquinischem Fleisch und Käse, das Schwatzen der *abuelas*, die ihre Einkäufe mit wahrer Inbrunst erledigten, all das rettete den Markt noch vor dem Niedergang. Wie lange noch?

Die Richterin im Schlepptau ging Montaner zurück auf die Hauptstraße und marschierte mit schnellen Schritten zu dem großen Café. Er mochte dessen nostalgische Atmosphäre, die dunkle Holzvertäfelung, die wie für seine Körpergröße geschaffene Theke, die hohe Decke, den Geruch nach Milchkaffee, das aufgeregte Piepen der Kanarienvögel in den Käfigen im Innenhof. *Sol y sombra.* Licht und Schatten. Bruno wählte den Schatten und bestellte zwei Kaffee. Sie waren zu früh.

Angriff ist die beste Verteidigung, dachte er sich und fragte:

»Und, haben Sie denen da oben gesagt, dass wir noch Zeit brauchen, der Mörder und ich?«

Die Richterin fand das nicht lustig und fragte spröde:

»Wann dürfen wir mit einem Ergebnis rechnen?«

»Wenn der Mond blau sein wird«, antwortete er ironisch.

Scherze waren gefährlich. Er war ernster denn je, aber er verabscheute die abgedroschenen Phrasen der offiziellen Verlautbarungen, die er in Bezug auf Gewaltverbrechen für geschmackloser hielt als Humor. Noch ein Wort von ihm, und sie würde ihm ihren Kaffee ins Gesicht schütten. Er machte eine beschwichtigende Geste und schlug einen Handel vor:

»Der Mond spielt in diesem Fall eine wichtige Rolle. Der Täter veranstaltet sein Theater mit Vorliebe in Vollmondnächten. Die nächste ist am dreißigsten Juli. Sagen wir, wenn wir bis dahin nichts vorzuweisen haben, können Sie mich von dem Fall abziehen.«

»Erzählen Sie mir erst mal, wie weit Sie sind«, wich sie aus.

Montaner holte sein Notizbuch hervor, blätterte darin und verschaffte ihr einen ausführlichen Überblick, wobei er sich mit seinen Dreiecken behalf, es aber tunlichst vermied, Ramon Llull zu erwähnen oder noch einmal vom blauen Mond zu sprechen. Er hatte eine andere Idee.

»Meine Theorie von einem Serienmörder kommt nicht gut an, weil sie den Kriminalstatistiken der Insel widerspricht. Ich betrachte aber die Statistiken der Europäischen Union, dieses großen schwankenden Schiffes, dessen Beiboot wir nun geworden sind. Und ich sage, dieses Verbrechen hat ein Eskimo begangen!«

Er musste sie verblüffen. Ihre blauen Augen zum Leuchten bringen, deren Blick an ihm vorbeischweifte, ohne ihm auch nur das geringste Zeichen des Einverständnisses zuzugestehen, während sie seinen großen Reden zuhörte. Ihm war es lieber, sie hielt ihn für einen Verrückten mit Visionen als für einen inkompetenten Idioten.

»Erklären Sie mir das.«

»Nach Unamuno ist die Welt zweigeteilt: ›Die Grenzlinie verläuft irgendwo in der Nähe der Loire. Südlich von dieser Linie gibt es kleine dunkelhaarige Menschen, die mit Öl zubereitete Speisen essen und Götter sind. Nördlich davon gibt es blonde Menschen, die mit Butter zubereitete Speisen essen. Das sind die Eskimos.‹ Seit die Eskimos die mit Öl zubereiteten Speisen entdeckt haben, wollen sie auch Götter sein. Sie kaufen unsere unberührten Felsen mit dem Geld, das sie mit der Butter verdient haben, und verwandeln sie in zivilisierte Eisberge. Sie geben Olivenöl an ihren Salat und denken, sie seien die Könige der Welt. Aber es braucht viel mehr als Geld, um ein Stück Land zu besitzen. Zeit. Wurzeln. Liebe. Eine *abuela*. Es ist schwierig, auf einem Stein Wurzeln zu schlagen. Von Odysseus wissen wir außerdem, dass Inseln die Menschen verrückt machen. Verrückt vor Leidenschaft. Nach Macht. Vor Eifersucht. Vor Neid. Mallorca ist da keine Ausnahme. Die Insel mag nach außen gastfreundlich wirken, aber sie lässt sich nicht besitzen.

Die meisten Touristen sind vernünftig genug, die Insel zu bewohnen und sich an dem zu erfreuen, was ihnen hier reichlich zuteil wird: Sonne, Meer, Blumen, Schönheit, das Blau überall. Manche sind jedoch so bösartig, dass sie zerstören, was sie nicht besitzen können. Denn so ist das mit den Parasiten, seien es nun menschliche oder andere. Unsere Insel fiebert, weil sie von einem gefährlichen Parasiten angegriffen wird, der von außen kommt. Diese Mordserie betrifft uns, aber sie ähnelt uns nicht. Das ist alles, was ich momentan sagen kann. Ich glaube, dieser Mörder ist verrückt vor Wut und Frustration. Weil er das, was er begehrt, nicht besitzen kann, quält er seine Opfer und zieht alle Blicke auf sich. Er ist intelligent, gerissen und hasserfüllt. Versteht es, andere zu manipulieren. Und er hat einen Plan. Das ist offensichtlich. Wenn wir die Logik dieses Plans verstanden haben, werden wir ihn zu fassen bekommen. Vorher nicht.«

Richterin Bernat schien ihre Vorbehalte aufgegeben zu haben und hörte ihm mit schmeichelhafter Aufmerksamkeit zu.

»Sie haben Fantasie! Haben Sie auch eine Vorstellung von seinen Motiven und seinem Profil?«

Eine Frage, mit der Bruno gerechnet hatte.

»Wir können durchgehen, was wir aufgrund seiner makabren Inszenierungen über ihn wissen. Er hantiert mit Leichenstücken, als sei er nekrophil, aber ich halte ihn eher für einen Sadisten. Es wirkt alles wie ein großes Durcheinander, doch ich glaube, dass er sehr kontrolliert vorgeht. Er will uns weismachen, dass der Zufall über seine Opfer entscheidet, während er sie in Wirklichkeit sorgfältig auswählt. Außerdem gibt es mehrere Tatorte, was letztlich für ein planvolles Vorgehen spricht. Welche Motive er hat? Es ist zu früh, um das sagen zu können. Meistens ist es Rache, Leidenschaft oder Habgier.«

»Ist es das, was Sie heute Vormittag hier suchen? Motive?«

»Ich weiß es nicht. Ich bin gekommen, um den Ursprung eines Gerüchts über La Dragonera zu überprüfen. Die Insel spielt eine geheimnisvolle Rolle bei unseren Ermittlungen. Sie ist der gemeinsame Nenner zahlreicher Indizien. Also vergewissere ich mich. Das ist die einzige Möglichkeit voranzukommen.«

Seine Ausführungen wurden vom Eintreffen des Notars unterbrochen. Bruno stellte die beiden einander vor. Das Gespräch verlief anfangs etwas steif, aber der Mann hatte nichts zu verbergen und entspannte sich rasch. Die Anekdote, die er zu erzählen hatte, würde in die mallorquinischen Annalen eingehen: Ein holländischer Industrieller hatte um einen Termin in seiner Kanzlei gebeten. Er nahm für sich in Anspruch, der Besitzer von La Dragonera zu sein, und bat um eine Baugenehmigung für die größenwahnsinnigen Gebäude, die er dort zu errichten gedachte. Für jemand, der sich so hatte hereinlegen lassen, war er ziemlich gut informiert und sprach sogar davon, dort wieder Flechten zu ernten wie im Mittelalter. Als Nachweis für seine Ansprüche schwenkte er stolz die Fotokopie einer sehr alten Besitzurkunde, auf die sich noch nie irgendjemand berufen hatte, die aber aus seiner Sicht unanfechtbar war. Sie sei ihm vom direkten Erbe einer sehr alten, auf der Insel ansässigen Familie verkauft worden.

Montaner und die Richterin tauschten vielsagende Blicke. Die Hinweise auf Oscar Uhl wurden immer eindeutiger, auch wenn sein Name bisher nicht gefallen war.

»Diese grotesken Ansprüche haben mich auf die Palme gebracht. Ich gebe zu, dass ich nicht sehr diplomatisch war. Der Kerl hat mir meine Zeit gestohlen. Als er dann aber erwähnt hat, dass er eine Anzahlung von fünfhunderttausend Euro geleistet hatte, wollte ich doch mehr wissen. Aber da war es zu spät. Er war misstrauisch geworden. Herr Van Olden weigert sich zu glauben, dass La Dragonera unverkäuflich ist. Als er gegangen ist, war er ziemlich aufgebracht und schimpfte, dass die Mallorquiner alle Piraten seien und er den Europäischen Gerichtshof anrufen wolle.«

»Hast du die Besitzurkunde gesehen?«, fragte Montaner.

»Nur eine Kopie. Eine sehr schöne alte Karte. Ich habe ihm geraten, das Original zu rahmen und zu versuchen, gegen den genialen Betrüger, der sich diesen unglaublichen Verkauf ausgedacht hat, einen Prozess anzustrengen. Er wollte nichts davon hören, hat von einem bisher nicht eingeforderten Vorkaufsrecht gesprochen und dass der Verkäufer ihn vorgewarnt hätte, dass es schwer sein würde, seine Rechte geltend zu machen, und hat sich bereit erklärt, eine nicht unbeträchtliche Summe in einen Rechtsstreit zu investieren. Seinen Worten zufolge war diese sogar Gegenstand seiner Verhandlungen mit dem Erben. Wenn die Anzahlung die Hälfte des Kaufpreises beträgt, würde er La Dragonera für eine Million Euro bekommen, das ist tatsächlich geschenkt. Da lohnt es sich, sich auf das Abenteuer mit den gerichtlichen Instanzen einzulassen. Die Karte werde übrigens gerade auf ihre Echtheit hin überprüft. Du solltest dich an deinen Freund Baltasar Morey wenden. Ein derartiges Dokument wird früher oder später auf seinem Schreibtisch landen. Was alte Papiere betrifft, ist er der beste Spezialist, den wir hier haben.«

»Das ist eine unglaubliche Geschichte!«, rief die Richterin. »Wie kann man nur so naiv sein?«

»Das kommt öfter vor, als man glaubt«, sagte Bruno.

»Erzählen Sie mir doch noch ein wenig von La Dragonera«, bat die Richterin. »Seit wann ist die Insel Naturschutzgebiet, und was sind das für Flechten, die man dort ernten kann?«

»Im Jahr 1229 beendet der Kreuzzug Jaumes des Ersten fünf Jahrhunderte arabischer Herrschaft auf Mallorca«, erklärte der Notar, stolz, sein Wissen ausbreiten zu können. Der König von Aragón überträgt die Insel den Grafen von Barcelona, einschließlich des Rechts, dort die *Roccella tinctoria* zu ernten, eine Flechte, die seit Menschengedenken benutzt wird, um Orseille herzustellen. Orseille ist ein natürlicher roter, purpurner oder violetter Farbstoff, wie die Färberröte. Zu seiner Gewinnung fermentierte man die Flechten mit Urin, Ammoniak oder Kalk. Ein ökologisches Verfahren, das heutzutage wieder sehr im Kommen ist. Jahrhundertelang war die Insel ein beliebter Schlupfwinkel für Piraten und Korsaren des Mittelmeeres gewesen. Die alte Karte im Besitz des Holländers kommt aus derselben Werkstatt wie der berühmte *Atlas catalán*, das heißt, sie stammt ebenfalls aus dem dreizehnten Jahrhundert. Man sieht darauf die *atalayas*, Wehrtürme, die im verzweifelten Bemühen errichtet wurden, Eindringlinge von der Insel fernzuhalten. Im fünfzehnten und sechzehnten Jahrhundert sind dann Leuchttürme gebaut worden, um die Navigation zu erleichtern, aber die Insel war zu diesem Zeitpunkt immer noch unbewohnt.

Bis in die jüngste Zeit hat sie Schmugglern als Anlaufpunkt gedient. 1941 bringt ein reicher Unternehmer, Joan Flexas, die Insel in seinen Besitz. 1974 verkauft er sie an eine Firma namens PAMESA, die plant, dort einen Luxus-Badeort zu errichten. Doch als ganz Mallorca Sturm läuft und die Umweltorganisation GOB diverse Protestaktionen organisiert, wird das Projekt 1987 schließlich aufgegeben. Im darauf folgenden Jahr wird der mallorquinische Inselrat Besitzer der Insel, und 1995 erklärt das Parlament der Balearen La Dragonera zum Naturschutzgebiet. Mehr braucht es nicht, um die Betrüger auf Ideen zu bringen und mir meine Zeit zu stehlen.«

Mit diesen energischen Worten verabschiedete sich der Notar. Julia Bernat wandte sich ratlos an Bruno.

»Das alles ist ja sehr lehrreich, aber ich sehe den Zusammenhang mit unserem Fall nicht.«

Montaner schenkte es sich, ihr alle Namen zu nennen, die ihm während der Ausführungen des Notars in den Sinn gekommen waren und die für ihn selbst erhellender waren als für die Richterin. Den von Horacio Más beispielsweise. Sein Handy klingelte.

»Fasst nichts an«, sagte er. »Ich bin gleich da.«

Erstaunt beobachtete die Richterin, wie sich die bislang so bewegte Miene des ausdrucksstarken Gesichts versteinerte. Ihr Wunsch, ihm freie Hand zu lassen, kämpfte erbittert gegen die Verpflichtung, Ergebnisse vorzuweisen. Gegen ihren Willen fasziniert von der Überzeugungskraft dieses Einzelgängers, der sich gegen den Strom stemmte, entschloss sie sich, dieses Mal ihrem Instinkt zu folgen und ihm zu vertrauen. Wenn irgendjemand in der Lage war, in dieser mörderischen Raserei klar zu sehen, dann war es Montaner. Während andere Ermittler in den vier Wänden ihres Büros ihre Theorie darlegten und darauf warteten, dass sie von den Fakten draußen bestätigt wurde, machte er sich die Finger schmutzig, sammelte Indizien und Zeugenaussagen, erforschte die ganze Insel und verlangte während seiner Ermittlungen Stille, um den Mörder denken zu hören.

Würde er aufs Ganze gehen und seine Deckung verlassen?

»Mir wurde eben ein totes Mädchen und ein weiteres im Koma auf den Felsen des *Mola Cubs* in Port d'Andratx gemeldet«, sagte

Montaner. »Ich hatte meine Leute beauftragt, sich über die Gothic-Szene der Insel kundig zu machen. Freunde der Mädchen behaupten, sie hätten einen Selbstmordpakt mit dem Teufel geschlossen. Gehen wir?«

38   Der *Mola Club* war der einzige direkte Zugang zum Meer der Reichen, die sich auf diesem felsigen Kap niedergelassen hatten. Es gab nur eine einzige abschüssige, kurvige und mit Schlaglöchern übersäte Straße, die in einer Sackgasse endete. Zu dem Privatklub gehörten terrassenartig übereinander gebaute Villen, die vermietet wurden, ein Restaurant, eine Bar, ein Swimmingpool und ein künstlich angelegter Strand oberhalb der natürlichen Felsbarriere, an der sich die Wellen brachen.

Es war schon später Vormittag, als die leblosen Körper der beiden jungen Mädchen gefunden wurden. Die Mitglieder des *Mola Clubs* zogen das keimfreie Bad im Swimmingpool den tiefen, unruhigen Wassern der kleinen Bucht vor. Ein flacher Fels diente als Sprungbrett. Dort lag eines der beiden Mädchen. Die aufgeschürften Handflächen der jungen Deutschen bewiesen, dass sie ihre letzten Kräfte aufgeboten hatte, um sich aus dem Wasser zu ziehen. Ein Überlebensreflex, der sie gerettet hatte. War ihr jemand zu Hilfe gekommen? Die Ermittlungen würden es zeigen. Ihre Freundin hatte dieses Glück nicht gehabt, hatte sich nicht in einem letzten Aufbäumen ihrer Kräfte oder ihres Lebenswillens retten können. Sie war ertrunken. Soeben hatten Taucher der Guardia Civil ihre Leiche aus dem Wasser gezogen.

Das Büro in Palma war benachrichtigt worden. Seit La Portella landeten alle Informationen über Aktivitäten der Gothic-Szene oder satanistische Rituale auf dem Schreibtisch von Joaquim Torrent. Er hatte sofort reagiert und war direkt zum Fundort gekommen. Nachdem er sich in dem Zimmer der beiden Mädchen umgesehen hatte, hatte er darauf bestanden, dass Montaner benachrichtigt wurde. Ein riesiges Durcheinander zeugte von der Un-

214

entschlossenheit der beiden Mädchen bei der Wahl ihrer letzten Garderobe. Schamhaft hatten sie sich für schwarze Badeanzüge entschieden, um die Hüften schwere Ketten gehängt und lange schwarze, mit Silberstickereien verzierte Tuniken übergezogen, die immer noch zusammen mit einer leeren Wodkaflasche auf dem Felsen lagen. Eine Nachricht auf dem Bildschirm des noch angeschalteten Computers kündigte ihren Selbstmord an. Die beiden Mädchen aus der Gothic-Szene hatten die Mächte des Satans herausgefordert.

Brunos Miene war anzusehen, dass er genug davon hatte, mit dem Teufel zu spielen.

»Wir suchen eine Gruppe von Gothic-Anhängern, die Ernst gemacht hat«, sagte Joaquim. »Hier haben wir es aber wohl eher mit einem sehr bedauerlichen Unfall zweier Mädchen zu tun, die sich in ihre Vorstellung vom Tod verliebt hatten. Wir sind dabei, ihre Freunde zu befragen. Eine Gruppe junger Deutscher mit ordentlich Taschengeld, die offenbar harmlos sind. Aber man weiß ja nie. Du wolltest über alles informiert werden, was mit einer Gothic-Sekte zu tun haben könnte. Nun sind wir mittendrin.«

»Seit wann sind sie auf der Insel?«

»Im Sommer kommen manche jedes Wochenende her. Die meisten sind Ende Mai oder Anfang Juni angekommen. Die, die uns interessieren, haben bei den Dreharbeiten zu einem satanischen Videoclip mitgewirkt. Am zweiten Juni gab es eine Party in La Mola, eine Art Gothic-Orgie. Die beiden Mädchen und die ganze Clique haben daran teilgenommen. Es könnte sein, dass die Fete zu einem nekrophilen Ritual ausgeartet ist. Die Daten würden jedenfalls übereinstimmen. Aber sie sind alle sehr jung, und ihre Begeisterung für den Tod und seine Inszenierung hat beim Anblick der Leiche ihrer kleinen Freundin schnell nachgelassen. Ich habe nicht das Gefühl, dass sie was mit unserem Fall zu tun haben.«

»Schreib mit«, sagte Montaner, »Ich will wissen, welcher nebulösen Gothic-Theorie sie anhängen, an welchen Teufel sie glauben und mit welcher Art von Kult sie ihn verehren. Ich will, dass sie uns sagen, ob sie sich selbst für seine Jünger halten, ob sie an schwarzen Messen teilnehmen und ob ihr Ritus irgendetwas mit dem

Mond zu tun hat. Ich will, dass ihr sie eingehend über ihre Beziehungen zu den beiden Mädchen verhört. Ich will ein Organigramm der Gruppe. Wer sind die Anführer, und wie alt sind sie? Sind sie alle hier auf der Insel? Vor allem aber will ich, dass sie uns erklären, wo sie die Nächte des ersten und des dreißigsten Juni verbracht haben. Setz sie unter Druck. Welche Feste haben in letzter Zeit wo stattgefunden? Und das ist noch nicht alles. Zeig ihnen das Foto von Oscar Uhl. Sind sie auf La Dragonera gewesen? Verkehren sie im Tauchklub? Hatten sie Kontakt zu Fredo Letal? Sei nicht zimperlich. Diese Gören aus gutem Hause können unter dem Einfluss von Bier, Drogen und einer fanatischen Vorstellung vom Teufel und seinen Werken völlig außer Rand und Band geraten. Du siehst ja das Resultat!«

»Sollen wir Gerónimo und seine Kriminaltechniker kommen lassen?«

»Meiner Meinung nach ist das unnötig«, meldete sich Richterin Bernat zu Wort, die zugehört hatte, wie Bruno seine Anweisungen gab. »Es reicht, dass Sie hier sind. Lassen wir die lokale Guardia Civil die üblichen Ermittlungen durchführen. Dieser Fall fällt in ihre Zuständigkeit.«

Ganz schön autoritär, die Richterin. Joaquim zog den Kopf ein und war erleichtert, dass Virus nicht da war und Punkte zählte. Wenn es zwischen den beiden zu einer Art Kampf der Häuptlinge kommen sollte, wollte er nicht als Spielball herhalten. Montaner ließ sich nicht gerne auf die Füße treten. Er führte die Ermittlungen auf seine Weise, aber bis es so weit war, dass die Ereignisse ihm recht gaben, hatte er bisweilen einiges einzustecken. Mit seiner großen Erfahrung genoss er den uneingeschränkten Respekt seiner Kollegen. Dieser Tatsache würde sich die Richterin beugen müssen, genauso wie viele andere vor ihr. Wenn es auch nur den Hauch einer Verbindung zwischen ihren Ermittlungen und dieser Gruppe Jugendlicher aus der Gothic-Szene gab, würde Montaner so lange an dem Fädchen ziehen, bis er das ganze Knäuel entwirrt hatte. Joaquim bewunderte Montaners Art, ohne großes Aufsehen und ohne vorgefasste Ideen zu arbeiten. Er vermengte die Ergebnisse, die sich aus der Routinearbeit ergaben, mit denen der aktuellen Ermittlungen, stürzte sich kopfüber in den Strudel und ließ Fakten und Indizien so lange um sich herum brodeln, bis er mit sicherer Hand den Schuldigen harpunierte. Als Verführer taugte sein Chef nicht viel, aber als Fischer und Ermittler stellte er alle in den Schatten.

»Durchsuche ihre Schränke«, fuhr Montaner fort. »Nimm die Abdrücke von ihren Schuhsohlen und Fingerabdrücke. Ich will außerdem eine Auflistung und Fotos ihrer Piercings, ihrer Tätowierungen und ihres Schmucks. Was haben die ersten Zeugenbefragungen ergeben?«

»Sie stimmen alle überein. Beide waren fasziniert vom Teufel und vom Tod. Ihre Freunde betonen, dass die beiden dazu geneigt haben, sich von der Gruppe abzusondern, morbide Pläne zu schmieden und sich mit harten Getränken zuzudröhnen. Die meisten Zeugen glauben an die Version eines mitternächtlichen Bades mit tragischem Ausgang. Die, die sie besser gekannt haben, sprechen von einem Selbstmordpakt und erzählen von einer unheilvollen Verbindung mit einem älteren und ziemlich gewalttätigen Typen, der ihnen auf das Gothic-Fest gefolgt ist. Später hat er sie anscheinend einfach sitzenlassen.«

»Einem älteren Typen. Genau so jemanden suchen wir. Haben wir einen Namen? Eine Beschreibung?«

»Nichts Präzises. In dem Tagebuch, das wir auf ihrem Rechner gefunden haben, nennen sie ihn den Finsteren. Ich habe es durchgelesen, während ich auf euch gewartet habe. Angeblich um ihn zu bestrafen, wollten sie zusammen in den Tod gehen. Es scheint, dass das Leben ohne ihn für sie nicht mehr lebenswert war. Das Ganze geht seitenlang so. In Prosa und in Reimen. Eine Flut von Liebeserklärungen, Beschimpfungen, Hasstiraden, Todeswünschen und dämonischen Zaubersprüchen, die den Gegenstand ihrer Liebe fesseln oder ihn auf alle Ewigkeit verfluchen sollten, wenn er ihren Wünschen nicht nachkommt. Es gibt einen Eintrag, der interessant für uns ist. Darin ist die Rede vom bösen Zauber von La Dragonera, von dem er ihnen erzählt hat. Er wollte sie irgendwann dorthin mitnehmen. Noch ein Versprechen, das er nicht gehalten hat. Er hat den Kontakt zu ihnen abgebrochen. Das letzte Dokument ist ein tödlicher Pakt mit dem Teufel. Sie schreiben, dass sie aufgehört haben zu essen, um sich zu reinigen, und dass sie dem Teufel ihre Seelen verkauft hätten, um dem armen Typen, für den sie diese irrsinnige Leidenschaft entwickelt haben, hinterherspuken zu können. Diese beiden Kinder waren völlig in ihr mystisches Delirium verstrickt. Mein Deutsch ist nicht besonders gut, aber das wenige, was ich davon verstanden habe, ist ziemlich aufschlussreich. Hast du gewusst, dass die jungen Mädchen heutzutage im Internet Tagebuch schreiben, sodass es jeder lesen kann? Wie kann man mit sechzehn nur auf die Idee kommen, sterben zu wollen?«

»Und die Eltern? Wo sind die?«, fragte Bruno in einem neutralen Ton. Er fand nicht, dass es ihm zustand, über sie zu urteilen. Die beiden verwirrten Mädchen waren in Anas Alter. Wie könnte er diesen Leuten vorwerfen, nicht gut genug auf ihre Kinder aufzupassen, er, der seine Nachkommenschaft völlig unbeaufsichtigt durch ganz Europa irren ließ?

»Sie sind auf Reisen. Der Mitgliedsbeitrag an den *Mola Club* und die astronomisch hohe Miete, die sie für die Villa zahlen, reichten ihnen als Versicherung gegen schlechten Umgang anscheinend aus. Die beiden Mädchen waren seit Mitte Mai alleine. Im August wollten sich die Eltern hier wieder mit ihnen treffen. Sie kommen oft her.«

»Hat man Fotos gefunden? Ihre Handys? Kennen wir ihre Namen und den von dem Typen, der diese fatale Besessenheit ausgelöst hat?«

»Die Fotos habe ich für dich kopiert«, sagte Joaquim und reichte ihm eine CD-ROM. »Gothic, vom Scheitel bis zur Sohle. Rabenschwarze Schminke, Ketten, Piercings, Tätowierungen und das ganze Drum und Dran. Was den Typen angeht, so ist es anscheinend ein Teil seiner Persönlichkeit, dass er sich nicht fotografieren lässt. Auf einem Foto füllt eine Hand, die ein Gesicht verdeckt, das ganze Format aus. Vielleicht ist es seine Hand. Möglicherweise können wir ihn mithilfe der Anruflisten der beiden Handys identifizieren. Ich kümmere mich darum.«

Der Rechtsmediziner bestätigte im Fall des einen Mächens, einer gewissen Sonja, den Tod durch Ertrinken. Die andere, Inge, hatte ein Schädel-Hirn-Trauma, war stark unterkühlt und stand unter Schock. So bald würde man sie nicht befragen können. Die Ersthelfer hatten ihren Zustand vor Ort zwar stabilisieren können, aber eine abschließende Diagnose gab es noch nicht. Die beiden Mädchen wurden auf Tragen über die Treppe abtransportiert. Eine Polyethylenhülle mit Reißverschluss. Eine Rettungsdecke, die in der Sonne blitzte. Eine Tote. Eine Lebende. Zwei Opfer. Die Bewohner von La Mola beobachteten das Geschehen von ihren Terrassen aus. Der Klub war geschlossen, seine Mitglieder waren angewiesen, zu Hause zu bleiben. Der Direktor war in heller Aufregung. Miserable Werbung. Bedauernswerter Unfall. Er wollte, dass die beiden endlich aus seinem Gesichtsfeld verschwanden. Der blaue Himmel forderte sein Recht. Die Bar und der Swimmingpool wurden wieder geöffnet.

Montaner besprach das weitere Vorgehen mit dem Chef der Guardia Civil von Port d'Andratx. Einige Jahre zuvor hatte er selbst diesen Posten bekleidet. In La Mola zu ermitteln bedeutete, sich an den empfindlichen Reichen die Zähne auszubeißen. Es galt, mit viel Taktgefühl Türen zu öffnen, verhaltene Vorwürfe hervorzukitzeln und nachbarliche Rivalitäten geschickt auszunutzen. Er kannte sich aus. Die prunkvollen Villen der Vergangenheit waren zwar in kleinere Einheiten aufgeteilt worden, aber nach wie vor bedurfte es eines dicken finanziellen Polsters, um in den Besitz eines Stückes des legendären Kaps zu gelangen.

»Wie wäre es mit einer Besichtigungstour?«, schlug er der Richterin vor. Mit dem Motorrad fuhren sie die Küstenstraße hinauf bis zum Leuchtturm, wo sie abstiegen. Vom letzten unbebauten Stück Land auf La Mola aus hatten sie einen herrlichen Blick aufs Meer. In der Ferne lag La Dragonera als dunkle, fast bedrohliche Landmasse in der Mittagssonne. Brunos Stimmung war düster. Dieses paradiesische Kap war zu einer luxuriösen Wohnsiedlung verkommen, die dem Stadtrand von München zur Ehre gereicht hätte. Die Grundstücksspekulanten hatten den Sieg über die Architekten davongetragen. Die Barbarei über die Zivilisation. Der Zaster über die Schönheit.

Die Todessehnsucht der beiden jungen Mädchen erschien ihm

wie eines jener Hintergrundmotive, das Maler benutzten, um ihren Gemälden Tiefe und Bedeutung zu verleihen. Das Unglück umgab La Mola wie der unheilvolle Schatten der Grausamkeit, die auf der Insel umging. Ocho, der Gärtner, kannte die Kehrseite dieser traumhaften Kulisse. Ihn würde er befragen. Hier war sein Revier, kein Geheimnis blieb ihm lange verborgen. Ein zweifelhafter Vorteil, wenn der Teufel seine Finger im Spiel hatte.

Im selben Augenblick erhielt er eine SMS von Joaquim. Die Nummer des Finsteren auf den Handys der beiden Mädchen war die eines gewissen Oscar Uhl. Derzeit leider nicht erreichbar.

39   Fürs Erste hatte sie genug von all den Leichen. Gut gelaunt packte Pilar ihren leichten Tagesrucksack. Sie hatte angeboten, an diesem Samstag eine Wanderung zu führen. Endlich eine Auszeit von der Hektik und der ergebnislosen Schufterei der letzten Wochen. Stattdessen blauer Himmel. Es war ein herrlicher Tag. Heute würde ihr Objektiv das Leben einfangen, die Natur, junge, fröhliche Gesichter und die grandiose Landschaft von Sa Trapa, einer ihrer Lieblingsgegenden. Sie würde den Kindern, die man den Sommer über in die Fundació Nazareth abgeschoben hatte, weil sie daheim nur störten, ein Geheimnis verraten, das sie entdeckt hatte, als sie selbst in ihrem Alter gewesen war und nirgendwo richtig zu Hause. Die Welt gehörte ihnen, wenn sie sich nur die Mühe machten, sie zu erobern. Aufs Geratewohl über die Insel zu wandern würde ihnen allen guttun. In der Natur den Gefühlen freien Lauf zu lassen, ihre Schönheit zu spüren und sich dabei nicht lächerlich vorkommen. Wenn es ihr gelang, ihnen das zu vermitteln, wäre der Tag gerettet. Für die Kinder und auch für sie selbst.

Die Natur teilt die Welt nicht in Gut oder Schlecht. Ob Raubtier oder Unkraut, alles hat seine Funktion und seine Bedeutung. Das hatte ihr Freund Carape, der Hirte von Son Nadal, sie gelehrt, und das wollte sie weitergeben. Vor sechs Jahren hatte sie mit solchen kleinen Jobs in der Jugendarbeit ihr Geld verdient und hätte sie zu ihrem Beruf gemacht, wenn Sergís Tod ihren Plänen nicht ein jähes Ende gesetzt hätte. Der heutige Tag war ihre Stunde der Wahrheit. Pilar wollte wissen, ob sie erwachsen geworden war, ob die Zeiten des Aufbegehrens gegen ihr ungerechtes Schicksal und die herrschende Ordnung hinter ihr lagen. Den Rucksack auf dem Rücken und Wanderschuhe an den Füßen, warteten ein knappes Dutzend Zehn- bis Fünfzehnjähriger und zwei Begleiter, die kaum älter waren, auf dem Parkplatz der Fundació Nazareth. Um zum verfallenen Kloster von Sa Trapa, dem Ziel ihrer Wanderung, zu gelangen, wollte Pilar den Höhenweg nehmen. Sie hatte die Erfahrung gemacht, dass sie den Kids starke Eindrücke bieten musste, damit sie ihr den ganzen Tag folgten. Es war sieben Uhr morgens, als der Bus sie auf dem Coll de sa Gremola an der Straße nach Estellencs absetzte. Er würde sie in Sant Elm am anderen Ende der Strecke, die sie für sie ausgesucht hatte, wieder aufsammeln.

Bevor sie losgingen, gab sie allen eine Karte. Die Kinder sollten sie anhand der eingezeichneten Orientierungspunkte führen. Der markierte Weg, der sich eine ganze Weile an Feldern vorbei bergauf geschlängelt hatte, verlief nun entlang der Steilküste, die aus vierhundert Metern Höhe steil ins Meer abfiel. Selbst die Coolsten zeigten sich beeindruckt. Pilar führte sie immer zu zweit angeseilt bis an den Felsvorsprung, um sie ihre Erfahrungen mit dem Schwindelgefühl machen zu lassen. Alle bekamen ihr Bergsteigerfoto, das sie am Rand des Abgrunds balancierend zeigte. Es tat gut, die lachenden Gesichter und die quicklebendigen Körper in Bewegung zu fotografieren. Nach einer kleinen Pause kehrten sie auf den Weg zurück, der sie zur verlassenen Finca von Can Jaume führte. Dort ließ sie sie nach der Mauer aus Bruchsteinen suchen, die an einem völlig überwucherten Weg entlanglief. Die nächste Etappe waren das Cap Fabioler und die Teufelskanzel, der schwindelerregende Aussichtspunkt.

Das Thermometer kletterte, und das Tempo der kleinen Truppe nahm merklich ab. Sie waren seit drei Stunden unterwegs. Die Rast am Aussichtspunkt zog sich in die Länge. Die Kinder hatten Hunger und Durst. Also packten sie ihre Brote aus, bevor sie den Abstieg nach Sa Trapa in Angriff nahmen, und achteten darauf, keine

Abfälle zu hinterlassen, so wie Pilar es ihnen ans Herz gelegt hatte. Nach einer weiteren halben Stunde Marsch erreichten sie das ehemalige Trappistenkloster. Das Halbrund der terrassenförmig angelegten und von Steinmauern begrenzten Ländereien, die Mühle und die Klostergebäude waren restauriert worden. Man konnte die Überreste der Kapelle, des Kohlenmeilers und des Kalkofens besichtigen. Der Ort hatte sich zu einem Heiligtum des Naturschutzes auf Mallorca entwickelt. Pilar schilderte, wie die Mönche früher als Selbstversorger in diesem abgelegenen Winkel südlich der Serra de Tramuntana gelebt hatten. Der Umweltschutz hatte ihre Prinzipien wieder aufgegriffen. Sie zeigte ihnen die mit Solarenergie betriebene Dusche und Küche der Leute von der GOB, die die Umwelt durch ihre Anwesenheit so wenig wie möglich schädigen wollten. Sie versprach ihnen, dass sie nächstes Mal über Nacht hierbleiben und unter freiem Himmel schlafen würden.

Die Gruppe verteilte sich im Gelände.

Da ertönte plötzlich ein schriller Schrei. Zwei Mädchen, die sich ein ganzes Stück entfernt hatten, waren in Tränen ausgebrochen und führten neben einem Steinhaufen einen merkwürdigen Tanz auf. Waren sie von einer Schlange gebissen worden? Oder einer Spinne? Einem kleinen Skorpion? Vorsorglich bedeutete Pilar den anderen, sich fernzuhalten, und eilte den beiden zu Hilfe. Sie blieb abrupt stehen.

Unter dem Geröll lag eine verkohlte Leiche. Schwarz. Riesig. Aufgedunsen. Ein Bild des Schreckens.

Vorbei die Auszeit, vorbei die Ferien der Kinder.

40   Zum Glück ging Montaner sofort ans Telefon. Wieder einmal verbrachte er einen Samstag im Büro, um den Papierkram zu erledigen, für den er unter der Woche keine Zeit hatte.

»Hier ist Pilar. Ich bin in Sa Trapa. Hier liegt eine verkohlte Leiche unter einem Steinhaufen. Ich habe nur einen kurzen Blick darauf geworfen, aber ich glaube, der Kopf fehlt. Ihr müsst sofort herkommen, du und Gerónimo. Sag allen Bescheid, und bitte beeil dich!«

Die beiden vor Schreck wie gelähmten Mädchen klammerten sich an ihren Arm. Pilar sprach beruhigend auf sie ein und führte sie vorsichtig weg von dem grauenhaften Anblick der verwesten Leiche. Dann trommelte sie mit lauter Stimme alle zusammen und nahm sie mit in die Unterkunft der GOB. Sie folgten ihr ohne Widerrede.

Das verängstigte Häuflein sah aus, als sei es von einem Unwetter überrascht worden. Es war das Beste, ihnen wenigstens teilweise die Wahrheit zu sagen. Ihnen war es zu verdanken, dass die Leiche eines Mannes gefunden worden war, nach dem die Polizei schon seit einiger Zeit suchte. Um ihren Fragen eine andere Richtung zu geben, begann sie von ihrem Beruf zu erzählen. Ja, sie sei auch eine Art Polizistin. Nein, ihre Arbeit sah ein wenig anders aus, als sie es aus dem Fernsehen kannten. In groben Zügen erklärte sie ihnen, wie Spuren gesichert wurden, und stellte verblüfft fest, wie viel sie darüber wussten. Während sie warteten, knabberten sie die Kekse, die sie für den Nachmittag mitgebracht hatten. Die beiden jungen Leute, die die Gruppe begleiteten und beinahe genauso verängstigt waren wie ihre Schützlinge, dachten sich Spiele für die Kinder aus.

Zwei Stunden später erschien die Spezialeinheit ohne weitere Verstärkung. Montaner hatte lediglich Doktor Cirer gebeten, sie zu begleiten. Sein Befund wäre äußerst wertvoll, und mit seiner Hilfe würden sie schneller zu ersten Ergebnissen gelangen.

Es war schon beinahe Hauptsaison, und man sah dem Gelände an, dass bereits viele Touristen hier gewesen waren. Doch keiner der Wanderer hatte die Leiche unter dem Geröll, abseits der üblichen Wege, bemerkt. Ausgerechnet die beiden Mädchen hatten das Pech gehabt, auf sie zu stoßen.

Als Erstes organisierten sie den Rücktransport der Kinder. Pilar zeigte Eusebio, der sie begleiten sollte, auf der Karte den Weg zum Parkplatz Can Tomevi am Ortsausgang von Sant Elm.

Montaner hielt einen Minikriegsrat ab. Nach Doktor Cirers erster Einschätzung war es sehr wahrscheinlich, dass das Herz, der Schädel und die linke Hand aus den Päckchen von Son Reus von der verkohlten Leiche stammten.

Der Zustand des verbrannten Körpers erschwerte die Diagnose, aber seiner Ansicht nach konnte er tatsächlich seit Juni hier gelegen haben.

»Eine ausführlichere entomologische Untersuchung wird uns helfen, den Todeszeitpunkt zu bestimmen«, stellte der Mediziner fest.

»Entomologisch?«, rief Virus aus.

»Ja, mithilfe der Insekten, die wir in der Leiche finden.«

»Darüber habe ich was gelesen. Über die *Body Farm* in Amerika. In Tennessee. Dort untersuchen Anthropologen den Verwesungsprozess menschlicher Leichen in der Natur«, setzte Virus wieder an.

Cirer schnaubte verächtlich.

»Die Amerikaner glauben immer, sie hätten alles erfunden. In Europa ist die forensische Entomologie seit dem neunzehnten Jahrhundert Gegenstand wissenschaftlicher Untersuchungen«, fügte der Mediziner hinzu und kam damit auf eines seiner Lieblingsthemen zu sprechen. »Kannst du Französisch? In meiner Bibliothek habe ich eine Abhandlung von Jean Pierre Mégnin von 1894, *La faune des cadavres*. Ich kann sie dir leihen, wenn du willst. Mégnin beschreibt detailliert die acht aufeinanderfolgenden Besiedlungswellen durch Fliegen und Käfer, mit deren Hilfe sich der Verwesungsgrad einer Leiche exakt bestimmen lässt.«

»Lasst uns erst einmal herausfinden, was passiert ist«, fiel Montaner ihm ins Wort. »Wie kam die Leiche hierher? Wer hat sie verbrannt? Wo und warum? Wir schwärmen aus, teilen das Gelände in Abschnitte auf und durchsuchen alles. Dieses Mal haben wir eine Leiche. Ich will Antworten, keine weiteren Spekulationen.«

Gerónimo hob den Arm und gab das Zeichen zum Aufbruch, wie ein Schiedsrichter, der einen Einwurf dirigiert. Er hatte Pilar die Dokumentation des Tatorts im Umkreis des Geröllhaufens, wo die Leiche gefunden worden war, überlassen und selbst die Untersuchung der Klosterruine übernommen. Vor einem merkwürdigen

Bauwerk blieb er stehen. Pilar wusste sofort, was es war. Wieso hatte sie daran nicht gleich gedacht? Der Kalkofen funktionierte nicht mehr, aber die Feuerstelle aus Schamottziegeln war unversehrt und hatte offensichtlich ihren Zweck erfüllt. Der Mörder hatte die Möglichkeiten vor Ort geschickt zu nutzen gewusst.

Montaner war in der Zwischenzeit zu der Ansicht gelangt, das Opfer sei zu Fuß und in Begleitung seines Mörders hergekommen. Er konnte sich nicht vorstellen, wie sonst jemand einen so kräftigen Körper hier hätte heraufschaffen können. Pilar konnte sich eines Gefühls der Erleichterung nicht erwehren. Was auch immer ihre Ermittlungen ergeben würden, bei diesem massigen Körper, dessen verkohlte Reste sie fotografierte, die durchgeschnittene Kehle, die abgetrennten Arme, das schwarze Loch, das wie ein Auge an der Stelle klaffte, an der sich normalerweise das Herz befand, konnte es sich nicht um Fredo handeln, den schlanken, durchtrainierten, muskulösen Taucher. Sie behielt diese Beobachtung für sich. Weil sie offensichtlich war. Weil Bruno ihr unvermeidlich vorwerfen würde, dass sie noch immer die leise Hoffnung hegte, ihn zu finden, verstümmelt zwar und einarmig, aber am Leben.

Da sie die Anlage kannte, wurde sie gebeten, den anderen die Funktionsweise des Kalkofens zu erklären. Der einfache, aber effiziente Ofen war von den Trappistenmönchen im neunzehnten Jahrhundert zur Herstellung von Kalk gebaut worden.

»So ein Ofen dient dazu, mithilfe des Feuers Kalkstein in Kalk zu verwandeln«, erklärte Pilar. »Der obere Teil des Schachtofens wird abwechselnd mit Kalkgestein und Kohle befüllt, im unteren Teil sorgt ein Feuer für eine gleichbleibende Temperatur.«

»Wie hoch?«, fragte Gerónimo, der aufmerksam zugehört hatte.

»Zwischen achthundert und tausend Grad.«

»Das reicht aus, um ihn zu einem Krematorium umzufunktionieren«, bemerkte Bruno.

»Als Produkt des Kalkbrennens erhält man Branntkalk«, fuhr Pilar fort. »Er wird zur Desinfektion oder als Dünger verwendet, um den Säuregehalt des Bodens zu regulieren. Setzt man den Prozess jedoch fort, wird der Branntkalk mit Wasser übergossen und man erhält Löschkalk, der gemischt mit Sand als Baumaterial dient.

Mit diesem Mörtel werden Wände verputzt, der Kalk härtet aus und wird wieder zu Kalkstein. Diesen Vorgang nennt man Karbonatation. Der Kreis schließt sich.«

»Sehr erhellend«, fand Gerónimo. »Ein Kalkofen. Der kam dem Mörder wie gerufen, um die Leiche zu entsorgen. Vermutlich kam er so auf Sa Trapa. Jetzt musste er sein Opfer nur noch hierherlocken. Aber unter welchem Vorwand? Montaner wird das früher oder später herausfinden. Pilar, du bleibst bei mir, um den Ofen nach Beweisen für unsere brillante Theorie abzusuchen. Währenddessen setzen die anderen die Spurensuche fort.«

Virus lieferte schließlich das entscheidende Beweisstück, als er in einem Verschlag einen ascheverschmierten Schubkarren entdeckte. Gerónimo stieß einen lauten Seufzer aus, als er eine ganze Reihe an der Wand aufgehängter Werkzeuge erblickte. Für die Suche nach der Tatwaffe hatten sie die Qual der Wahl. Eine Stunde später waren sie sicher. Der Spaten war zwar gereinigt worden, aber mithilfe ihrer Fläschchen und Pinsel gelang es ihnen, nach und nach den Ablauf des Dramas zu rekonstruieren, das sich hier abgespielt hatte. Der Mörder hatte sein Opfer mit dem flachen Teil, dem Spatenblatt aus schwerem Eisen, erschlagen und dann die scharfe Kante als Axt benutzt, um damit den Kopf und die Arme abzutrennen. Wieder war er mit derselben Brutalität zu Werke gegangen, demselben Zynismus und derselben bestialischen Absicht, seine Opfer zu benutzen, aus ihnen zerstückelte Spielfiguren eines Rätsels zu machen, das er dem Rest der Welt stellte, überzeugt davon, dass es niemals gelöst werden würde.

»Dieser Dreckskerl fühlt sich so verdammt sicher. Im Augenblick hält er die Fäden in der Hand. Er entscheidet über die Tatorte, darüber, wann wir welche Entdeckung machen, über den gesamten Verlauf unserer Ermittlungen. Verdammt noch mal, wir müssen ihn schnappen! Je schneller, desto besser«, wetterte Montaner.

Verbissen machten sie sich wieder an die Arbeit. Als die Spurensicherung abgeschlossen und Pilar mit den Fotos fertig war, zogen sie erneut Bilanz. Sie fiel mager aus. Enttäuschend. Wieder einmal mussten sie sich mit den Brosamen zufriedengeben, die der Mörder ihnen zugedacht hatte. Der Wunsch, ihn endlich zu fassen, ließ ihnen keine Ruhe. Sie mussten bleiben. Noch irgendetwas finden. Aber was?

Pilar hatte eine Idee. »Wir könnten den Hubschrauber anfordern.«

41   Die Kamera im Anschlag, den Blick durch den Sucher in die schwindelerregende Tiefe gerichtet, schwebte Pilar über Sa Trapa. Aus der Luft betrachtet, war der Weg, den der Mörder genommen hatte, deutlich zu erkennen. Er glich dem eines Wildschweins durchs Dickicht. Oder vielmehr dem eines großen Fahrzeugs, das gegen jede Regel die Begrenzung des Parkplatzes von Can Tomevi überwunden hatte und, sich mit Gewalt einen Weg durchs Unterholz bahnend, den Hang hinaufgefahren war. Jede Drehung des Lenkrads, jedes Beschleunigen oder Bremsen war deutlich in der Schneise zu erkennen, die der Wagen in das Unterholz geschlagen hatte. Der Mörder war so weit wie möglich bergauf gefahren. Es war äußerst effektiv, diesem Raubtier, das sich über alle Regeln hinwegsetzte, aus der Luft nachzustellen. Die Stellen, an denen er den Parkplatz verlassen und später den Wagen abgestellt hatte, waren sorgfältig mit Büschen getarnt. Aber er hatte nicht daran gedacht, sich gegen Blicke aus der Luft abzuschirmen. Vom Himmel verraten. Ein befriedigtes Lächeln spielte um Pilars Lippen. Ihr Helm dämpfte den Lärm der Rotorblätter. Das dumpfe Dröhnen des Sieges. Plötzlich wurde ihr bewusst, dass Virus den Arm fest um ihre Taille geschlungen hatte.

»Was soll das? Lass mich sofort los!«

»Das da in deiner Hand ist eine Kamera, kein Fallschirm. Du fällst beinahe aus dem Hubschrauber, und ich, dein guter Freund, halte dich fest. Aber bitte, wenn du willst, lasse ich eben los.«

Pilar hörte ihm nicht zu. Sie betrachtete ihre Aufnahmen auf dem Display und gab dem Piloten ein Zeichen, weiter in der Luft zu kreisen.

»Sieh dir das an, Virus. Das ist fantastisch. Endlich haben wir etwas in der Hand. Eine Spur. Eine echte Spur. Und der Mörder hat keine Ahnung, dass er sie hinterlassen hat. Unser erster Vorsprung. Ruf Bruno an und gib ihm die Koordinaten durch. Ich bin sicher, dass wir da unten Reifenspuren finden.«

Es war Montaner nicht schwergefallen, die Richterin von der Notwendigkeit zu überzeugen, einen Hubschrauber anzufordern. Sie hatten einfach eine halbe Stunde Rundflug über das Gelände auf seinen Flugplan raufgeschlagen. Sobald Pilar mit ihren Luftbildern fertig war, würde der Pilot seine Maschine landen und sie würden die gemarterte Leiche, die so lange unter einer Plane lag, abtransportieren.

Während sie dort oben mit Virus kreiste, nahm der Rest des Teams den Kalkofen unter die Lupe und trug den Geröllhaufen Stein für Stein ab, um der Vorgehensweise des Mörders auf die Spur zu kommen.

Ihren Schlussfolgerungen zufolge hatte er sein Opfer mit dem Spaten massakriert und dann die Leiche im Ofen verbrannt, vermutlich nachts, damit niemand den Rauch sehen konnte. In der Feuerstelle fanden sie Spuren eines Brandbeschleunigers. Hatte er beabsichtigt, die Leiche komplett einzuäschern? War es ihm nicht gelungen, den Ofen auf die nötige Temperatur aufzuheizen?

Cirer, den sie um Rat fragten, erklärte ihnen, dass zu einer Einäscherung eine Temperatur von neunhundert Grad notwendig war, bei der die Leiche im Ofen von selbst verbrannte. Anderthalb Stunden dauerte es, etwa eintausendfünfhundert Gramm Asche zu produzieren – alles, was von einer menschlichen Leiche nach einer Einäscherung übrig blieb. Nicht jeder x-beliebige Mörder konnte sich als Kalkbrenner betätigen. Die Temperatur in dem stillgelegten Kalkofen war nicht lange genug ausreichend hoch geblieben, um die Spuren seines Verbrechens zu beseitigen.

Der Mörder hatte daraufhin mit kräftigen Spatenhieben den Kopf und die Arme der verbrannten Leiche abgetrennt. Es fiel schwer, sich vorzustellen, welche grauenvolle Eingebung ihn bewogen hatte, das Herz aus der Brust zu reißen, um seiner makabren Inszenierung die Krone aufzusetzen. Erschreckender noch als seine mörderische Raserei waren die Berechnung, das planvolle Vorgehen und die Vorwegnahme der Folgen seiner Handlungen. Sie standen im Widerspruch zu ihr und bestätigten sie gleichzeitig. Es war diese Mischung aus Wut und Vernunft, die ihnen Unbehagen bereitete. Der Mörder war ein Irrer, aber vor allem war er intelligent und raffiniert. Und extrem gefährlich.

Hartnäckig hatte er sein Opfer malträtiert, um die Identifizierung so schwierig wie möglich zu machen. Männlich. Beleibt. Das war alles, was Doktor Cirer im Augenblick sagen konnte. Verkohlt, entstellt und verstümmelt, war die Leiche in einem Schubkarren bis an den Fuß einer brüchigen Mauer gefahren worden. Diese Mauer hatte der Mörder mit einigen gezielten Spatenschlägen zum Einsturz gebracht, sie hatten die frischen Spuren auf den Steinen gefunden. Nachdem der Mörder den Spaten als Tatwaffe benutzt hatte, hatte er den Stiel sorgfältig abgewischt und sämtliche Fingerabdrücke beseitigt.

Pilar, die es kaum erwarten konnte, zu überprüfen, was sie von oben gesehen hatte, ließ sich aus dem Hubschrauber abseilen und verständigte Montaner über Funk, dass das Team sie am Parkplatz von Can Tomevi treffen sollte. Virus, der ein wenig bleich in seinem Seil hing, folgte ihr. Nachdem sie die Angaben ihrer Karte mit den Fotos verglichen hatte, führte sie sie durch das Dickicht zum Ausgangspunkt der ansteigenden Trasse des Mörders nach Sa Trapa. Auf Gerónimos Anweisung stellten sie sich in gleichmäßigen Abständen in einer Reihe auf wie zu einer groß angelegten Suchaktion. Sobald einer von ihnen irgendetwas entdeckte, hob er den Arm und rief. Dann blieben alle stehen und Pilar machte Fotos. Neongelbe Marker wurden aufgestellt, Carmen notierte die Nummer des Indizes auf ihrem Plan, und die Suche ging weiter. Abgeknickte Zweige. Niedergedrücktes Gras. Es war unglaublich. Der Mann, der seine Fingerabdrücke so sorgfältig abgewischt hatte, hatte sich inmitten des dichten Gebüschs in Sicherheit gefühlt, außer Reichweite. Er hatte sogar eine Pause gemacht, um eine Zigarre zu rauchen. Den Stummel hatte er liegen gelassen.

»Fingerabdrücke werden wir darauf wohl keine finden«, seufzte Gerónimo, der den Zigarrenrest mit der Lupe untersuchte. »Wenn wir Glück haben, gibt es noch genug Speichelreste für eine DNA-Analyse. Mal sehen.«

Auf der windgeschützten Lichtung, auf der er geparkt hatte, hatten sich zwei Reifenspuren tief in die Erde gegraben. Pilar jubelte und verwandte große Sorgfalt auf die Fotos. Gesamtaufnahme. Großaufnahme. Makro. Reifen auf großen Felgen mit deutlichem Profil. Der Zoom enthüllte sogar eine kleine Unregelmäßigkeit auf einem der Reifen, die so wertvoll war wie ein Fingerabdruck, da sie den linken Vorderreifen des Geländewagens eindeutig identifizierte. Der Mörder war sich seiner Sache so sicher, dass er nicht daran gedacht hatte, auch noch seine Reifen zu wechseln.

Montaner nahm Witterung auf wie ein Jäger, der einem Stück Wild nachstellt. Die niedrigen Pinien und der Nadelteppich hatten erstaunlicherweise die Reifenabdrücke vor den Unwettern geschützt. Zu dieser Jahreszeit regnete es nur sehr wenig, und größere Unwetter hatte es in der Gegend nicht gegeben. Normalerweise brachen sie um den fünfzehnten August herum los mit Regengüssen, die alles unterspülten. Heute war der zweiundzwanzigste Juli. Vierzehn Tage später, ein heftiger Platzregen, und es wäre nichts mehr zu sehen gewesen.

Die Fliegen haben den Esel gewechselt, sagte sich Bruno. Bewirkte der berühmte *girant* endlich, dass sich das Blatt zu ihren Gunsten wendete?

Gerónimo, dessen Rücken vor Erschöpfung und vom Gewicht der Ausrüstung schmerzte, presste konzentriert die Lippen zusammen, während er einen Abguss des Reifenprofils herstellte.

»Wir suchen einen Geländewagen. Groß, schwer und leistungsstark.«

»Es gibt eine Datenbank für Autoreifen. Wir werden den Typ schnell haben«, bemerkte Pilar.

Er nickte ihr zufrieden zu.

Ihre Idee mit den Luftaufnahmen hatte die Ermittlungen vorangebracht. Eine gute Sache, die Verjüngung der Einheiten. Die Techniken entwickelten sich weiter. Er selbst wäre nicht auf die Idee gekommen, den Hubschrauber zu benutzen. Und falls doch, hätte er die Kosten gescheut. Mut. Ideen. Improvisationsgabe. Zu seiner Zeit war es darauf nicht angekommen. Er fühlte sich alt und gab es offen zu.

»Hör auf. Deine Erfahrung ist unersetzlich, und das weißt du auch«, protestierte Pilar. »Es ist leicht, aus der Routine auszubrechen, wenn man sich auf ein Fundament aus Gewissheiten stützen kann. Mit dir kann ich mir immer sicher sein, den Grund zu spüren. Wie wichtig das ist, habe ich beim Tauchen gelernt.«

»Du lernst viel und schnell, mach weiter so. Wir sind ein tolles Team. Auch ich lerne jeden Tag dazu«, fügte er nach einer kleinen Pause leise hinzu.

Gerónimo machte selten viele Worte. Das wusste sie von Carmen. Pilar heimste das Lob ein und machte sich wieder an die Arbeit.

Virus hatte Pilars Dateien auf seinen Laptop überspielt und die Bilder vergrößert. Er rief sie an. Auf den Luftaufnahmen war deutlich eine weitere Trasse zu erkennen. Sie erstreckte sich den unwegsamen Pfad entlang von der Lichtung bis nach Sa Trapa. Wenn man genauer hinsah, erkannte man, dass es eine doppelte Linie war. Eine führte bergauf und die andere bergab. Eine schmale, holprige Spur – das Rad des Schubkarrens. Das Opfer war nicht zu Fuß nach Sa Trapa gelangt. Der Mörder hatte die Tat von langer Hand geplant und den Ort genau ausgespäht. Er hatte den Wagen abgestellt, war nach Sa Trapa hinaufgegangen und hatte die Schubkarre geholt, sie bis an den Wagen herangeschoben, den reglosen Körper seines toten oder bewusstlosen Opfers aufgeladen und war wieder den Abhang hinaufgestiegen, wobei sich das Rad der Schubkarre durch das Gewicht des toten Körpers auf dem Rückweg tiefer in die Erde gegraben hatte als auf dem Hinweg. Auf dem Foto waren die Zeichen seiner Gereiztheit, die Furche, die seine wütenden Rucke hinterlassen hatten, offensichtlich.

Bruno überließ es den anderen, den Weg der Leiche durch das Gelände nach Spuren abzusuchen, und erkundete wieder die Lichtung, auf der der Mörder seinen Wagen abgestellt hatte. Der von Reifenspuren durchpflügte Boden verriet seine Gewalttätigkeit, seine Wut. Er hatte mehrmals angesetzt, um den Wagen im Gebüsch zu parken. Plötzlich stieß Montaner einen Jubelschrei aus und trommelte das Team zusammen. Der Geländewagen hatte einen Baumstumpf gestreift, als er versucht hatte, einen Felsen zu umfahren. Sie machten sich wieder an die Arbeit. Man sah die Spuren seines Manövers, den Wagen wieder freizubekommen, wie er den Rückwärtsgang eingelegt und beschleunigt hatte, um das Hindernis zu überwinden. Der Baumstumpf hatte mit Sicherheit die Karosserie geschrammt. Auf dem Holz war ein wenig schwarze Farbe zurückgeblieben.

Sie gaben sofort eine Fahndung heraus. Sie suchten einen Mörder, der Zigarren rauchte und einen großen schwarzen Geländewagen fuhr, der einen Kratzer auf der rechten Seite hatte.

42 »*Es Puput*. Ein seltsamer Name. Hat er eine Bedeutung im Mallorquinischen?«

Auf dem Wanderweg nach Sa Trapa legte Julia Bernat das Tempo einer geübten Bergsteigerin vor. Pilar ging voraus, und Montaner und sein Freund, der Journalist Adriano Sanchez, folgten ihnen.

Die Richterin hatte beschlossen, die nächste Runde einzuläuten. Ein fundierter Presseartikel, eine geführte Tatortbegehung. Dieses Mal hatten sie einen echten Tatort mit einer Leiche, die einen Zusammenhang zwischen den Ereignissen der letzten Wochen herstellte. Endlich hatten sie etwas Konkretes vorzuweisen, und endlich gab es etwas zu berichten.

Adriano bekam den Vorab-Exklusivbericht. Die offizielle Pressekonferenz würde anschließend stattfinden. Bei ihm konnte man sich darauf verlassen, dass er die Berichterstattung mit der für ihn typischen Mischung aus Genauigkeit und Dramatik erledigen würde. Er würde die Fakten wahrheitsgemäß schildern und die Arbeit der Spezialeinheit ins rechte Licht rücken. Denn er kannte den Unterschied zwischen Kritik und Verriss. Seine Kollegen, die mehr auf Sensationen aus waren, führten eine spitzere Feder und wären weniger objektiv. Denn das Spiel war noch nicht gewonnen, der Mörder war nach wie vor unbekannt und lief immer noch frei herum.

Als die Richterin von der Spezialeinheit als ihrer »Wochenend-Einheit« sprach, bedeutete Montaner dem Journalisten, diese Formulierung sofort zu streichen. Schade. Sie hätte eine famose Schlagzeile abgegeben. Adriano tilgte sie aus seinen Notizen und lächelte leise. Die Richterin hatte die Belastung für Montaner und sein Team betonen wollen, die diese Ermittlung zusätzlich zu ihren vielfältigen alltäglichen Pflichten führten, von denen man sie nicht entbunden hatte. Die Bezeichnung war ungeschickt. Von dort war es nur ein kleiner Schritt, sie als Hobbypolizisten zu bezeichnen, ein Schritt, den jeder andere Journalist, ohne zu zögern, gemacht hätte. Aber nicht Sanchez.

Der Ausflug nach Sa Trapa dauerte den ganzen Vormittag. Die Richterin und der Journalist sahen alles, was es zu sehen gab. Den Kalkofen. Den Geröllhaufen. Die Schubkarre. Das Waldstück, in dem sie die Spur des schwarzen Geländewagens gefunden hatten. Der Vorteil einer Insel besteht darin, dass Diebe und Kriminelle auf ihr quasi gefangen sind. Es war nahezu unmöglich, ein Fahrzeug dieser Größe unbemerkt von der Insel zu schaffen. Sämtliche Polizeikräfte waren alarmiert. Anhand des Profils der Spezialreifen, ihrer Größe und ihres Abstands war es ihnen gelungen, das Modell zu ermitteln. Ein Mitsubishi Pajero, schwarz, stabil, kompakt, hohe Geländetauglichkeit. Intensive Recherchen hatten ergeben, dass der Wagen mit einer Dachreling ausgestattet war, denn die Zweige der Büsche hatten sich darin verfangen. Die großen seitlichen Trittbretter waren über die Wegböschung geschrammt. Der Mörder hatte eine gute Wahl getroffen. Der Allrader konnte siebzig Zentimeter tiefe Furten durchqueren und besaß einen Angriffswinkel, der ihm den nötigen Schub verlieh, Gefälle von bis zu fünfundvierzig Grad zu überwinden. Es gab höchstens zehn solcher Fahrzeuge auf der ganzen Insel. Innerhalb einer Woche hatten Joaquím und

Eusebio ihre Besitzer ausfindig gemacht. Einer der Wagen, für die sie sich interessierten, war von Oscar Uhl bei einem Autoverleih in Palma angemietet worden. Die Nachricht schlug ein wie eine Bombe. Die verschiedenen Spuren begannen sich zu kreuzen. Die Richterin war zufrieden und sprach wieder von einer Erfolgsprämie. Montaner war der Einzige, der sich nicht von der Begeisterung mitreißen ließ.

»Das ist zu einfach. Zu eindeutig. Warten wir ab, bis wir Oscar geschnappt haben. Und vergesst nicht, dass irgendwo da draußen noch immer eine zweite Leiche liegt. Ganz ruhig jetzt und zurück an die Arbeit«, hatte er seinen Leuten befohlen.

War die Einladung zu einem seiner berühmten Arbeitsessen als Entschuldigung zu verstehen? Er hatte sich an diesem Samstagabend mit ihnen im *Es Puput* in dem kleinen Ort S'Arracó nicht weit von Sant Elm verabredet.

Auf dem Parkplatz angekommen, quetschten sie sich in das Dienstfahrzeug, das Bruno für diesen Abend ausgeliehen hatte. Die Richterin bedauerte vielleicht, dass er nicht mit dem Motorrad gekommen war, sagte vor den anderen aber keinen Ton. Er schimpfte über die Bürgermeister, die wie besessen überall auf der Insel einen Kreisverkehr nach dem anderen bauen ließen. Selbst in einer so kleinen Ortschaft wie dieser hier, einem typisch mallorquinischen Dorf, häufte sich diese Form der Straßenführung. Wieder ein Stück verbaute Landschaft.

Sie parkten auf der Hauptstraße vor der kleinen Bodega. Als sie das Schild der Gaststätte sah, das ein leuchtend bunter Vogel mit schwarz-weiß gestreiften Flügeln, rotem Federschopf mit schwarzen Enden, orangefarbener Brust und einem langen gekrümmten Schnabel schmückte, wollte Julia Bernat es genau wissen:

»*Puput*, was für ein komischer Name für einen Vogel. Woher kommt er?«

»Von seinem Gesang. *Pu, pu, put*«, erklärte Pilar. »Von Frühlingsanfang bis Ende Juni ist er Tag und Nacht zu hören. Die Ornithologen bezeichnen ihn als gestreiften Wiedehopf. Auf Mallorca ranken sich viele Geschichten um ihn. Man erzählt sich zum Beispiel, dass er, wenn er aufgeschreckt wird, seine Flucht, wie ein

Iltis, mit einem übelriechenden Furz deckt. Das ist ganz und gar falsch. Aber da in solchen Geschichten meist auch ein Körnchen Wahrheit steckt, ist es gut möglich, dass sein schlechter Ruf von seiner Nachlässigkeit herrührt. Der *puput* ist faul und befördert seinen Kot nicht aus dem Nest. Daher der Geruch.«

Montaner hatte ein rustikales Menü bestellt, das bei Virus Bestürzung und beim Rest der Bande Begeisterung hervorrief: gegrilltes Spanferkel und als Vorspeise Schnecken nach mallorquinischer Art. Abgesehen von ein paar Stammgästen, die an der Bar lehnten, waren sie die einzigen Gäste. Pilar zeigte der Richterin Bernat den Dorfladen, der für ein paar Euro die traditionellen runden Auflaufformen aus Ton verkaufte. Die sanfte Hitze, bei der die Gerichte darin schmoren, begründet das Geheimnis der heimischen Küche, versicherte Bruno.

Nach dem Kaffee und einem Gläschen *hierbas secas* bestellte Adriano Sanchez sich ein Taxi, um nach Palma zurückzukehren, und verabschiedete sich.

Montaner schlug mit dem Messer an sein Glas. Beim derzeitigen Stand der Ermittlungen drängte sich eine Zusammenfassung auf. Die zufällige Entdeckung der Leiche von Sa Trapa veränderte ihren Blick auf die Geschehnisse und erhellte manche Punkte, doch sie löste nicht das Rätsel.

»Wir haben eine Verbindung zwischen der Hand, die wir in La Portella gefunden haben, und den Spuren auf La Dragonera hergestellt, und eine weitere zwischen der Leiche von Sa Trapa und den Päckchen von Son Reus. Nichts lässt jedoch den Schluss zu, dass wir es nicht mit zwei Mördern zu tun haben. Ein zweifaches Rätsel, plus das der Arabischen Bäder. Ein Bataillon Experten beschäftigt sich mit den Handabdrücken an den Wänden des Caldariums. Es ist so gut wie sicher, dass der einzelne Abdruck der Hand mit dem unvollständigen Fingerabdruck nicht das Gegenstück zu der Hand von La Portella bildet, da diese länger und schmaler ist. Kurz gesagt, im Augenblick haben wir eine nicht zu identifizierende Leiche, ein weiteres potenzielles Opfer, Fredo Letal, und einen Verdächtigen, Oscar Uhl. Konzentriert euch darauf. Was veranlasst den Jungen, der in seinem Heimatland Deutschland lediglich aufgrund einiger kleinerer Delikte in seiner Jugend polizeilich bekannt ist, nach Mallorca zurückzukehren, die Heimat seiner Vorfahren mütterlicherseits, die er nie zuvor betreten hat, und hier überall, wo er auftaucht, Leichen zu hinterlassen? Was ist sein Motiv? Wenn es nur darum geht, seinen Anteil am Erbe der Más einzufordern, hätte er vor Gericht gehen können. Also? Gerónimo, willst du noch etwas hinzufügen?«

»Entgegen meinen Befürchtungen war auf dem Zigarrenstummel, den wir neben dem Weg nach Sa Trapa gefunden haben, ein Teil eines Fingerabdrucks. Er stimmt mit den Abdrücken überein, die wir auf dem Dachboden in der Carrer Gloria gefunden haben. Er taugt zwar nicht als Beweis vor Gericht, aber für uns ist er ein wertvoller Hinweis. Ich stimme zu, dass Oscar Uhl unser Hauptverdächtiger ist. Was sein Motiv angeht, habe ich nicht die leiseste Ahnung. Geld, Rache, Drogen, Immobilien. Die Auswahl ist groß. Egal, in welche Richtung wir ermitteln, sein Name taucht immer auf.«

»Genau das stört mich, diese Systematik«, wandte Montaner ein.

»Du machst es komplizierter, als es ist. Diese Grübelei passt nicht zu dir, mein Alter. Vergiss nicht, dass die Telefonnummer des Finsteren auf dem Handy der beiden jungen Mädchen von La Mola auch seine ist.«

»Ja, aber wir haben sein Foto in ganz La Mola herumgezeigt, und niemand hat ihn wiedererkannt.«

»Worauf wartest du noch, warum fragst du nicht die Leute von Son Nadal, ob sie ihn erkennen?«

»Ich warte auf die Rückkehr von Horacio Más«, antwortete Bruno knapp. »Pilar hat sich bereits um Grita gekümmert, die mir auch nicht mehr erzählen wird. Sie sagt, dass Oscar seit Ende Mai nicht mehr in Son Nadal aufgetaucht ist. Ich glaube nicht, dass sie uns dort noch viel Interessantes zu erzählen haben.«

»Auch da bin ich anderer Meinung«, widersprach Gerónimo. »Pilar sollte nicht auf Son Nadal ermitteln. Verdammt, das ist ihre Familie. Sie ist befangen. Du hast nicht das Recht, sie so in die Zwickmühle zu bringen, ihren Verwandten und uns gegenüber.«

»Da hast du es. Jetzt weißt du, warum ich nicht wollte, dass du mich in die Spezialeinheit aufnimmst«, schimpfte Pilar wütend. »Nach sechs Jahren Ausbildung und harter Arbeit stehe ich wieder ganz am Anfang. Egal was ich mache, ich werde nie etwas anderes sein als die Enkelin von Horacio Más. Am besten verschwinde ich schleunigst von dieser Insel. Ich gehöre nicht hierher.«

Es hagelte Proteste. Alle sprachen wild durcheinander. Montaner hob die Hand und brachte sie zum Schweigen:

»Solange die Richterin nichts anderes beschließt, bin immer noch ich der Chef dieser Einheit. Ich treffe die Entscheidungen. Pilar hatte meine Erlaubnis, Grita zu befragen, und was sie mir berichtet hat, war rein sachlich. Ihre Objektivität ist in keiner Weise beeinträchtigt. Was den weiteren Verlauf der Ermittlungen betrifft, entscheiden wir von Fall zu Fall. Ich übernehme die Verantwortung.«

»Du weißt genau, dass ich nichts gegen dich habe, Pilar«, protestierte Gerónimo. »Im Gegenteil. Aber wir bringen uns in Teufels Küche. Ich habe euch gewarnt.«

»Wenn Montaner die Verantwortung übernimmt, reicht mir das«, beendete die Richterin die Diskussion.

Das Eintreffen von Uba Green, der jungen Abfallexpertin, die in Son Reus arbeitete, lenkte sie ab. Montaner hatte sie eingeladen, damit sie von ihren Beobachtungen berichtete. Die Spannungen am Tisch waren noch spürbar, aber Ubas Gelassenheit wirkte ansteckend. Auf Brunos Zeichen hin ergriff sie das Wort und teilte ihnen in aller Ruhe ihre Überlegungen mit:

»Normalerweise beschäftige ich mich mit der Soziologie der Abfälle. An ihren Hausabfällen kann man die Geschichte der Menschen ablesen«, belehrte sie die junge Frau. »Diese Bündel haben meine Aufmerksamkeit erregt. Sie hatten etwas Besonderes, das mich veranlasst hat, sie auszusortieren, um sie später zu untersuchen. Meine Theorie ist, dass Hausabfälle zahlreiche Rückschlüsse auf die niemals beendete Arbeit der Neubildung des eigenen Individuums zulassen.«

»Drück dich bitte etwas einfacher aus, Uba«, unterbrach Montaner sie. »Wir sind keine Experten.«

Die junge Frau lächelte entschuldigend und zog einen Stapel Abzüge aus der Tasche, die sie auf dem Tisch verteilte.

»Pilar hat mir diese Großaufnahmen der fünf Päckchen von Son Reus zukommen lassen. Auf Brunos Bitte hin war ich auch dabei, als sie im Labor aufgeschnürt wurden, und habe mir Notizen zur Reihenfolge der einzelnen Schichten gemacht. Ich habe mich vorrangig mit dem Päckchen beschäftigt, das nichts weiter als Stoffreste enthielt. Das Päckchen Nummer eins. Ich habe beobachtet, dass sich die Mallorquiner, denen ich die Bilder von den Päckchen gezeigt habe, seltsam betroffen fühlten. Alle, die ich gefragt habe, sagten, es seien alte Stoffe. Ich habe mich gefragt, was sie beunruhigt. Als ich weiterbohrte, wurde mir klar, dass euch diese Lumpen auf die eine oder andere Weise vertraut sind. Unbewusst seid ihr schockiert darüber, dass sie mit diesen schrecklichen Verbrechen in Verbindung stehen. Da kam mir die Idee, den alten Frauen bei mir in Andratx diese harmlosen Fotos zu zeigen. Am Anfang war es sehr lustig. Schürze. Zerlöchertes, altes Geschirrtuch aus Leinen. Abgenutzte Handtücher. Zerrissene Leintücher. Vorhänge aus *tela de llenguas*, dem typisch mallorquinischen, bunt gemusterten Halbleinen. Ohne zu zögern, haben sie alles wiedererkannt. Die dekorativen Stoffe aus dem Müll hätten aus ihren eigenen Schränken stammen können. Deshalb wurden sie schließlich auch misstrauisch und haben sich gefragt, worauf ich eigentlich hinauswollte. Das Schlimme war, dass ich das selbst nicht wusste. Zu der kleinen Gruppe, die ich befragt habe, gehören auch die Colom-Schwestern. Filomena griff nach einem der Fotos und fing an zu weinen. Völlig aufgewühlt hat sie darauf beharrt, dass das letzte Stück Stoff im Innern des Bündels ein Stück alter Vorhang aus dem Salon in der Carrer Gloria sei. Ihre Schwester Augusta hat das bestritten und sie für verrückt erklärt, dann hat sie sich das Foto genauer angesehen und festgestellt, dass Filomena richtig gesehen hatte. Ihrer Meinung nach stammt der von der Sonne ausgebleichte, grün-rot gestreifte Pekiné von einem Wandbehang im Palais Vives, den Serena regelmäßig aus dem gleichen Stoff hatte neu anfertigen lassen. Ich brauche euch wahrscheinlich nicht zu sagen, dass der Clan der *abuelas* mich und meine teuflischen Fotos sofort hinauskomplimentiert hat, als sie erfahren haben, dass ein Mörder ihre Erinnerungsstücke benutzt hatte, um Leichenteile darin einzuwickeln, und dass ich diejenige bin, die das entdeckt hat. Da habt ihr mir ganz schön was eingebrockt.«

Wenn sie auf eine Entschuldigung von Montaner gehofft hatte, wurde Uba Green enttäuscht.

»Oscar Uhl. Schon wieder. Wir müssen ihn endlich kriegen, damit wir ihn verhören können«, seufzte er. »Der Mieter von Serena wird den Plunder in den Schränken auf dem Dachboden gefunden haben. War er es oder jemand anders, der die Stoffe benutzt hat? Wir wissen es nicht. Die Bündel sind lange vor Serenas Ermordung abgeschickt worden. Der Einbrecher kann damit, so wie die Dinge jetzt stehen, nichts zu tun haben. Wenn man die Sache mal genau bedenkt, standen die Chancen, dass wir die fünf Päckchen finden, ziemlich schlecht. Uba konnte uns das genaue Datum, an dem sie auf den Bändern von Son Reus aufgetaucht sind, nicht nennen. Wir glauben immer noch, dass es sich dabei um einen Testlauf gehandelt hat. Als er gesehen hat, dass er so nicht weiterkommt, hat der Mörder nachgelegt und ein größeres Bündel geschnürt, damit die Leitung verstopft, und dieses Mal die Zeiten für seinen Coup genau berechnet. Obwohl das Päckchen von La Portella das erste war, das wir gefunden haben, war es laut unseren Ermittlungen insgesamt das sechste. Also, um Himmels willen, findet diesen Oscar Uhl!«

Uba, die hinter ihrer friedfertigen Miene fast genauso dickköpfig war wie Bruno, hatte eine Theorie, die sie unbedingt noch darlegen wollte.

»Möglicherweise hat der Mörder die Stoffe tatsächlich nur zufällig benutzt, weil er gerade nichts anderes zur Hand hatte. Falls dem aber nicht so ist, sagen sie einiges über seine Psyche aus. Die Päckchen könnten ein Symbol für seinen Hass auf die Insel sein. Was genau erzählen sie uns? Nicht irgendwelche Leichenteile, sondern der Kopf, das Herz und die linke Hand des Opfers wurden in die mit Blut, Erde und Asche verschmutzten Stoffe gepackt und in den Müll geworfen. Wenn ihr nicht so sicher wärt, dass es sich um einen Ausländer handelt, würde ich sagen, dass es jemand von hier ist, der aus Hass auf seine Familie und deren Traditionen, die die alten Stoffe bei ihm wachriefen, diese schaurigen Pakete geschnürt hat. Man könnte von einem fehlgeleiteten Begräbnisritual sprechen. Es liegt viel Gewalt darin, wie diese Knoten geknüpft wurden. Seemannsknoten. Das widerspricht dem häuslichen Charakter der Stoffe. Vielleicht muss er im Exil leben und verkraftet das nicht. Mit diesen Stoffen tötet er gleichzeitig seine Mutter, seinen Vater und verleugnet seine Insel.«

Diese unglaubliche Erklärung, die ungewollt die Entdeckungen der letzten Tage bestätigte und Oscar Uhl erst recht belasteten, erweiterte ihre lose Faktensammlung um eine psychologische Dimension. Selbst Montaner fehlten die Worte. Lange Sekunden herrschte eine absolute, fast greifbare Stille.

43 »*Lluna plena porta nena*. Der Vollmond bringt ein Mädchen. Da bist du ja, meine Hübsche. Nur herein«, sagte Angela und öffnete Pilar die Tür zum Haus der Familie Montaner.

»Du und deine ewigen Sprichwörter. Ich komme, um mit Placida zu Abend zu essen. Er beschäftigt dich ja ganz schön, der Vollmond. Letzten Monat hatten wir sogar zwei. Kennst du diese Geschichte vom blauen Mond?«

»Natürlich. Meine Großmutter hat immer eine geweihte Kerze angezündet, wenn wir blauen Mond hatten.«

»Mal sehen, was er dieses Mal für uns bereithält. Vielleicht hätten wir auch eine Kerze anzünden sollen. Ist Bruno da?«

»Ach der. Dem steigt der Vollmond auch zu Kopf. Er ist bei seiner Zigeunerin und denkt, wir wüssten es nicht. Das kannst du mir glauben, die Sorte Frauen kennt ihr *Llunaris* auswendig.«

»Er hat sich seine Freiheit verdient. Er arbeitet hart, weißt du. Sag mir lieber, was ein *Llunaris* ist.«

»Ein Zauberbuch, eine Art Mondalmanach voller Sprüche, die den Teufel und seine Dämonen heraufbeschwören. Mit seiner Hilfe können die Hexen auf Mallorca die Zukunft vorhersagen. Du kannst dich darauf verlassen, Tita hat ihre Kerze angezündet, drei Tropfen Wachs auf den Boden fallen lassen und ihren Spruch aufgesagt, mit dem sie das Herz von unserem Bruno in Ketten legt. Und schon rennt er zu ihr.«

»Und du kennst diesen Spruch? Ich habe auch ein Männerherz, das ich aus der Ferne verhexen will«, lachte Pilar.

»Lach nicht über den Mond, Unglückliche. Erst recht nicht in einer Nacht, in der er voll ist und uns sehen kann wie am helllichten Tag. Und ob ich die Beschwörungsformel kenne, ich kann sie dir sagen. Hör gut zu: ›Bei Apollo, neuer Mond, ich beschwöre dich, lass dem, den ich liebe, alle anderen Frauen hässlich erscheinen, alt, schmutzig und kohlrabenschwarz, und mich weiß wie reines Leinen, und senke ihm meine Liebe tief ins Herz, so stark und fest, dass er ohne mich weder Trost noch Linderung finden kann‹«, psalmodierte sie halblaut.

»Keine besonders tolle Liebeserklärung.«

»Aber sie wirkt. Bei uns auf dem Land gab es früher nicht viele, die lesen konnten. Und dieses eine Buch enthielt so viele Weisheiten. Die Glücklichen, die im Besitz eines *Lunaris* waren, wurden gut bezahlt. Es diente nicht nur dazu, die Männer zu verzaubern. Es stand auch darin, wann man was und wo pflanzen sollte, wie man ein Kind empfing oder ein krankes Tier heilte. Es war eine Art Almanach, ein volkstümliches Astrologiebuch, dessen Weisheiten auf den Mondphasen beruhten. Und um einen Zauber wieder aufzuheben, musste man den Spruch rückwärts aufsagen, und der Fluch kehrte dahin zurück, woher er gekommen war. In die Hölle.«

»Drücken wir die Daumen, dass er heute Nacht dort bleibt, und jetzt lass uns essen. Placida wartet auf uns.«

Titas bescheidener Liebeszauber hatte seine Wirkung verfehlt. Fast ein Monat war vergangen, ohne dass Bruno wiedergekommen war, wie er es versprochen hatte. Am letzten Wochenende hatte sie wieder umsonst gewartet. Als er endlich auftauchte, kam er wie so oft ungelegen, ausgerechnet an dem Abend, an dem sie eine dringende Bestellung für den nächsten Tag fertig machen musste. Ein

Abendkleid für ein Konzert in Valldemossa. Wofür sollte sie sich entscheiden? Das Kleid nähen oder ihre Liebe flicken? Egal. Sie würde weiterarbeiten, wenn er gegangen war. Denn früher oder später würde er wieder gehen. Die Nacht zusammen zu verbringen war eins der vielen Tabus. Manchmal schlief er an ihrer Seite ein und sie hoffte darauf, neben ihm aufzuwachen. Doch jedes Mal stand er mitten in der Nacht auf und zog sich leise an, als gehorche er einem stummen Signal. Von seiner Mutter? Oder seiner Frau? Ihrer Liebe blieb der Schlaf versagt.

An diesem Abend kam er mit den Taschen voller Fotos. Großaufnahmen von alten Stoffen, die denen ähnelten, die sie selbst aufbewahrte, weil sie alt waren oder weil sie sie hübsch fand. Als ihm die Schachtel aufgefallen war, in der sie sie verstaute, war er auf den Gedanken gekommen, sie zu fragen. Ein Ratespiel, das sie wieder einmal befürchten ließ, ihm nicht gewachsen zu sein. Erst sollte sie die Bilder sortieren und dann die einzelnen Stoffe benennen. Schnell überwand sie ihr Zögern und fühlte sich sicherer. Er hatte recht. Stoffe waren ihr Metier. Aber niemals wäre sie auf die Idee gekommen, sie zu fotografieren. Die Fotos waren gut. Altmodische Stoffe, ausgebleicht, zerlöchert und zerrissen, die trotz allem schön fielen und herrlich aussahen. Linon, Ripsseide, Batist, grobes Leinen, Kattun, Kammgarn, Pekiné, Seidenbourrette, Flanell. Die traurige Litanei vergessener Begriffe, die sie bei der alten mallorquinischen Näherin gelernt hatte, bei der sie in die Lehre gegangen war. Besonders wichtig war ihm ein rot-grüner, schrecklich zerknitterter Pekiné. Ein schöner Dekorationsstoff. Teuer. Nicht leicht zu verarbeiten. Die meisten Stoffe sagten ihr etwas. Der weiße Damast, den ein zu heißes Bügeleisen angesengt hatte, war einmal eine Tischdecke gewesen. Das beige Rechteck aus Leinen war aus einem Geschirrtuch herausgerissen worden. Ein anderer Stofffetzen stammte von einem Herrenhemd aus Baumwoll-Zwirn. Der Baumwollrest in glänzendem Schwarz mit weißen Punkten von einer Schürze. Der Flicken hier war ein Leintuch gewesen. Der Stoffrest stammte von einem Kleid. Ein anderer von einem Herrenanzug. Dazu ein Stück einer rot gemusterten Tagesdecke aus *tela de llenguas*. Woran sie das sah? An der Paspel, die die Decke auf der einen Seite immer noch säumte. Und das da waren Reste des dazu passenden Vorhangs. Bruno notierte ihre Antworten und daneben die Nummer des jeweiligen Fotos. Obwohl sie vor Neugier fast verging, wagte sie nicht, ihn zu fragen, warum er das alles wissen wollte. Oder woher die Stoffe stammten. Warum man sie fotografiert hatte und ob er zufrieden mit ihr war. Zu viele Fragen standen zwischen ihnen. Zu viel Schweigen. Wie immer. Als sie mit den Fotos fertig waren, gab er ihr einen leichten Klaps auf den Kopf, bedankte sich kurz und widmete sich einem anderen Thema.

Nachdem sie sich geliebt hatten, machten sie sich ein leichtes Abendessen aus Schinken und Feigen. Die ersten Feigen in diesem Jahr. Er hatte ein Dutzend mitgebracht, in einem runden Körbchen auf duftende Blätter gebettet. Ein Geschenk von seiner Freundin Margarita, die den *Colmado*, das Lebensmittelgeschäft in Port d'Andratx, führte.

»Arbeitet dein Sohn immer noch in der Werkstatt in Port d'Andratx? Ich bin dort vorbeigegangen, habe ihn aber nicht gesehen.«

Sie nickte. Ihr Sohn war mit fünfzehn von der Schule gegangen. Noch so ein Dickschädel. Er hatte eine Lehre als Mechaniker bei einem weiteren Freund von Bruno angetreten, der eine Autowerkstatt in der Stadt besaß. Bruno hatte viele Freunde. Die grausame Gewissheit, dass ihr Geliebter nicht gekommen wäre, wenn er ihren Sohn angetroffen hätte, krampfte ihr das Herz zusammen.

Wovon redete er jetzt wieder? Von einem Geländewagen, einem schwarzen Mitsubishi Pajero. Ja, sie würde daran denken. Sie würde ihm Bescheid sagen, wenn ein solcher Wagen zur Reparatur in die Werkstatt gebracht würde oder wenn ihr Sohn irgendwo in der Gegend einen sah. In Ordnung.

Er wollte, dass sie ihm half. Immer wollte er etwas, wenn er kam. Nur deshalb war er überhaupt gekommen. Die Stoffe. Der Geländewagen. Auch ein wenig aus Liebe. Ein wenig.

Ein letzter Kuss. Er hatte seine Antworten bekommen. Er würde nicht bleiben. Hatte es eilig heimzukommen. Weg. Weg. Sie schob ihn hinaus. Plötzlich war auch sie in Eile, schlug die Tür hinter ihm zu und setzte sich wieder an den Tisch. Vor sich ein ganzes Gebirge aus safrangelbem Musselin, den sie mit der Hand säumen musste. Sie war unglücklich, in ihren Augen standen Tränen. Wütend schleuderte sie ihren Fingerhut gegen die Tür. Wie bei einer *quite* im Stierkampf. Um ein böses Ende abzuwenden, um den Hörnern des Stiers zu entgehen. Sie verbrachte eine Viertelstunde auf allen vieren über den Boden rutschend damit, den kleinen Gegenstand aus Gold wiederzufinden, ohne den sie nicht arbeiten konnte. Er war unter den Schrank gerollt.

Es war Vollmond. Der dreißigste Juli. Die Nacht der Heiligen Julitta. Keine besonderen Vorkommnisse.

44 Zum zweiten Mal in diesem Sommer war Montaner mit dem Schnellboot der Guardia Civil unterwegs. Gerónimo Diaz und Pilar Más begleiteten ihn. Mit ernster Miene überprüften sie ihre Taucherausrüstung.

Mike hatte recht, dachte Pilar. Die Inseln des Mittelmeers haben einen Hang zur Tragödie. Seit Aischylos und Sophokles mangelt es zwar an großen Dichtern, doch die Tragödie, diese in die Jahre gekommene, abgetakelte Diva, behilft sich mit den Mitteln, die ihr zu Gebote stehen. Regelmäßig platziert sie ihre gewalttätigen Ausbrüche in der Rubrik *Vermischtes*, behauptet sich tapfer auf den Titelseiten der Boulevardblätter und hält uns auf Trab. Das Blau des Himmels war trügerisch. Eine Illusion des Paradieses und Kulisse eines Dramas, das nicht enden wollte. Es war ihnen ergangen wie den Seemännern der Antike, die sich in ihrer Naivität gefreut hatten, der ersten Katastrophe entronnen zu sein, nur um von der zweiten verschlungen zu werden. Odysseus musste durch die Meerenge zwischen Skylla und Charybdis segeln. Pilar biss sich auf die Lippen aus Angst vor dem, was sie bei ihrer Ankunft auf La Dragonera vorfinden würden. Und dazu kam, dass sie seit einigen Tagen wieder das Gefühl hatte verfolgt zu werden.

Der Fluch des Vollmonds holte sie an Neumond, dreizehn Tage nach dem dreißigsten Juli ein. Zwischen Skylla und Charybdis.

War das ihr *girant*, der Wendepunkt ihrer Ermittlungen? Der Punkt, an dem die in den Dreiecken verborgene Wahrheit ans Licht kam? Eine Gruppe Sporttaucher hatte in der Cueva de la Ventana auf La Dragonera den Fund einer Leiche gemeldet. Ausgerechnet an einem der schönsten und anspruchsvollsten Tauchspots auf Mallorca. Tauchen und Höhlenforschen in einem war nichts für Anfänger. Selbst die erfahrensten Taucher drangen nicht immer bis zum Ende der Strecke vor, die eine gute körperliche und geistige Verfassung voraussetzte. Das erste Mal war Pilar gemeinsam mit Sergí dort gewesen, als sie schon ineinander verliebt waren.

Es war eine regelrechte Expedition gewesen, deren Ablauf sich in Pilars Gedächtnis eingegraben hatte. Der Anker musste an der richtigen Stelle geworfen werden, unter dem Felsvorsprung, der als Orientierungspunkt diente. Dann ging es in die Tiefe. Es galt, den Eingang des Tunnels zu finden, der vierzehn Meter unter der Wasseroberfläche lag. Ohne in Panik zu geraten, musste man durch den gekrümmten Tunnel tauchen, der achtzehn Meter tief in den Felsen hineinführte. Dann passierte man eine Neunzig-Grad-Krümmung, nach der der Tunnel wieder steil anstieg, bis er sechzehn Meter weiter oben, auf der Höhe des Meeresspiegels, in eine unterirdische Halle mündete. Die meisten Taucher, die es so weit geschafft hatten, gaben sich damit zufrieden, das Schauspiel zu bewundern, das sich ihnen hier bot. Das herrlich klare Wasser in der Grotte, indirekt beleuchtet durch die Öffnung, die der Höhle ihren Namen gab, *La Ventana* – das Fenster. Es war, als ob man im perlmuttfarbenen Innern einer riesigen Muschel auftauchte. Dort hatte Sergí sie zum ersten Mal geküsst. Um sich gegenseitig ihren Mut zu beweisen, hatten sie ihre Masken aufgesetzt, Flossen und Sauerstoffgeräte angelegt und sich zwischen den Stalaktiten hindurchgeschlängelt. Der umsichtige Sergí hatte darauf bestanden, dass sie sich anseilten, bevor sie durch die gefährlich glatte Hauptgrotte nach oben kletterten. Die letzte Etappe erforderte eine gehörige Portion Mut. Urplötzlich mündete der Weg ins Freie und man blickte durch La Ventana auf den Sonnenuntergang und das offene Meer und befand sich ohne jeglichen Schutz vor der Tiefe fünfzehn

Meter über dem Meeresspiegel mitten in der Felswand von La Dragoneras Steilküste. Schwindel inklusive.

Das Schicksal führte die Ermittler ein weiteres Mal ins Epizentrum der Tragödie, La Dragonera. Nur wenige Taucher wagten sich in die enge Seitengrotte, in der einer von ihnen an jenem Morgen die Leiche eines Tauchers entdeckt hatte. Obwohl sie bereits stark verwest war, fiel ihre Identifizierung nicht schwer, alle Sporttaucher der Insel kannten Fredo Letal.

Dieser Tatort war ein Albtraum. Gerónimo war außer sich. Seine erste Reaktion war, Pilars Hilfe abzulehnen. Das Opfer war ein alter Freund von ihr. Und der Tauchgang würde die Erinnerung an den Tod ihrer ersten Liebe Sergí Vives wachrufen. Seiner Meinung nach widersprach es nicht nur dem Kodex, sondern es war auch in menschlicher Hinsicht nicht vertretbar, dass sie mitkam. In seinen Augen war Montaner ein rasender Irrer, für den allein der Fortschritt seiner Ermittlungen zählte und sich nicht um sämtliche Vorschriften scherte. Weder die psychische Verfassung seiner Ermittler interessierte ihn, noch scheute er davor zurück, sie in Gefahr zu bringen. Seine Devise lautete ganz oder gar nicht, und Pilar stand ihm in nichts nach. Sie hatte sich darauf versteift, sie zu begleiten, und Montaner hatte zugestimmt. Gerónimo konnte nichts tun, um sie davon abzuhalten.

»Komm mir ja nicht damit, dass ich eine Frau bin!«, hatte sie ihm entgegengeschleudert, um seinen Protest abzuschmettern, und, ihren Feminismus wie ein Banner schwenkend, hinzugefügt, dass sie ein Kriminaltechniker wie jeder andere sei.

Gerónimo hatte aufgegeben. Nun, da er sich nicht sicher war, wie sie unter diesen extremen Bedingungen ihre Arbeit machen sollten, war er sogar froh, dass Pilar dabei war. Sie breitete ihre Karten aus und machte eine Skizze, um ihnen die ungewöhnliche Tatortsituation zu erklären. Dutzende Male hatte sie Kunden des Tauchklubs auf diesem Tauchgang begleitet. Sie wusste genau, wo Fredo lag. Eigenartigerweise tröstete sie die Tatsache, dass er in der Cueva de la Ventana gestorben war, sogar ein wenig. Es war ihre Zaubergrotte. Er war Taucher mit Leib und Seele, und er war in seinem Element gestorben. Genau wie Sergí. Natürlich dachte sie an ihn. Das Schicksal wiederholte sich. Bot ihr vielleicht die Gelegenheit, für Fredo zu tun, was sie für Sergí nicht zu tun vermocht hatte – seinen Tod aufzuklären und seinen Mörder zu finden.

Trotz aller Bemühungen war Oscar Uhl unauffindbar. Sein Foto war veröffentlicht worden. Sie hatten Kontakt zu Yolanda Más aufgenommen, die seit ihrer Heirat in Hamburg lebte. Mehr oder weniger freundlich hatte sie ihre Fragen beantwortet. Dass sie seit Anfang Juni nichts mehr von ihrem Sohn gehört hatte, schien sie nicht weiter zu beunruhigen. Sie reiste selbst sehr viel. Diese Art von Ausflügen war anscheinend typisch für Oscar. Er lebte nach Lust und Laune und ließ sich treiben, je nachdem, wem er auf seinen Reisen begegnete. Vor allem im Sommer. Den Rest des Jahres arbeitete er mit seinem Vater Friedrich Uhl zusammen, der eine große Immobilienfirma besaß. Im Lauf der Ermittlungen waren zwischen den einzelnen Indizien, die ihn belasteten, Querverbindungen entstanden. Am Ende der Indizienkette stand der Mörder. Die Beweisstücke gegen ihn häuften sich. Aber Montaner hatte sich gehütet, Yolanda etwas davon zu sagen. Oscars Fingerabdrücke waren mit den wenigen unvollständigen Fingerabdrücken verglichen worden, die sie an den verschiedenen Tatorten gesichert hatten. Die Daten sprachen gegen ihn. In den Wachsspuren auf dem Stein, den sie an der Feuerstelle von La Dragonera gefunden hatten, hatte sich ein vollständiger Fingerabdruck erhalten. Derselbe Fingerabdruck befand sich auf dem Stiel der Gartenfackel, die sie in der Nähe des Leuchtturms gefunden hatten. Ein weiterer auf dem Zigarrenstummel, den sie in Sa Trapa nahe den Reifenspuren des Geländewagens entdeckt hatten. Die dicke, feuchte Kuppe seines Zeigefingers hatte einen Abdruck hinterlassen. Die Untersuchung der undurchlässigen Oberfläche war nicht einfach gewesen. Doch mithilfe eines Stabmagneten und eisenhaltigem Puder hatten die Kriminaltechniker einen schönen Abdruck sichergestellt. Er stimmte ebenfalls überein mit dem unvollständigen Abdruck des Zeigefingers, den sie in der Nähe des Ausgangs der Arabischen Bäder gefunden hatten, obwohl sich die Experten darüber noch nicht einig waren. Weitere Fingerabdrücke hatten sie überall in der Dachgeschosswohnung der Carrer Gloria verstreut gefunden. Nur die Fingerabdrücke auf dem Schlüssel im Briefkasten waren merkwürdigerweise nicht seine. Montaner frohlockte und malte, wo er ging und stand, Dreiecke mit dem Buchstaben O in der Mitte. Oscar Uhl war ihr Hauptverdächtiger.

Der Buchhändler in Hamburg hatte ihn auf dem Foto, das man ihm gezeigt hatte, zweifelsfrei wiedererkannt. Er hatte ihm den *Atlas catalán* verkauft. Ob er ihn gestohlen oder von Horacio Más geschenkt bekommen hatte, stand noch nicht fest. Weder Yolanda noch seinem Vater hatte er etwas davon erzählt. Dagegen war Rafael, der Akupunkteur, absolut sicher, dass Oscar nicht sein Kunde mit der unheilvollen Aura gewesen war. Montaner wusste nicht, ob er sich darüber freuen oder es bedauern sollte.

Pilar betrachtete das Foto oft, und jedes Mal beschlich sie ein ungutes Gefühl. Der sichtlich angesäuselte Oscar trug ein schwarzes Hemd und eine Weste aus orangefarbenem Leinen. Er hatte Fredo am Nacken gefasst und prostete jemandem zu. Es war schwer zu glauben, dass dieser dickliche, lachende Junge mit seinen strohblonden Haaren ein heimtückischer Mörder sein sollte. Noch weniger konnte sie glauben, dass er zu ihrer Familie gehörte. Wenn er der gesuchte Verbrecher war, hatte Horacio ein Monster hervorgebracht. Und dieses Monster war ihr Cousin. Ein paar Jahre zuvor war er wegen einiger kleinerer Vergehen verhaftet worden. Die Polizei in Hamburg hatte ihnen seine Akte zur Verfügung gestellt, was den Abgleich der Fingerabdrücke beschleunigt hatte. Yolanda beschrieb ihren Sohn als einen netten, offenherzigen Jungen, nicht gerade brillant, aber, wie es schien, ein überzeugender und erfolgreicher Verkäufer. Er feierte gern und hatte viele Kontakte, die seiner Arbeit zugutekamen. Seine Jugendsünden waren längst vergessen. Die perfekte Beschreibung eines verwöhnten Sohnes. Oder eines Mörders.

Pilars Anweisungen folgend umfuhr das Patrouillenboot La Dragonera am Cap Tramuntana, im Norden der Insel. Von der Brücke aus zeigte Pilar ihnen den Ankerplatz, der fünf Meter vom Kap entfernt senkrecht unter La Ventana lag. Wer sie nicht kannte, konnte die Öffnung leicht übersehen. Sie war nur ein kleiner Schatten in der senkrecht abfallenden Felswand. Sie warfen den Anker.

Montaners letzter Tauchgang lag eine Ewigkeit zurück. Es kostete ihn einige Überwindung, sie zu begleiten. Pilar überprüfte seine Ausrüstung und gab ihm tausend Ratschläge. Den Abstieg entlang der Felswand, an der es vor Fischen nur so wimmelte, konnte er noch genießen, als er Pilar jedoch mit einer jähen Bewegung ihrer Hüften in einem Hohlraum verschwinden sah, der, wenn es hochkam, einen Durchmesser von zwei Metern hatte, bekam er es doch ein wenig mit der Angst zu tun. Aber wenn Oscar Uhl es geschafft hatte, würde er es auch schaffen. Er atmete ruhig und ließ sich mit ein paar vorsichtigen Flossenschlägen hinter ihr in den sanft abfallenden Tunnel gleiten. Ein weiterer Hüftschwung, und sie verschwand im senkrechten Stück des L-förmigen Schlauchs. Das Aufsteigen erschien Bruno, dessen Flossenschläge nicht so geschmeidig waren wie die von Pilar, endlos. Er konzentrierte sich auf die sanften Bewegungen und bemühte sich, einen Rhythmus beizubehalten. Hinter dem Glas seiner Taucherbrille betrachtete er die im Wasser treibenden Krustentiere, die eine der Besonderheiten dieser Unterwasserhöhle waren. Unvermittelt tauchten sie in der unterirdischen, aus bizarren Kalkformationen bestehenden Grotte auf. Ein wenig benommen wäre er beinahe gegen einen Stalaktiten gestoßen. Pilar lotste ihn zu einem winzigen Strand, auf dem maximal drei Personen Platz fanden. Bruno hielt den Atem an, nahm die Maske ab, zog die Flossen aus und sah sich um. Die Grotte war ungefähr zwölf Meter lang und vier Meter breit, die Decke über dem kleinen Strand zu niedrig, um aufrecht stehen zu können. Gerónimo holte sie ein. Pilar zeigte ihnen die schmale Galerie und das feuchte Geröll auf der gegenüberliegenden Seite, von wo aus sie aufsteigen mussten. Die Steigung betrug fünfundvierzig Grad. Sie ließen Masken und Sauerstoffflaschen auf dem kleinen Strand zurück, knipsten ihre Stirnlampen an, seilten sich an und begannen mit dem Aufstieg. An manchen Stellen, an denen Stalaktiten und Kalkformationen den Weg versperrten, waren sie gezwungen zu kriechen. Sehr schnell war es fast taghell, und die Lampen wurden überflüssig. Geblendet erreichten sie schließlich das grelle Sonnenlicht, lehnten sich aus der Öffnung und spähten nach dem unter ihnen vor Anker liegenden Patrouillenboot. Der Blick war fantastisch, aber sie waren keine Touristen und nicht deswegen hergekommen.

Gerónimo und Pilar überlegten, wie sie Fredos Leiche am besten hinaustransportieren konnten. Noch sahen sie ihn nicht, denn er steckte eingeklemmt in einem Seitengang. Es war reines Glück, dass er so schnell entdeckt worden war. Ebenso gut hätte es noch zwei oder drei Jahre dauern können, bevor sich jemand dorthin verirrt hätte. Die einzige Möglichkeit war, sich die natürliche Öffnung von La Ventana zunutze zu machen und ihn an der Felswand entlang abzuseilen. Bruno holte das Funkgerät aus dem wasserdichten Behälter und erklärte seinen Männern auf dem Boot, was sie vorhatten. Er forderte zwei weitere Taucher an, die die Leiche unten in Empfang nehmen sollten. Vorausschauend hatte Gerónimo eine leichte klappbare Trage und genügend Seilzeug mitgebracht.

Pilar übernahm wie selbstverständlich die Leitung.

»Die Leiche ist in der Seitengrotte, die nur selten besucht wird, weil die meisten zu erschöpft sind nach der ganzen Anstrengung. Es wird nicht leicht, Fredo dort herauszuholen. Ich frage mich, was genau vorgefallen ist. Fredo muss den Gang als Erster betreten haben. Jemand ist ihm gefolgt, hat gewartet, bis er ganz am Ende der Höhle angekommen war, und hat ihn dort ermordet. Auf diese Weise musste er sich keine Gedanken darüber machen, die Leiche loszuwerden.«

Ihre Stimme gehorchte ihr kaum noch. Gerónimo, der vorangegangen war, um sich alles genauer anzusehen, übernahm das Kommando:

»Diesmal führe ich dich«, sagte er, ohne ihre Antwort abzuwarten. »Falls es Spuren gab, haben die, die die Leiche entdeckt haben, sie zerstört. Sieht beinahe so aus, als hätte sich eine ganze Robbenkolonie am Tatort getummelt. Ich will mir zuerst einen besseren Überblick verschaffen. Und zwar allein.«

Pilar willigte ein zu warten. Zusammen mit Bruno stützte sie sich auf den Rand der Öffnung über dem Abgrund, ließ den Blick über den Horizont schweifen und dachte an ihre toten Freunde. Nach einer Weile nahm sie die Unterwasserkamera aus ihrem Rucksack.

»Das ist mein Job. Ich muss da rein«, sagte sie schlicht und zwängte sich in den Gang.

Scheißjob. Urplötzlich überkam Montaner das heftige Verlangen nach einer Zigarette, obwohl er das Rauchen schon vor zehn Jahren aufgegeben hatte. Angesichts der grandiosen Aussicht, umgeben vom Blau des Himmels und des Meeres, verstand er plötzlich, warum Zeus in den griechischen Sagen Blitze in den blauen Himmel schleuderte, wenn er den Menschen zürnte. Und was blieb den Menschen, die ihren Göttern zürnten, anderes übrig, als sich eine Zigarette anzuzünden?

Pilar kroch durch den Seitengang. Fredos Leiche steckte am Ende des schmalen Korridors, dem Eingang der zweiten unterirdischen Grotte, fest wie in der Höhle eines Meeresungeheuers, das ihn schon zur Hälfte verschlungen hatte. Es war unmöglich, zu zweit dorthin zu gelangen. Nach Gerónimos Ansicht war das gut so. Er richtete es so ein, dass er ihr mit seinem Rücken den Blick auf die verwesende Leiche versperrte, die noch immer im Taucheranzug steckte. Fredo und sein Mörder hatten sich in der gleichen Stellung befunden wie sie. Nach der Position der Leiche und den Spuren auf dem Boden der Galerie zu schließen, hatte der Mörder ihn von hinten angegriffen. Er hatte ihm die Kehle durchgeschnitten und ihm anschließend mithilfe des altbekannten gezahnten Fischermessers den rechten, in den Tauchanzug eingezwängten Unterarm abgetrennt. Er hatte es also absichtlich benutzt, um so die Ermittler zu ködern. Fredo war wahrscheinlich kurz nach seinem Verschwinden am Pfingstwochenende Ende Mai gestorben. Am dritten Juni war sein Arm im Müllschlucker von La Portella gefunden worden. Was war in diesen wenigen Tagen vorgefallen? Sie wussten, dass er auf La Dragonera gewesen war und dort seine Mundharmonika verloren hatte. War er am selben Tag ums Leben gekommen? Die Fakten begannen sich ineinanderzufügen, die Lücken sich zu füllen. Das war immer ein gutes Zeichen, auch wenn die Geschichte, die sie erzählten, entsetzlich war.

Gerónimo nahm Pilar die Unterwasserkamera ab und machte im Licht seiner Stirnlampe einige Aufnahmen. Das Geräusch des Blitzlichts hallte wider wie Schüsse.

Bruno rief nach ihnen. Die Verstärkung war mit dem Material zur Bergung der Leiche eingetroffen. Er fragte, ob sie so weit waren.

Sie einigten sich darauf, dass Pilar die restlichen Aufnahmen machte und Gerónimo dabei half, die Trage auseinanderzufalten und Fredos Leiche sanft und vorsichtig darauf zu betten. Doch danach blieb der Chef der Spurensicherung hart: Er selbst würde die Bergung bis zum Ende überwachen und sich entlang der Felswand abseilen. Währenddessen sollten Pilar und Montaner zusammen durch den Unterwassergang den Rückweg antreten. Ein langer und langsamer Weg, der zugleich ein Abschied sein würde.

Auf dem Platz in Port d'Andratx ertönte ein Schrei. Das Fauchen eines waidwunden Tieres. Das Aufheulen einer Wölfin in der Falle. Azur Letal hatte vom Tod ihres Bruders erfahren. Ihr Zwilling. Ihre Liebe. Ihr zweites Ich. Ihre zweite Hälfte. Es kam nicht von ungefähr, dass böse Zungen sie als Inzestzwillinge bezeichneten. Außer sich vor Schmerz, raufte sie sich die Haare und weinte wie eine Figur der griechischen Tragödie, klagte, zerkratzte sich das Gesicht, rang die Hände, schrie ihr Leid über den Platz, erschreckte die Touristen, wollte die Sonne auslöschen, den Mond verfluchen, die Zeit zurückdrehen, die Gegenwart und die Wahrheit leugnen, den Mörder töten, der ihr den Bruder geraubt hatte, sich mit allen Kräften gegen die Ungerechtigkeit des Todesurteils wehren, das Montaner ihr soeben überbracht hatte.

Sie wand sich aus den Händen, die sie festhielten, und spuckte ihm ins Gesicht, ungerecht, böse, unglücklich:

»Das ist deine Schuld! Deinetwegen ist sie wiedergekommen. Sie ist es, sie ist der Drache, La Dragonera. Der Teufel hat sie in diesen verfluchten Tauchklub geschickt, in den sie sie alle lockt. Sie tauchen mit ihr, und am Ende sind sie alle tot. Alle. Sergí. Fredo. Dich hat sie auch verhext. Deine Pilar ist eine Hexe. Sie hat den bösen Blick.«

45 »Es wird viel gestorben um Pilar Más, finden Sie nicht auch?« Montaner erstarrte. Olazabal hatte wohlüberlegt und erbarmungslos zum Gegenschlag unter die Gürtellinie ausgeholt. Dieser Bulle war von der gleichen Sorte wie die, hinter denen sie her waren. Auf seine Weise hatte er etwas von einem Mörder. Einer von der Sorte, die einem ohne zu zögern in den Rücken schießen. Entschlossen, die Lage zu seinen Gunsten zu wenden, hatte er Bruno kalt erwischt.

Nach den Ereignissen der letzten zwei Wochen waren sie von Comandante Bauza und Richterin Bernat zu einem Gipfeltreffen einbestellt worden. Man hatte zwei Leichen gefunden, eine davon war Fredo Letal, die andere noch nicht identifiziert. Oscar Uhl stand unter dringendem Mordverdacht. Es wurde Zeit, eine Pressekonferenz einzuberufen.

»Es wäre ein taktischer Fehler, Olazabal ganz aus dieser Angelegenheit herauszuhalten«, hatte die Richterin Montaner erklärt, bevor der Hauptkommissar eintraf. »Sie arbeiten bei Ihren Einsätzen mit seinem Team. Ich schätze seine Methoden nicht, aber ich kann ihn vor der Öffentlichkeit und vor seinen Vorgesetzten nicht bloßstellen. Wenn es eine Pressekonferenz gibt, muss er mit aufs Familienfoto.«

»Das ist mir egal. Politik ist nicht mein Ding«, antwortete er lakonisch.

»Alles ist Politik. Vor allem in der Position, die Sie innehaben, Montaner. Damit werden Sie sich früher oder später auseinandersetzen müssen. Ihre Haltung ist glatter Selbstmord. Heutzutage kommt es weniger darauf an, was man tut, als darauf, wie man es kommuniziert.«

»Glauben Sie wirklich, Sie können mich mit diesen Argumenten überzeugen?«, empörte er sich. »Ich habe nicht um diesen Posten gebeten. Sie haben mich geholt. Bevor ich meine Arbeit nicht abgeschlossen habe, ziehe ich keine Schlussfolgerungen. Und schon gar nicht vor der Presse. Der Kundendienst geht mich nichts an.«

Bauza verdrehte die Augen. Typisch Montaner, unbequem und nicht gerade clever. Die Richterin vor den Kopf stoßen, ihren Vorschlag einfach abschmettern und sich mit Olazabal anlegen, Fehler über Fehler. Bruno wusste das, aber es war stärker als er. Er war dagegen, die Einzelheiten der laufenden Ermittlungen preiszugeben, um die Meute der sensationshungrigen Journalisten zu befriedigen. Die Fortsetzungsgeschichte um die geheimnisvollen Morde kurbelte in diesem Sommer den Verkauf der Zeitungen an. Wo blieb da die Gerechtigkeit? Der Grundsatz der Unschuldsvermutung? Oscar Uhl würde auf allen Titelseiten des fünfzehnten August sein.

»Wir haben keinen Beweis, dass er der Mörder ist. Wir wissen lediglich, dass er an zwei Tatorten war«, gab er zu Bedenken, während Olazabal weiter auf sich warten ließ.

»Hör auf zu nörgeln. Was willst du mehr?«, fragte Bauza.

»Gewissheit. Beweise. Ein Motiv. Die Tatwaffe mit seinen Fingerabdrücken darauf. Das Übliche eben. Das wenige, was wir von Oscar wissen, passt nicht zum Profil des Mörders. Der junge Uhl ist ein verwöhntes Kind, ein impulsiver, chaotischer Typ. Aber diese kaltblütig ausgeführten Morde folgen einem ausgeklügelten Plan, einer Spirale der Gewalt, deren Ende noch nicht erreicht ist, und ich bin nicht sicher, ob wirklich er dahintersteckt.«

»Es gibt Verrückte, die äußerst systematisch vorgehen«, wandte die Richterin ein.

»Deine Zweifel in Ehren, aber du übertreibst«, fügte Bauza hinzu. »Wir haben das Foto mit ihm und Fredo Letal. Zeugen, die gesehen haben, wie die beiden miteinander getrunken, sich amüsiert und geflirtet haben und dann zusammen weggegangen sind. Wir haben seine Fingerabdrücke an mehreren Tatorten gefunden. Auf dem Zigarrenstummel von Sa Trapa. Auf dem Stein von La Dragonera. In den Arabischen Bädern. Und sogar auf der verlassenen Sunseeker. Die Identifizierung ist inzwischen abgeschlossen.«

»Und wie erklärst du die Blutspuren auf der Sunseeker? Fredo wurde in der Cueva de la Ventana, getötet. Von wem stammt das Blut auf dem Boot? Wer ist der zweite Leichnam? Ist das Oscars Schuh, dessen Abdruck wir auf La Dragonera und in den Arabischen Bädern gefunden haben? Wo ist der Geländewagen? Und das Schlauchboot, das ohne Genehmigung auf La Dragonera angelegt hat? Auch das haben wir noch nicht gefunden. Es gibt so viele Fragen, auf die ich noch keine Antwort habe. Ich sage es noch einmal, es ist zu früh für eine Pressekonferenz. Zu viel liegt noch im Dunkeln. Olazabal wird uns das nicht durchgehen lassen.«

»Olazabal wird tun, was man ihm sagt.«

»Hand drauf?«

Es war so weit. Olazabal lehnte einen Stuhl ab und setzte den Angriff fort, den er mit seinem theatralischen Auftritt eingeleitet hatte.

»Frau Richterin, ich beantrage die vorsorgliche Suspendierung von Pilar Más. Und sei es nur aus berufsethischen und disziplinären Gründen. Ihre Verbindung zu Serena Colom, der Eigentümerin des Palais Vives, in dem diese in der Nacht vom neunzehnten auf den zwanzigsten Juli ermordet wurde, wurde mir verschwiegen. Eine Kriminaltechnikerin ist einzig und allein befugt, die Fakten aufzunehmen. Es ist völlig inakzeptabel, die junge Más an einem Tatort einzusetzen, der sich im Haus einer Familienangehörigen befindet. Das nenne ich höchst fahrlässig. Hätte man mich in Kenntnis gesetzt, wäre ich eingeschritten. Das gefährdet die gesamten Ermittlungen.«

Übellaunig spulte er in rachsüchtigem Ton seine Anklage ab und untermauerte seine Argumente mit erhobenem Zeigefinger. Endlich war die Zeit seiner Rache gekommen, und er genoss sie.

»Sie wollten einen Lagebericht abgeben?«, fuhr er fort, ohne sie zu Wort kommen zu lassen. »Nun, hier ist er: Wie durch Zufall gehört der Arm, der im Müllsystem von La Portella gefunden wurde, Fredo Letal, Mitglied im selben Tauchklub wie Pilar Más, die eine alte Bekannte von ihm ist. Wie durch Zufall taucht dieser Arm mit großem Trara ausgerechnet am Morgen nach Pilar Más' Ankunft in Palma auf. Wie durch Zufall an ihrem ersten Tatort auf der Insel. Wie durch Zufall schlägt sie sich gut genug, dass Montaner sie auf die Ermittlung ansetzt, und sie befindet sich just in Son Reus, als dort die anderen Päckchen ausgepackt werden. Wie durch Zufall ist sie es, die den abgeschnittenen Pferdekopf im Brunnen der Arabischen Bäder findet. Dann nimmt sie, wieder rein zufällig, eine Gruppe Jugendlicher mit auf eine Wanderung nach Sa Trapa, wo sich die zweite Leiche befindet. Und wie durch Zufall ist unser Hauptverdächtiger ihr deutscher Cousin, Oscar Uhl. Um das Bild abzurunden, ich habe von einem Immobilienschwindel gehört, der wieder, wie der Zufall so spielt, der Familie Más zugutekommt. Für meinen Geschmack sind das zu viele Zufälle.«

»Und für meinen Geschmack bist du ein verdammter Drecks-kerl!«, brüllte Montaner und packte ihn am Kragen.

Bauza wollte dazwischengehen. Die Richterin schlug wütend mit der Faust auf den Tisch. Verdutzt hielten die drei Männer inne. Beim Anblick der Richterin, die sie mit aufeinandergepresstem Kiefer unter den gerunzelten Augenbrauen hervor anstarrte, zogen sie es vor, von einander abzulassen.

»Reißen Sie sich zusammen, Montaner«, sagte sie mit scharfer Stimme. »Und Sie Olazabal. Ihre inquisitorischen Anwandlungen gefallen mir nicht. Pilar Más wird nicht suspendiert. Ich habe ihre Akte gelesen, und die Beurteilungen ihrer früheren Vorgesetzten sind hervorragend. Diese junge Frau stammt aus einer alteingesessenen mallorquinischen Familie und hat hier ihre Kindheit verbracht. Es war zu erwarten, dass so etwas passiert. Wenn nötig, werde ich mich darüber mit ihr unterhalten. Da ihre Anwesenheit Sie so irritiert, teile ich sie bis zum Ende der Ermittlungen ausschließlich der Spezialeinheit zu. Bis auf Weiteres wird Teniente Montaner die Verantwortung für sie übernehmen. Es bleibt ihm überlassen, wie weit er sie in diese Angelegenheit einbezieht. Er hat seine eigenen Methoden, und ich habe mich entschlossen, sie nicht in Zweifel zu ziehen, solange sie Erfolge zeitigen. Übermorgen ist der fünfzehnte August. Ich schlage vor, wir warten den Beginn der nächsten Woche ab, um unsere Pressekonferenz abzuhalten. Ich weiß, dass es Indiskretionen gegeben hat, und ziehe es vor, nicht zu wissen, wer dafür verantwortlich ist, da ich andernfalls genötigt wäre, durchzugreifen«, fügte sie hinzu und exekutierte Olazabal mit Blicken. »Ich gehe davon aus, dass Sie Oscar Uhl bis dahin gefunden und die Ermittlungen abgeschlossen haben. Die Besprechung ist beendet. Meine Herren, Sie können gehen. Enttäuschen Sie mich nicht.«

Immer vier Stufen auf einmal nehmend verließ Montaner die Chefetage und verfügte die allgemeine Mobilmachung. Pilar musste geschützt werden. Olazabal daran gehindert, ihr zu schaden. Und Oscar Uhl musste gefunden werden. In dieser Reihenfolge.

Virus winkte ihn heran:

»Du bist sehr gefragt heute Morgen. Ein seltsamer Typ, den ich in dein Büro gesetzt habe, und eine hysterische Frau, der ich vor einer Stunde gesagt habe, sie soll in einer Stunde wiederkommen, wollen dich sprechen.«

Mit sorgenvoller Miene wartete Carape auf ihn. Unter seiner altmodischen Weste mit den aufgenähten Taschen kamen die Schöße seines Hemdes zum Vorschein. Was war vorgefallen, das den alten Schäfer von Son Nadal veranlasst hatte, in die Stadt zu fahren? Unbeweglich beobachtete er durch die Scheiben des Büros das hektische Treiben auf dem Flur.

»Einen richtigen Beobachtungsposten hast du da, mein Junge. Hier entgeht einem nichts.«

Montaner antwortete ihm auf Mallorquí: »*Bon dia*, mein lieber Carape. Was führt dich her?«

»Die Ahnung, dass uns ein Unglück droht. In der Nacht des dreißigsten Juni ist in den Pferdeställen von Son Nadal ein Feuer ausgebrochen. Horacio wäre beinahe darin umgekommen, als er versucht hat, die Pferde zu retten. Du kennst ihn ja. Wie ein Wahnsinniger hat er sich in die Flammen gestürzt. Er wollte nicht, dass die Feuerwehr oder die Guardia Civil ihre Nase da reinstecken. Uns hat er alle ins Bett geschickt. Seine geliebten Traber waren unversehrt und in Sicherheit. Das war alles, was für ihn zählte. Aber etwas trieb ihn um. Als er wegen des Derbys am fünfzehnten August nach Manacor gefahren ist, hatte er eine miserable Laune und Grita daher diesmal zu Hause gelassen. Gestern Abend war sie allein und hat ein Geräusch im Hausflur gehört. Dann ging alles sehr schnell. Der Einbrecher hat die Tür aufgebrochen und sie im Halbdunkel angegriffen. Zufällig waren Cisco und ich in der Nähe. Der Hund, Nemesio, hat angefangen zu bellen. Wir haben Gritas Hilferufe gehört und das Geräusch von zersplitterndem Glas. Grita ist nicht der Typ, der sich ohne Gegenwehr die Kehle durchschneiden lässt. Sie hat sich eine Vase von der Kommode im Flur gegriffen und sie dem Angreifer über den Schädel gezogen. Der ist geflüchtet und hat dabei ein Fischermesser verloren, das ich dir mitgebracht habe«, sagte er und reichte ihm eine Plastiktüte. »Es hat ihr schwer zugesetzt. Sie hat am ganzen Körper gezittert, aber sie ist genauso starrsinnig wie Horacio und hat sich geweigert, einen Arzt rufen zu lassen. Ich sollte bei ihr bleiben, bis sie eingeschlafen war. Ich habe praktisch die ganze Nacht auf Son Nadal verbracht. Die Angst hat ihr die Zunge gelöst. Sie sagt, du verdächtigst den jungen Oscar des Mordes. Gestern Abend, das war nicht er. Da bin ich sicher. Er war größer, stärker und vor allem viel wendiger. Grita weint und behauptet, dass ihre Schwester Serena an ihrer Stelle gestorben ist, weil sie ihr ihren Stock geliehen hatte. Davon ist sie nicht abzubringen. Aber Oscar kennt Grita. Er hätte sie nicht mit Serena verwechselt. Grita hat darauf bestanden, dass ich herkomme und dir das sage.«

»Leider gibt es noch zwei weitere Morde. Oscar könnte in den an Fredo Letal verwickelt sein, den er am Vorabend seines Verschwindens noch getroffen hat«, sagte Bruno und hielt ihm das Foto hin. »Bis jetzt wurde noch keine Anklage gegen ihn erhoben. Wir suchen ihn lediglich als Zeugen. Insbesondere was den Verkauf des *Atlas catalán* angeht. Kannst du mir erklären, was auf Son Nadal vor sich geht?«

»Es fehlt an Geld. Der Besitz ist viel wert, aber er wirft abgesehen von den Gewinnen der Traber kaum etwas ab. Cisco weiß etwas, will mir aber nichts sagen. Ich glaube, es hat mit Erpressung und den Pferden zu tun. Der Verwalter gehört jedenfalls nicht zu denen, die sich darüber aufregen, dass ein Buch verschwindet.«

»Sag ihm, dass sein Schweigen Pilar schaden könnte. Ich komme am Montag nach Son Nadal, nach dem langen Wochenende des fünfzehnten August. Bis dahin wird Horacio aus Manacor zurück sein. Ich werde ein ernstes Gespräch mit ihm führen.«

»Pilar ist in Gefahr?«

»Ich weiß es nicht. Viele der Ereignisse der letzten Wochen haben mit ihr zu tun. Ich will nicht, dass sie sich jetzt auf Son Nadal aufhält. Es bekommt ihr nicht.«

Carape nickte und reichte Montaner seine sehnige Hand. Er wurde alt. Ein alter Wächter unter dem Mond.

Zehn Minuten später saß Bruno noch immer in seinem Büro und dachte darüber nach, was Carape ihm erzählt hatte und was es für seine Ermittlungen bedeutete. Plötzlich flog die Tür auf, und herein kam eine rothaarige Furie mit hochmütiger Miene, die eine Zeitung schwenkte.

»Wo ist Oscar, Herr Montaner? Wo ist mein Sohn? Und mit welchem Recht bezichtigen Sie ihn des Mordes?«

Niemals eine wütende Mutter provozieren. Eine wichtige Lektion aus dem Tierreich. Einen großen Bogen machen, sie ablenken und ihr, wenn möglich, schleunigst ihr unversehrtes Junges zurückgeben. Yolanda Más, Horacios Tochter und Oscar Uhls Mutter, war extra aus Hamburg gekommen, um ihren Sohn zurückzufordern und zu verlangen, dass ihm Gerechtigkeit widerfuhr. In der Tat, mit welchem Recht wurde er des Mordes bezichtigt? Ohne Zweifel hatte Olazabal den Journalisten gegenüber etwas durchsickern lassen, um sein eigenes Netzwerk zu pflegen, die Exklusivmeldung der Pressekonferenz zu sabotieren, der Richterin die Hände zu binden und die Stimmung anzuheizen. Es würde nicht einfach werden, das dieser arroganten Besucherin zu erklären, deren Äußeres Überfluss und Macht signalisierte und die es offensichtlich gewohnt war, zu bekommen, was sie wollte. Bruno wusste nicht, wo ihr Sohn war, geschweige denn war er in der Lage, ihn ihr zurückzugeben. Er warf einen Blick auf die Zeitung, die sie voller Abscheu auf seinen Schreibtisch geworfen hatte. Der Artikel war im Konjunktiv verfasst, aber der Schaden war angerichtet. Ohne nähere Informationen war Oscar Uhls Name in den Schmutz gezogen worden, und in Montaners Büro stand nun eine Mutter, die ihn außer sich vor Wut anschrie, dass das Folgen haben würde.

Die Woche des fünfzehnten August fing alles andere als gut an.

46   Die Objektivität des Ermittlers war nichts weiter als ein Witz. Vielleicht existierte sie in der Anonymität des Festlands. Aber nicht auf seiner Insel. Ginge es nach Olazabal, wären alle Mallorquiner verdächtig. In seinen Augen hing das Gemeinwohl davon ab, sie alle der Autorität und der objektiven Beaufsichtigung durch das Festland zu unterstellen. Seine einfache Logik hatte rassistische Züge. Er hegte den uralten Argwohn des Kontinents gegenüber den Insulanern. Nichts als Piraten und Schmuggler. Typisch. Von seiner Kanzel predigte er im Namen seiner geheiligten Objektivität. Aber wie weit war es her mit seiner Objektivität, wenn er der Presse Informationen zuspielte? Oscars Mutter hatte sich einen Anwalt genommen und setzte alle Hebel in Bewegung. Die Richterin und Bauza setzte sie mit aufgebrachten Anrufen und offiziellen Beschwerden zu.

Montaner hingegen befürwortete maximale Subjektivität. Seiner Ansicht nach kam das auf das Gleiche heraus. Wenn man Pilar aufgrund ihrer familiären Verbindungen ausschloss, musste auch er die Ermittlungen niederlegen. Er hatte sich gehütet, Yolanda daran zu erinnern, dass sie verwandt waren. Aber wie sollte man einem Olazabal erklären, dass gerade seine genaue Kenntnis der Insel von unschätzbarem Wert für die Ermittlungen war? Mallorca lag ihm im Blut. Hier war er in seinem Element, war er einfallsreich und konnte sein Bestes geben. Anderswo würde er in der Banalität der Polizeiroutine versinken.

Er wurde den Gedanken nicht los, dass dieser Fall eine teuflische Scharade war, zu deren Kern er vordringen musste. Von Anfang an waren die Fakten nur bruchstückhaft gewesen. Unzusammenhängend. Verwirrend. Und wenig plausibel. Zusammen gesehen würden sie schließlich einen Sinn ergeben, und er würde des Rätsels Lösung finden.

Der Rhythmus der Ermittlungen folgte dem Rhythmus der Insel. Langsamer, weniger gradlinig und komplexer als der des Festlands. Sie waren an die Mondphasen gekoppelt, Spielball der Meeresströmungen und Gegenwinde, abhängig von den Launen eines Mörders, der aus unbekannten Gründen Mallorca zum

Schauplatz seiner Verbrechen erkoren hatte. Egal, ob sein Ursprung hier oder anderswo lag, dieses Verbrechen gehorchte den Gesetzen der Insel. Das Muster, das ihm zugrunde lag, deutete auf ein enges Band zwischen dem Mörder und den Mallorquinern hin. Ein Band aus Blut oder Blutsbande? Das war die Frage. Sie diente Olazabal unzulässigerweise als Rechtfertigung. Und Pilar nicht gerade als Unschuldsbeweis. Ganz im Gegenteil.

Olazabals Anschuldigungen träufelten ihr Gift in Montaners Gedanken. Vernebelten seinen Geist. Dass der Beginn dieser Ermittlungen auf denselben Tag fiel wie Pilars Rückkehr, war beunruhigend, aber reiner Zufall. Die Ergebnisse der Autopsie bestätigten das. Allem Anschein nach waren beide Opfer vor Pilars Ankunft getötet worden. Als er Olazabal darauf aufmerksam gemacht hatte, hatte der nur hämisch gegrinst. Wenn es nach ihm ginge, säße Pilar längst auf der Anklagebank.

»Wer sagt denn, dass die kleine Más nicht schon vorher auf einem Boot von Barcelona nach Palma und zurück gesegelt ist, um die Tat auszuführen? Keiner hat sie gesehen, keiner sie erkannt. Kein Ticket, keine Spuren. Sie ist eine erfahrene Seglerin und könnte die Strecke im Alleingang in Rekordzeit bewältigen. Sie kennt sich hier bestens aus. Wie lautet noch mal ihr Spitzname? La Dragonera. Nehmen wir an, sie war es. Sie kehrt unerkannt nach Barcelona zurück und landet kurze Zeit später mit großem Trara auf Mallorca. Rechtzeitig, um die alten mallorquinischen Stoffe vom Speicher in der Carrer Gloria zu holen und uns ihre berüchtigten Päckchen zum Geschenk zu machen. Ich glaube, sie wurden am Samstag kreuz und quer über die Stadt verteilt in den Müll geworfen. Folgenlos bis auf das sechste Päckchen, das die Entsorgungsanlage am Sonntagmorgen blockiert hat, kurz nachdem es eingeworfen wurde. Wir haben keinerlei Garantie dafür, dass die Päckchen in der Sortieranlage bereits an den Tagen zuvor angekommen sind. Uba Green glaubt das zwar, ist sich aber nicht sicher und kann es erst recht nicht beweisen. Ich habe meine Männer losgeschickt, um sie zu befragen. Es passt alles zusammen.«

»Sie haben den Verstand verloren. Wieso sollte Pilar das getan haben? Was wäre ihr Motiv?«

Olazabal blieb die Antwort schuldig und schlug stattdessen voller Niedertracht zurück:

»Und Sie decken sie auf schamlose Weise.«

Es schien beschlossene Sache zu sein, dass jeder Tag der Woche des fünfzehnten August seine Portion Fragen und Zweifel aufwerfen würde. Pilar wusste nichts von den Verdächtigungen, die auf ihr lasteten. Offiziell hatte Olazabal sie aus berufsethischen Gründen freigestellt. Ihre Verwicklung in den Fall und ihre daraus resultierende Befangenheit ließen sich nicht mit den laufenden Ermittlungen vereinbaren. Sie solle folglich ausschließlich für die Spezialeinheit arbeiten. Er schloss sie bis zur Lösung des Falls aus seinem Team aus und warnte sie, dass er ein Auge auf sie haben würde. Die Richterin hatte ihre Überwachung abgelehnt, aber Montaner war überzeugt davon, dass Olazabal sie beschatten ließ. Vielleicht hatte er das schon von Anfang an getan. Pilar hatte die ganze Zeit über das Gefühl gehabt, dass ihr jemand hinterherspionierte. Rosario Canals hatte es ihr bestätigt, ebenso der alte Wächter vom *Garito Café*. Ihrer Meinung nach steckte ihr Großvater dahinter, der durchaus dazu fähig war. Genau wie Olazabal. Montaner hatte eher ihn in Verdacht. Pilar wurde nach wie vor von jemandem verfolgt. Montaner war beunruhigt und wusste nicht, wie er sie vor sich selbst beschützen sollte.

Von Zeit zu Zeit ertappte er sich bei einem Zweifel. Olazabal war dickköpfig und eine Kämpfernatur. Sein Instinkt sagte ihm, dass Pilar in den Fall verstrickt war, und davon würde er nicht mehr abrücken. Und Instinkt war etwas, woran Montaner glaubte. Widerwillig musste er zugeben, dass es zwischen der Mordserie und Pilars Rückkehr einige unangenehme Berührungspunkte gab. Orte, Personen und Dramen, die in vielerlei Hinsicht mit ihr verknüpft waren. Als hätte ihre Ankunft auf der Insel ein empfindliches Gleichgewicht gestört, unheilvolle Spannungen heraufbeschworen, einen tödlichen Adrenalinstoß bewirkt. Vielleicht war es das, was Azur, Fredo Letals Schwester, als bösen Blick bezeichnet hatte und was für Olazabal aussah wie ein von langer Hand geplantes Verbrechen. Und er, was sollte er von all dem halten?

Im Unterschied zu Olazabal beschuldigte er niemanden ohne Beweise. Auf seine Veranlassung hin unterstützte Pilar Virus am Computer. Deprimiert und schockiert von den Anschuldigungen des Hauptkommissars, der sie aus dem Büro im Kommissariat und dem Spurensicherungsteam geworfen und ihr als Dreingabe Ermahnungen und Drohungen mit auf den Weg gegeben hatte, war sie nahezu völlig verstummt. Gerónimo und Carmen waren zu einem anderen Fall gerufen worden. Als letzte Demütigung hatte man ihr nicht einmal erlaubt, ihre persönlichen Sachen mitzunehmen oder ihre Dateien zu kopieren.

In Montaners Vorstellung sorgten sowohl Virus als auch Pilar, jeder auf seine Weise, für Unruhe. Setzte man sie zusammen in ein Büro, würden ihre negativen Einflüsse einander vielleicht aufheben. Er spürte, dass die Lösung des Falls kurz bevorstand, und wollte in Ruhe arbeiten.

Doch er hatte seine Rechnung ohne Virus gemacht und dessen Talent, Chaos zu verbreiten. Am Dienstagabend um sechs Uhr, am Vorabend des fünfzehnten August, brachte er das gesamte Computersystem zum Erliegen und löschte beim Wiederhochfahren alle verfügbaren Bilddateien. Pilar verlor die Nerven. Jedes Maß und beinahe den Verstand. Das war nur allzu verständlich, denn der Vorfall machte ihre gesamte Arbeit zunichte. Ihre Fotos waren das Gedächtnis der Ermittlungen. Die Lösung des Falls war auf ihnen abgebildet. Davon war Pilar überzeugt. Sie konnten sie noch nicht erkennen, aber das lag an ihrer mangelhaften Wahrnehmung und nicht an einem etwaigen toten Winkel oder einem anderen Makel auf ihren Bildern. Sobald sich ihnen die Logik des Falls erschloss, würden sie die Fotos mit anderen Augen sehen und das entscheidende Detail, das sich zwangsläufig von Anfang an auf den Bildern befunden hatte, würde ihnen nun ins Auge springen. Während ihrer Ausbildung hatte sie diese Erfahrung mehrmals gemacht. Wenn sie es war, die hinter der Kamera stand, stieg die Rate der aussagekräftigen, sorgfältig fotografierten Beweise sprunghaft an. Wenn ihre Fotos verloren gingen, gab es keine Chance mehr, die Verbrechen aufzuklären oder den Beweis für die Schuld des Täters zu erbringen, sobald sie diesen verhaftet hätten. Seit Olazabal sie aus dem Team der Kriminaltechniker vertrieben hatte, hatte sie keinen Zugang mehr zu ihren Aufzeichnungen. Sie würden eine Kopie anfordern müssen. Das würde sie mindestens zwei Tage kosten. Zeitverschwendung. Energieverschwendung. Wer weiß, ob es den Ordner mit ihren inoffiziellen Fotos überhaupt noch gab? Sie waren sicher schon aus der Originalakte entfernt worden und für alle Zeiten verloren. Olazabal hatte ihr jeden Kontakt mit Gerónimo und Carmen verboten. Sie setzten die Arbeit ohne sie fort. Der Verlust der Bilddateien der Spezialeinheit machte den Bruch überdeutlich.

Virus gab sich die größte Mühe, sie zu beruhigen. Er hatte Sicherungskopien von allen Dateien außer dem Ordner über die beiden Mädchen von La Mola angefertigt. Aber er zweifelte nicht daran, sie auch in den Tiefen der Festplatte des Computers wieder aufzuspüren. Wenn nötig, würde er morgen den ganzen Tag daran arbeiten. Bei der Gelegenheit würde er Ordnung in sein Chaos bringen und die Back-up-CDs der Fotos heraussuchen. Er war sich so gut wie sicher, alles doppelt abgespeichert zu haben. Auch ihre berühmten zusätzlichen Fotos, auf die Montaner ebenso viel Wert legte wie sie selbst. Nur ein wenig Geduld.

Geduld war nicht gerade Pilars Kardinaltugend. Erneut wurde sie laut, und Montaner musste einschreiten. Ärgerlich und schroffer als er beabsichtigt hatte, legte er ihr nahe, freizunehmen und das lange Wochenende zu nutzen, um sich zu entspannen. Ohne ihn eines Blickes zu würdigen, packte sie ihre Sachen und ging, als würde sie nie wiederkommen.

47 Der blaue Mond hatte im Juni zugeschlagen, ohne dass sie sich dessen bewusst gewesen waren. Ebenso der *girant* am Vorabend. Es hätte nicht viel gefehlt, und Son Nadal wäre der nächste Tatort geworden. Brandstiftung. Erpressung. Einbruch. Montaner war sicher, dass der Einbruch mit den vorangegangenen Geschehnissen zusammenhing. Steckte Pilar dahinter? Wie ein Hof um den kalten Mond legte sich die Schlinge immer enger um ihren Hals. Irgendjemand manipulierte die Beweise, um den Verdacht auf sie zu lenken. Jemand, der sehr genau über ihre Lieblingsorte Bescheid wusste. La Dragonera, die Carrer Gloria, Sa Trapa, die Cueva de la Ventana, Son Nadal. Jemand, der Olazabal täuschen konnte, nicht aber Montaner. Oscar oder eine andere Bestie, die in der Dunkelheit lauerte und von wildem Hass erfüllt war.

Als Bruno spätabends nach Hause kam, lagen die Papierstücke, die er an dem Abend zurückgelassen hatte, bevor er mit der Richterin nach Andratx gefahren war, noch immer auf dem Tisch. Eine Ewigkeit schien seither vergangen zu sein. Die Kreise und Dreiecke aus Llulls System. B, C, D, E, F, G, H, J, K. Seit seinem letzten Versuch hatten neue Einzelheiten das Bild ergänzt. Die beiden Leichen waren gefunden worden. Eine war identifiziert, die zweite nicht. Er brütete die ganze Nacht über seinen Skizzen. Er konnte nicht aufhören und endlich schlafen. Pilars Name hatte sich in das Zentrum der Dreiecke eingebrannt, Azurs Verwünschungen und Olazabals Verdächtigungen hatten sie an den Pranger gestellt.

Palma war zu einem Glutofen geworden, eingekreist von den Gewittern des fünfzehnten August. Um Punkt sechs Uhr morgens tat es ein paar Donnerschläge und vom Meer her kam ein Regenschauer. Er reichte kaum aus, um die Pflanzen zu wässern. Entmutigt schob Bruno seine Blätter mit den Dreiecken beiseite. Er duschte, zog sich eilig an, steckte seine Notizen in einen Umschlag und verließ das Haus. Baltasar würde ihm helfen, klarzusehen und die unerträgliche Schlussfolgerung zu widerlegen, die sich aus seinen Überlegungen und Dreiecken ergab.

In der Bibliothek unter dem Dach des Hauses Nummer vier an der Plaça Sant Francesc brannte Licht. Er klingelte dreimal kurz, das Zeichen, dass es sich um einen Notfall handelte. Baltasar öffnete, er war längst auf den Beinen.

»*Hola! Com està?*«, grüßte er auf Mallorquí. »Was führt dich her zu so früher Stunde?«

»Dein Freund Ramon Llull. Er hat mir einen üblen Streich gespielt.«

Baltasar ließ ihn an seinem Schreibtisch Platz nehmen und

reichte ihm eine Tasse Kaffee. Bücher sind das Bollwerk der Vernunft. Dicht an dicht standen sie in den Regalen um sie herum und boten das Rüstzeug, um dem Wahnsinn und der Finsternis der Welt entgegenzutreten. Bruno hatte sich beruhigt und stellte zum x-ten Mal in dieser Nacht die gleiche Überlegung an.

»Der Name, der im Zentrum der Figur erscheint, ist der von Pilar. Ob ich will oder nicht, es akzeptiere oder nicht, es läuft immer wieder darauf hinaus. Olazabal hat recht, wenn er sagt, dass die Kleine in diese Mordserie verwickelt ist. Wie ich es auch drehe und wende, sie ist der verlässlichste gemeinsame Nenner. Gestern Abend habe ich immer neue Dreiecke gezeichnet, in der Absicht, sie mithilfe von Llulls System zu entlasten. Mit dieser brillanten Demonstration wollte ich den Hauptkommissar drankriegen. Stattdessen liefern sie mir schwarz auf weiß den logischen Beweis für Pilars Schuld. Du musst mir helfen herauszufinden, ob ich noch ganz bei Trost bin. Du kannst dir vorstellen, dass es mir lieber wäre, wenn ich mich irre.«

»Natürlich irrst du dich. Zeig mir, was du herausgefunden hast, und es wird mir ein Vergnügen sein, dir zu beweisen, dass du falsch liegst.«

Baltasars Ruhe und Humor wirkten ansteckend. Bruno atmete tief durch und rekapitulierte seine Überlegungen der vergangenen Nacht. Nicht nur für seinen Freund, sondern auch für sich selbst. Er legte die Kreise auf und nahm die drei Dreiecke in die Hand, die den Fall abbilden sollten.

»Fangen wir mit dem Ende an, das ist einfacher. Ich habe festgestellt, dass Llulls Modell, angewandt auf eine polizeiliche Ermittlung, besser funktioniert, wenn man die Liste der Buchstaben rückwärts abarbeitet. Beziehungsweise, wenn man das logische Rad gegen den Uhrzeigersinn dreht. Als Erstes beantwortet man die einfachsten Fragen. HJK, das dritte Dreieck – Wann?, Wo?, Wie? H: Wann? Im Juni. Genau zu dem Zeitpunkt, als Pilar auf die Insel zurückkehrt. Durch die schaurigen Päckchen erfahren wir, dass ein zweifacher Mord verübt worden ist. J: Wo? Auf La Dragonera und in Sa Trapa. Vertraute Orte für Pilar. Als in Son Reus die Päckchen entdeckt werden, ist sie ebenfalls dabei. Ich habe meine Notizen überprüft. Sie war es, die auf die Idee kam, in der Sortieranlage zu ermitteln. Hatte sie ihre Gründe dafür? Oder hat jemand ihr Handeln vorausgesehen und wollte sie schachmatt setzen? K: Wie? Mit einem Schlag auf den Kopf, wie die Autopsie in beiden Fällen ergeben hat. Anschließend wurden in einem Rausch der Gewalt, der die Tat wie die eines Wahnsinnigen erscheinen lässt, die Gliedmaßen abgetrennt. Die Annahme, dass der als labil bekannte Oscar von einer machiavellistischen Pilar angestiftet wird, die die Kontrolle über die Ereignisse verliert, ist leider ziemlich plausibel. Kommen wir zu EFG, dem zweiten Dreieck. Warum?, Womit?, Wozu? E: Warum? Weil die junge Generation der Más Rache üben will für die Vergangenheit. Es satt hat, am Hungertuch zu nagen, und ihren Anteil am Erbe verlangt. Habgier, ein klassisches Motiv. F: Womit? Mithilfe eines gigantischen Immobilienschwindels, den Oscar entweder ganz allein ausgeklügelt hat oder zu dem er von Pilar, der er als Komplize gerade recht kommt, angestiftet wird. Der betrügerische Verkauf von La Dragonera, den Oscar eingefädelt hat, ist die erste Etappe der Rückeroberung. Alternativ dazu habe ich die Theorie, dass Pilar, wenn die beiden tatsächlich Komplizen sein sollten, von der kriminellen Energie ihres Cousins überwältigt wurde. Oscar Uhl wollte Druck auf Horacio ausüben und hat die Initiative ergriffen. Das würde die makabre Inszenierung mit den Päckchen und das Blutbad in den Arabischen Bädern erklären und auch Pilars Schock, als sie den abgetrennten Pferdekopf im Brunnen fand. G: Wozu? Um Rivalen, Komplizen oder Zeugen aus dem Weg zu räumen. Fredo und den Unbekannten. Der junge Taucher ist der einzig mögliche Zeuge für den Betrug oder für Pilars und Oscars abgekartetes Spiel. Er ist zunächst nicht eingeweiht. Aber vielleicht ist er dahintergekommen, als sie auf La Dragonera waren. Ob er gedroht hat, den Schwindel auffliegen zu lassen, und damit das Scheingeschäft gefährdet hat? Fünfhunderttausend Euro. Das nenne ich ein verdammt gutes Motiv. Um ihn davon abzuhalten, beschließt Oscar ohne Pilars Wissen, ihn auszuschalten. Er überredet Fredo, ihn auf einen Tauchgang in die Cueva de la Ventana mitzunehmen, und ermordet ihn hinterrücks in der Grotte.

Meiner Meinung nach wurde der zweite Mord, von dem wir weder das Motiv noch das Opfer kennen, kurz vorher verübt. Ein weiterer Komplize, den es auszuschalten galt wie einen lästigen Zeugen. Das kranke Gehirn des Mörders hat den Pfeil, den die Steine der Feuerstelle auf La Dragonera bildeten, tatsächlich auf den anderen Tatort gerichtet. Sa Trapa. Er hatte alles von Anfang an geplant.

Nun kommen wir zu BCD, dem ersten Dreieck. Es ist am schwierigsten auszufüllen. Es kommt darauf an, die drei richtigen Fragen zu stellen: Ob?, Was?, Worin? Und vor allem eine Antwort darauf zu finden. Hier meine Theorie. B: Ob der Mord an Serena ins Schema passt? Ich glaube, das tut er nicht. Hat Oscar sie mit Grita verwechselt, als er das Geräusch ihres Stocks im dunklen Korridor in der Carrer Gloria gehört hat? Möglich. C: Was versucht Oscar hinter Pilars Rücken zu erreichen? Das Erbe der Más in die Hände zu bekommen. Die beiden Morde haben ihn auf den Geschmack gebracht, und niemand hindert ihn daran, weiter zu morden. Der Beweis? Das Feuer auf Son Nadal, in dem Horacio beinahe bei lebendigem Leib verbrannt wäre, und der Mordanschlag auf Grita, der dank Carape und dem Verwalter fehlschlug. Gut möglich, dass Oscar jemanden dafür bezahlt hat, Grita zu ermorden, und auf diese Weise vermeiden wollte, erkannt zu werden. Wenn Horacio und ihre Tante erst tot sind, erbt Pilar Son Nadal. Yolanda, Oscars Mutter, ist offiziell enterbt worden, nachdem sie durchgebrannt ist. Laut Testament ist Pilar die einzig rechtmäßige Erbin des Besitzes. Wenn nun Pilar ihrerseits verschwinden würde, könnte Oscar Anspruch auf das Erbe erheben. D: Worin besteht Pilars Schuld? Entweder darin, dass sie die Pläne von Oscar durchkreuzt, oder darin, dass sie seine Komplizin ist. Schuldig in den Augen des Mörders oder in unseren. Und genau da lässt Ramon Llull mich im Stich. Pilars Name erscheint im Zentrum aller drei Dreiecke, aber ich weiß nicht, was das zu bedeuten hat. Hast du eine Erklärung?«

»Ich habe niemals behauptet, dass im Zentrum des Schemas der Name des Mörders erscheint. Ich habe von der Wahrheit gesprochen. Die Wahrheit wird hier von Pilar verkörpert. Ob freiwillig oder unfreiwillig, sie ist die Heldin dieser Tragödie. Ob nun im Guten oder im Schlechten. Das herauszufinden ist deine Aufgabe. Meiner Meinung nach fehlt dir noch ein Parameter oder ein Name. Das entscheidende Dreieck. Eines, das Oscar und Pilar miteinander verbindet. Der dritte Mann. Die nicht identifizierte Leiche oder ihr Mörder. Lass uns den Gedanken zu Ende denken. Bist du nie auf die Idee gekommen, die Leiche von Sa Trapa könnte die von Oscar sein?«

»Mein Gott!«, rief Montaner. »Daran habe ich überhaupt nicht gedacht. Wie dumm von mir! Wie konnte ich nur so blind sein. Ich muss sofort ins Büro. Yolanda Más hat mir persönliche Gegenstände zur Identifizierung ihres Sohnes mitgebracht, mit deren Hilfe ich ihn finden soll. Meine Cousine Yolanda ist eine äußerst entschlossene Frau. Sie ist mit der Akte seines Zahnarztes und seiner Zahnbürste hier angekommen, um einen DNA-Test zu ermöglichen. Der Himmel beschütze uns vor einer Welt, in der die Zahnärzte die Macht haben! Niemand hat bis jetzt daran gedacht, die genetischen Daten von Oscar mit denen der zweiten Leiche zu vergleichen. Frag mich nicht, warum. Wir waren hinter dem lebendigen Oscar her, nicht hinter seiner Leiche.«

Am Donnerstag schickte Olazabal eine vernichtende Notiz. Die DNA des nicht identifizierten Leichnams wies Gemeinsamkeiten mit der von Pilar Más auf. Er hatte das Labor beauftragt, alle Indizien zu überprüfen, und war dabei, seine Anklageschrift gegen Pilar zusammenzustellen. Wie das aller Kriminaltechniker war auch ihr genetisches Profil archiviert, um Verwechslungen auszuschließen. Das Ergebnis war positiv. Ein Triumph, den er voll auskostete.

269

Montaner war mehr denn je von Pilars Unschuld überzeugt. Er war außerdem so gut wie sicher, dass er einem sadistischen Mörder auf der Spur war, für den Pilar Más keine Komplizin, sondern ein potenzielles Opfer war. Olazabal würde nicht nachgeben. Er würde toben und dagegenhalten, dass das seine These von der Schuld der jungen Frau vielmehr bestätigte. Hatte er am Abend zuvor nicht sogar selbst einen Augenblick lang an Pilars Unschuld gezweifelt? Andererseits besaß der Madrilene Instinkt und würde bald zum gleichen Schluss kommen wie er. Der wahre Schuldige musste überführt und dingfest gemacht werden. Falls nicht, würden weitere Morde folgen. Wenn sich jemand, aus welchem Grund auch immer, damit vergnügte, die Mitglieder der Familie Más nach und nach umzubringen, hatte er auch Pilar im Fadenkreuz. Sie war in Lebensgefahr. Montaner fühlte sich außerstande, sie zu beschützen. Er hoffte darauf, dass Olazabals Paranoia wirkungsvoll war und er Pilar lückenlos überwachen ließ.

Der Gedanke, den Hauptkommissar ins Aus zu manövrieren, seine Paranoia auszunutzen, ihn über seine eigenen Fehler stolpern zu lassen und ihm zuvorzukommen, indem er den Mörder verhaftete, bevor Olazabal auch nur auf den Gedanken kam, nach ihm zu fahnden, war zu verlockend. Montaner rief ihn an:

»Sie hatten recht, mein Bester. Es scheint sich um eine Art düstere Familiengeschichte zu handeln, in deren Mittelpunkt tatsächlich Pilar steht. Wir haben neue Erkenntnisse, die mit Ihren Annahmen übereinstimmen. Die zweite Leiche ist niemand anderes als ihr deutscher Cousin, der mutmaßliche Mörder Oscar Uhl.«

48 Es war eine schwarze Woche für Pilar. Durch Olazabals Beschuldigungen, Montaners Vorsicht und ihren ungerechten Ausschluss aus dem Team war sie von einem Augenblick auf den anderen zum Alleinsein verurteilt worden. In kaum zwei Monaten hatte sie es geschafft, vom Dienst suspendiert und aus ihrem alten Freundeskreis auf Mallorca ausgeschlossen zu werden. Eine reife

Leistung! Und Bruno fiel nichts Besseres ein, als sie nach Hause zu schicken und ihr zu raten, sich zu entspannen. Welch eine Ironie! Bei ihrer Rückkehr auf die Insel war sie auf der ganzen Linie gescheitert. Worauf wartete sie noch, warum kaufte sie sich nicht einfach ein Flugticket und folgte Mike, der sich nichts sehnlicher wünschte, ans andere Ende der Welt? Wenn sie jetzt die Flucht ergriff, würde die lange Liste ihrer Schwächen noch um die der Feigheit ergänzt, und das könnte sie nicht ertragen. Rachsucht, Starrsinn, Egoismus, Stolz, Jähzorn, ja sogar Gewalttätigkeit, mit all dem konnte sie leben, aber Feigheit? Nein!

Von der Macht ihrer Ängste, den Schrecken des Pandämoniums, das sich um sie herum entfesselt hatte, und ihrer eigenen Verletzlichkeit verunsichert, kam Pilar nach Hause. In einem schwindelerregenden Rhythmus war eine Katastrophe auf die nächste gefolgt. Aber Katastrophen waren ihre zweite Natur, ihr ureigenes Biotop. Die Routine der Ermittlungsarbeiten und die verstörende Konfrontation mit ihrer Insel hatten bewirkt, dass ihre Aufmerksamkeit nachgelassen hatte. Wo war ihr scharfer Verstand abgeblieben? Selbst ihre Fotos sagten nichts mehr aus. Sie hatten niemanden überzeugt und waren in Olazabals Augen sogar Beweisstücke gegen sie selbst. Er war kurz davor, sie der Beihilfe des Mordes an Fredo Letal und Serena Colom zu beschuldigen. Montaner hatte es ihr verschwiegen, aber Olazabal war weniger diskret gewesen. Schonungslos hatte er sie darauf hingewiesen, dass ihre Rückkehr eine ganze Reihe überaus verdächtiger Tragödien in ihrem Umfeld ausgelöst hatte. Er ließ sie überwachen. Sie fühlte die Schatten der Verfolger in ihrem Rücken. Nicht mehr lange, und er würde sie anklagen. Seltsamerweise war ihr das gleichgültig. Sie war es leid, Widerstand zu leisten. Ihr Leben auf Mallorca war nie leicht gewesen. War von Beginn an vom Tod überschattet gewesen. Der Tod beherrschte ihr Leben. Ihr Vater. Ihre Mutter. Sergí, ihre erste Liebe. Und nun Serena, ihre Tante. Und Fredo, ihr alter Tauchkamerad. Alle waren sie Morden zum Opfer gefallen. Eine Familiengeschichte, die mit einem Immobilienbetrug zusammenhing, wenn man Montaner Glauben schenken durfte, der ihren unbekannten Cousin, Oscar Uhl, für den Schuldigen in den letzten beiden Mordfällen hielt.

Den ganzen fünfzehnten August verbrachte Pilar damit, über ihr Schicksal und ihren Kummer zu grübeln. Am Tag darauf ließ sie ihr Handy ausgeschaltet und die Fensterläden geschlossen. Sie wollte sich von der Erschöpfung der letzten beiden Monate erholen. Sich in ihre Höhle zurückziehen mit einem Buch über die Aborigines, das Mike ihr geschickt hatte. Lesen, träumen und sich gründlich ausschlafen. Die Sorgen, ihre Familie und die Tatorte vergessen.

Miguel hatte eine Nachricht hinterlassen. Seine Verlegenheit war ihm deutlich anzuhören, während er sie bat, der traditionellen Feier am fünfzehnten August im Tauchklub fernzubleiben. Azurs Worte, mit denen sie sie verflucht und beschuldigt hatte, den bösen Blick zu haben, waren allen noch deutlich im Gedächtnis.

»Es gibt immer ein paar Idioten, die an so etwas glauben. Komm lieber nicht nach Port d'Andratx, bis die Gemüter sich wieder beruhigt haben. Ich habe zu große Angst, dass sie auf dich losgehen, und würde es nicht ertragen, wenn so etwas passiert«, lautete die freundliche Warnung ihres Cousins.

Die Absurdität gewann die Oberhand über die Logik. Und wenn Azur doch recht hatte? Vielleicht hatte sie wirklich den bösen Blick? Die *siurell* in der Form eines Dämons blickte sie vom Regal herab spöttisch an. Mit einer ungestümen Geste griff sie nach ihr. Aber anstatt sie an der Wand zu zerschmettern, was sie zuerst vorgehabt hatte, nahm sie sie an die Lippen und pfiff, pfiff so laut, sie konnte. Damit der Schmerz verging. Und der Wind sich drehte.

Am Freitagmorgen war sie schon vor Tagesanbruch wach und rüstete sich für eine Klettertour. Ob sie mit oder ohne Seil klettern würde, würde sie vor Ort entscheiden und packte ihren Rucksack entsprechend. Kletterschuhe, Sitzgurt, Seil, Karabiner und Expressschlingen, Klemmkeile, Abseilachter, Chalkbag und sogar ein Crash Pad, um die Stürze abzufangen. Sie konnte es außerdem als Matratze benutzen, wenn sie im Freien biwakierte. Als Proviant Wasser, getrocknete Aprikosen, Brot und Käse. Warme Kleidung und Regenzeug, falls es ein Gewitter geben sollte. Das Wetter war trüb. Passend zu ihrer Stimmung.

272

Bevor sie ging, hörte sie ihren Anrufbeantworter ab. Sechs Nachrichten von Bruno. Sie löschte die ersten fünf und hörte nur die letzte ab.

»Okay, Pilar. Du bist beleidigt und nimmst nicht ab. Aber sei bitte vorsichtig. Hör auf mich, wenigstens dieses eine Mal. Ruh dich aus und halte dich vor allem von Son Nadal fern.«

Dieser väterliche Ton. Wie scheinheilig. Ob Montaner sie ebenfalls für eine Verbrecherin hielt? Es hatte ihr einen Schock versetzt, ihrer Tante Yolanda zu begegnen. Der Schwester ihres toten Vaters. Und Bruno hatte sie mit keinem Wort vorbereitet. Nicht einmal daran gedacht, sie einander vorzustellen. Eine Familie von lauter Irren! Er wollte sie auf Distanz halten. Also gut. Sie schaltete den Apparat aus. Sie würde sich an einen Ort zurückziehen, wo man sie nicht finden und wohin man ihr auch nicht folgen konnte. Denn der Verrückte mit der Kapuze war wieder aufgetaucht. In den vergangenen Tagen hatte sie ihn mehrmals gesehen.

Ein Gewitter lag in der Luft. Sogar die Elemente hatten sich gegen sie verschworen. Alleine loszuziehen widersprach allen Regeln der Vernunft. Und wenn schon! Leichtsinn war für sie seit Langem ihre ganz persönliche Art von Therapie. Zwei Stunden später, nach einer holprigen Fahrt in ihrer Ente, marschierte sie schwitzend auf den Pfaden des Galatzó. Für jeden geübten Wanderer war es ein Leichtes, das Geröllfeld zu queren und über den felsigen Bergrücken bis zu der verfallenen Schutzhütte aufzusteigen. Es war der letzte Abschnitt der Strecke bis zum Gipfel in 1226 Metern Höhe, der sie reizte. Hier schlängelte sich der Pfad zwischen riesigen Felsblöcken hindurch. Ein Eldorado für jeden Kletterer.

Pilar liebte das Klettern. Seine Rituale. Die Ausrüstung anzulegen. In den Sitzgurt zu schlüpfen. In die Hände zu spucken und die Schuhspitzen aneinanderzureiben, damit sie warm wurden. Im Geist den Schwierigkeitsgrad des ausgewählten Felsens abzuschätzen. Die Magnesiakugel im Chalkbag. Als Puristin, die sie war, hasste sie es, auf ihrem Weg nach oben eine weiße Spur auf dem Fels zu hinterlassen, und regte sich über die Sonntagskletterer auf, die glaubten, die Felswände nach Belieben mit ihren Haken spicken zu dürfen. Sie selbst erlaubte es sich nur, wenn es

273

wirklich notwendig war, einen Klemmkeil in einem Felsspalt zu setzen.

In den asymmetrischen Kletterschuhen mit dem niedrigen Schaft fanden die Zehen den ersten Kontakt zur Wand. Dann folgte die Hand und ihr Körper hielt die Balance. Sie begab sich in die vertikale Dimension, in der nur noch der Wechsel zwischen Gleichgewicht und Vorwärtsbewegung zählte. Es war, als tanze sie auf dem Felsgrat, als folge ihr Atem dem Auf und Ab des steinernen Reliefs. Eine Flucht in die Höhe, an den Fingerspitzen hängend, instinktiv in einem langsamen Rhythmus den Schwerpunkt ihres Körpers verschiebend, ein Akrobat über dem Abgrund. Der Fels unter ihren Fingern war warm, bot ihr Halt und schien sich ihr entgegenzuwölben. Den ganzen Aufstieg über befand sie sich in einem Zustand atemloser Glückseligkeit.

Die Nacht verbrachte sie unter den Sternen. Sah das große Sommerdreieck, gebildet von Atair, Deneb und Wega, deren Namen Carape ihr vor langer Zeit beigebracht hatte. Zwischen den Rosmarinbüschen schlief sie wie ein Murmeltier.

Am Samstagmorgen spürte sie kaum noch etwas von der Anstrengung. Sie stieg ab bis zum Parkplatz und fuhr nach Hause. Marcus, der junge Türsteher des *Space*, dem angesagten Nachtklub von Can Barbarà, hatte schon auf sie gewartet.

»Sei vorsichtig, Pilar. Ein paar Typen haben nach dir gefragt. Sie sahen nicht gerade liebenswürdig aus. Im *Garito* waren sie auch. Anselmo, der Nachtwächter, lässt dir ausrichten, dass du heute sein Boot nehmen kannst, um aufs Meer rauszufahren. Wenn du willst, komme ich mit. Ich habe nichts vor heute.«

Nachdem sie rasch geduscht und sich umgezogen hatte, verließ sie ihre Wohnung wieder, froh, nicht auch noch einen vierten Tag alleine verbringen zu müssen. Die Treue ihrer beiden improvisierten Leibwächter, Marcus und Anselmo, rührte sie. Sie hatte sie bitter nötig. Sollte sie die Warnung ernst nehmen? Sicher war es nur Olazabal, der sie wie eine Verdächtige behandelte und seine Praktikanten angewiesen hatte, sich an ihre Fersen zu heften. Für heute war sie ihnen entwischt. Gemeinsam mit Marcus schwamm und tauchte sie in ihrer kleinen abgelegenen Lieblingsbucht. Marcus studierte Jura und interessierte sich für ihre Arbeit. Erstaunt stellte sie fest, dass es ihr Spaß machte, über die Herausforderungen und Widrigkeiten ihres Berufs zu sprechen.

Der Nachmittag neigte sich seinem Ende zu, als sie wieder im Hafen ankamen. Marcus beeilte sich, seinen Posten als Türsteher in der Diskothek wieder einzunehmen, und Pilar ging nach Hause.

Jemand hatte ihrem kleinen Haus in Can Barbarà einen Besuch abgestattet. Eher Spione als Einbrecher, denn offensichtlich war nichts gestohlen. Lediglich die Unordnung verriet die Eindringlinge. Sie waren nicht besonders clever gewesen. Hatten zwar ihre Schränke und die Bücher auf den Regalen durchwühlt, die kleine Höhle hinter dem Bett, in der sie ihren Computer und ihre Fotoausrüstung aufbewahrte, hatten sie jedoch übersehen. Erst nachdem sie alles überprüft und sich hingesetzt hatte, wurde ihr bewusst, dass sie am ganzen Leib zitterte. Diese Verletzung ihrer Privatsphäre war mehr, als sie ertragen konnte. In einem Anfall von Angst und Wut stand sie auf und begann mechanisch ihre Sachen in ihre Tasche zu stopfen. Weggehen. Sie würde nicht lange brauchen. Sie war es ja gewohnt. Die Einsamkeit brannte in ihr wie eine offene Wunde. Doch es war schlimmer, diesen Schmerz hier zu fühlen, auf Mallorca, wo sie zu Hause war. Sie wurde ruhiger. Wenn sie jetzt ging, würde sie niemals zurückkehren können, würde niemals erfahren, wer sie war. Flucht war kein Ausweg. Die Dämonen der Vergangenheit waren noch nicht besiegt. Mit den Jahren waren sie sogar noch mächtiger geworden. Gefährlicher. Ihr Kampf gegen sie war ein Kampf auf Leben und Tod.

Das Gefühl, dass irgendetwas Wichtiges im Raum fehlte, ließ ihr keine Ruhe. Ihre Panik war so groß, dass sie nicht mehr klar denken konnte. Da sah sie es. Die *siurell* war verschwunden. Ihr Herz klopfte heftig, als sie das Bett mit einem Ruck von der Wand zog. Die *siurell* war dahinter gerollt. Unvermittelt brach sie in Tränen aus. Ihre Nerven lagen blank. Wie verwundbar musste sie inzwischen sein, dass sie so heftig auf böse Vorzeichen reagierte!

Ihr Handy klingelte. Sie kannte die Nummer nicht. Ohne etwas zu sagen, nahm sie ab und wartete, wer sich am anderen Ende melden würde. Es war Cisco, der Verwalter von Son Nadal.

»Ich weiß, dass du nicht herkommen willst, aber ich muss unbedingt mit dir sprechen. Vertrau mir. Wenn du heute spät am Abend kommst, wirst du niemandem begegnen und niemand wird dich sehen. Horacio kommt erst morgen zurück. Carape hat mir gesagt, dass Montaner am Montag hier auftauchen wird und alle vernehmen will. Ich muss dir etwas sagen. Es ist ernst. Ich werde in den alten Ställen auf dich warten. Bitte sag, dass du kommst.«

Er flehte sie an. Cisco war rechtschaffen und freundlich, wenn auch nicht besonders gewitzt. Die Situation überforderte ihn. Pilar gab ihm ihr Wort, dass sie versuchen würde, noch am selben Abend vorbeizukommen. Wieder einmal hatte das Schicksal für sie entschieden. Ciscos Aufregung ließ sie selbst ruhiger werden. Sie packte ihre Tasche wieder aus, räumte ihre Sachen auf und trank ein Glas Wasser. In ihrem Kopf reifte bereits ein Plan.

Es war zu verlockend, auf eigene Faust zu ermitteln. Letztendlich war es Montaners Schuld, wenn sie alleine auf die Jagd ging. Ihr gefiel der Gedanke, sein Verbot zu ignorieren und nach Son Nadal zu fahren. Ein paar Vorsichtsmaßnahmen musste sie aber doch ergreifen. Pilar zog sich um. Schwarze Jeans, schwarzes T-Shirt, Stiefel und Jacke aus rotem Leder. Sie wartete bis Mitternacht, wenn auf Mallorca die Nächte beginnen, ließ sich am Eingang des *Space* sehen und tanzte eine Stunde lang ununterbrochen. Sie hatte Spaß daran, ihre Verfolger in die Irre zu führen. Marcus hatte mindestens zwei von ihnen in der Diskothek gesehen. Dieselben, die am Abend zuvor nach ihr gefragt hatten. Als die Musik die Stimmung auf der Tanzfläche ordentlich angeheizt hatte, nutzten sie die Gelegenheit und machten sich davon. Marcus zog Pilar zu einem Nebenausgang und gab ihr wie selbstverständlich den Schlüssel für sein Motorrad.

»Nimm du dafür meine Ente«, sagte Pilar. »Ich brauche dein Motorrad, um meine Verfolger abzuhängen, aber ich will nicht, dass du meinetwegen festsitzt. Nur für alle Fälle. Wenn ich morgen Mittag nicht zurück bin, sag Montaner, dass ich nach Son Nadal gefahren bin. Dann weiß er Bescheid.«

Für Marcus war das Ganze ein aufregendes Abenteuer. Als er sie durch die Hintertür hinausließ, frohlockte er beim Gedanken daran, bei einer polizeilichen Ermittlung mitzuwirken. Pilar setzte seinen Helm auf und brauste davon. Die Verfolger abzuhängen war keine gute Idee gewesen. So verhielt sich ein Schuldiger. Und wenn schon! Wieder zu ermitteln bedeutete für sie, ihr Schicksal wieder in die eigene Hand zu nehmen. Während sie sich noch freute, Olazabals Leuten eins ausgewischt zu haben, übersah sie den schwarzen Geländewagen, der sich hinter ihr in den Verkehr einreihte. Ein weiterer Beobachter, der sich im Schatten verborgen gehalten hatte und unendlich viel gefährlicher war, folgte ihr.

49   Der Donner grollte von einem Ende des Horizonts zum anderen. Bedrohliche, von Blitzen durchzuckte Wolken türmten sich über der Ebene. Im Norden und Osten und über dem bleigrauen Meer brauten sich die gewaltigen Gewitter des fünfzehnten August zum Ansturm auf die Insel zusammen. Pilar nahm eine Abkürzung über die Felder, um von der Rückseite her zu den Ställen zu gelangen. Marcus' Geländemaschine eignete sich hervorragend für diese Strecke, aber es war dunkel, und der Scheinwerfer war zu hoch eingestellt. Sie fuhr langsamer. Cisco erwartete sie bereits auf der Schwelle der alten Gebäude.

»Was machst du um die Uhrzeit hier draußen? Schiebst du Wache?«, fragte sie.

»Hat Montaner es dir nicht erzählt? In der Nacht des dreißigsten Juni hat es hier gebrannt. Seither machen wir Kontrollgänge. Wir wechseln uns ab. Samstags bin nur ich hier, um Wache zu halten. Deswegen habe ich gesagt, dass du heute Abend kommen kannst, wann du willst.«

Pilar zuckte zusammen. Am dreißigsten Juni war sie nach Son Nadal gekommen, um Carape zu treffen. Der dreißigste war auch die Nacht des zweiten Vollmonds im Juni gewesen. Die Nacht des blauen Mondes.

»Was ist am dreißigsten Juni passiert? Erzähl!«

»Horacio hat die Nacht in der Box eines kranken Pferdes verbracht. Einer seiner Favoriten. Du kennst ihn ja, in solchen Dingen verlässt er sich auf niemand anderen. Er war müde, nachdem er den ganzen Tag über bei den Rennen in Manacor gewesen war, und ist eingeschlafen. Irgendjemand hat in der Zeit Feuer gelegt. Der Chef wurde von den Flammen eingeschlossen und konnte nur mit knapper Not entkommen. Die Traber haben wir retten können, aber der Schaden war beträchtlich. Er hat sich geweigert, die Feuerwehr zu rufen. Wir mussten auf die alten Ställe ausweichen, da die neuen Boxen alle zerstört waren. Ich kam mir vor wie im Krieg.«

Ein Krieg. Das traf es genau. Ein Stellungskrieg gegen einen unsichtbaren Mörder. Und der hatte erneut einen Treffer gelandet. Wenn Olazabal erfuhr, dass sie am dreißigsten Juni in Son Nadal gewesen war, würde er nicht zögern, ihr den Brand anzuhängen. Und Montaner rückte nicht heraus mit seinen Informationen. Es sei denn, er hätte in den Nachrichten, die sie gelöscht hatte, davon gesprochen.

»Und was weiß Montaner noch, was ich nicht weiß?«

»Grita ist diese Woche überfallen worden. Carape und ich sind gerade noch rechtzeitig gekommen. Nemesio hat sich auf den Typen gestürzt und ihn in die Flucht geschlagen. Ein braver Hund. Carape ist zu Montaner gegangen. Ich wollte, dass du auch davon erfährst, aber sie waren der Meinung, dass das zu gefährlich ist. Ich weiß nicht mehr, was ich machen soll. Hier passieren Dinge, über die ich mit Carape nicht sprechen kann. Und schon gar nicht mit Montaner. Er will uns alle vernehmen. Sogar Horacio. Wenn er mich fragen sollte, will ich vorher wissen, was ich sagen kann und was nicht.«

»Sprich nur weiter. Ich bin inzwischen an einem Punkt, an dem ich mir alles anhören kann. Aber sag mir erst, wie es Tante Grita geht.«

»So wie es jemandem eben geht, der völlig fertig ist mit den Nerven. Ich habe sie noch nie so niedergeschlagen gesehen. Du würdest sie nicht wiedererkennen. Eine weinende alte Dame, die nicht davon abzubringen ist, dass Serena, ihre jüngere Schwester, an ihrer Stelle getötet wurde, weil sie ihr ihren Stock geliehen hat.

Aber durch Zufall habe ich noch etwas anderes erfahren. Horacio hat unsere besten Stallburschen für die gesamte Trabrennsaison nach Manacor geschickt. Einer von ihnen, mit dem ich mich gut verstehe, hat seinen jüngeren Bruder zu mir geschickt, um mich zu warnen. An der Rennbahn geht das Gerücht, dass Horacio hoch verschuldet ist und verzweifelt eine neue Geldquelle sucht. Die Ausgaben des Guts sind auf ein Minimum reduziert worden. In Manacor muss er seinen Stand wahren, und im Juni glaubte er, die Lösung gefunden zu haben. Es war die Rede von einem deutschen Investor. Ein paar Tage lang war er ganz aufgekratzt, pfiff vor sich hin und schikanierte alle, wie er es immer macht, wenn er zufrieden mit sich selbst ist. Das war zu der Zeit, als Oscar Uhl in Son Nadal zu Besuch war. Zuerst dachten wir, der Alte ist glücklich, dass er einen männlichen Erben gefunden hat. Er hat die ganze Zeit in den höchsten Tönen von ihm gesprochen. Der Junge sollte wiederkommen, ihn zu den Rennen begleiten und alles über die Traber lernen, aber er ist nie wieder aufgetaucht. Ebenso wenig wie der Investor. Horacios Laune ist von Tag zu Tag schlechter geworden. Jedes Mal, wenn das Telefon geklingelt hat, ist er zusammengezuckt. Ich hatte den Eindruck, dass er von jemandem erpresst wurde. Ich habe gehört, wie er in seinem Büro anfing rumzuschreien. Das sei Betrug, damit wolle er nichts zu tun haben. Und es sei ihm völlig egal, er würde keinen Cent zahlen. Er hat sich unglaublich aufgeregt, und du weißt ja, wie aufbrausend er ist. Dann ist das Feuer ausgebrochen und ein Fohlen wurde gestohlen. Am Abend des dreißigsten Juni.«

»Als der Mond blau war«, murmelte Pilar.

Aber Cisco war ganz gefangen von seinem Bericht und hörte sie nicht.

»Ein weiterer Versuch, ihn unter Druck zu setzen. Dein Großvater hat uns verboten, die Polizei zu benachrichtigen oder außerhalb des Guts über den Zwischenfall zu sprechen. Keiner wagt es, ihm zu widersprechen. Als die Trabrennen in Manacor angefangen haben, ist der Erpresser dreister geworden. Horacio war in höchster Bedrängnis. Zum Glück hat er die ersten drei Rennen gewonnen. Damit kam genug Geld herein, um die drängendsten Schulden abzubezahlen. Hat er seinen Erpresser daraufhin zum Teufel gejagt? Das hätte ihm ähnlich gesehen. Aber dann habe ich in der Zeitung gelesen, dass man den abgeschnittenen Kopf eines jungen Pferdes balearischer Abstammung in den Gärten der Arabischen Bäder gefunden hat. Ich denke, das war unser Fohlen. In dem Artikel stand dein Name. Horacio hat das ganz offensichtlich einen Schlag versetzt. Bisher hatte ihm niemand von deiner Rückkehr erzählt und auch nicht von deinem Beruf. Und dass man sein Fohlen so bestialisch getötet hatte, gab ihm den Rest. Hinzu kam, dass sich sein Glück gewendet hatte. An den darauf folgenden Wochenenden haben seine Pferde nichts mehr eingebracht. Er war unausstehlich. Was soll ich Montaner nur sagen, wenn er mich vernimmt?«

»Die Wahrheit.«

»Bist du sicher? Ich verliere meine Stelle, wenn Horacio erfährt, dass ich ihn verraten habe. Deshalb wollte ich vorher mit dir sprechen. Bei dir ist es etwas anderes, du gehörst zur Familie.«

Plötzlich ertönte in der Dunkelheit eine dritte Stimme. Eine Stimme, deren schneidender Ton Pilar in ihren Albträumen verfolgte. Die zuckersüß ansetzte, dann plötzlich umschlug und scharf wurde wie ein Peitschenhieb. Sich einem wie eine Schlinge um die Kehle legte, bis man an der eigenen Entrüstung und Machtlosigkeit erstickte. Es war die Stimme von Horacio Más, der überraschend einen Tag früher als vorgesehen zurückgekommen war. Pilar spürte, wie ihr der Schweiß auf die Stirn trat. Es machte sie krank vor Angst und Zorn, diese Stimme zu hören.

»Die Wahrheit sagen. Ein guter Rat, den sie dir da gibt, unsere Pilar. Lange habe ich gedacht, es wäre falsch, die Wahrheit zu sagen. Ich habe mich getäuscht. Verschwinde, Dummkopf. Ich muss mit meiner Enkelin reden. Ein paar Wahrheiten, die nicht so leicht zu verdauen sind. Familiengeschichten, die dich nichts angehen.«

Cisco war in sich zusammengesunken. Er würde ihr keine Hilfe sein. Die Stimme schickte ihn unfreundlich weg, und er verschwand schweigend. Pilar hoffte, dass er in der Nähe blieb. Oder dass er die Eingebung hatte, Carape zu holen. Aber sie baute nicht wirklich darauf. Der Verwalter war ein Schwächling. Er würde sich in irgendeine Ecke verziehen und erst am Morgen reumütig wie ein geprügelter Hund wieder zum Vorschein kommen. Dieses Spiel beherrschte Horacio perfekt.

»Du warst schon immer eine dreckige kleine Schnüfflerin«, sagte Pilars Großvater und machte einen Schritt auf sie zu.

Das Licht ging an. Grell. Es war ein Schock für sie, sich hier im Stall seinem kantigen Gesicht, wie das eines römischen Imperators, gegenüberzusehen. Den kalten Augen, aus denen er sie anstarrte. Dem kompakten, muskulösen Körper eines Reiters. Den kräftigen Händen, die wie dafür gemacht schienen, Zügel und Peitsche zu halten. Seine ganze starre Haltung drückte Missbilligung aus. Er war gealtert. Aber ansonsten unverändert.

»Die Wahrheit. Du hast immer die Wahrheit wissen wollen. Sieht so aus, als hättest du das zu deinem Beruf gemacht. Aber die Wahrheit der anderen zählt nicht für dich, was? Denkst du, du bist stark genug, deine eigene Wahrheit zu hören?«

Dieser Mann, ihr Großvater, war ihr schlimmster Feind. Er, der sie hätte beschützen und lieben müssen, hatte alles getan, um sie zu zerstören. Die Wahrheit, die er für sie bereithielt, war mit Sicherheit ekelerregend. Niederschmetternd. Pilar wurde klar, dass sie deshalb zurückgekommen war. Um sich der Wahrheit ihrer Erinnerungen zu stellen. Sie in das Gesicht dieses unwürdigen Großvaters zu spucken. Ihn zu beschämen. Das Geheimnis, das ihre Existenz vergiftete, ans Licht zu zerren. Sein moschusartiger Geruch nach Schweiß und Pferden ließ eine Flut von Bildern aus ihrer Vergangenheit auf sie einstürzen, deren Nachgeschmack wie ein Brechreiz in ihr aufstieg. Der Tatort eines unbeschreiblichen, intimen Verbrechens. Ihr fotografisches Gedächtnis hatte den ungeheuren Anblick dieses allmächtigen Körpers bewahrt, der ihr Gewalt angetan hatte. Sein Gewicht, das dem eines Sandsacks glich, als er sie zu Boden drückte. Ihre Kinderhände, mit denen sie wie eine Verrückte auf seinen riesigen Oberkörper einschlug. Seine Barthaare, die brutal ihre zarte Haut zerkratzten. Seine Knie, die ihre Beine trotz ihres verzweifelten Strampelns auseinanderzwangen. Die brutale Unterwerfung, die er sie erfahren ließ. Die Vergewaltigung. Der scharfe Schmerz, als würde sie mittendurch gerissen, in dem sie sich verloren und seitdem nie ganz wieder gefunden hatte. Das Entsetzen, das ihre Schreie erstickte, während er ihr befahl, still zu sein, und sie mit grausamen, unflätigen Beschimpfungen knebelte.

Heute war sie nicht mehr das verängstigte Mädchen, das sein Heil in der Flucht suchte. Aufrecht und fest stand sie vor ihm und forderte ihn heraus, sie hatte keine Angst mehr vor Worten.

»Deine erbärmliche Wahrheit kennen wir beide. Du hast geduldig gewartet, bis ich fünfzehn war, und dann hast du mich an einem Abend wie diesem in den Stallungen vergewaltigt. Ich habe genau verstanden, was du von mir wolltest. Du hast mich missbraucht in dem Wahn, mit mir einen männlichen Erben zu zeugen. Da hast du sie, die Wahrheit.«

Horacio wurde von einem verächtlichen Gelächter geschüttelt.

»Mein armes Mädchen, nicht einmal dazu warst du gut. *El vi fa sang, i l'agua fa fang.* Wein wird zu Blut und Wasser zu Schlamm. Kein Wunder! Du willst die Wahrheit wissen? Dein Vater, mein Sohn Léo, war unfähig, seiner Frau Eugenia ein Kind zu machen. Ich musste mich selbst darum kümmern. Dieser Närrin ist nichts Besseres eingefallen, als ihm die Wahrheit zu sagen. Aber die Wahrheit ist tödlich. Es hieß, ein Pferd habe ihn getreten. Die Wahrheit ist, dass mein Sohn, mein schwacher Sohn, sich wie ein Feigling das Leben genommen hat und deine Mutter vor Schande gestorben ist, als sie dich zur Welt brachte. Da hast du sie, die Wahrheit.«

Die Pferdeboxen, der Geruch nach Leder, Stroh und Pferdemist, alles war noch genauso wie damals. Verzweifelt suchte Pilar nach einem Ausweg. Weg von diesem Monster, das mit entsetzlicher Selbstgerechtigkeit von der Tragödie ihrer Geburt erzählte. Seinem schändlichen und absurden Plan, einen Erben zu zeugen. Er war nicht vor dem Inzest zurückgeschreckt. Doppeltem Inzest. Einer doppelten Vergewaltigung. Im Abstand von fünfzehn Jahren. Erst ihre Mutter, dann sie selbst. Seine eigene Tochter. Sie durfte sich nicht von dieser unerträglichen Wahrheit verschlingen lassen. Dem Abgrund, in den ihre Eltern gestürzt waren. Nur weg von hier und niemals zurückkommen. Horacio versuchte ihr den Weg zu versperren. Aber er war älter geworden, und unbewusst hatte sie all die Jahre trainiert, damit er ihr nie wieder überlegen sein würde. Die Wut verzehnfachte ihre Kräfte. Instinktiv packte sie ihn und schleuderte ihn von sich, erschrocken über ihre eigene Brutalität und die Lust zu töten, die sie in sich aufsteigen spürte. Horacios Kopf schlug mit einem dumpfen Geräusch gegen einen Holzpfosten. Er bewegte sich nicht mehr. Es war vorbei.

Pilar rannte los. Floh. Das Motorrad. Bruno. Mit ihrem unaussprechlichen Geheimnis Zuflucht finden bei Placida, wie damals. Ihre Zähne schlugen aufeinander. Draußen war das Gewitter in vollem Gange. Blitze setzten den Himmel in Brand und schürten ihr Bedürfnis zu schreien, vor Hass und Entsetzen vor dem, was sie gerade erfahren hatte. Ihr Großvater war auch ihr Vater. Und sie? Wer war sie?

Sie sah den Schatten nicht, der an der Ecke des Stalls auf sie wartete. Sah ihn zu spät. Jemand packte sie, knebelte und fesselte sie mit wenigen Handgriffen. Der Mann hob sie mühelos hoch und warf sie brutal über die Schulter. Zigarrengeruch umgab ihn. Der Deckel eines Kofferraums schloss sich über ihr. Drinnen stank es nach Blut und Tod. Die Angst überwältigte Pilar. Bevor sie das Bewusstsein verlor, kam ihr der Gedanke, dass, wenn Montaner diesen Geländewagen nicht sehr schnell fand, sie das nächste Opfer des Mörders sein würde.

50 Wie hatten sie bloß gelebt, als es noch keine Handys gab? Montaner hatte sich lange geweigert, eines dieser heimtückischen Dinger mit sich herumzutragen, die einem scheinbar mehr Freiheit verliehen, einen in Wirklichkeit aber an die lange Leine legten. Nun, da er eines hatte, suchte er es ungefähr zehnmal am Tag. Mal fand er es in seiner Jackentasche, mal zwischen zwei Aktenmappen, dann wieder am Fußende seines Bettes. An diesem Sonntag klingelte es um sieben Uhr morgens unter seinem Kopfkissen. Wie war er bloß darauf gekommen, es ausgerechnet dorthin zu stecken? Wie ein einsamer Cowboy, der auf seiner Waffe schläft. Der Anrufer zögerte. Montaner schnauzte ihn an, entweder zu sagen, was los sei, oder sofort aufzulegen und ihn weiterschlafen zu lassen.

»Teniente Montaner? Hier ist Marcus. Der Türsteher vom *Space* in Can Barbarà. Entschuldigen Sie, dass ich Sie an einem Sonntag so früh störe. Es geht um Pilar. Ich habe ihr gestern Abend mein Motorrad geliehen, und sie ist nicht zurückgekommen.«

»Und was, denkst du, geht mich das an?«, antwortete Bruno äußerst übellaunig.

Die ganze Nacht über war ein Gewitter auf das andere gefolgt. Im Süden von Palma hatten Wolkenbrüche für Überschwemmungen und Stromausfälle gesorgt. Er hatte bis drei Uhr morgens Dienst geschoben. Die drückende Schwüle machte ihn fertig. Wieder ein Wochenende im Eimer.

»Pilar hat gesagt, falls sie nicht zurückkommt, soll ich Ihnen mitteilen, dass sie nach Son Nadal gefahren ist. Sie wüssten dann schon Bescheid. Sie ist um ein Uhr morgens losgefahren. Ich habe ihr mein Motorrad geliehen und seitdem nichts mehr von ihr gehört. Es tut mir leid, dass ich Sie so früh störe, aber ich werde langsam unruhig. Die letzten zwei Tage wurde sie von seltsamen Typen verfolgt, und gestern hat jemand in ihrer Abwesenheit ihre Wohnung durchwühlt. Ich mache mir Sorgen um sie, deswegen wollte ich nicht bis heute Mittag warten, bevor ich jemandem Bescheid gebe. Im Zweifelsfall ärgert sie sich eben, das ist mir jetzt auch egal.«

Nun war Montaner hellwach. Er stellte Marcus noch ein paar Fragen, bedankte sich und rief Cisco an. Es nahm niemand ab. Der Verwalter gehörte zu den letzten Glückseligen, die noch kein Handy hatten.

Hastig stand er auf und zog sich über, was ihm gerade in die Finger kam. Das Telefon klingelte erneut.

»Was denn nun noch?«, schimpfte er.

»Nette Begrüßung. Ruf mich zurück, ich bin's, Ana.«

Seine Tochter rief von Hamburg aus an und zog es vor, dass er das Gespräch bezahlte. Seit wie vielen Tagen hatte er sie nicht mehr gesprochen? Er wählte ihre Nummer und entschuldigte sich.

Er war beunruhigt, und seine Unruhe wurde noch größer, als er den Grund ihres Anrufs erfuhr. Trotz seines Verbots hatte Ana sich als Ermittlerin betätigt.

»Papa, bitte spar dir deine Predigt.«

»Beeil dich, Ana, ich habe einen Notfall.«

»Ich auch. Hast du Yolanda getroffen? Sie soll nach Palma geflogen sein. Ich war gestern Abend bei ihrem Mann, Friedrich Uhl, in ihrem Haus hier in Hamburg an der Alster. Er ist ein wohlhabender Geschäftsmann. Schickes Viertel, sehr dezent, das Segelboot aus Mahagoni direkt beim Haus an einem Ponton festgemacht und so weiter. Als er gehört hat, dass ich zur Verwandtschaft gehöre, hat er mich sehr nett empfangen. Ich glaube, es hat ihn amüsiert. So etwas passiert ihm bestimmt nicht oft. Ich habe ihm gleich gestanden, dass ich gegen deinen Willen zu ihm gekommen bin. Er hat gelacht und gesagt, ich soll dir ausrichten, dass seine Kinder es ihm auch nicht gerade leicht machen. Er hat erzählt, dass Oscar nicht besonders zuverlässig ist und in zweifelhaften Kreisen verkehrt, aber dass er ein netter Junge ist und bestimmt nicht in der Lage wäre, die schrecklichen Verbrechen zu begehen, die ihm die Presse anhängen will. So lange sei er angeblich noch nie weggeblieben, ohne sich bei seiner Mutter zu melden und vor allem nicht, ohne seinen Vater um Geld zu bitten. Er hat anscheinend mehr Talent, Geld auszugeben, als welches zu verdienen. Ich habe Fotos von ihm gesehen. Er sieht aus wie Friedrich Uhl, nur nicht so kantig. Eher rundlich, so als hätte er zu viele Würstchen und Süßigkeiten in sich reingestopft. Überhaupt nicht sportlich. Und er hat eine ausgeprägte Vorliebe für schräge Klamotten. Herr Uhl war entsetzt, als ich ihm von dem fingierten Verkauf von La Dragonera erzählt habe, und von der Karte, die aus dem *Atlas catalán* der Familie Más entwendet wurde. Er meinte, solche dunklen Machenschaften würden eher seinem älteren Sohn ähnlich sehen, mit dem er sich überworfen hat. Hast du gewusst, dass Oscar einen Halbbruder namens Horst hat? Er stammt aus Uhls erster Ehe und ist fünf Jahre älter als Oscar. Herr Uhl hat mir Fotos von ihm gezeigt. Die beiden Brüder ähneln sich überhaupt nicht. Horst ist fast so blond wie ein Albino. Mit seiner Visage könnte er in jedem Krimi die Gangsterrolle übernehmen, so ein Muskelprotz mit Anzug und Krawatte. Fette Uhr, fettes Auto. Alles andere als mein Typ!«

»Sein Name! Ich brauche seinen Namen«, sagte Bruno mit zusammengepressten Kiefern.

»Horst Walz. Walz mit W. Er trägt den Namen seiner Mutter. Er arbeitet auch in der Immobilienbranche, hat aber eine eigene Firma. Sein Vater wollte nicht mit ihm zusammenarbeiten. Sie arbeiten zu unterschiedlich – oder denken zu unterschiedlich. Vielleicht ist es auch einfach der Generationenkonflikt. Na, was sagst du?«

»Ana, ich muss auflegen. Du hast großartige Arbeit geleistet. Du kannst dir überhaupt nicht vorstellen, wie großartig! Aber die Sache ist extrem gefährlich. Ich bin hinter einem Mörder her, der einfach nicht zu fassen ist. Ein besonders sadistischer Typ. Hast du verstanden? Was muss ich dir versprechen, damit du dich von Yolandas Familie fernhältst?«

»Dass du dich in ein Flugzeug setzt und mich besuchen kommst«, spottete sie. »Mach dir keine Sorgen. Ich stelle meine Ermittlungen ein, versprochen. Aber du schuldest mir das Ende der Geschichte.«

Bevor er mit seinem Motorrad nach Son Nadal raste, gab er Bauza Bescheid. Dann wählte er aufs Geratewohl die Nummer der Spezialeinheit. Virus nahm ab. Der Junge verbrachte sein Leben vor dem Bildschirm. Auch darum würde er sich kümmern müssen.

»Hast du nichts Besseres zu tun, als sonntagmorgens im Büro herumzuhängen? Aber wo du schon mal da bist, versuch so viel wie möglich über einen gewissen Horst Walz herauszubekommen. Alles, was du finden kannst. Wann ist er auf die Insel gekommen? Autos, Boote, gemietete Häuser, Kreditkartenabrechnungen, Handyverbindungen, Benzinrechnungen – alles. Aber sei diskret. Er soll nicht merken, dass wir seinen Namen haben. Möglicherweise ist er unser Mann. Ich ruf dich wieder an.«

Brunos Motorrad erregte einiges Aufsehen, als er in den Hof der Stallungen von Son Nadal fuhr. Vor den alten Gebäuden hatte sich ein kleiner Menschenauflauf gebildet. In einiger Entfernung stand ein Krankenwagen. Der Verwalter eilte auf Montaner zu. Er war völlig verstört und redete wirr und in abgehackten Sätzen auf Bruno ein:

»Hat Grita Sie angerufen? Es ist alles meine Schuld. Pilar ist heute Nacht hergekommen. Ich wollte mit ihr über einige Dinge sprechen. Ich glaube, dass Horacio erpresst wird. Man hat uns ein Fohlen gestohlen. Ihr habt seinen Kopf in den Arabischen Bädern gefunden. Das war unseres. Pilar hat mir geraten, die Wahrheit zu sagen. In dem Moment hat Horacio uns überrascht. Er hat mich weggeschickt. Ich bin schlafen gegangen. Ich weiß nicht, was zwischen den beiden vorgefallen ist. Pilar ist dann wieder gegangen. Ich habe gehört, wie ein Motor gestartet wurde. Es war drei Uhr morgens, und ein Gewitter zog auf. Dann ging es los. Ein richtiger Wolkenbruch. Aber irgendwann bin ich eingeschlafen. Heute Morgen finde ich den Chef im Stall auf dem Boden. Ich verstehe überhaupt nichts mehr. Er behauptet, dass er ungeschickt gefallen ist. Keine Ahnung, was ihm zugestoßen ist. Der Arzt ist bei ihm. Horacio hat einen harten Schädel. Er war bewusstlos und hat sich eine Erkältung geholt, aber tot ist er nicht. Ich habe versucht, Pilar auf dem Handy anzurufen. Aber es geht niemand ran. Wahrscheinlich schläft sie.«

»Nein, sie schläft nicht. Etwas Schlimmes ist passiert. Ich glaube, sie ist entführt worden«, sagte jemand hinter ihnen.

Mit bekümmertem Gesicht bedeutete Carape Bruno, ihm zu folgen.

»Hinter den Ställen steht ein Motorrad. Am Lenker hängt ein Helm und Pilars Rucksack.«

»Das Motorrad, das ihr der Türsteher vom *Space* geliehen hat«, sagte Bruno. »Er hat mir erzählt, dass Pilar nicht zurückgekommen ist. Er hatte recht. Irgendjemand ist ihr gefolgt. Wenn sie in der Gewalt des Mörders ist, zählt jede Minute. Wir müssen handeln. Und zwar schnell.«

Der Schäfer zeigte ihm die Spuren eines Kampfes und Reifenabdrücke im Schlamm. Diese breiten Reifen und ihr tiefes Profil hatte Montaner schon einmal gesehen. Er hatte jetzt große Angst um Pilar. Der Mann mit dem Geländewagen war hier gewesen. Er untersuchte kurz die Umgebung und griff zu seinem Handy. Alles klar zum Gefecht. Er mobilisierte die Spezialeinheit, aber auch die Streifen der Guardia Civil. Virus rief an. Das Auto war von Oscar gemietet worden, aber im Mietvertrag war Horst Walz mit Namen und Führerscheinnummer als zweiter Fahrer eingetragen. Und warum hatte man ihnen das nicht gleich gesagt? Weil sie nicht danach gefragt hatten. Weitere Informationen kamen vom Flughafen Palma. Horst war am zweiten Mai aus Hamburg eingetroffen. Er befand sich noch auf der Insel. Die Daten stimmten. Er war ihr neuer Verdächtiger Nummer eins.

»Hast du Pilars Handy gefunden?«, fragte Virus.

Bruno suchte in ihrem Rucksack und verneinte.

»Vielleicht hat sie es in der Tasche. Marcus hat gesagt, dass sie Jeans, Stiefel und ihre rote Lederjacke anhatte. Hast du versucht, sie anzurufen?«

»Ihre Mailbox ist an. Aber vielleicht können wir sie trotzdem orten. Mit etwas Glück war ihr Handy lange genug an, um uns Hinweise auf ihren ungefähren Aufenthaltsort zu liefern. Man kann das mithilfe der Triangulation herausbekommen.«

»Mir ist völlig egal, wie. Du findest sie, und bis dahin hältst du mich auf dem Laufenden. Ich will Horacio ein paar Fragen stellen, bevor er ins Krankenhaus gebracht wird.«

Der Herr über Son Nadal hatte den Arzt weggeschickt und sich geweigert, sich zur Beobachtung ins Krankenhaus einweisen zu lassen. Er hatte zwar eine Gehirnerschütterung, aber man konnte nicht gerade behaupten, dass der unnachgiebige alte Mann, der zeternd in seinem Bett lag, nicht vernehmungsfähig war.

»Die Geier kreisen schon. Sogar die Guardia Civil macht sich die Mühe, meinetwegen herzukommen«, bemerkte er sarkastisch.

»Sagen Sie mir lieber, was letzte Nacht passiert ist«, forderte Bruno knapp.

»Ich bin einen Tag früher als geplant nach Hause gekommen. Gerade rechtzeitig, um zu entdecken, dass dieser Idiot von Verwalter die Nerven verliert und jedem, der es hören will, meine Lebensgeschichte erzählt. Das kommt davon, wenn man einen von der

Guardia Civil einheiraten lässt. Es wirkt ansteckend. Du machst aus meiner Enkelin eine Polizistin und wagst es, von mir Rechenschaft zu fordern? Hat sie dir etwa nicht brav Bericht erstattet?«

»Habt ihr euch gestritten?«, fragte Bruno, ohne auf die Provokation einzugehen.

»Nicht im Geringsten. Wir hatten ein interessantes philosophisches Gespräch. Pilar hat mir gründlich die Meinung gesagt und ist dann davongerauscht. Du weißt ja, wie die jungen Leute heutzutage sind. Kein Respekt. Ich bin ausgerutscht und mit dem Kopf gegen die Pferdebox gestoßen. Mehr gibt es dazu nicht zu sagen. Ein ärgerlicher Unfall.«

»Das Problem ist nur, dass Pilars Motorrad immer noch hier steht. Es sieht so aus, als sei sie entführt worden. Vielleicht von demjenigen, der Sie seit Beginn des Sommers erpresst. Vielleicht haben Sie dazu etwas zu sagen.«

Der alte Mann wurde bleich. Horacio Más war ein Spieler. Er wusste, wann er verloren hatte, aber noch gab er sich nicht geschlagen. Er belastete Yolandas Sohn Oscar Uhl. Er war der Schuldige. Er hatte ihn beschwatzt. Wenn Horacio ihm den *Atlas catalán* anvertraute, würde er die Karte von La Dragonera zu Geld machen und so die Kassen von Son Nadal wieder füllen.

»Dieser Halunke ist nie wieder aufgetaucht. Er hat den Atlas mitgenommen, um ein Gutachten erstellen zu lassen. Er hat ihn mir nie zurückgegeben. Dann kamen plötzlich diese Anrufe. Jemand behauptete, Oscar entführt zu haben, und wollte, dass ich Lösegeld bezahle. Wahrscheinlich ein Komplize. Er hat mich bedroht, wusste viel zu gut Bescheid. Wusste, dass ich über Einkünfte aus den Gewinnen zu Beginn der Rennsaison in Manacor verfügte. Ich dachte, der Junge will mich reinlegen, und habe sie zum Teufel geschickt. Kurz darauf haben sie mein Fohlen gestohlen, um mir zu beweisen, dass sie es ernst meinen. Aber ich habe nicht nachgegeben.«

»Wenn Sie die Polizei benachrichtigt hätten, hätten einige Verbrechen verhindert werden können«, antwortete Montaner trocken. »Der Atlas ist bei einem Buchhändler in Hamburg gefunden worden und wird an Sie zurückgegeben. Was Oscar Uhl angeht, so ist er von demjenigen, der Pilar in seiner Gewalt hat, grausam ermordet worden. Sagt Ihnen der Name Horst Walz etwas?«

Stumm vor Bestürzung schüttelte der Alte den Kopf. Er hatte sich geweigert, seine Probleme einzugestehen und sich helfen zu lassen. Konfrontiert mit den Folgen seiner Starrsinnigkeit, flüchtete er sich in ein beharrliches Schweigen. Der Arzt nutzte die Gelegenheit und rief die Sanitäter, damit sie Horacio ins Krankenhaus brachten.

Als Montaner Horacios Zimmer verließ, stieß er mit Grita zusammen, die an der Tür gelauscht hatte und die Hände rang.

»Oscar, der arme Junge. Er war so ein lieber Kerl. Ermordet? So wie Serena? Wie entsetzlich! Horacios Fantasie ist mit ihm durchgegangen, er dachte, man wolle ihn betrügen, ihm den Besitz nehmen. Sein Land, seine Pferde. Das ist alles, was für ihn zählt. Diese Geschichte mit dem Lösegeld hat ihn verrückt gemacht. Er hat sich geweigert zu zahlen. Nachdem das mit dem Fohlen passiert war, hat er mich zu meinen Schwestern geschickt, um mich in Sicherheit zu wissen. Ich habe eingewilligt, mit ihnen nach Barcelona zu fahren. Der Kerl am Telefon drangsalierte uns mit seinen Drohungen. Das war kein Einbruch in der Carrer Gloria. Ich sollte sterben, um Horacio zum Einlenken zu zwingen. Der Mörder hat uns verwechselt. Er hat meinen Stock erkannt, den *makila*, den ich immer bei mir habe wegen meines schlimmen Beins, und er hat geglaubt, ich wäre es. Es ist meine Schuld, dass Serena tot ist. Das werde ich mir nie verzeihen. Und jetzt ist Pilar entführt worden, sagst du? Wir waren streng zu ihr. Horacio hat immer behauptet, sie bringe uns Unglück. In unserem Haus blieben den Kindern nur zwei Möglichkeiten – fliehen oder sterben. Und nun sind wir zwei als Einzige übrig geblieben, zwei alte Klepper, die darauf warten, dass der Tod sie holen kommt. Ich flehe dich an, Bruno, finde die Kleine, bevor es auch für sie zu spät ist.«

Montaner beruhigte sie, so gut er konnte, und vertraute sie der Obhut des Arztes an, der ihr ein Beruhigungsmittel gab. Er ging, um noch mal mit dem Verwalter zu sprechen, und richtete sich dann im Büro der Stallungen ein, um mit seinem Team zu telefonieren und die Fahndung zu koordinieren. Die Angst saß ihm im Nacken.

51   Bei einer Entführung sind die ersten Stunden entscheidend. Diese Erkenntnis bestätigte sich einmal mehr. Dank Virus' Nachforschungen konnte Montaner den Vorsprung des Entführers wieder aufholen. Pilar war um drei Uhr morgens entführt worden. Sehr wahrscheinlich von Horst Walz. Alle hofften, dass das fürchterliche Unwetter, das die gesamte Region bis sechs Uhr lahmgelegt hatte, auch ihn aufgehalten hatte. Es war neun Uhr. Pilars Handy blieb stumm, aber Virus hatte ermutigende Neuigkeiten.

»Ich hatte befürchtet, dass die letzte Triangulation uns nach Son Nadal führt. Aber ihr Handy war noch eine ganze Weile angeschaltet. Bei der letzten Ortung gegen sechs Uhr war sie in Port d'Andratx, genauer gesagt in La Mola.«

»Verständige Bauza! Das ist eine Sackgasse, die können wir leicht abriegeln. Wir fahren alle Geschütze auf. Patrouillen, Boote, Hubschrauber. Sie sollen den ganzen Felsvorsprung auf den Kopf stellen und Pilar so schnell wie möglich finden!«

»Warum rufst du nicht Ocho an?«, schlug Virus vor. »Er kennt die Ecke besser als jeder andere.«

Montaner wählte seine Nummer. Der gärtnernde Fischer besaß ebenfalls ein Handy, um jederzeit für seine Kundschaft erreichbar zu sein. Er nahm die Nachricht von Pilars Entführung ruhig auf und dachte nach. Ja, er hatte einen schwarzen Mitsubishi-Geländewagen in La Mola gesehen, und er war nicht der Einzige, dem er aufgefallen war.

»Ich habe mit Titas Sohn darüber gesprochen, den du gebeten hattest, die Augen offen zu halten. Der Fahrer, ein Deutscher, hat den Wagen gestern Abend in der Werkstatt waschen lassen. Der Junge hat ihn poliert. Dabei ist ihm die Schramme unten an der Karosserie aufgefallen. Er wollte dir eigentlich auf die Mailbox sprechen. Es wundert mich, dass du die Nachricht nicht erhalten hast. Ich hätte dich doch selbst anrufen sollen. Der Wagen ist in La Mola. Ich bin vor weniger als einer Stunde daran vorbeigefahren.«

»Ich komme«, sagte Bruno, während er schon den Helm aufsetzte und sich auf sein Motorrad schwang.

Der Geländewagen war noch dort, wo Ocho ihn gesehen hatte. Er stand in einer Sackgasse in La Mola vor einer Villa, die sich im Umbau befand. Sie hatten keine Zeit, um auf Verstärkung zu warten. Virus hatte sich von einem Hubschrauber der Guardia Civil absetzen lassen und hielt Montaner seine Dienstwaffe hin, der ihm bedeutete, ihm zu folgen. Das wurmstichige Tor war angelehnt. Ohne einen Laut schlichen sie auf die Baustelle, die links und rechts von bereits halb abgerissenen niedrigen Häuser zu begrenzt wurde. Regenwasser stürzte in breiten Bächen den Hang hinunter und schwemmte große Brocken Erdreich auf das Grundstück. Ocho, der das Anwesen kannte, stürzte auf das Schwimmbecken zu, von wo aus erstickte Rufe zu hören waren. Sie entdeckten Pilar, die verzweifelt hustend und spuckend versuchte, ihren Kopf über Wasser zu halten. Mit einer roten Schnur an einem Betonblock festgebunden, stand sie auf Zehenspitzen und streckte sich verzweifelt, um nicht unterzugehen. Das unerbittlich steigende Wasser im Schwimmbecken drohte sie jeden Augenblick zu ertränken.

»Alle Más töten. Er wollte unsere gesamte Familie töten«, schluchzte sie. Sie hatte nicht mehr die Kraft, weiter gegen die Fluten zu kämpfen oder sich über Wasser zu halten, und gab auf, als sie sie kommen sah. Ein Schuss wurde abgefeuert. Dann noch einer. Montaner sprang ins Becken, während die anderen beiden in Deckung gingen. Sie hörten, wie der Geländewagen gestartet wurde, aber sie hatten Wichtigeres zu tun, als ihn zu verfolgen. Die Guardia Civil hatte Straßensperren errichtet und würde ihn unterhalb von La Mola stoppen. Die Beschreibung des Wagens und seines Fahrers war über Funk verbreitet worden. Horst Walz würde nicht weit kommen.

Ocho und Virus sprangen ebenfalls in das Becken und versuchten, mit Ochos Gartenschere unter Wasser die Schnur zu zerschneiden, die mit der Flamme eines Feuerzeugs ganz einfach zu durchtrennen gewesen wäre. Mittlerweile lief das Becken über. Abwechselnd versuchten sie Pilars Kopf über Wasser zu halten. Sie hatte das Bewusstsein verloren. Der Krankenwagen traf ein, als es ihnen endlich gelungen war, sie aus ihrem Gefängnis aus flüssigem Schlamm zu befreien. Montaner fühlte ihren Puls. Sie zitterte am ganzen Körper, war kreidebleich, unterkühlt und erschöpft, aber am Leben.

»Nett von dir, dich daran zu erinnern, dass ich eine Frau bin. Danke, dass du mich gerettet hast«, murmelte Pilar, bevor sie mit einem schwachen Lächeln auf den Lippen wieder bewusstlos wurde.

52

Der Hauptkommissar schäumte vor Wut. Der Mörder schien ihn zum Narren zu halten. Die Hände in Handschellen vor sich auf dem Vernehmungstisch, saß er aufrecht auf seinem Stuhl, hörte sich, ohne mit der Wimper zu zucken, die Fragen an, die man ihm stellte, und schwieg. Als Olazabal, rasend vor Wut, versuchte, ihn einzuschüchtern, verzerrte sich sein Mund flüchtig zu einem verächtlichen Grinsen. Das war alles.

Sie hatten den Fall von Anfang an falsch angepackt. Er hatte sich über die Freiheiten beschwert, die Montaner sich genommen hatte, statt ihn über den Verlauf der Ermittlungen zu informieren. Montaners sogenannte Spezialeinheit hatte alle üblichen Entscheidungswege umgangen.

Olazabal hatte verlangt, den Mörder, nun da dieser hinter Schloss und Riegel war, höchstpersönlich zu vernehmen. Sein Gehabe und seine Enschüchterungsversuche entlockten dem Verdächtigen nichts weiter als verstocktes Schweigen. Er folgte Olazabal mit Blicken, ohne dabei jedoch die Schultern zu bewegen. Zwei von Olazabals besten Kommissaren hatten einander abgelöst, aber ebenso wenig Erfolg gehabt. Der Mann schwieg hartnäckig. Weder Olazabals Gebrüll noch die Schläge, die seine beiden Kommissare ihm androhten, bewirkten, dass er sein Schweigen brach. Die Stunden vergingen. Horst Walz wartete. Die Ruhe, die in seinem leeren Blick lag, verunsicherte seine Befrager nur noch mehr. Er sah sie nicht an, schien seinem eigenen Schicksal und ihren Fragen gegenüber völlig gleichgültig. Tat so, als existierten sie gar nicht. Seine kurz geschorenen, weißblonden Haare ließen die Form seines Schädels durchscheinen. Rote Flecken entstellten sein knochiges ungerührtes Gesicht. Sein durchtrainierter Körper unter dem grauen Kapuzenshirt, das er bei seiner Festnahme getragen hatte, war angespannt, asketisch, gefährlich. Seine Starrheit wirkte herausfordernd. Ein Zeichen für seine vollkommene Selbstbeherrschung – oder für seine völlige geistige Umnachtung.

»Worauf wartet er?«, schrie Bauza hinter der verspiegelten Glasscheibe. »Das steht er nicht mehr lange durch. Der Typ ist kein Mensch!«

»Ich glaube, er wartet auf Bruno«, antwortete die Richterin leichthin.

Sie sahen sich an. Warum hatten sie nicht früher daran gedacht? In den Zeitungen hatte gestanden, dass Bruno der Leiter der Ermittlungen war. Offensichtlich wollte der Mörder nur mit ihm sprechen, und nicht mit denjenigen, die er für dessen Untergebene hielt.

»Holt Montaner«, ordnete die Richterin an. »Und zwar sofort!«

»Sie hassen die Más.«

Es war keine Frage. Es war eine Feststellung. Montaner war es völlig gleichgültig, was die anderen hinter der verspiegelten Glasscheibe über seine Verhörmethoden dachten. Er wollte verstehen, welche Motive dieser Mann hatte, der zum Mörder geworden war und nur noch ein Ziel kannte – die gesamte Familie Más auszulöschen, ihre Wurzeln auszureißen, alle ihre Mitglieder mit äußerster Brutalität umzubringen. Er wollte wissen, warum. Einfach nur warum.

Undurchdringliche Stille baute sich zwischen den beiden Männern auf. Sie saßen einander gegenüber wie zwei unerschrockene Kämpfer. Bruno versuchte, nicht an die merkwürdige Vertrautheit zu denken, die zwischen einem Mörder und seinem Verfolger entsteht.

Diese Konfrontation würde ihn entschädigen. Die Jagd war zu Ende, aber es hatte zu viele Tote gegeben und beinahe wäre auch Pilar ums Leben gekommen. Er hatte kein Mitleid. Auge in Auge mit dem Mörder spürte er die Macht und den Wahn eines Mannes, der sich dem Hass verschrieben hatte. Zwischen ihnen war alles gesagt. Das Einzige, was noch fehlte, war die Erklärung.

Unerwartet ertönte Horst Walz' raue Stimme, und ihre Heftigkeit ließ alle Anwesenden zusammenzucken. Montaners bloße Anwesenheit schien wie ein Auslöser gewirkt zu haben. Der Deutsche entspannte sich plötzlich und gab eine Flut von Wörtern in einem Gemisch aus Deutsch und Spanisch von sich, das einem Schauer über den Rücken jagte.

»Die Más – dieses verfluchte Geschlecht. Sie haben mir meinen Vater genommen und meinen Namen. Dafür müssen sie bezahlen. Mit Yolanda hat alles angefangen. Oscar und sie haben mir meinen Vater gestohlen. Sie sind reich. Und wir, wir haben nichts. Ein erbärmliches Leben. Sie sollen verrecken. Das Erbe steht mir zu. Ich bin klüger als sie. Ich werde ihnen alles nehmen. Schon vor langer Zeit habe ich damit angefangen. Den Ersten von ihnen habe ich da draußen, in der Nähe von La Dragonera, beim Tauchen am Seeaal-Wrack umgebracht. Eigentlich sollte das Mädchen kommen. Sie wollte ich als Erste umbringen. Die Erbin. Aber an ihrer Stelle ist ein anderer Más gekommen. Also habe ich ihn umgebracht. Einer weniger. Aber das war nicht genug!«

Er machte eine Pause, um einen Schluck Wasser zu trinken. Gerade so lange, wie Bruno brauchte, um zu realisieren, dass er soeben den Mord an Sergí Vives gestanden hatte. Und dass er Linkshänder war.

»Ich bin nach Hamburg zurückgekehrt, um mit meinem Vater zusammenzuarbeiten. Es hat nicht funktioniert. Er hat Oscar, diesem Dummkopf, den Vorzug gegeben. Ich habe gewartet. Sechs Jahre. Bis mein Plan gereift war. Ein guter Plan, nicht wahr? Oscar ist als Erster gestorben, aber ich habe es so eingerichtet, dass er der einzige Verdächtige für die Morde an allen anderen war. Er hat mir vertraut und sich eingebildet, wir sind Brüder. Er hatte das Boot gemietet, um damit nach La Dragonera zu fahren. Wie immer dachte er an nichts anderes als ans Feiern und Lagerfeuer. Als wir das letzte Mal dort waren, hatten wir Streit. Er hat mir vorgeworfen, ich hätte seine alte Karte gestohlen. Er hatte recht. Mit dem

295

Papier ließ sich jede Menge Geld aus dem Haufen Steine machen. Er hat mich Betrüger genannt. Sein Freund ebenfalls, der Waschlappen. Mit dem habe ich mich dann geprügelt. Als er auf dem Boden lag, habe ich ihm den Finger abgeschnitten, um ihm seinen Ring abzunehmen. Er hat geschrien, und ich hab ihm einen Schlag versetzt, um ihn zum Schweigen zu bringen.«

»Und dann haben Sie Oscar getötet.« Montaner riss sich zusammen, um sich sein Entsetzen nicht anmerken zu lassen.

»Ich hab ihm mit einem großen Stein den Schädel eingeschlagen. Das war ein Fehler. Oscar war so schwer wie ein totes Schwein. Ich hatte alle Mühe, ihn in den Sack zu bekommen, der dort rumlag. Ich habe seinen Freund gezwungen, ihn bis zum Zodiac zu schleifen, ihn ins Boot und dann in den Kofferraum meines Autos zu verfrachten. Das Blut lief nur so aus ihm raus. Ich habe den Stein getragen. Wenn er nicht gemacht hätte, was ich wollte, hätte ich ihn damit getötet. Er heulte. Es war ekelhaft. Ich hatte ihn schon für den Tauchgang in die Grotte bezahlt. Also mussten wir auch dorthin. Wir haben die Ausrüstung angelegt, Flaschen, Masken. Ich ließ ihn vor mir tauchen. Hielt meine Harpune auf ihn gerichtet. Er hatte keine Chance, mir zu entkommen. Umso besser für ihn. Ich musste ihn nur noch bis zum Ende der Grotte kriegen und umbringen. Sie haben ihn gefunden, Hut ab! Das war nicht einfach.«

»Sie haben ihm den Arm abgetrennt.«

»Um den Más Angst einzujagen. Besonders dem Alten! Aber er hat sich geweigert, die Kohle rauszurücken. Oscar war ihm scheißegal. Ich hätte es mir sparen können. Aber ich bin weiter meinem Plan gefolgt. Das Auto stank nach Oscars Leiche. Ich habe ihn verbrannt. Hatte einen guten Ort gefunden. Es war nicht leicht. Er passte nicht in den Ofen. Der Kopf stand über. Ich habe ihn abgetrennt. Die Arme auch.«

»Und das Herz.«

»Oscar hatte kein Herz. Er war nichts als ein stinkender Kadaver. Ein Más.«

Er machte eine Pause. Plötzlich war er nervös. Schweißperlen standen auf seiner Stirn.

»Das Feuer brannte nicht richtig. Das war schwierig. Ich habe mich verbrannt. Die Sonne hat mich auch verbrannt. Alles hier verbrennt mich. Es brennt noch immer. Und niemand kann mich heilen.«

»Und Pilar Más?«

»Die Typen vom Tauchklub haben die ganze Zeit über sie gesprochen. Und von den Orten, die sie mochte. Und dann ist sie tatsächlich zurückgekommen. Das war ein Zeichen. Den Stein und die verkohlten Teile von Oscar hatte ich schon in den Müll geworfen. Dann habe ich ein größeres Paket gemacht und den Arm von dem anderen obendrauf gebunden, damit es stecken bleibt. Es hat geklappt. Es war, als ob ich ihr gesagt hätte, was und wo sie fotografieren soll. Den ganzen Samstag und den ganzen Sonntag bin ich ihr gefolgt. Am Montag auch. Ich wollte sie gleich umbringen, aber sie ist mir entwischt. Also habe ich mich um die anderen gekümmert.«

»Die Más von Son Nadal«, sagte Bruno.

Der Angeklagte wand sich hasserfüllt auf seinem Stuhl.

»Ich habe die Ställe in Brand gesteckt und ein Fohlen gestohlen, weil der Alte einfach nicht nachgegeben hat. Der Dreckskerl liebt seine Pferde mehr als seine Familie. Er wäre beinahe krepiert, ist dann aber noch mal davongekommen. Während sie dabei waren, das Feuer zu löschen, habe ich das Fohlen getötet und den Chip herausgerissen, von dem Oscar mir erzählt hatte. Ich hab den Kopf des Pferdes abgeschnitten und mitgenommen. Es war Vollmond. Es war fast taghell. Ich hatte mir alles gut überlegt. Ich habe den Fohlenkopf in den Arabischen Bädern versteckt, damit die Tochter der Más ihn findet. Ich würde schon dafür sorgen, dass sie genug Arbeit hat. Ich hatte zwei Kanister Blut mitgebracht. Ich habe einen Handschuh angezogen, meine Hand hineingetaucht und sie auf die Wände gedrückt, genauso wie in den urzeitlichen Höhlen, verstehen Sie? Es hat schön ausgesehen. Oscars andere Hand hatte ich im Kühlschrank aufgehoben. Mit ihr habe ich dann überall noch einen Abdruck gemacht. Fünf Paare. Eines für jeden Más, den ich töten werde.« Er zählte sie an seinen Fingern ab. »Die zwei Brüder vom Tauchklub, Oscar, Pilar und die Alte. Und dann noch einen für Horacio direkt bei der Tür. Mit ihm war es am schwierigsten. Sein Tod musste wie ein Unfall aussehen, wenn ich erben wollte. Ich konnte ja nicht ahnen, dass sich das Mädchen an meiner Stelle darum kümmern würde. Und dann bin ich los, um die Alte zu erledigen. Das war fast schon zu einfach.«

»Und warum haben Sie mich verschont?«, fragte Bruno mit ausdrucksloser Stimme.

Nun hatte er verstanden, warum Horst Walz nur mit ihm und mit niemand anderem sprechen wollte. Sein Hass auf die Más blendete und leitete ihn zugleich. Unbewusst hatte er in Montaner einen Más erkannt. Aber noch wusste er es nicht.

»Warum hätte ich Sie töten sollen?«

»Weil ich Horacios Neffe bin. Ich bin ebenfalls ein Más.«

Es dauerte einige Sekunden, bis diese Enthüllung ihre Wirkung tat. Montaner sah, wie Horst Walz' weit aufgerissene Augen weiß wurden. Er fiel hintenüber. Katalepsie – plötzliche Muskelstarre. Sein Hass auf die Más hatte ihn wie ein Blitz getroffen.

53 Pilar saß in Placidas Sessel in der Holzloggia des Hauses Montaner und wartete. In ihrer Schreckensnacht hatte sie sich eine Lungenentzündung eingehandelt. Um wieder auf die Beine zu kommen, hatte sie zwölf Tage ohne Zeitungen, ohne Besuche und ohne jegliche Information über den Fall im Krankenhaus verbracht. So hatten es die Ärzte angeordnet. Erst an diesem Morgen war sie entlassen worden. Bruno hatte versprochen, ihr am Abend alles zu erzählen.

Während sie das Kommen und Gehen der Boote beobachtete, kam sie allmählich zur Ruhe. In der vergangenen Woche hatte die Copa del Rey, das jährliche Stelldichein der schönsten Segelboote des Mittelmeeres, stattgefunden, und noch immer trugen viele von ihnen zum Vergnügen kleine Regatten unter sich aus. Obwohl Placida und Angela sie bemutterten, wo sie nur konnten, fühlte sie sich immer noch verwundbar. Sie hatte sich ihren Dämonen gestellt und überlebt. Ihre Begegnung mit Horacio und das entsetzliche Geheimnis um ihre Geburt hatten ihr mehr zugesetzt als die Entführung.

Horacio. Ihr erstes Wort, als sie das Bewusstsein wiedererlangt hatte, war sein Name gewesen. Sie war von einem solchen Hass erfüllt, dass sie glaubte, ihn getötet zu haben. Ihre eigene Gewalttätigkeit bestürzte sie. Während der langen Stunden der Einsamkeit und der Verzweiflung, die sie gefesselt und machtlos in Gegenwart des Mörders verbracht hatte, während der Donner grollte und der reißende Sturzbach das Schwimmbecken füllte, hatte sie sich immer wieder gesagt, dass, egal was noch geschehen würde, ihr Leben verpfuscht sei. Man würde Horacios Leiche finden. Sie vergegenwärtigte sich den Tatort. Zunächst würde man sie für das Opfer halten. Aber dann würden die Ermittler in Son Nadal die Leiche ihres Großvaters im Stall finden, und sie würde zur Schuldigen werden. Horacio hatte gesiegt. Seine Brutalität war erblich. Er hatte ihr die Wahrheit absichtlich ins Gesicht geschleudert, damit sie die Kontrolle verlor. Er hatte eine Verbrecherin aus ihr gemacht.

Bevor sie mit dem Krankenwagen abtransportiert wurde, hatte Bruno sie noch über ihren Irrtum aufklären können, aber es fiel ihr schwer zu glauben, dass sie sich getäuscht hatte. Horacio war noch am Leben. Und sie selbst auch. Horst Walz, der wahnsinnige Mörder, saß in Haft. Die äußeren und auch die inneren Wunden würden vernarben. Das Leben weitergehen. Der Albtraum war vorüber.

Zehn Jahre zuvor hatte sie schon einmal Zuflucht im Haus der Familie Montaner gefunden. Wie eine Mutter hatte Placida sie aufgenommen und getröstet. Damals waren keine langen Erklärungen nötig gewesen. Pilars schreckliches Geheimnis war in guten Händen. Placida hatte ihren Bruder unter Druck gesetzt, ihr das Sorgerecht für Pilar zu überlassen, und sie hatte es erhalten. Sie war von der Familie Montaner adoptiert worden.

Auch dieses Mal hatte Bruno sie gerettet. Er hatte den Mörder gefasst. Vielleicht wäre er ihnen wieder durchs Netz gegangen, wenn er sich nicht ausgerechnet sie als Opfer ausgesucht hätte. Nun wollte sie endlich die Wahrheit erfahren. Wollte wissen, warum er Fredo, Serena und Oscar getötet hatte, warum er sie entführt hatte, aus welchem Grund er die Más so abgrundtief hasste und von so weit her gekommen war, um Unheil über sie alle zu bringen. Womit hatten sie das verdient?

Als Bruno endlich kam, war es schon dunkel. Pilar hatte sich nicht von der Stelle gerührt. Zwölf Tage wartete sie schon. Auf eine Stunde mehr oder weniger kam es nicht an.

Mit ernster Miene hielt er ihr ein paar Fotos hin. Aufnahmen, die sie selbst zu Beginn der Ermittlungen gemacht hatte. Ihre Bilder von den Schaulustigen in La Portella an ihrem ersten Morgen und ihrem ersten Tatort auf Mallorca. Unbewusst hatte sie das Objektiv auf das Gesicht eines bestimmten Mannes gerichtet. Er war auf mehreren Aufnahmen zu sehen. Sein scharfes Profil. Seine breite, entschlossene Stirn. Sein bleicher, mit roten Flecken durchzogener Teint, anscheinend eine allergische Reaktion. Die sportliche, breitschultrige Figur im Sweatshirt. Das unbewegte Gesicht unter der Kapuze, das sich von dem schockierten Ausdruck der anderen Schaulustigen abhob. Mit einem zynischen Zug um die zusammengepressten Lippen sah er ihnen bei dem Spektakel zu, das er selbst veranstaltet hatte.

»Nicht zu fassen, dass wir ihn von Anfang an vor der Nase hatten!«, rief Bruno aus. »Mit deinem Sucher hattest du ihn längst eingefangen. Das wird uns lehren, deine Fotos in Zukunft aufmerksamer zu betrachten! Virus hat sie gefunden, als er die Dateien wiederhergestellt hat, die ihm abgestürzt sind. Ich soll dir übrigens von Gerónimo gratulieren und dich von der ganzen Spezialeinheit herzlich grüßen. Carmen lässt dir ausrichten, dass du nie wieder vergessen sollst, dass du nicht nur Polizistin, sondern auch eine Frau bist, und dass auch du manchmal beschützt werden musst. So viel zu den Mitteilungen. Fühlst du dich stark genug, dir jetzt die ganze Geschichte anzuhören?«

Pilar sah ihn mit fiebrig glänzenden Augen an. Was auch immer er zu erzählen hatte, sie wollte es hören.

»Ich habe selten einen dermaßen abstoßenden Verbrecher gesehen«, sagte Bruno. »Zu Beginn war kein Wort aus ihm herauszukriegen. Er hat Olazabal und seine Leute halb wahnsinnig gemacht. Mir gegenüber hat er dann ohne jeden Skrupel mit einer unglaublichen Gehässigkeit und Arroganz sein Geständnis abgelegt.«

Bruno gab Pilar eine Zusammenfassung von Horsts Geständnis.

»Dieser Irre hat uns von vorne bis hinten an der Nase herumgeführt.«

»Die Tatorte schienen nichts miteinander zu tun zu haben und ähnelten sich trotzdem irgendwie, die Indizien stimmten überein und widersprachen sich gleichzeitig. Es war nicht einfach«, sagte Pilar.

»Selbst Ramon Llull wäre beinahe mit seinem Latein am Ende gewesen.«

»Was hat der denn damit zu tun?«

»Hier«, sagte Bruno und schlug sein Notizbuch auf. »Dank Baltasar, der mir das Prinzip erklärt hat, habe ich eine von Ramon Llull inspirierte logische Methode zur Triangulation von Indizien benutzt.«

»Beeindruckend! Und das funktioniert?«

Gemeinsam blätterten sie in dem Heft und kommentierten die Stichhaltigkeit jedes einzelnen Dreiecks. Und erneut wirkte das llullsche System Wunder – indem sie sich auf Brunos Zeichnungen konzentrierte, gewann Pilar endlich etwas Abstand zu der Tragödie, in der sie unfreiwillig die Hauptrolle gespielt hatte.

»Sag bloß, du hast mich auch verdächtigt!«, rief sie. »Das P in der Mitte dieser Figur, das bin doch ich!«

»Die Logik ist blind. Du hast eine hervorragende Verdächtige abgegeben. Alles kreiste um deine Familie, so viel hatten wir verstanden. Du hast wahrlich Grund genug, den Más Böses zu wünschen. Und du warst lange weg. In sechs Jahren kann man sich sehr verändern.«

»Vielen Dank!«

»Nun reg dich nicht auf. Das war reine Spekulation. Ich habe nie wirklich daran geglaubt.«

»All die schrecklichen Verbrechen und Verstümmelungen. Wie

konntest du auch nur für den Bruchteil einer Sekunde glauben, ich wäre zu so etwas Grauenhaftem fähig oder hätte auch nur ansatzweise damit zu tun? Armer Fredo. Er muss durch die Hölle gegangen sein auf La Dragonera.«

»Er hatte keinen Grund, Oscar zu misstrauen. Ihn kennenzulernen war das letzte schöne Erlebnis, das er in seinem Leben hatte. Es muss Liebe auf den ersten Blick gewesen sein. Sie hätten zusammen glücklich werden können. Durch Horst hatten wir einen völlig falschen Eindruck von Yolandas Sohn. Er hat alles so eingefädelt, dass die Spuren, die er zurückließ, Oscar belasteten und ihn als blutrünstiges Monster erscheinen ließen. Er hatte ihm sein Auto und sein Handy weggenommen. Im Dickicht von Sa Trapa hat er den Aschenbecher, in dem sich der Zigarrenstummel mit Oscars Fingerabdruck befand, ausgeleert. Die Hand mit dem unvollständigen Zeigefingerabdruck nahe der Tür in den Arabischen Bädern war ebenfalls die von Oscar. Die linke Hand hat er in das Päckchen von Son Reus gepackt und die rechte im Kühlschrank der Dachgeschosswohnung in der Carrer Gloria aufbewahrt. Stell dir das nur vor! Dort hat er auch seine Stoffpakete geschnürt.

Er wohnte im Palais der Vives, wenn er sich nicht gerade in der im Umbau befindlichen Villa in La Mola aufhielt, die er als Schlupfwinkel auserkoren hatte. Anfangs hat er bei den beiden Mädchen gewohnt, die ihn für den Teufel persönlich hielten und ihn den Finsteren nannten.«

»Da hatten sie nicht Unrecht. Er ist wirklich ein Teufel!«

»Die beiden Mädchen hat auch er umgebracht. Er hat es gestanden. Es war kein Selbstmord. Sonjas Eifersucht wurde ihm zu viel. Sie bedrängte und beobachtete ihn. Mit einem Wort, sie war ihm im Weg. Er hat sie betrunken gemacht und den gefälschten selbstmörderischen Pakt mit dem Teufel in ihren Rechner getippt. Dann hat er ihnen ein mitternächtliches Bad im Meer vorgeschlagen und sie ertränkt wie junge Katzen. Auf Inges Handy hatte Joaquim das Foto einer Hand, die vor das Objektiv gehalten wird, gefunden. Fredo Letals Ring ist in Großaufnahme darauf zu sehen. Er springt einem förmlich ins Auge, aber eben nur, wenn man darauf achtet. Was wieder einmal deine Theorie bestätigt, dass der Ermittler bestimmte Details auf Fotos nicht sieht, solange er nicht bereit ist, sie zu sehen.«

»Das hat uns nur auf die falsche Spur in die Gothic-Szene gebracht.«

»So falsch war sie gar nicht. Horst Walz ist ein grausamer Despot, ein perfekt organisierter Sadist, der sich im Alltag eine fast schon militärische Disziplin auferlegt. Er sieht die Welt als feindliches Umfeld, in dem er kämpfen und töten muss, um selbst zu überleben. Er hat Verbindungen zu kleinen Kampfgruppen, die der Gothic-Szene nahestehen. Das war einer der Gründe für den Konflikt mit seinem Vater. In seiner Wahnvorstellung musste alles vor dem zweiten Vollmond im Juni vollbracht sein. Die dreieckige Feuerstelle auf La Dragonera stammt von ihm. Ein altes keltisches Beschwörungsritual. Er hat einen ziemlich speziellen Humor. Er fand es anscheinend witzig, die Spitze des Dreiecks auf den anderen Tatort, Sant Elm und Sa Trapa, zu richten. In den Arabischen Bädern ist er nach dem gleichen Schema vorgegangen. Sein Handeln folgt einer Mischung aus systematischer Vernunft, Zwanghaftigkeit im Detail und mystischem Wahn. Deshalb hat er auch Oscars Herz herausgerissen, ohne erklären zu können, warum. Vor den Mädchen hat er sich gerühmt, ein Verbündeter des Teufels zu sein, und es war ihm Ernst damit.«

»Dann war das Fohlen eine Art Opfergabe?«

»Nein. Das war Erpressung. Um deinen Großvater unter Druck zu setzen. Er hat das arme Tier an Ort und Stelle in Son Nadal getötet. In einem Graben hat man die Überreste gefunden. Horst Walz ist zwar ein wahnsinniger und zugleich genialer Mörder, aber er ist nicht besonders gerissen.

Wir haben seine Fingerabdrücke auf der blutverschmierten Sunseeker im Hafen von Palma und auch auf dem Zodiac gefunden, das in der Nähe von Sant Elm festgemacht war. In seinem Auto befanden sich noch der fleckige Jutesack, seine Schuhe, seine Axt, der Rest der Spule mit der roten Schnur und sogar ein Kanister voller Blut! Ein wahres Fest für unsere Kriminaltechniker! Wir haben alles, was wir brauchen, um ihn anzuklagen. Sogar das gezahnte Messer. Er hat es in Son Nadal bei seinem letzten Angriff auf Grita verloren. Wir haben recht behalten. Er hat die beiden Schwestern verwechselt und Serena an Gritas Stelle getötet. Auf einer seiner Hosen haben wir Blutflecken des Opfers gefunden. Er ist erledigt. Den Rest seines Lebens wird er hinter Gittern verbringen.«

»Der blonde Deutsche mit der teuflischen Aura war also wirklich er. Das müssen wir Angela sagen.«

»Dieser Perverse hat sich einen Spaß daraus gemacht, die Colom-Schwestern zu erschrecken. Er hat ihnen sogar Gift ins Essen gemischt. Nur die Tatsache, dass sie essen wie die Spatzen, hat sie vor einem grausamen Tod bewahrt. Es macht ihm Spaß, andere einzuschüchtern und seine Opfer zu quälen.«

»Das habe ich am eigenen Leib erfahren. Mich hat er ja auch terrorisiert. Ständig habe ich diese unheimliche Bedrohung gespürt, die mir überallhin gefolgt ist. Und als er mich in der Nacht in Son Nadal angegriffen hat, war das wie eine richtige militärische Operation. Ich hatte in meinem ganzen Leben noch nicht solche Angst.«

Bruno strich ihr übers Haar, es berührte ihn, sie zugleich so stark und so zerbrechlich zu sehen. Wenn sie ums Leben gekommen wäre, hätte er sich das niemals verzeihen können. Es hätte nicht viel gefehlt, und er wäre zu spät gekommen.

»Das Beste war, als ich ihn gefragt habe, warum ich nicht auch auf seiner Liste stand. Er wäre vor Wut fast geplatzt, als er erfahren hat, dass auch ich ein Más bin. Seine Informationen waren unvollständig. Er hält Grita für Horacios Schwester, und inzwischen denkt er wohl, ich sei ihr Sohn. Ich habe mich allerdings gehütet, den Irrtum aufzuklären. Yolanda hat ihm nie von den Montaner erzählt. Wenigstens dazu war ihre Verbannung aus der Familie gut. Allein bei der Vorstellung, er hätte meine Mutter angreifen können, bekomme ich Lust, ihn zu erwürgen.«

»Wissen wir, warum er die Más so sehr hasst?«

»Laut Yolanda wussten alle über Horsts krankhafte Eifersucht auf Oscar Bescheid. Friedrich Uhl wollte aber nie etwas davon hören. Er dachte, Horst würde sie mit der Zeit überwinden. Aber mit ihrer übertriebenen Mütterlichkeit hat Frau Walz die Symptome nur noch verstärkt. Yolanda Más hatte sich zu einer bemerkenswerten Geschäftsfrau entwickelt. Sie und Friedrich haben viel Geld verdient, während seine Exfrau mit ihrer schlecht bezahlten Stelle als Sekretärin vor sich hinvegetierte. Friedrich unterstützte seinen älteren Sohn zwar finanziell, aber in dessen Augen war das nichts weiter als ein Almosen. Horst hat seinen Groll jahrelang gehegt und gepflegt, bis er die Gelegenheit erhielt, auf einen Schlag seinen Hass, seinen Wunsch nach Rache und seine Geldgier zu befriedigen. Drei starke Motive.«

»Es gibt nichts Schlimmeres, als Familiengeheimnisse zu verschweigen. Sie vergiften das Leben der Kinder«, seufzte Pilar.

Bruno nahm ihre beiden Hände zwischen seine und drückte sie. Er spürte, wie sie sich verkrampfte. Körperliche Nähe war ihr immer noch unangenehm.

»Nun bist du an der Reihe zu erzählen, Pilar. Ich erwarte keine offizielle Aussage. Sag mir nur, was dich bedrückt.«

Sie tat es mit sehr leiser Stimme, aus Angst, die Geister der Toten und ihre eigenen Ängste wieder heraufzubeschwören. Sie erzählte ihm alles. Von Horacios doppeltem Inzest, der Brutalität, mit der er ihr Gewalt angetan hatte, von der Wunde, von der sie geglaubt hatte, sie sei vernarbt und die sich an jenem Abend wie unter einem tödlichen Hieb wieder geöffnet hatte.

»Heute Abend ist Neumond«, stellte Montaner fest, als sie geendet hatte. »Hat dir Angela vom *girant* erzählt? In einer Nacht wie dieser habe ich geglaubt, verrückt zu werden. Baltasar hatte mir Llulls logisches System zur Erhellung der Wahrheit gezeigt, und nachdem ich wochenlang Dreiecke gezeichnet hatte, ist schließlich im Zentrum aller Anklagen dein Name aufgetaucht. Und weißt du, was unser alter Freund geantwortet hat, als ich ihm deswegen Vorwürfe gemacht habe? ›Seit wann wird die Welt von der Logik regiert? Wenn Ramon Llulls Logik wirklich unmittelbar zur Wahrheit führte, würden seine Lösungsschemata an alle Kommissariate verteilt und alle Fälle würden wie durch Zauberei gelöst.‹ Mit einem Wort, er hat sich einen Spaß mit mir erlaubt, aber seine Logik hat sich trotzdem als wahr erwiesen, wenn auch nicht buchstäblich. Du musst akzeptieren, dass du Horacios Erbin bist, Pilar. Er hat es dich teuer genug bezahlen lassen. Carape, der ungewöhnliche Bücher liest für einen Schäfer, hat dir sicherlich beigebracht, welche Lehre sich aus Orpheus' Geschichte ziehen lässt. Dreh dich nicht nach Eurydike um. Lass die Toten ruhen. *La muerte oscura*, der finstere Tod, er wird dir noch früh genug an deinem nächsten Tatort wiederbegegnen. Und nun gib mir deine Hand, und wir warten gemeinsam auf den *girant*, der die Asche deiner quälenden Erinnerungen auf den Grund des Vergessens sinken lässt.«

54   Die Spezialeinheit fuhr zum Picknicken nach La Dragonera. Dicht gedrängt saßen sie in zwei *llauds*. Das eine wurde von Ocho gesteuert, das andere von Pilar. Bauza und Richterin Bernat waren der Einladung gefolgt. Mit allen erforderlichen Genehmigungen ausgestattet, legten sie in der Bucht Cala Lledó an. Schließlich war es ihnen zu verdanken, dass die Insel der Gier der Grundstücksspekulanten ein weiteres Mal entronnen war.

Durch die erfolgreichen Ermittlungen und die filmreife Festnahme eines Serienmörders hatte die Spezialeinheit ihre Existenz gerechtfertigt, Olazabal konnte mit seinen Attacken nichts mehr gegen sie ausrichten. Ihn einzuladen hatten sie schlicht vergessen. Carmen bemerkte, dass sie allein bei der Vorstellung von Olazabal in Badehosen seekrank wurde.

Die Richterin, hochzufrieden über die Lösung des Falls, hatte Herrn Van Olden, den zweifelhaften Käufer, der Besitzansprüche auf La Dragonera erhob, in ihr Büro bestellt, um ihm ein für alle Mal klarzumachen, wer in dieser Geschichte der Betrüger war. Nach dem Gespräch war der Holländer am Boden zerstört gewesen. Es würde Jahre dauern, bis er die fünfhunderttausend Euro, die Horst Walz auf verschiedene Offshore-Konten verteilt hatte, wieder zurückbekommen würde, denn der Mörder der Más schien wenig gewillt, sich in seiner Gefängniszelle an die Namen der Banken zu erinnern, bei denen er das Kapital angelegt hatte.

Der *Atlas catalán* nahm wieder den Platz in der Bibliothek von Son Nadal ein, den er niemals hätte verlassen dürfen. Ana Montaner war damit beauftragt worden, dem wertvollen Stück aus dem Besitz der Familie Más auf seinem Weg von Hamburg nach Mallorca Geleitschutz zu geben. Bruno war so glücklich, seine Tochter wiederzusehen, dass er weder das Piercing, das ihre linke Augenbraue schmückte, noch die Blicke, die sie Virus zuwarf, zu kommentieren wagte.

Dieser gehörte von nun an offiziell zur Guardia Civil. Der Sohn von General Iglesias hatte sich seine Aufnahme in die Spezialeinheit verdient und würde seine Ausbildung zusammen mit Joaquim und Eusebio abschließen. Es war der Wunsch der Richterin, dass das Team so schnell wie möglich wieder einsatzbereit war.

Olazabal hatte seine Meinung geändert und zugestimmt, Pilar wieder in das Team der Spurensicherung aufzunehmen. Géronimo drückte gerührt Pilars Hand, und Carmen schenkte ihr einen prächtigen Hexenbesen, der fortan als Sinnbild für ihre Funktion und die Schwächen, die sie in den Augen des Hauptkommissars haben mochten, an der Wand ihres Büros prangte.

Die Spezialeinheit würde sie neben ihren eigentlichen Tätigkeitsfeldern auch in Zukunft beschäftigen. Sobald man sie brauchte oder eine heikle Ermittlung anstand, würde man sie auf Antrag der Richterin Bernat von ihren üblichen Aufgaben freistellen. Die Einheit würde weiterhin die Ausnahme bleiben, die die Regel bestätigte.

Montaner betrachtete seine Mannschaft und fand, ihr Chef zu sein war das Beste, was ihm seit Langem passiert war.

Pilars Handy klingelte. Auf dem Display erschien Mikes Name. Seit Wochen machte er sich Sorgen um sie, weil sie so bedrückt war, sich so mit den Dämonen ihrer Vergangenheit quälte. Unablässig hatte er ihr immer wieder dieselbe Frage gestellt und stellte sie ihr auch jetzt – überzeugt davon, dass sie nahe daran war, einzuwilligen.

»Und? Wann wirst du dich endlich entschließen, deine von Wilden bewohnte Insel zu verlassen und zu mir nach Australien zu kommen?«

»Wenn der Mond blau sein wird!«

Spezialitäten

albóndigas   Fleischbällchen in Tomatensauce, die in Spanien mit Weißbrot als Tapas gereicht werden.

calamars
a la planxa   Tintenfisch, auch als Tapa serviert, entweder a la romana in Ringe geschnitten und in Teig frittiert oder »a la planxa«, gegrillt und mit einer Mischung aus Knoblauch und Petersilie abgeschmeckt.

camaiot   Mallorquinische Spezialität – Wurst aus gewürztem Schweinefleisch.

chipirones   Gebratene Chipirones sind eine spanische Köstlichkeit. Chipirones werden auch Baby-Kalamares genannt, sind aber keine Jungtiere, sondern eine kleinwüchsige Tintenfisch-Art.

ensaïmada   Leichtes, schneckenförmiges Schmalzgebäck, das mit Puderzucker bestreut ist.

hierbas secas   Kräuterschnaps, in den Klöstern Mallorcas wurde über Jahrhunderte die Kunst gepflegt, aus Kräutern, z. B. Wildkräutern wie Rosmarin, Minze, Anis und Myrte, und Destillieralkohol feine Essenzen und Schnäpse zu brauen.

tumbet   Mallorquinischer Gemüseauflauf mit Kartoffeln, Zucchini, Paprikaschoten, Auberginen und Zwiebeln, ein ideales Sommeressen.

Adressen auf Mallorca

Hotel

Brismar
Hotel in Puerto
Avda Almirante Riera Alemany 6
Alteingesessenes Drei-Sterne-Hotel im Herzen von Port d'Andratx
mit herrlichem Blick über den Hafen zum Meer.

Hotel Majórica
Garita, 3
Vier-Sterne-Hotel an der Strandpromenade der Bucht von Palma,
direkt gegenüber dem Club de Mar.

Restaurants

Es Portal
Plaça Almirante Oquendo
Freundliches und gemütliches Restaurant in Port d'Andratx.

Es Puput
Calle del Atajo, 1
Restaurant in S'Arracó in untouristischer Umgebung,
das von einem deutschen Paar geführt wird.

Taberna del Caracol
Carrer San Alonso, 2
»Xelini«, Restaurant im Herzen von Palmas Altstadt, unweit
der Kathedrale.

Einkaufen

Carrer de Jaume II
Große Fußgängerzone.

Colmado Santo Domingo
Calle Santo Domingo
Der wohl meist fotografierte Laden von Palma de Mallorca,
mit guter Auswahl inseltypischer Feinkostwaren.

Encarna
Beliebte Bäckerei in Port d'Andratx mit vielen einheimischen
Spezialitäten.

Forn des Recó
Calle Bonaire 4
Antike Bäckerei in der Carrer Bonaire in Palma de Mallorca.

La Lonja
Plaza Lonja, 5
Berühmter Fischmarkt.

Bars, Cafés & Clubs

El Garito Café
Dàrsena Can Barbarà
07015 Palma

Mola Club
Restaurant mit typischer Gastronomie, typischen Speisen und
Gerichten in Port d'Andratx.

Sol y Sombra
Antikes Café in Andratx mit viel Flair und schattigem Innenhof.

Space
Diskothek
Playa d'en Bossa s/n

Taberna de la Boveda
Tapas Bar
Passeig Sagrera, 3
Atmosphärische Tapas-Bar in Palma nahe der alten Seehandelsbörse
Sa Llotja.

Kultur, Sehenswürdigkeiten & Ausflugstipps

Almudaina
Palau de l'Almudaina, eine ehemalige Festung arabischen Ursprungs, die den muslimischen Herrschern und nach der christlichen Wiedereroberung auch den Königen der katalanischen Krone als Residenz diente. Der Palast befindet sich gegenüber der Kathedrale in Palma und ist Sitz der Militärkommandantur sowie einer der Amtssitze des spanischen Königs.

Banys Àrabs
Arabische Bäder
Calle de Can Serra 7
Die Banys Àrabs in Palma de Mallorca sind eine historische Bäderanlage aus maurischer Zeit aus dem 10. Jahrhundert, eines der wenigen, erhaltenen Elemente muslimischer Architektur auf der Insel.

Bellver
Castell de Bellver (Schloss Belvedere), Festung, die über Palma thront und anders als die meisten Wehrbauten kreisrund ist. Heute befindet sich hier ein Museum.

Cala Conills
Bucht vor Sant Elm an der westlichsten Spitze Mallorcas, gilt als einer seiner schönsten Küstenflecken. Naturbelassene Badebucht, die Sandstrände sind vom Fels eingefasst, mit Aussicht auf La Dragonera.

Cap Fabioler
Die Teufelskanzel am Cap Fabioler liegt auf dem Höhenweg oberhalb von Sant Elm und bietet eine eindrucksvolle Aussicht aus 430 m Höhe auf die Brandung.

La Cartoixa
Karthäuser-Kloster in Valdemossa
Plaça de la Cartoixa

La Cueva de la Ventana
Tropfsteinhöhle an der Außenseite der Insel Dragonera, die 1994 entdeckt wurde, mit einem weitläufigen Höhlenlabyrinth. Beliebter Tauchspot.

Galatzó
In der Nähe des Dörfchens Puigpunyent liegt der Berg Puig de Galatzó. Mit einer Höhe von 1026 Metern ist er der südwestlichste Tausender Mallorcas. Im Tal am Fuße des Bergs befindet sich ein rund 20 Hektar großer Naturpark namens »Reserva de Galatzó«.

La Dragonera
»Die Dracheninsel«: Unbewohnte Felseninsel vor der mittleren West-küste von Mallorca. An der höchsten Erhebung, dem 353 Meter hohen Na Pòpia, steht der ehemalige Leuchtturm Far Vell. Im Längsschnitt, etwa von Sant Elm aus gesehen, bietet die Insel tatsächlich den Anblick eines Drachens: Im Südwesten bei Cap Llebeig der ins Wasser gelagerte Kopf, ein Rückgrat mit Far Vell als höchster Schuppe und ein sanft aus-laufender Schweif bis Cap Tramuntana im Nordosten.

La Seu
La Seu ist das mallorquinische Wort für »das Licht«. Es ist der Name der berühmten Kathedrale von Palma de Mallorca, das Wahrzeichen der Stadt. Erbaut wurde La Seu anstelle der ehemals an diesem Ort stehen-den arabischen Hauptmoschee. Nach der Befreiung von der Mauren-herrschaft legte König Jaume I. im Jahr 1230 genau an der Stelle der alten Moschee den Grundstein für den Sakralbau.

Manacor, Trabrennbahn
Das Hippodrom lockt jeden Samstag von der ganzen Insel Trabrenn- bzw. Pferdeliebhaber zu einer Art Volksfest nach Manacor. Zweimal im Jahr finden sich Traberfans, Wettbürobesitzer und Züchter auf der Trab-rennbahn von Manacor ein, wenn es um den Gran Premio para Potros de Tres Años (Trabrennen der Dreijährigen) geht.

Sa Trapa
Beliebtes Wandergebiet und touristisches Highlight in der Gemeinde
Andratx im Südwesten Mallorcas. An dieser Stelle gründeten in den
Zwanzigerjahren des 19. Jahrhunderts von Frankreich ausgewiesene
Trappisten ein Kloster, das heute als von der GOB restaurierte Ruine be-
sichtigt werden kann.

Seeaal-Wrack
MS Josephine – ein Wrack auf 33 Metern Tiefe, das vor rund 10 Jahren
bei einem Zusammenstoß gesunken ist. Es liegt im Kanal zwischen Sant
Elm und Dragonera und ist inzwischen beliebter Tauchspot und Biotop,
in dem sich bis zu zwei Meter lange Muränen und Congeraale angesie-
delt haben.

Die in diesem Roman beschriebenen Personen und Situationen sind das Produkt meiner Vorstellungskraft. Gemäß der üblichen Formulierung sind sämtliche Ähnlichkeiten mit lebenden Personen oder realen Situationen purer Zufall.

Die Zitate bzgl. des mallorquinischen Mondes stammen aus *Mallorca Mágica* von Carlos Garrido (La Foradada, José J. de Olaneta Editor).

Dank

An Jacques Baudouin, der definitiv mein erster Leser ist. Alle, deren Verleger er war, wissen wie skandalös es ist, dass ich zukünftig als Einzige von seinem immensen Talent profitieren werden. Hätte er mich nicht an seiner Liebe zu »seiner Insel« teilhaben lassen, würde dieser Roman nicht existieren.

An alle, die mir bei der Recherche geholfen haben, und im Besonderen an Gérard Morel vom Général Raymond Largeaud, an Adjutant Sandra Lotz, an die Groupe Techniciens en Identification Criminelle, an die Rechercheabteilung von Versailles, an Francisco Espinosa Navas, an den Attaché der Zivilgarde der Französischen Botschaft in Paris, an Yannick de Prémorel, an Yves Pauthier vom Muséum National d'Histoire Naturelle, Paris.

An diejenigen, die vom mallorquinischen Abenteuer nicht zu trennen sind.
Und an erster Stelle an die Freunde von Mola. An Michèle Venture, in Erinnerung *Drei Grazien*, bei denen alles angefangen hat, gegenüber von der Dracheninsel. An Manuela Natural, mit der ich die Rückseite der Kulisse erkundet habe, und an die komplette Familie Natural, Albert-Louis und Monette, Élodie. An unsere unvergesslichen Abende im Mondschein auf Mariposa.

An Antoine Jouve und seinen Sunseeker, an Monique Baudouin, an Evan, Elena und Liz Kimble, und auch an Charles und Nicolas Baudouin, Mathieu Gorse und alle, die mindestens einmal vom Turm gesprungen sind.

An meine mallorquinischen Freunde.

An meine Familie aus Es Portal aus Port d'Andratx: Placida Garcia Moragues, die Personifizierung einer *abuela*, die es so liebt, mir Geschichten über ihre Insel und ihre Erinnerungen zu erzählen, an ihren Sohn, Jorge Moragues, ein Mann des 11. Aprils, an meine geliebte Isabel Bastidas und an Monica und Lydia.

An Andrés Pico, Laura und Sylvia, in deren Häusern seit so vielen Jahren mein Schreibtisch steht.

An meinen lieben Gabriel Terrades, an Margarita Ferrá, an José Maria Garcia Martinez, den allwissenden Gärtner.

An meine Eltern, meine Schwester, Hélène Voinier und an meine Freunde, hier und anderswo, für ihre Geduld, ihre Hilfe und ihre nie enden wollende Unterstützung: Sophie Audouin-Mamikonian, Philippe, Diane und meine Patentochter Marine, Marie-Dominique Bon, Virginie Coulloudon und Jean-Christophe Peuch, Martine Coutela, Bérénice Dorizon und Georges Rossi, Shulamit Ferrand, Nathalie Hutter-Lardeau und David Ablancourt, Vanessa Postek, Jean-Michel Ribettes und Kimiko Yoshida, Jean-Marc Rivière, Jean-Christophe Rufin, Michaël Soussan, Jörg Zipprick.

An meinen Verlag Flammarion und an die Mannschaft, die an mich geglaubt hat und an dem Erfolg des ersten Opus der Série majorquine mitgearbeitet hat.

An diejenige, die eines Tages entschied, mir Glück zu bringen …

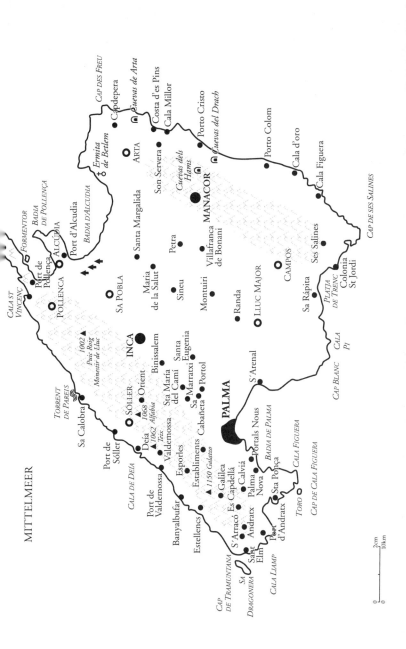